魅丽文化 飞魔幻工作室

图书在版编目（CIP）数据

亲爱的封先生 / 大周周著．-- 南昌 ：百花洲文艺出版社，2018.12
ISBN 978-7-5500-3114-2

Ⅰ．①亲… Ⅱ．①大… Ⅲ．①长篇小说－中国－当代 Ⅳ．①I247.5

中国版本图书馆 CIP 数据核字（2018）第 259323 号

亲爱的封先生

大周周 著

出 版 人	姚雪雪
责任编辑	郝玮刚
特约编辑	林 碧
封面设计	ABOOK 壹书工作室殷舍
出版发行	百花洲文艺出版社
社　　址	南昌市红谷滩新区世贸路 898 号博能中心 A 座 20 楼
邮　　编	330038
经　　销	全国新华书店
印　　刷	湖南凌宇纸品有限公司
开　　本	880mm×1230mm　1/32　印张 10
版　　次	2018 年 12 月第 1 版第 1 次印刷
字　　数	212 千字
书　　号	ISBN 978-7-5500-3114-2
定　　价	36.80 元

赣版权登字 05-2018-486

网址 http：//www.bhzwy.com
图书若有印装错误，影响阅读，可向承印厂联系调换。

目录 Contents

目录 Contents

第一章
新婚之夜

男人临窗而立，孤寂挺拔的背影宛若黑夜中的鹰。他的上身如米开朗基罗手下的大卫，肌肉饱满，将男性的力量之美演绎得淋漓尽致。他有一双鹰隼般的眸子，此时眸子里充满了仇恨。

封行朗是被噩梦惊醒的，这个噩梦纠缠了他整整三个月。

冲天的火光，夹杂着玻璃耐不住高温而爆裂的声音，空气里弥漫着刺鼻的烧焦味，有木制品的，有电缆塑胶的，甚至还有人的！

必须有一个人留下来手动打开那个逃生的闸门。

“阿邦，快带行朗走！不要管我，再不走我们三个人都会被困死在这里，走啊！

“行朗，记住哥的话，你活着，哥就活着！”

时隔三个月，那晚的场景却仍历历在目。

封行朗，一个掌控了申城大半经济命脉的男人，拥有无尽的金钱和权势，可照样换不回哥哥封立昕的健康。

封行朗慢慢地合上眼眸，将眸中的恨意与这喧嚣城市隔断，同时将那个梦重新烙回了自己的灵魂深处。

他套上一件睡衣，走出了自己的房间。

一道长长的幽暗走廊，在这漆黑的夜晚里显得很诡异。在一扇紧闭的门前，他顿住了脚步。

门从里面打开，走出一个中年医生，随着他的走动，一阵刺鼻的消毒药水味道飘了出来。

“我哥睡下了吗？”封行朗压低声音问道。

“我刚刚才给大少爷擦了身，屋子里的消毒药水味儿还很浓呢。二少爷，你对消毒药水过敏，暂时还是不要进去了……”

“死不了。”封行朗冷哼，走了进去。

昏暗的房间里，隐约可见床上躺着一个人。

封行朗径直走到床边蹲下，小心翼翼地将床上的人的一只手握在自己的掌心里。

那是一只布满疤痕的手，无法握紧，亦无法伸展。沿着那只僵硬的手向上，是一张被大火烧得面目全非的脸，纵横交错的疤痕将原来那张俊雅的脸庞毁得一干二净，让他的五官看起来很扭曲。

明明是一张面目狰狞的脸，可落在封行朗的眼里，依旧俊朗，依旧慈爱。

躺在床上的男人叫封立昕，是封行朗的大哥，肯为他牺牲自己生命的大哥。

“行朗……是不是又做噩梦了？”封立昕的声带已经被大火烧坏，吐字不清，封行朗却能清楚地辨别。

“没有。”封行朗将掌心里那只残破的手握得更紧，“只是想让你多陪我一会儿。”

封立昕清楚地意识到，越是生死离别，兄弟之情就越无法割舍。可越是这样，封立昕就越是担心。自己时日不多了，如果哪一天自己走了，那么弟弟将永远活在仇恨的深渊中不能自拔，会被仇恨吞噬掉自我。所以在临死之前，他必须给弟弟找个伴侣！

封立昕已经开始用呼吸机了，这些天，他越发觉得呼吸变得困难。

“老金，我的并发症是不是很严重了？”他朝收拾呼吸机的专职医生老金问道。

“不严重。只是肺部出现了点儿炎症。”老金闪烁其词。

“行了老金，你不用隐瞒我了。其实死对我来说，更是一种解脱。”

作为封立昕的专职医生的老金，更能体会封立昕每日忍着剧痛的煎熬，他不是为自己活，而是为了弟弟封行朗。老金叹息一声，说道：“不仅仅是肺部，你肝脏的造血功能、肾脏的排泄功能都开始出问题了。”

“你直接说我还有多少时日可活？”面对死亡，封立昕却问得平静。

“保守治疗，最多不超过三个月。”金医生如实回答。

“三个月……三个月……如果我就这么死了，行朗会更孤独、更寂寞，也就更加仇恨封家其他人！我真的不忍他今后的日子只有仇恨为伴，那会毁了他的一生！我想给他找个好女人，在我死后能好好照顾他。”

“谈何容易啊！以二少爷的性子，他怎么肯在这个时候娶妻呢？”老金摇头叹息。

“总要试一试的。”

封立昕每天的药，都是封行朗亲自喂的。无论多忙，他都会放下手上的工作赶回来。这一回，封立昕却把头侧到一边不肯喝：“行朗，什么时候帮我把弟媳娶回家？”

又是这老生常谈的话题，封行朗知道哥哥的用心，他想他死后，自己能有人照顾。

“你这个大哥尚未娶妻，我这个弟弟着什么急。”封行朗推托。

“我这不人不鬼的模样，哪还有人肯嫁？再说了，我有悠悠就够了！”封立昕淡淡道。

虽然这是句大实话，可说者无意，听者有心。

封行朗将勺里的药送至自己的唇边试了下温度后，再次送到了封立昕的唇边。

“你不听话，哥心情不好，不想喝！”封立昕用上了儿时的招数，只不过那时候大多是为了哄封行朗喝药。他能够感觉到行朗眼眸中与日俱增的仇恨，他怕自己死后，除了报仇，再也没有能让行朗眷恋的人了。如果行朗有了一个家，有妻有子，那就不同了。

封行朗缓缓将药勺放回碗里，道：“要不这样，以你封立昕的名义征婚，如果真有哪个女人心甘情愿嫁，我就娶她！如何？”

封立昕一怔，没想到封行朗会答应，更没想到他会提出这样的条件。

“以我的名义征婚？你这不是故意为难人家姑娘吗？”

“我知道你是怕我孤独。但如果这个女人没有足够的善心，心灵不够纯净，你又岂能放心把你弟弟的终身交给她？”

封行朗可以肯定，不会有什么心灵纯净的女人会答应，即便有，也是另有所图。

封立昕当然不放心，一个心灵不干净、目的不纯粹的女人，也照顾不好他的弟弟，更加焐不暖他那颗仇恨的心！

可这世间，究竟有没有这样美好的女子呢？

要说人选，首先便是夏家三千金：夏以琴、夏以琪、夏以书。

封家曾有恩于夏家，夏正阳曾经夸下海口：“我夏正阳的三个女儿，随你们封家选！”而现在就是他履行诺言的时候。

封家的加长林肯就等在夏家的门外，夏家的书房里却吵成了一团。

夏以琴：“爸，你今天要是逼我嫁给封立昕，明天就准备好替我收尸吧！说不定不用等到明天，一出夏家的大门，我就会死给他们看。”

夏以琪直接将一个化验单拍在了父亲夏正阳面前：“我怀孕了！你要是非逼我嫁给封立昕，那我就告诉全天下的人，说我给封立昕戴绿帽子了！看到时候丢的是谁的脸！”

夏以书冷声说：“爸，我才十七岁。”

“哐啷”一声巨响，夏正阳将手边的茶具一股脑地摔砸在了地上。

“我夏正阳白养你们三个了！封家对我们夏家有恩，要不是当年封立昕出手相救，我们夏家早就破产了！现在就是我们回报恩情的时候，可你们一个个知恩却不报！这是非要逼着我夏正阳当个背信弃义的小人吗？”

夏家三千金都闭上了嘴，一声不吭。

一张两个月前的旧报纸从一个美妇的手中丢在了书桌上。

“正阳，你先别着急怪孩子们。你先看看现在的封立昕都成什么样子了？他已经被那场大火烧得面目全非了，即便要报恩，你也不能把自己的亲生女儿往火坑里推啊！”那美妇是夏正阳的老婆，夏家三千金的妈妈温美娟。

“啊！这是什么鬼东西。”先拿到报纸的夏以琪发出一声尖叫，立刻把手中的报纸丢开。

夏正阳拿起报纸看了一眼，不由得眉头一皱，叹息道：“没想到封立昕烧得这么严重！”

夏以琴：“爸，封立昕明知道自己烧成这样，还非要逼你履行当初的承诺，我看他分明就是不安好心！”

温美娟：“正阳，我觉得以琴说得对。看封立昕目前的状况，根本就不是娶妻的时机，他娶一个女人回家干什么？当保姆吗？”

“我觉得他应该是心理扭曲了，想折磨女人。”夏以书突然幽幽说道。

顿时书房里弥漫起了诡异的气氛。

“大舅，封家的管家已经在客厅里等了好久。”

夏正阳的外甥女林雪落进来的时候，温美娟两眼发亮，冲上前一把抓住了林雪落的手：“正阳，外甥女也算半个女儿！封立昕可是封氏集团唯一的继承人，雪落嫁过去享福，也好过留在我们夏家受苦啊。”

林雪落心头一凉，忍不住反驳：“真有这么好，为什么舅妈你舍不得把自己的女儿嫁去封家享福呢？”

“林雪落，这二十年来，你吃我们夏家，住我们夏家，也该是你回报我们夏家的时候了！”夏以琪见有转机，马上应和起自己的母亲。

林雪落深深凝视着夏正阳。他是她的亲舅舅，他的亲生女儿们都不愿嫁，他一定也舍不得自己的外甥女往火坑里跳的。然而下一秒，她内心仅存的那点儿希冀也落空。

夏正阳走过来握住林雪落的手，苦着一张脸，无可奈何道：“雪落，帮帮舅舅吧！舅舅养了你二十年，没有功劳也有苦劳！要是封家因此撤资，夏家的公司就会破产的。以琴脾气倔，伺候不了封立昕；以琪那么放纵，嫁过去只会适得其反；以书还那么小……”

他的三个女儿都不能嫁，凭什么她林雪落就能嫁？

可二十年的养育之恩都被亲舅舅拿出来说，林雪落又怎么能拒绝。寄人篱下的苦楚和无奈，她深有体会。

“好……我嫁！就算是报答舅舅您二十年来的养育之恩吧！”

看着林雪落眸子里隐忍的泪水，夏正阳是心疼的，毕竟这是他亲外甥女，可封家的人就在外面等着，他也是被逼无奈。

“哟，说得这么悲壮，装可怜给谁看呢？反正封立昕活不长，到时候你这个封太太就是封家的继承人了，心里肯定暗爽着吧？”夏以琪的话，总是这般不近人情。

“要不我把封太太的位置让给你，好让你不错失能够继承封家财产的机会？”林雪落反问。

“林雪落，你……”夏以琪被呛到，瞪着林雪落，却又发作不得。

“好了，雪落你快去梳妆打扮一下吧，封家的管家还等着呢。”温美娟催促道。

夏家客厅里，温美娟已经换了另外一副嘴脸，亲切地拉着林雪落的手朝封家的管家走去。

“莫管家，她叫林雪落，是我们夏家的亲外甥女，我家正阳可宝贝着呢！她贤良淑德，惠心如兰，不知道要比我家那三个笨丫头强上多少倍。”

“夏家三千金笨吗？我却觉得她们聪明得很呢。”莫管家意味深长道。

正如他所预料的那样，夏家三千金“聪明”地选择了不去嫁一个被大火烧得面目全非、连生活都不能自理的人。

“莫管家说笑了。”温美娟尴尬万分。

莫管家侧头看向一旁的林雪落。一身及膝的米色长裙，把她衬托得亭亭玉立，柔美的五官看起来舒心养眼，整个人干干净净、清清爽爽的。

莫管家倒是对林雪落十分满意，露出了慈祥的笑容：“雪落姑娘，你是真心愿意嫁给我家少爷的吗？”

林雪落迟疑了一下，道：“我愿意。”声音很淡却清晰。

“那雪落姑娘就请吧，车已经在门外恭候多时了。”莫管家侧身，恭敬地给林雪落让出了一条道路。

二十年的养育之恩她不得不还！每朝门口迈一步，林雪落都觉得自己的脚有千斤重。

她是个向往美好爱情的女孩，可她真的没有想到，自己的爱情之路还没开始就被断送了。

不知道会有什么样的人生正等着她？

封家别墅里，一片灯火通明。

喜庆的红地毯一直延伸到林雪落的脚下。在莫管家的引领下，林雪落穿过花团锦簇的院落，迈进了封家气派的客厅。

“雪落姑娘，你先坐着休息一下，我去禀报我家少爷。”

“莫管家，您请便。”林雪落礼貌地应答。

莫管家离开之后，空荡荡的客厅里只剩下林雪落一人。她四下环顾，被客厅中央那一大束玫瑰花吸引了过去。

玫瑰花代表着爱情……可自己还能有爱情吗？

林雪落伸出去触摸玫瑰花的手又缩了回来，静静地站在一旁等着。

客厅里的监控连接到了封立昕的房间的液晶屏幕上。

“行朗，我觉得这个叫林雪落的女孩儿不错，眼神很干净。”封立昕对自己未来的弟媳很满意。

封行朗淡淡睨了屏幕上的林雪落一眼，神情依旧冷漠，言语傲慢生冷：“干净什么！不是被逼无奈，就是另有企图。”

“不许你任性！赶紧跟雪落把结婚证先领了！我也好放心！”封立昕觉得自己说话越来越吃力。

“明天吧，民政局晚上不办公。”封行朗敷衍一句。

“不用等到明天了，我已经申请到了特殊情况下的上门服务。”

封立昕不给弟弟回避及退缩的机会，直觉告诉他，这个林雪落会是个好弟媳，她一定会帮他照顾好弟弟，他怕自己等不了太久。

封家客厅里。

两个民政局的工作人员走了进来，将一张结婚登记表送到林雪落的面前："林小姐，如果您是自愿嫁给封先生的，就请您填好这张登记表并签字。封先生不方便，我们会送去楼上让他签字的。"

填好登记表，在女方一栏静静地看了好几秒之后，林雪落才签下了自己的名字。

与此同时，二楼主卧室里。

"好，我签！哥，这回算你狠！"封行朗在结婚登记表上签下了自己的大名。

他根本就无心谈情说爱，更别说娶个女人回来当老婆。做这一切，只是为了能让大哥封立昕宽心。

一个小时后，盖上钢戳且起了法律效力的结婚证送到了封立昕的手里面。

男方：封行朗，女方：林雪落。

"哥，这结婚证我已经乖乖领了，那接下来你的植皮手术，是不是也得乖乖地做？"这才是封行朗签字的目的所在，"我这身皮肤，每天都在为你好好保养着呢。"

但他并不知道，金医师跟他隐瞒了封立昕的病情。以封立昕现在的身体状况，维系生命都难，更别说动手术了。

"春宵一刻值千金，今天是你跟雪落大喜的日子，快回去吧，别怠慢了人家！"封立昕将那两本大红的结婚证让莫管家收藏保管起来。

洞房？跟这个女人？封行朗的目光落在了屏幕中的林雪落身上，他的嘴角勾起一抹若有若无的冷笑，让人能寒到骨子里似的。

封行朗有一张英俊的脸，嘴唇的轮廓线极好，高挺的鼻梁棱角分明，整个人显得既冷酷又性感。可他现在，却打算以另外一副面貌示人。

一个黑色的皮箱突然被打开，里面装的是从国外高价定制的人造皮肤，上面疤痕满布，比电影里演员们用的还要逼真。

这些道具只用过一回，那是封一明带人来看望侄儿封立昕时，封行朗用它装扮封立昕来蒙混封一明的。当时封立昕的身体状况很糟糕，几乎命悬一线，封一明并非好心来看望，而是来看看封立昕死了没有，他才好继承封氏集团。

没想到这些道具今晚又要用上一回。

“二少爷，雪落是个好姑娘，你真要戴上这些东西吓唬她吗？”莫管家于心不忍。林雪落在夏家时应该已经受到委屈了，现在又不受二少爷待见，这日子得有多难熬。

“一个虚伪的女人，值得你这么袒护？你要是敢跟她多说，我一定跟她离婚！让她在申市寸步难行！”封行朗的声音冷得似能结成冰。

莫管家沉默了，开始给封行朗装上人造皮肤。因为是给封行朗量身定做的，五分钟后，丰神俊朗的封行朗就变成了一个面目狰狞的怪物。

那张脸，诡异得让人毛骨悚然。

封行朗将一个微型变声器贴在喉结上，声音顿时变得苍老：“把那个女人叫进来，说我正等着她！”

莫管家摇头叹息一声，不免再次怜悯起林雪落。大少爷赶着为二少爷结下这门婚，究竟是对还是错？

楼下客厅里，林雪落正安静地看着一本安婶从书房里拿给她的书。

“雪落姑娘……不，应该叫太太了，少爷正在楼上的婚房里等着您。”莫管家谨慎地使用称呼。

“哦……好。莫管家，您还是叫我雪落吧。”林雪落柔声道。突然被人叫“太太”，她还真有些不习惯。

跟在莫管家身后，林雪落的心情是沉重的。她暗暗给自己打气，封立昕是个被大火烧伤的可怜人，既然他成了自己的丈夫，那她就有照顾好他的义务。林雪落在福利院当了两年多的义工，她相信自己能照顾好封立昕。

婚房里，一片喜庆的大红色。玫瑰花瓣铺散在地毯上，一直延伸到婚床边。

林雪落看到婚床上侧身躺着一个人，从后背来看，体形健硕。

她不知道要怎么跟床上的男人沟通，下意识地回头看，莫管家早已经离开，而她身后的门也已经关上了。

“你好……我叫林雪落。”林雪落小声开口，脸不由自主红了起来。毕竟这是她的新婚之夜，而床上躺着的正是她素未谋面的新婚丈夫。可等床上的封行朗转过身来后，一声刺耳尖锐的叫声，带着发自灵魂深处的恐惧，在封家的整个别墅里回响。

那已经不能算是一张人脸了！纵横交错的疤痕令五官扭曲，狰狞得让人不敢直视。

虽说林雪落在来封家的路上已经做好了心理准备，但在看到真人时，她还是吓得惊慌失措。

“怎么，你害怕了？”他的声音苍老而嘶哑。

女人的反应让封行朗更为鄙夷，就这么大点儿胆子，还想对封家另有所图？

感觉她的尖叫声还不够惊悚，封行朗从床上爬了下来，半躬着身体逼近林雪落，并举起了自己那只如鹰爪的手：“雪落，别害怕……来，让我抱抱！”

林雪落惊惶后退：“你别过来……别过来！”

“雪落，今晚是我们的新婚之夜……别害怕……要是嫌我丑陋，我可以把灯关了。”封行朗欣赏着女人脸上真实的恐惧。他要让她清楚地知道，想对他们封家另有所图？那就要看她有没有这个胆儿了！

“别……别关灯！我……我不嫌弃你。”林雪落声音发颤，关灯只会让她更害怕。

“既然你不嫌弃我……那我们就洞房吧！”封行朗再次逼近林雪落，将她逼到了身后的墙壁上，让她无处可逃。

“封立昕，求你别这样……我会好好照顾你……可我现在真的好害怕。”林雪落的脸庞上滚落下两行晶莹的泪水。她努力压制着心头的恐惧，可在面对封行朗那张狰狞的脸时，还是会吓得直哆嗦。

一声“封立昕”，让封行朗动作一滞。这个傻女人居然还觉得自己就是大哥封立昕？反应也太迟钝了。

趁着封行朗没动，林雪落连忙猫身从封行朗的臂弯下逃走，手忙脚乱地打开了房间的门，跌跌撞撞地冲了出去……

林雪落在空荡荡的走廊里哽咽，在看到正朝上张望的安婶后，她像是找到了救命稻草，连忙向安婶飞奔过去。

“安婶……我好害怕！”林雪落扑在安婶的怀里，呜咽起来。

“不怕不怕。”安婶轻拍着林雪落的后背安慰，“太太啊，属于您的好日子才刚刚开始呢。”

好日子？这安婶说的究竟是正话还是反话？自己都快被吓出病了，还能有什么好日子？

“安婶，我今晚跟你睡好不好？”林雪落害怕极了，紧紧抓住安婶的手，生怕她不同意。说着她还惊慌地朝二楼方向看上一眼，担心“封立昕”会追出来找她。

“你要跟我睡？这……”安婶有些为难起来，毕竟这是二少爷的新婚之夜，这新娘子要跟用人睡，二少爷肯吗？

对于二少爷变装吓唬自己新娘的行为，安婶不敢怒也不敢言。她深知二少爷的脾气，要是现在跟太太坦白，大家都会吃不了兜着走。

可看到林雪落哭得梨花带雨的脸，安婶又于心不忍，总不能见死不救吧。

“好吧，那就委屈太太跟我将就一晚了。”安婶终于还是答应了。想劝林雪落回婚房已经不可能了，如果硬逼，只会把林雪落逼回夏家去，那就更不好了。

“谢谢安婶。”林雪落紧紧地跟在安婶身后进了她楼下的房间里。

二楼的医疗室里，看着屏幕上在安婶怀里哭得楚楚可怜的林雪落，封立昕微微叹息一声：“这个行朗，居然假扮我吓唬雪落！雪落现在可是他的妻子啊……这小子真够欠揍的！”顿了顿，他换了一口气说道，“老金，你去把行朗叫过来，我要好好说说他。”

金医师却不认同地摇了摇头：“以二少爷的性子，您越是逼他，越是适得其反，雪落姑娘受的苦也就会越多！”

“那也不能由着他假扮我去吓唬雪落啊！”封立昕有些气不过弟弟封行朗的行为，“他会把雪落吓跑的！”

“他们之间，总要用一种方式来沟通。”金医师看了一眼屏幕上跟安婶一起回房的林雪落，“雪落选择留在封家，的确很为难她。但这姑娘其实挺机灵，还知道找安婶求救。”

“不行，我不能眼睁睁地看着行朗把雪落吓跑，多好的姑娘啊！”封立昕想坐起身，却被那些仪器困住。

金医师连忙上前按住了他：“大少爷，这样的过程雪落必须经历！她要是能接受二少爷假扮的容貌而留下，才能焐热二少爷那颗心，也才值得二少爷去珍爱她啊！”

封立昕沉默了一会儿，最终还是点了点头。

翌日，林雪落是在安婶房间的沙发上醒来的，床上已经没有了安婶的身影，应该是早起做家务了。

昨晚的一切历历在目，林雪落很想将它当成一个噩梦，可封家这陌生的环境提醒着她，一切是真实存在的。

林雪落不由得轻叹，既然她选择了嫁给封立昕，为什么不能坦然接受他的容貌呢？可是，可是他的样子真的好恐怖。不行，既来之则安之。她必须去面对这个残酷的事实。即便不想跟他有进一步的亲密行为，照顾好他总是她这个妻子所应该做的。

洗漱之后，林雪落想去厨房找安婶，看看有什么自己能做的，却看到偌大的餐桌前，坐着一个男人，正独自吃着早餐。

林雪落不由自主地走了过去。男人身材很好，短发黑亮健康，还有那露出的麦色手臂满是力量感。这男人是谁？封家的家仆吗？应该不是，哪有家仆会像个大爷似的一人霸占着餐桌吃独食的？那会是谁？隐约之间，林雪落似乎想起来，三个月前，封立昕好像是为了救自己的弟弟而被烈火烧残的。

他的弟弟好像叫——封行朗！一个脱离了封家自立门户，很少在媒体前曝光的金融大鳄。

林雪落想绕到餐桌前面去看看这个男人究竟长什么样，就听到了讥讽声。

“这一大早的，你就这般春心荡漾地盯着我，也太不矜持了吧？”

春心荡漾？她哪里荡漾了？林雪落被男人的话气得无言以对。她不就是想看看他究竟长什么样子吗！这男人怎么像只大孔雀一样自恋！

话音刚落，男人转过头来，林雪落神情一滞，连呼吸也慢了半拍。好吧，她不得不承认，这个男人真的很帅，有自恋的资本。

见这一对新婚小夫妻一早又杠上了，莫管家连忙上前来打圆场。

“太太，这位是封家二少爷，封行朗。”莫管家不敢多说其他，因为封行朗正目光凌厉地盯着他。

原来真是封立昕的弟弟！不过自己好歹也是他的嫂子，他竟然连招呼都不打，真够没礼貌的！看来是被封立昕给宠坏了。

“太太，这是您的早餐。”安婶把林雪落的早餐送到餐桌上，林雪落却端起早餐的托盘径直朝厨房走去。

“太太，餐桌那么大，您怎么不坐过去吃啊？”安婶想让这对小夫妻好好培养感情。

“我不想跟没有礼貌的人坐在一起吃早餐。”林雪落哼一声。

岂止没有礼貌啊，简直就是轻浮，哪有小叔子第一次见面，就说她这个嫂子春心荡漾的？

没有礼貌？这个女人胆敢说自己没礼貌？想跟他玩欲擒故纵的游戏吗？看来昨天晚上的那通吓唬实在是太轻了！竟然没有把这个女人从封家吓走！

“安婶，我哥的早餐呢？”封行朗问。

“哦，我已经做好了。这就去端。”安婶立刻折回厨房，将一个特制的托盘送到封行朗的手上。

一听说这些食物是给“丈夫”封立昕准备的，林雪落放下碗筷走了出来：“我来吧。”

“你来？”封行朗冷眼以对，“怎么，开始装贤淑了？昨晚你竟然从婚房里跑出来，可把我哥气得不轻呢！”

林雪落一阵语塞，脸也不由得一红，昨晚的事他怎么也知道了？

“今晚你要是再敢跑，小心我打断你的腿！”封行朗冷冷警告完林雪落，便端着封立昕的早餐上楼去。

目送着封行朗挺拔的背影，林雪落欲哭无泪，真是个轻浮又粗暴的男人！

其实昨晚从婚房里逃出来，林雪落还是有些内疚的，但她做不到跟“封立昕”亲近。她唯一能够劝服自己去做的，就是照顾好他。

厨房里，林雪落帮着安婶收拾。

“太太，是不是心里难过了？我家二少爷就那臭脾气，可心好着呢，每天都给我家大少爷喂饭喂药，是个重情重义的好弟弟。”安婶帮着封行朗说好话。

其实林雪落也看出来了，封行朗对他哥哥是真好，他们兄弟俩的感情应该很深厚。

“安婶，封立昕他怎么不去做整容手术啊？”林雪落忍不住询问，以封家的财力，就算封立昕毁容了也能恢复个七八成吧。

安婶却忍不住抹了一把眼泪，说：“我家大少爷伤得太重了，现在正竭尽全力保他的命呢，哪里还有精力去做整容手术啊。”

安婶是情难自控，林雪落却疑惑了。因为昨晚的那个封立昕，怎么看都不像伤得太重的样子。他行动自如，扣着她的手腕的时候，臂膀相当有力。

似乎意识到自己失态了，安婶连忙抹去眼泪叮嘱着林雪落：“太太啊，我家大少爷的病情，您千万不要跟我家二少爷说啊！我家二少爷会崩溃的，因为我家大少爷是为了救二少爷而受的伤。”

林雪落点了点头：“我知道的。”

“太太啊，您要尽量多多包容我家二少爷。自从大少爷出事后，他的脾气一直不好，您一定要多多担待他啊！”安婶说道。

林雪落默默地点了点头，却不能承诺安婶什么，因为那个封行朗实在是太可恶了，初次见面就一点儿都不尊重她！

今天是新娘回门的日子。

豪门之家，礼节不能少。安婶给林雪落准备了很多补品，还有一些做工精良的艺术装饰品。

楼下宽敞的衣帽间里，莫管家正伺候着封行朗穿西服。笔挺的纯手工西服，将封行朗勾勒得更加挺拔，加上他那张俊朗的脸，很是赏心悦目。

“二少爷，今天太太回门，您抽个空送送她吧。”莫管家委婉地提醒封行朗。他跟安婶都受了封立昕的嘱托，要尽最大的努力撮合封行朗和林雪落，让他们早点儿相亲相爱。

然而封行朗剑眉微扬，不咸不淡地说：“你觉得我会闲得有那工夫？”

“莫管家，我一个人回去就可以了。”林雪落不想让莫管家为难。

封行朗睨了一眼落落大方的林雪落：“夏家是不会在乎有没有封家人去的，只要钱去了就行！对吧，封太太？”

“请你叫我嫂子！你爸妈没教你要懂礼貌吗？”林雪落忍不住顶了一句。

谁给了这女人胆子，敢教训他封行朗？

封行朗瞪向林雪落，林雪落迎上他的目光，又匆忙挪开。真是个可怕的男人！林雪落的心跳漏了半拍。

封行朗倾过身，俊颜离林雪落近近的：“我爸妈还真没教过我怎么懂礼貌！要不，你来教教我？”他口中好闻的薄荷气息拂在林雪落的脸上，让她的心又突然加速狂跳起来。

“我，我教不起你！你……你走开。”林雪落白净的脸庞羞得红扑扑的，她推开封行朗，像被踩了尾巴的猫儿一般，快速朝楼上奔去。

回到婚房里，良久，林雪落才平息刚刚的悸动。

婚床已经被安婶重新整理好，依旧喜庆，依旧玫瑰香四溢，可一联想到昨晚“封立昕”那如鬼魅的样子，林雪落拍了拍自己的胸口，真的是太瘆人了。

可没多久，林雪落又开始自责。她怎么能这样腹诽自己的丈夫呢？既然选择了嫁给他，就应该跟他共同面对人生的苦难。一个曾经无比优秀的男人沦落至此，想必他的内心也很崩溃。如果连她这个妻子都嫌弃憎恶他，那他岂不是会更难受？

她忽然想为昨晚自己逃跑的事去向封立昕道个歉。

林雪落来到医疗室前轻轻叩了两下门，莫管家从猫眼里看了一下，压低声音对病床上的封立昕说道："是雪落姑娘，她想见您。"

封立昕本能地抬手去摸自己的脸，可他的手臂伸展有限，最终还是没能摸到："还是不见的好，我这个样子，一定会把她吓坏的。对了老莫，今天是雪落回娘家的日子，你有没有跟行朗那小子说，让他陪雪落回夏家？"

"可二少爷给您喂好早餐后，就赶去集团总部了。"莫管家回复道。

"唉……那小子是故意怠慢雪落呢。"封立昕叹息一声，又说，"这样吧，你跟安婶多准备些厚礼，再带上礼金，别让夏家人小瞧了雪落。"

莫管家："大少爷，您放心吧。二少爷留下了一张一千万的支票作为礼金。"

"行朗这小子表面上又冷又凶，这回还算他有良心，希望他能尽快爱上雪落才好。"封立昕松了一口气，那样他才能走得安心。

"老莫，那就有劳你陪雪落回夏家一趟，记住，多在雪落面前说说行朗的好话。"封立昕再次嘱咐。

"我这就去送二太太回夏家。"莫管家躬身而退。

连续叩了三回门，林雪落便不再叩了，她不想打扰封立昕静养，只是静静等在医疗室门外。门忽然从里面打开，林雪落迎上前去，却被莫管家拦在了门外。

"莫管家，我想进去跟立昕打个招呼，再道个歉。"房间里一片昏暗，林雪落看不清里面的情况，只闻到一股刺鼻的消毒药水味儿。

"太太，大少爷正在擦身，不方便见您，他特地嘱咐我送您回夏家。"莫管家恭敬地说道。

听到莫管家这么说，林雪落也不好再坚持，转身下楼准备回夏家。

见林雪落回门只有一个管家跟随，温美娟的脸冷冷淡淡的。那些滋补品及工艺品她更是视而不见，毕竟夏家也算申市的贵胄，这些东西见得多了。

"夏太太，我家少爷多有不便，特地叮嘱我捎来一点儿薄礼，还望夏家能够笑纳。"

在莫管家拿出那一千万的礼金支票时，温美娟顿时乐开了花。

“哎呀，这多不好意思啊！有劳莫管家了。封家就是封家，出手就是气派呢！”接过那张千万支票，温美娟对林雪落的态度也好了很多，“雪落，回头替我好好谢谢立昕。”

林雪落紧抿着唇，有些尴尬，更多的是心凉。还真的印证了那个男人的话，夏家是不会在乎有没有封家人去的，只要钱去了就行！

“太太，那我晚上七点之前来接您回家用晚餐。”莫管家恭谦地说道。

“不，不用您来接了，我自己回去就可以了。”林雪落连忙回答。

“那怎么行，我们封家的太太矜贵着呢，还是我来接您回封家吧。”莫管家温声说。

一句“我们封家的太太矜贵着呢”便拉升了林雪落的身份，也狠狠打了一下温美娟的脸。

“莫管家，我送送您。”温美娟忙堆着一张笑脸去送莫管家。

莫管家一走，夏以琪就从楼梯上跑了过来。她伸手想从温美娟手里抢过那张支票，却被温美娟打开：“这钱正好留着你姐开生日party用。”

“妈，你就是偏心夏以琴！”夏以琪不高兴了，“开个生日party用得着一千万吗？”

“去去去，一边去！你姐可是夏家长女，当然需要好好包装。妈还指望着她给我们夏家长脸呢！”温美娟轻哼一声。

夏家，午餐时间。

夏正阳不在，餐桌上坐了五个女人，话题也就八卦起来。

“雪落，你见着封立昕了没有？是不是烧得面目狰狞？”夏以琪做了个鬼脸，随后又好奇地问，“对了，他……那方面还行吗？”

“……”林雪落尴尬极了，选择了沉默。

“以琪！女孩子家矜持点儿！”温美娟呵斥道。

夏以琪吐了吐舌头：“不用问了，看她的样子就知道了，他们肯定没有发生关系！”

“看来二姐在这方面挺有经验。”林雪落本不想作答，只是夏以琪实在咄咄逼人。

“哈哈。”夏以书笑了出来。

意识到自己被羞辱了，夏以琪恼羞成怒：“林雪落，你竟然敢取笑我？”

“雪落姐没有取笑你，是你自己的狐狸尾巴藏得不够严实！”夏以书要么沉默，要么说话一针见血，毫不留情。

“你……”夏以琪气得脸一阵青一阵白，好不精彩。

“行了，都好好给我吃饭！”温美娟厉斥一声，餐桌上才恢复安静，随后她又问，“对了雪落，封立昕的病情怎么样了？烧得严不严重？”

林雪落默默点了点头。

“他死了最好，你林雪落就可以继承封氏集团了。”夏以琪又开始冷讽。

林雪落心里一疼，说：“恐怕要让你失望了，我丈夫活得挺好的。”

“嘁，装吧你！封立昕不死，你也就是个守活寡的命！”夏以琪嗤之以鼻。

林雪落不再跟夏以琪争辩，因为不值，亦没那个必要。

沉默良久的夏以琴突然淡淡开口：“雪落啊，听说封家还有个二少爷，叫封行朗。传闻这人神秘又高贵，是个不折不扣的金融大鳄。你见到他了吗？”

一提到封行朗，林雪落整个人都不好了。那个无礼又倨傲的家伙，初次见面就言语轻浮，她一点都不想提到这个男人！于是，她回了一句：“没……没见到！”

“哦？可惜了，听说他长得丰神俊朗，还是商场上凤毛麟角值得敬佩的男人呢！”夏以琴惋惜道。

林雪落心想：夏以琴是申市赫赫有名的名媛，向来心高气傲，却没想到竟然对封行朗着了迷？不过那个封行朗真有这么好吗？依她看，他顶多是个被哥哥宠坏的男人罢了。

“大姐，原来你说的那个本市财阀新贵，就是封家的二少爷啊？”夏以琪一脸花痴道，“雪落，说不定以后我和你就能成妯娌了！”

“像封行朗那种人，又怎么会看上你夏以琪？他又不瞎！”夏以书不留情面地泼冷水。

“夏以书！你个小黄毛丫头懂男人吗？就算封行朗看不上我，也看不上你！”夏以琪恼羞成怒。

林雪落很郁闷，那个蛮横的男人有什么好的？夏家三千金竟然还争上了？要是她们知道封行朗的为人，肯定唯恐避之不及吧。可这回她还真想错了，因为夏家三姐妹只会为封行朗争得头破血流。

夏以琪愤愤不平：“妈，你管不管夏以书啊？哪有妹妹这么跟姐姐说话的？”

“行了！都别吵了！还没见到封行朗的面儿呢，你们两个就争来争去，也不怕别人笑话！”

温美娟气不打一处来，“你们两个有空多学学你们大姐，要端庄，要温婉，要矜持！先学好怎么做个名媛千金吧！”

夏家是待不下去了。

趁下午时间还很多，林雪落便打车去了福利院，去看望池老院长。

林雪落很小的时候曾在这家福利院住过一年多，因为舅舅把她领回夏家的时候，受到了舅妈的强烈反对，甚至于以死相逼。

温美娟以为林雪落是夏正阳在外面的私生女，所以才大闹特闹。夏正阳被温美娟折腾够了，迫不得已把林雪落送来了这家福利院寄养。

车内，林雪落发着呆，夏以琪的那句“你也就是个守活寡的命”或多或少还是刺痛了她的心。她真的要在封家葬送自己的一生吗？

不巧，池院长并不在福利院里，他去了一个募捐现场，为一个刚送来福利院三天的患有先天性心脏病的孩子筹集更换心脏瓣膜手术的资金。

池院长都一把年纪了还为每个毫无血缘关系的孩子操劳，这种无疆大爱，林雪落望尘莫及。

她能做的，就是把为数不多的私房钱取出来，默默放在了池院长的抽屉里。

陪同福利院的小朋友玩了一个多小时后，林雪落没有回夏家等莫管家，而是坐公共汽车回了封家。

封家一片安宁。封立昕还在医疗室里做理疗。

林雪落也问过安婶，为什么封立昕不去大医院做进一步的治疗？现在的医疗科技这么发达，加之封家的财力，她觉得封立昕应该能得到更好的治疗，而不是仅仅在家维系生命。

安婶却长长叹息一声："唉……自从得知蓝小姐的死讯，我家大少爷几乎连求生本能都丧失了，任凭二少爷怎么劝说，他都不肯出封家。"

林雪落一怔，心里一酸：原来封立昕早已经有心上人了，那么娶她，也不是出于真心吧。

稍稍收敛起自己黯然的心绪，林雪落开始准备晚餐。她从冰箱和果篮里选出几种质地较软，而且容易消化的水果，做起了水果拼盘。

"太太，我家二少爷最喜欢吃杧果了。"安婶善意提醒。她也很希望林雪落能亲手做一顿丰富的晚餐，好讨得二少爷的欢心。

林雪落好看的红唇紧抿着。封行朗喜欢吃杧果关她什么事儿？他喜欢吃，自己去弄好了！这个水果拼盘，可是她全心全意为封立昕做的。

水果拼盘做得很可爱，让人看着就食欲大增。

林雪落端着水果拼盘走出厨房的时候，正好迎上前来厨房查看大哥的晚餐的封行朗。

他的目光扫过林雪落，语气冰冷："做了这么花哨的拼盘，是用来讨好我的吗？"

"你想多了，我是做给你哥吃的，麻烦你让开。"林雪落真的对这个没礼貌的小叔子没什么好感。虽然长了一张俊脸，可这脾气着实让人受不了。

不是做给他吃的？封行朗微怔，见女人已经从他身边侧身而过，不咸不淡地补充了一句："可惜了，我哥吃不了你这花哨的拼盘！"

林雪落顿步，转过身来，直面封行朗："这拼盘哪里花哨了？我只是想让你哥看着这个笑脸拼图，心情能好一些，食欲也就跟着好些。"

封行朗本能地伸过手，拿起一片杧果送到自己嘴里慢慢咀嚼。淋上少许蜂蜜的杧果，更为香甜。

可当封行朗再次伸手，林雪落却把果盘藏到了身侧："你只能吃一片，其他的是留给你大哥的。”

封行朗的心微微温暖了一下，随后他想到什么又沉下脸色：“我哥只能吃流食。”

“哦，对不起，是我疏忽了。我……我这就去打成果泥。”

“不用了，给我吧。说不定正如你说的那样，我哥看着心情会好。”封行朗从林雪落的手中接过果盘。当他骨节分明的手触碰到林雪落的手时，林雪落的脸莫名红了一下，稍纵即逝。

不过今晚的喂饭，封行朗还是没让林雪落进去医疗室。虽然她觉得自己是封立昕的妻子，有照顾他的义务，但看到封行朗对他大哥那么有心，她也就没有强求。

她想，封行朗在家时，就由他照顾封立昕也好。等他不在家时，她再照顾封立昕不迟。毕竟他们兄弟俩的感情，并不是她一个刚过门的陌生妻子能够比的。更何况她跟封立昕中间还夹着一个蓝小姐。听安婶的口气，封立昕应该是爱惨了这个女人！

封立昕看到那个小黄人笑脸，脸上果真露出了笑意，只是在层层叠叠的疤痕下，实在是难以察觉，但封行朗还是看出来了。

或许这是大哥这三个月来唯一的笑容。

“真是个心灵手巧的好姑娘，行朗，你算是捡到宝了！”封立昕的心情少有地愉快。

“哥，我都已经乖乖地结婚了，你的植皮手术是不是也应该提上日程了？”这是封行朗大半个月来一直重复的话题。

“不急。我再多养几天，再等等吧！”每次这么搪塞，封立昕的目光都会紧紧盯着一张照片。照片中的女人叫蓝悠悠，也是个善良又漂亮的女孩。

悠悠，等我安顿好行朗跟雪落的事，我就去天堂找你。

你一定要等着我！

夜已深，封行朗回到婚房时，林雪落已经睡着了。她怀里还抱着一本书，一本关于烧伤治疗方法的医书。

林雪落长长的睫毛垂着，睡得很安静，连呼吸都是小心翼翼轻轻浅浅的，似乎怕惊动了其他人。

封行朗立在床边静静看了一会儿，便侧身在林雪落身边躺下。或许真的累了，又或许她的美好让他不忍心去打扰，不一会儿，他便跟着入睡。

于是，偌大的婚床上，有了两个人的心跳声。

林雪落第二天醒来的时候，已经日上三竿。

天哪，自己怎么会睡得这么沉？原本她是要等封立昕理疗结束后回房间来的，却没想到先睡着了。

起身之际，林雪落听到了浴室里传出来的水流声。谁在洗澡？隐隐约约，林雪落似乎嗅到婚床上有薄荷味的男性荷尔蒙气息，难道是立昕？

想到封立昕被大火烧得行动不便，担心他一人在浴室里会有困难，林雪落连忙起身朝浴室走过去。

“立昕，是你在里面吗？”在浴室门口，林雪落停下脚步，温和地问道，“需要我帮忙吗？”

女人关爱的声音听着很温馨，那声“立昕”却让封行朗微微蹙眉。

“立昕，需要我帮忙吗？”林雪落又问了一声，见里面久久没有回应，很担心身体残疾的封立昕不能自理，于是说道，“那我进来了。”

她是他的妻子，在心理上，林雪落做不到跟毁容的封立昕亲近，但照顾好他的饮食起居也算是尽她这个妻子的义务了。何况新婚之夜她从婚房里跑出来，丢下他独自承受伤害，始终是她的心结。

浴室里的封行朗选择了沉默，他倒想看看，女人在见到他后，会是一副什么样的表情。惊慌失措？还是欲拒还迎？

浴室的门被推开，林雪落看到了一个足以让每个女人都动容的傲然体魄。

黑亮的湿发上，顽皮的水滴汇聚在一起，顺着他的脖颈流淌至胸前，接着继续向下，落入神秘地带。

这一刻，林雪落几乎看傻了。

天地良心，她真的不是故意的！这，这可是她跟封立昕的婚房啊！

在浴室里冲凉的人怎么会是封行朗！

“封……封行朗，你……你……你怎么会在这里？”林雪落惊愕得语无伦次。

“你什么你？看够了就出去吧。”封行朗不动声色，语气风轻云淡。

他扯过一条浴巾，不紧不慢地裹在自己的腰上，然后才开始用毛巾擦拭黑发上的水滴，好像被人看光并没有影响到他的情绪。

可林雪落的心扑通扑通狂跳个没完没了，羞了个大红脸。

“对，对不起。”林雪落觉得自己的脸火辣辣的，没敢再多看一眼，便像身后有洪水猛兽一样，急匆匆地跑出洗手间，一路朝楼下跑去。

她怎么这么冒失，竟然看到这个画面！而且还是她主动推门进去的，真是羞得没脸见人了！不过里面的男人也真是的，她明明都事先提醒了，为什么他还一声不吭？要是他吭一声，她说什么也不会误闯进去的。

这是她跟封立昕的婚房，封家那么大别墅，浴室就不下五六间，封行朗为什么偏偏选择了这间婚房里的浴室呢？

一定是他的恶作剧！他怎么可以这样戏弄自己的嫂子？那也是对他大哥封立昕的不尊重！

思前想后，林雪落觉得要是把这件事告诉封立昕，有可能会影响到他们兄弟之间的感情。而且封立昕的身体本就不好，林雪落不想因为这些琐事气着他，但她又不想就这么忍气吞声。她不想树立什么嫂子的威严，只想封行朗能够尊重她。

不能告诉封立昕，林雪落便想到了安婶。

虽说安婶只是封家的家佣，可她伺候了封家两兄弟二十多年，比亲妈还亲，挺受两兄弟尊敬的，先找她说一说吧。

“安婶，封行朗应该有他自己的房间吧？”

林雪落这么冷不丁一问，安婶倒是愣了一下，二少爷的房间，不就是他们两人的婚房吗？

“安婶，您说的话，封行朗一定听得进去。麻烦您告诉他，以后不要再在他大哥的婚房里冲凉了。现在立昕是个已婚的男人了，多多少少会有不方便的。”林雪落委婉地说。

安婶默默叹息一声，唉，这个二少爷啊，还没把真相告诉雪落姑娘。可安婶实在不便多说什么，只能先应下：“好，回头我跟二少爷说说。”

“谢谢安婶。”林雪落柔声道谢。

“对了安婶，把立昕的早餐给我吧，今天早上由我来喂他。”林雪落从吧台上端起特制的药膳，却没想转身之际，迎上了封行朗那深不可测的目光。

想来，刚刚她对安婶说的话，这个男人应该是听到了。

听到了更好，也好警醒他一下，让他对她尊重点！可林雪落又怎么会想到，眼前这个男人，才是她法律上真正的丈夫。

因为刚刚在浴室中的尴尬，林雪落有些难为情，匆匆看了封行朗一眼便挪开了目光。

“把我哥的早餐给我。”封行朗的声音染着莫名的怒意。

“还是我来吧！”林雪落咬牙抬起头与他直视，“总有一天，你会娶自己的女人，会有自己的家，到时候你哥还是得我来照顾。”

“没有哪个女人会比我哥重要！”封行朗的声音冷到了骨子里。

目送封行朗端着早餐转身上楼的挺拔背影，林雪落的心莫名一疼。她不知道自己的心疼，是因为那兄弟情深的话，还是因为他深藏在骨子里的刺骨冷意。

理疗室里。

封立昕喝了一口弟弟喂过来的药膳，有些乏力地开口：“以后这些活儿让安婶做就可以了。你有这个时间，还不如多去陪陪雪落呢。”

“我已经联系好美国的烧伤科专家，你何时准备动身？”这才是封行朗最在乎的。

“老惦记我的事儿干吗，你应该带雪落去度蜜月。”封立昕又喝了一口药膳，“要是你们这次蜜月有了孩子，我一高兴，就能养好身体动身了。”无疑，这是封立昕的缓兵之计。

“孩子应该是爱情的结晶，我是不会让一个心怀不轨的女人怀上我的孩子的。”封行朗应得坚定又冷酷。

“行朗，雪落是个好姑娘。”封立昕长长叹息道，“为什么非要假扮我的样子吓唬她？你以真面目视人，她一定会真心爱上你的！不要太为难人家了。”

“要我不为难她也可以，乖乖地跟我去美国接受植皮手术！”

封行朗用林雪落反将了大哥一军，他不能让大哥继续跟自己玩缓兵计了。

“雪落可是你的妻子……”封立昕突然意识到自己根本就说不过弟弟，以前如此，现在更是如此，封行朗从小脑子就比他好使。

“那还不是被你逼婚的，我都乖乖听话结这个婚了，你是不是也得乖乖地跟我去美国？非逼我动粗吗？”封行朗半威逼半诱哄道。

封立昕的目光再次落在那张照片上。悠悠，没有你的世界，我活着还有什么意义？

照片上的女人，让封行朗皱起了眉头。为一个女人，大哥的意志竟然如此消沉？

原本林雪落是想趁暑假期间去福利院做义工的，可想到自己现在已是人妻，应该把照顾丈夫放在第一位。所以吃过早餐后，林雪落便准备跟金医师的助手学习怎么给封立昕擦身。

她刚要穿上无菌服，福利院那里就打来了电话，说池院长病倒住院了。她连忙放下手上的活儿赶去池院长所住的医院。

在不被舅妈温美娟认可和接受的那一年多里，林雪落每天都跟着池院长同吃同住。即便之后她住回了夏家，池院长也经常会打电话关怀林雪落。

赶去医院林雪落才知道，池院长是为了那个先天性心脏病的孩子募集善款时累倒的。可募集的资金加上医院的减免，还差十万块钱，那个孩子的心脏瓣膜手术却刻不容缓。

十万块钱对富人来说不过九牛一毛，但对一个患有先天性心脏病的弃婴来说，无疑是天文数字。

林雪落决定帮帮那个可怜的孩子，同时也是帮劳累到病倒的池院长。

她首先想到的便是夏家，这也不是她第一次去夏家为福利院的孩子们张口了，一般情况下，只要数目不大，舅舅都会答应她的，可这回真不巧，夏正阳出差不在公司。

这可怎么办呢？

林雪落只能硬着头皮去夏家向舅妈求助。

“什么？你要十万块钱去救一个毫不相干的孩子？你可真是善心泛滥得无可救药。”温美娟对林雪落的善举并没有多大的热情，“那些福利院的孩子不是有红十字会吗？还有那么多慈善机构，用得着你操这份儿闲心吗！”

“舅妈，池院长已经募捐过了，而且医院方面也答应减免部分医疗费用，可还差十万块钱。那个孩子真的病得很严重，他等不了几天了。”虽然舅妈的反应在意料之中，但林雪落还是不想放弃。

温美娟抚了一把绾得一丝不乱的发髻，嗤了一声：“你是不当家不知道柴米油盐贵。就你舅给的那点儿生活费，别说十万了，连一万块钱都有点儿紧呢。”

说实在的，原本捐献善款也是自愿行为，既然舅妈不愿拿，林雪落也不想强人所难。可她实在看不惯舅妈故意找出的蹩脚借口，便直言道：“舅妈，前天莫管家不是给过您一千万的彩礼吗。”

“你说什么？你竟然还惦记着那一千万？呵呵，林雪落，你才嫁出门没两天，就胳膊肘往外拐了！连彩礼的钱你都想替封家要回去？是封立昕教你这么做的吗？”

“舅妈，您别误会。不是封立昕的意思，仅仅是我自己想帮池院长筹钱。”林雪落急声解释。

“行了，你别解释了！那些彩礼钱是封立昕给的，如果想拿回去，就让封立昕亲自来拿！”温美娟狠声说道。其实她清楚，以封家的地位和颜面，不可能为了区区一千万来向夏家索回的，她只是不想便宜林雪落罢了。捐什么善款？都是幌子。

温美娟理解不了林雪落的善举，就像林雪落也理解不了温美娟明明有能力却不愿意去帮助那个可怜的孩子一样。她不想用道德绑架温美娟，没多久便离开了夏家。可她是真的心疼池院长的一片爱心，明知道自己能力有限强求不得，可她还是想去试一试。毕竟相较于池院长，她还是有更为优越的条件的。

进不去理疗室，林雪落自然也就见不到封立昕本人，也就提不出那十万块钱善款的事。她想到了另外一个人：封行朗。传闻他掌控了申市大半经济命脉，应该有能力帮忙，更何况排除他对自己的无礼，他对他大哥还是重情重义的，说不定愿意帮自己？

想到安婶说封行朗爱吃杧果和牛排以及意大利面，她便研究了一下午，亲手做了一道泰式杧果牛排沙拉和一道黑椒牛柳炒意面。

看到林雪落在用心制作二少爷爱吃的菜肴，安婶很高兴。这二少爷和太太，终于到了拨开云雾见晴天的时候。

封行朗一回封家，安婶连忙端出封立昕的晚餐上楼："二少爷，我去伺候大少爷用晚餐。太太给您做了一下午的菜肴，您快去尝尝吧。"

这女人早上还一副贞洁烈女的模样，下午却做了一桌子美食，太阳从西边出来了？

迎上男人深邃的目光，林雪落心头一悸，早晨美男出浴的一幕突然在脑海里浮现，她又羞了个大红脸，竟俏丽得让人挪不开目光。

从林雪落晶莹的眸子中，封行朗读出她似乎有话想跟他说，却在一直酝酿，无从开口。

"你做的？"他在餐桌前坐下，声音清冷。

林雪落点头，欲言又止。

封行朗看了一眼泰式杧果牛排沙拉，颜色很漂亮，就像眼前的女人一般看着赏心悦目，只是不知道……味道如何？

封行朗平日里目光冷漠，可落在林雪落身上时，那目光便像加热过一般，炙烫着她的每一寸皮肤。林雪落有些不自在地往后小退了一步，这男人目光的杀伤力真够强的。

"无事献殷勤……说吧，你有什么目的？"封行朗淡声问。

好吧，还是被他看穿了。林雪落抿了抿唇，说："你能给我十万块钱的善款吗？"

封行朗动作顿了一下，随后他优雅地将叉子上的食物吃光，才悠声说道："好。你上楼去，我拿给你。"

啊，这男人竟然如此好说话？他也没问她要这些善款干什么用，就这么答应她了？果然是财大气粗啊！看来夏以琴说他是申市的财阀新贵，果真没错！

林雪落没想到事情竟然这么顺利，开心地跟着封行朗上了楼，可她不知道，即将迎接她的是什么。

封行朗走在前面，步伐稳健，林雪落几乎要小跑着才能追上他。

进了房间，封行朗突然一个反身，将身后的林雪落压制在他的胸膛和墙壁之间。

"封行朗，你，你要干什么？"林雪落的呼吸瞬间慢了半拍。

"林雪落，给自己开价十万块，是不是少了点儿？"封行朗逼近，让彼此贴合得更为紧密，"不过你倒还挺有自知之明，知道自己就值十万块！"

林雪落这一刻才明白，原来他让她上楼来，并不是要给她善款，而是要借机羞辱她。

"封行朗，算我看错人了！你不给就算了，放开我。"林雪落挣扎着说。

"你都开口问我要了，我又怎能不给？我对女人向来大方！伺候好我，说不定价格还会翻倍！"封行朗俊逸的脸庞变得邪佞，"不过我得先验一下你值不值翻倍的价！"

"封行朗，你浑蛋！你别碰我……我是你的……"林雪落话音未落，突然间哑然。因为她每一个细胞都清晰地感觉到他正在对她做什么。惊骇之后，她便开始愤怒挣扎，"封行朗，你别碰我，你滚开！"

林雪落的桀骜不驯，让封行朗不得不停下，他沉声低斥："白痴女人，别乱动！你想受伤吗？"

第二章

同床共枕

林雪落嫁来封家的目的，实在让人难以朝纯粹的方向联想。

当初是以封立昕的名义征婚的，而封立昕又被那场大火烧得容颜尽毁，前来应婚的女人意图自然也就显而易见——封家的财富和权势。

林雪落刚刚开口要善款，封行朗自然就将她归到了这一类人当中。

只是他没想到，这么一个心怀不轨的女人，却保持着身体的干净。当他抚上她的腰时，她的本能反应和完全不计后果的挣扎并不是能伪装出来的。

所以，封行朗在林雪落全力挣扎的时候，就停止了动作。

泪水从林雪落的脸上滚落下来，她又羞恼又愤恨。就在刚刚，那个男人竟然那么过分地对她！她可是他“嫂子”啊，他怎么能这般羞辱她！

“封行朗，你对得起你大哥吗？”林雪落瞪大泪眼直直盯着男人。

“这关我大哥什么事？”封行朗漫不经心地冷哼一声，从一旁取出一张纸巾，将自己的手擦干净，明明不过一个简单的动作，却暧昧得让人脸红心跳。

林雪落被封行朗这悠然自得并且完全不知错的样子气到说不出话。半晌她才从齿间溢出一句：“封行朗，你卑鄙无耻！”

随后，林雪落用尽全力挣开封行朗的束缚跑出了婚房，跌跌撞撞地朝楼下奔去。

“怎么，那十万块你不想要了？”封行朗提醒着她给他做饭的初衷。

林雪落只是埋头一路狂跑，这极大的羞辱令她无法接受。封行朗的所作所为，简直就是大逆不道！

她要把这件事告诉封立昕吗？可他的身体状况承受得了吗？一想到封立昕用自己的生命换回了封行朗健康的生命，林雪落就替封立昕感到难过。

她哪里知道，这个男人才是她的新婚丈夫。

封行朗并不觉得自己的行为有什么过分的，夫妻之间的亲昵行为，光明正大，哪里“卑鄙无耻”了？

可他不知道，这样的行为俨然超出了林雪落的心理底线！

“太太……太太……您怎么了？怎么哭了？”在客厅里忙碌的安婶迎上前来。

林雪落摇了摇头，封行朗的所作所为太羞于启齿，所以她没回答安婶，一鼓作气跑出了封家的别墅院落。

直到林雪落那纤瘦的背影消失在封家的别墅外，封行朗才意识到，她这回真的被他给撵走了。

这不正如他所期望的那样吗？为何……

看着封行朗高大挺拔的背影，莫管家收回忧伤的目光，说道：“二少爷，我出去看看太太吧。她一个女孩子，深更半夜跑出去，万一遇到坏人就糟糕了。”

“不许去！”封行朗声音凌厉，“一个心机如此之深的女人，用不着你担心她的安全！”

“二少爷，太太真不是什么有心机的女人。我以大少爷的名义去夏家提亲的时候，夏家三千金都避之不及，只有太太她……”

“行了老莫，看来你也被她伪装出的纯洁样子所欺骗了！为什么夏家三千金不肯嫁，她林雪落就肯嫁？才嫁过来三天，就开口问我要钱了！十万？呵，这欲擒故纵的戏码玩得不错！还知道放长线钓大鱼！”封行朗冷哼。

莫管家深知，自从大少爷被烧成重伤之后，二少爷便更为无情，他无奈道："二少爷，不管怎么说，雪落姑娘都是您的太太啊！"

太太……封行朗转身上楼的步伐微微一顿，那张叫作结婚证的纸片上，的确是他和那个女人的名字。

"行了，我出去看看。今晚的事不许跟我哥提半个字！不然……你们懂的。"冷冷说完，封行朗便朝客厅门外走去。

夜空中看不到星辰，黑沉沉的云像要塌下来似的，让人倍感压抑。风乍起，吹拂着林雪落单薄的雪纺裙，明明是夏季的夜晚，她却感到了刺骨的寒意。

她不怪父母把她送到舅舅家寄养，也不怪舅舅和舅妈为解燃眉之急逼自己嫁给残疾的封立昕……怪只怪她林雪落命途多舛吧！

跑出来之后她才意识到，自己走得太急，钱包和手机都没顾得上拿。而且她连一口晚饭都没吃，却辛辛苦苦地给那个卑劣的男人做了一桌子的菜。

在凉风的吹拂下，她更觉饿了。返回封家吗？她宁可饿死街头，也不想再去面对那个男人！

林雪落抱紧双臂漫无目的地走在风雨欲来的街道上，却不知身后已经尾随了两个小混混。

"美女，一个人？陪哥回家解解乏吧。"染着紫色头发的混混上前一步，拍了一下林雪落的肩膀，言语轻浮又痞气。

林雪落一惊，收敛起刚刚的悲伤厉斥一声："你想干什么？离我远点儿。"

远处，一辆黑色的法拉利隐匿在辅道中的花圃后。封行朗的目光带了点玩味，他倒是很想看看这个白痴女人半夜三更没头没脑跑出来之后，遇到这种情况会怎么做。

林雪落不想跟这个小混混多说什么，拔腿就朝有亮光的柏油马路冲过去，可她没想到前面还有一个混混，直接拦住了她："跑什么跑啊，把我们哥儿俩伺候爽了才能跑！来吧，妞儿。”

“人渣！”林雪落扯着嗓门呼救，“来人啊！救命啊！”

两个混混似乎没想到看似单薄的林雪落嗓门儿竟然这么大，慌了神，其中一人条件反射地从身上拔出一把美工刀在林雪落面前晃动了几下：“臭女人，再敢叫我割了你的喉咙！”

见那人亮了刀，林雪落也是一慌，那人便趁机朝她飞扑过来。

说时迟那时快，一个快如旋风的影子朝他们奔来，一记狠狠的右勾拳打在了拿刀的混混脸上，混混应声倒地。

林雪落看清了对自己施以援手的“好心人”，竟然是封行朗！她整个人变得更加黯然，似乎封行朗要比这两个小混混更让她讨厌和憎恶。

林雪落趁机脱下自己脚上的皮鞋，对着想抱住她的另一个小混混劈头盖脸打了过去。高跟鞋鞋跟打得小混混嗷嗷大叫，本能地松开了手。林雪落看也没有看封行朗一眼，穿上鞋便风风火火冲上了柏油马路，拦了一辆出租车火速离开现场。

那个男人是路过还是故意追出来看她出糗？

反正他也不会安什么好心！

黑色的法拉利一直跟着前面的出租车，在看到林雪落平安到达夏家之后，封行朗才踩上油门离开。

回想起女人刚刚脱下高跟鞋暴打小混混的模样，还挺有意思的，因此回封家的路上，封行朗心头掠过一丝说不出来的异样感觉。

夏家。夏正阳刚好出差回来，温美娟正在盘问他为什么会迟回家两个小时，因为温美娟查出今晚的航班并没有晚点。

“舅舅、舅妈，我回来了。”林雪落的声音哑哑的。

“雪落？你怎么回来了？怎么还哭了？”夏正阳顾不得跟老婆解释，先询问起了林雪落。

“我没事儿，想家了，所以就回来了。舅舅、舅妈，我上楼休息了，晚安。”林雪落没有说出自己在封家的遭遇，因为舅舅和舅妈压根就不是可以倾诉的对象。要是他们可以聆听她的倾诉，她也不至于被逼婚嫁进封家去了。

夏家能算自己的家吗？对家的概念，林雪落似乎有些模糊了。

“雪落这孩子怎么了？”夏正阳有些心疼，毕竟林雪落也是他亲妹妹的女儿。

“估计还惦记着封家给的那点儿礼金呢。”对于林雪落这次回家，温美娟并不欢迎。

“我想她应该是受不了封立昕的折磨，所以才逃了回来。”温习好功课出来的夏以书阴森森地说。

听到小女儿的话，夏正阳心头一怔，这封立昕该不会因为被毁容而真的人格扭曲了吧？

“行了，不管发生了什么事，只要雪落想住在夏家，我们就得欢迎，谁都不许对她甩脸子！听到没有？尤其是你！”夏正阳对温美娟肃然道。

温美娟朝楼上瞟了一眼，没吭声。

三楼的阁楼里，林雪落把自己锁在房间里失声痛哭。

被逼嫁给毁容的封立昕，林雪落别无选择。她想，只要自己尽心尽职地照顾好封立昕，也算是还了她对夏家的养育之恩。可她真没想到，封行朗竟然会一而再、再而三地羞辱她，越是这么想，林雪落就越是觉得自己浑身不干净。

于是，她冲进浴室，把自己来来回回狠狠洗了三次，可鼻间似乎还能嗅到那个男人略带薄荷清凉的气息，怎么也洗不掉，像是烙在她身上一样。

封立昕是第二天下午才知道林雪落被封行朗气跑了。

“封行朗！你太过分了！赶紧去把雪落给我找回来！要是找不回来，你也别回来了！”

封立昕着实气得够呛。虽说林雪落才嫁来封家四天，但他对她的印象相当好，温柔坚韧，心灵手巧，是个不可多得的好姑娘。也只有把行朗交给这样的好姑娘，他才能走得安心。可行朗……

“哥，你先消消气，是她自己要走的。或许她觉得嫁给我很悲哀吧，你又何必强人所难地要她回来呢？她只会更痛苦！”

“行！封行朗你不肯去是吧？好，我去！我封立昕亲自去！”封立昕想坐起身来，却被那些输液管给缠住了。急火攻心，他一把扯掉了扎在身上的那些输液针头，呼吸在下一秒没能跟上，他瞬间僵直在了病床上。

“封大少……”金医师立刻给封立昕上了呼吸器。

“哥……对不起！”封行朗真的没想到，大哥已经严重到要靠呼吸器来维系生命的地步。

说不出话的封立昕只是朝封行朗挥了挥手，便侧过头不再看他。他不知道封行朗对林雪落做了什么，更不清楚林雪落还能不能原谅封行朗。无尽的哀伤笼罩过来，封立昕轻声抽泣起来。

“哥，你消消气，我这就去把你那贤惠的弟媳妇给找回来。”封行朗终于答应。

半个小时后，医疗室里恢复平静，而封立昕也缓了过来。

封行朗赶到夏家，正值晚餐之时。

当他出现在夏家的餐厅里时，所有人都被惊艳到了。可林雪落只有惊，没有艳。这男人怎么来了？他来想干什么？

“在下封行朗，打扰了各位用餐，实在冒昧。”封行朗礼貌地开口，却掩盖不住强大的气场。

“封……封行朗？你真的是封行朗？天哪，原来你长这么帅！”夏以琪惊讶到快合不拢嘴。

她只听大姐夏以琴说封行朗长得英俊，却没见过本人。没想到，他本人会如此完美！

眼前这个犯花痴的女人，应该是拒婚的夏家三千金之一。封行朗目光冷冷扫过，然后落在了一旁埋着头的林雪落身上。

“封二少大驾光临，蓬荜生辉，夏某有失远迎，快请上坐。”夏正阳立刻起身相迎，对于财神爷的大驾光临，夏正阳有些受宠若惊，“还未动筷，封二少能否赏个脸一起吃顿便饭？”

“夏总客气了。”封行朗淡声一句，便大方利落地坐在了餐桌前。

“美娟，快去把我收藏的好酒拿出来。”夏正阳见封行朗给了他面子，格外高兴。

于是，夏家人开始围绕着封行朗忙碌起来，拿酒的拿酒，拿碗筷的拿碗筷，陪坐的陪坐。

不经意间，林雪落看到身旁的夏以书露出了从未有过的恬美笑容。夏以书的性子向来冷漠，林雪落很少看到她这样的笑容，好像是特地留给封行朗的。

林雪落不由得随着夏以书的目光看过去，便看到封行朗那张似笑非笑的脸：嘴角弯起一抹好看的弧度，噙着似有似无的笑意。

不过匆匆一眼，林雪落便移开了自己的目光。她真受不了这男人笑里藏刀且故作深沉的模样，因为一不小心，就会掉进他所设下的陷阱里。

“舅，我上楼去了。”林雪落站起来，实在不想跟封行朗共进晚餐。

“不用上楼收拾了，直接跟我回封家。”封行朗冷冽的目光盯着林雪落。

林雪落愤愤瞪了封行朗一眼，并不买账。

“我哥可等着你呢！”封行朗再次厉声说道。

“封行朗，你自己做过什么你自己清楚，你觉得我还会跟你回封家吗？”林雪落顶了一句，便毫不犹豫转身上楼。

谁给了这女人豹子胆？竟然敢顶撞他？封行朗俊逸的脸庞瞬间覆上了一层薄冰。

“封二少，雪落这孩子被我宠坏了，你多多包涵。”夏正阳见封行朗神色不悦，连忙致歉。

“夏总，劳驾你上楼劝劝你的外甥女吧！”封行朗当然不会空手而归。即便用抢的，他也要把这个女人给弄回封家向大哥交差。

“爸，你陪封二少吧，我上楼去劝雪落妹妹，女孩之间更好说话些。”说话的是夏以琴，自从封行朗出现后，她就有些魂不守舍。她心目中的男神，果然没让她失望，反而让她更为惊喜，也就更加坚定了她想追求封行朗的信念。

"那就有劳夏小姐了。"封行朗神色疏离地点头。

"封二少客气了，叫我以琴就行。"夏以琴笑得大方得体又楚楚动人。

三楼的阁楼里。

夏以琴将手包里的一张银行卡递到林雪落的面前，说："这里面有我二十万的私房钱，你先拿过去给池院长吧，别跟我妈一般见识。"

林雪落接过那张银行卡，眼眶微红："以琴姐，谢谢你。算我先跟你借的，等有钱了就还你。"

"跟我还说什么还不还的，你有爱心，我也有啊！"夏以琴揽过林雪落的肩膀，"雪落，我决定陪你一起去封家。一来跟你做个伴儿，二来也好给你壮壮胆。"

"以琴姐，你要陪我去封家？"

"嗯。毕竟你已经嫁给封立昕，而封行朗又等在楼下。有些事并不是我爸能够改变的，你也别太为难我爸了！封家可不是我们夏家惹得起的！所以我决定陪着你一起去封家小住几天，也算我们姐妹俩有难同当吧。"

其实夏以琴醉翁之意不在酒，而在封行朗。

林雪落沉默了，夏以琴的话说中了她心头的顾虑，嫁都已经嫁了，要是因为自己的一时赌气让夏家受到牵连，也不是她愿意看到的。想了想，林雪落决定看在封立昕的面子上原谅封行朗一次，但她会严肃地警告那个男人下不为例。

下楼时，林雪落心情复杂。无奈的妥协让她倍感凄凉，可她逃避不了，只能咬紧牙关跟魔鬼作斗争！

看到乖乖下楼的林雪落，封行朗嘴角扬起迷人的笑容，可这笑落在林雪落的眼底是那么欠揍。她恨不得咬这个男人一口，好让他知道，她林雪落也是有利齿的。

"封少，雪落情绪不太好，我想送她回封家，您不介意吧？"不愧是名媛千金，轻轻柔柔的一句话，便让人无法拒绝。

"那就有劳以琴小姐了。"封行朗微微一笑。

“封少，我也去，我也去。”夏以琪性格外向，向来是口无遮拦想什么就说什么。从她的言行举止中，一眼便能看出她对封行朗的爱慕和喜欢。

封行朗脸上笑容不变，不咸不淡地拒绝：“我担心会挤着夏二小姐你。”

“不挤不挤！我不怕挤！”夏以琪却没领会封行朗的意思。

“以琪！不许胡闹。”温美娟真是被自己的二女儿丢尽了脸。

夏以琪只能眼睁睁地看着封行朗一行三人离开，气得直跺脚。这个夏以琴，就知道跟她抢男人，实在是太讨厌了！

林雪落不想坐封行朗的车，夏以琴只能从夏家车库里开出她的那辆红色宝马。

夏以琴美眸流转，时不时盯着车后那辆若即若离的黑色法拉利，有几次差点儿都闯了红灯。她已经被封行朗的魅力给折服，深深地感觉到，封行朗便是上天安排给她的白马王子。

其实有时候人的命运就是这么奇妙，如果当初夏以琴不嫌弃被大火毁容的封立昕而嫁去封家，那她现在就是名副其实的封家二太太了！只可惜，终究还是阴错阳差。

“雪落，封行朗对你这个嫂子应该还不错吧？看他都亲自来接你了。”为了多了解封行朗，夏以琴装作和林雪落闲聊。

林雪落沉默着，家丑不可外扬，她实在不想提及这个话题。即便告诉夏以琴，她也帮不了自己什么忙。

“对了雪落，封行朗有什么兴趣爱好啊？或者有什么爱吃的？”夏以琴继续询问。

林雪落有时候迟钝，有时候又非常敏感，从夏以琴问她话开始，她便察觉到夏以琴对封行朗有好感。

兴趣爱好？欺负她这个嫂子，不尊重大哥，算不算？至于爱吃什么……一想到昨天自己为这个恶劣男人忙了一下午，最后却被他羞辱一通，林雪落就气得牙痒痒！

“雪落？在想什么呢？”没听到林雪落的回应，夏以琴又问了一声，随后轻声叹息，“不过你才嫁去封家没几天，不知道封行朗的喜好也是正常的。对了雪落，封行朗这个人好相处吗？”

林雪落只觉又是一阵愤怒上涌，看着夏以琴那无比期待的目光，她咬牙切齿道：“挺……好相处的！以琴姐，我觉得你跟他特别相配呢！你，名媛千金，他，卓越出众……”

在夸奖封行朗的时候，林雪落觉得自己特别昧良心，还卓越出众呢，简直无耻！

“是吗？”夏以琴笑得楚楚动人，“可封二少眼光高，怕是看不上我的。”

相较于夏以琪的心直口快，夏以琴则委婉许多。不过林雪落还是能看出来，夏以琴在从后视镜看向宝马车后的那辆黑色法拉利时，眸子里有浓浓的柔情。

看来夏以琴真的看上封行朗了！

林雪落抿紧唇，不由得也从后视镜里看向后面的法拉利。

封家院落里。

林雪落跟在夏以琴身后，有她陪着自己留在封家，林雪落或多或少放松一些。

然而封行朗却突然走了过来，高大挺拔的身形横在林雪落身前。

“以琴小姐，谢谢你送雪落回家，晚上回去开车小心点儿。”简单直白的逐客令虽说得绅士而有礼，可实则冷情。

夏以琴当然听出了封行朗的意思。他竟然连喝口水的机会都不想给她，她顿时很失落。

“不用谢的。”夏以琴勉强打起精神，温柔地对林雪落说，“雪落，你要乖乖的，以琴姐回去了。”

“以琴姐，你别走！你还是留下吧，正好我有话想跟你说。”林雪落想上前一步拉住夏以琴，却不想被封行朗挡住。而且她右手的手腕被一只铁钳似的手紧紧地握住，疼得她倒吸一口凉气。

“有话明天再说吧。这么晚了，别打扰以琴小姐回家休息。林雪落，你要懂事点儿！乖乖听话！”封行朗面容依旧温润，只是语气更强硬。

这哪里像一个小叔子对嫂子说话的语气？怎么听怎么觉得暧昧。

林雪落羞得咬牙切齿，但还有夏以琴在，她又不能大幅度挣扎，只能凶狠地瞪着封行朗。

在西服的遮挡下，夏以琴并没看到封行朗跟林雪落的小动作。

“封二少说得对，那我就告辞了。雪落晚安，封二少也安。”被人拒绝的滋味并不好受，但夏以琴还是面带笑容。话说到这个份儿上她再不离开，便是不识时务了。

目送着那辆红色的宝马车离开封家院落，林雪落不再隐忍：“封行朗，你放开我！看在你哥的面子上，我原谅你一次！要是再有下回，我一定告诉你哥。他用自己的命保全了你的健康，你这么对我，于心何忍？”

这番话，说中了封行朗的痛处，他松开了扣住林雪落手腕的手。林雪落趁机跑了进去。

“太太，您回来了。”看到林雪落，安婶也是欣喜不已，看来太太是肯原谅二少爷了。

“安婶，立昕呢？”对于“丈夫”封立昕，林雪落是心怀愧疚的。新婚之夜她逃了，今夜又赌气跑回了夏家，的确是任性了一些。

“还在医疗室里呢。”安婶黯然回答。为了逼二少爷找回林雪落，大少爷这回可真动怒了。

“晚餐我来喂立昕吃吧。从今晚开始，我就睡在医疗室里陪着立昕。”林雪落坚定地说。在回封家的路上，她便下了这个决心。

安婶一愣，朝封行朗询问式地看了一眼后，连忙说道：“这怎么行呢！医疗室里有金医师陪着呢，你也没地方睡啊。”

“没关系的，我可以打地铺！”林雪落铁了心要进医疗室里照顾封立昕。

封行朗的目光沉了沉，俊脸上满布寒意。

“你先去给我哥做点吃的吧，上回的水果拼盘不错。”封行朗叮嘱一声后，便上楼了。

林雪落朝封行朗的背影扫了一眼，还是乖乖进了厨房给封立昕准备食物。

半个小时后，林雪落给封立昕做的晚餐差不多要好时，莫管家进了厨房。

“太太，金医师刚给少爷检查好身体，他在楼上婚房里等着您呢，您快送上楼吧。”莫管家的称呼向来小心，并没有具体说出是封家大少爷，还是封家二少爷。

“哦，好！我这就把晚餐送上楼去给立昕。”林雪落连忙端起做好的晚餐朝楼上走去。

在二楼主卧室的婚房前，林雪落却顿住了脚步，脑海里浮现出封行朗那个邪魅的男人。他不会又在婚房里吧？应该不会的，即便他在，有立昕在场，他也不敢当着他哥的面欺负她。

定了定神，林雪落轻叩两下门，里面便传来了一声苍老又沙哑的应答：“进来吧。”

婚房的门被推开，林雪落看到了坐在轮椅上的“封立昕”，不过此时的“封立昕”是戴上了人造皮肤的封行朗。

林雪落嫁来封家的目的，实在不能跟单纯联系在一起，封行朗还不能确定这个女人有没有跟叔叔封一明同流合污。若她是来试探大哥封立昕的病情，为封一明继承封氏集团做前期的铺垫，那么他不会放过她！

封行朗以私生子的身份被父亲封一山领回封家的那一刻起，就已经被封老太太扼杀了继承封氏集团的权利，不过，封行朗也不在乎一个封氏集团。

封氏集团最终被他同父异母的大哥封立昕继承，但叔叔封一明一直虎视眈眈。按照封老太太的遗嘱，封一明是封氏集团的第二继承人。也就是说，若封立昕死了，封氏集团就会沦为封一明的囊中之物。

封行朗当然不会让大哥辛辛苦苦打拼下来的基业落到封一明的手里，更何况封一明还有害残大哥的动机和嫌疑。在追查出真相之前，封行朗必须让封一明觉得封立昕的病情并不严重，好让他死了想独吞封氏集团的野心！

“立昕？”看着轮椅上的男人，林雪落鼻间一酸，双眸顿时红了。相较于第一次的恐慌，再次面对被大火烧得疤痕满布的“丈夫”封立昕时，她没那么害怕了。

这几天的遭遇，让林雪落跟眼前这个轮椅上的男人有了同病相怜的共鸣。

女人一声柔软到骨子里的轻喃让封行朗莫名地怔住，他不知如何回应女人的温情。

林雪落将手里的晚餐托盘放在一旁的矮柜上，轻步挪了过来，半跪在轮椅前。她将封行朗那只疤痕满布的手托在了自己的双手掌心里。那双手依旧狰狞，依旧恐怖，可林雪落不再畏惧。

“立昕，对不起……结婚那天晚上，我不该把你一个人丢下的。”林雪落将自己的脸慢慢地贴在封行朗那疤痕狰狞的手背上，柔声问道，“这些伤疤还疼吗？”

封行朗僵了一下，觉得自己一颗心被泡进了温泉水里，不似从前那般冰冷，也少了许多仇恨。

“立昕，相信我，我会把你照顾好，好好跟你过日子的……”林雪落将头枕在“封立昕”的腿上，宛如一只温顺又乖巧的猫儿，跟在封行朗面前的伶牙俐齿判若两人。

似着了魔一样，封行朗竟然缓缓地伸出自己的手，轻轻抚上林雪落黑亮柔顺的长发。别样的温情，在两个带着凄意的心灵间传递着，纯净得不染一丝尘埃。

“雪落。”因为装了变声器，封行朗的声调很沧桑，“是不是行朗欺负你了？”

林雪落微微一怔，红唇纠结地嚅动了几下，终究还是言不由衷地说：“没……没有！行朗他……挺尊重我的。”她不想让他们的手足之情受到破坏。

看着林雪落不经意间滚落在脸颊上的委屈泪水，封行朗就这么自然而然地伸手过去，用并不光滑的手指指腹抚去了女人脸颊上的两行清泪。

虽说隔着一层人造皮肤，可封行朗还是能感觉到林雪落那吹弹可破的肌肤。纤瘦归纤瘦，林雪落的身材还是很有料的。封行朗的呼吸变得粗重，他这才意识到，他已经好久没有过女人了。

“雪落。”他轻唤她一声，沧桑的声音带上了情意，听起来也就温柔了许多，他问，“我们还没行夫妻之礼吧？”

夫妻之礼？林雪落猛地一怔，立刻抬起头来，局促不安地说：“不，立昕……你别这样好不好？”

同样是拒绝，但这一回林雪落拒绝得柔意绵绵，让人不忍。

“你不是都已经嫁给我了吗？为什么不愿意？是嫌弃我丑吗？”

林雪落脸上泛出的红霞落在封行朗的眼中，令他愉悦。他享受着她的局促不安，就像在看一只落在大灰狼口中的无助小羊羔，越是楚楚可怜，越是让人心痒难耐。

“不，我不嫌你丑！我……我……”林雪落支支吾吾，“对不起立昕，我还没做好心理准备。”

“你用不着做心理准备，只要乖乖躺着，其他的事儿，有我。”封行朗的话染上了绯色的暧昧。

林雪落的脸红得几乎快滴出血来了。他不是行动不便吗，怎么还惦记着……

“立昕，你别这样。我们能像朋友一样先相处着吗？至少给我点儿时间。”

“别叫我立昕！”封行朗语气一凛。

林雪落一愣，茫然地看着封行朗。这个男人的目光，为什么有点似曾相识？

“不叫你立昕……那我叫你什么？”林雪落疑惑地问。

封行朗微微侧过脸，沉声说：“叫老公。”语气似乎又缓和了下来。

林雪落抿了抿唇，有些羞于启齿。让她突然改口叫一个陌生男人老公，还真有些难为情。

“算了，还是叫封先生吧。”见林雪落半天没开口，封行朗想起她有可能怀有的不明企图，又突然恢复冷漠。

从亲昵的“老公”一下子跳转到疏离的“封先生”，林雪落不知为何有些黯然，但还是顺从地叫了一声：“封先生。”

“你嫁来封家，是被夏家所逼？”封行朗试探道，“总不会是自愿的吧？”

林雪落沉默了一会儿，决定坦诚相待：“是我自愿的。我舅舅的养育之恩我不能不还。立昕……不，封先生，相信我，我一定会尽心尽力照顾好你的。”

“那你今后有什么打算？这辈子耗死在封家？”封行朗继续问。

一辈子耗死在封家？林雪落低垂下头，沉默了。

是这个女人隐藏得太深太好，还是真的如大哥所说的那样——她是干净的？总之，封行朗暂时还没能从林雪落的眼睛里读出阴谋、欲望之类的东西。

“好了，既来之则安之。雪落，既然你已经嫁给我，那就安心地做我的女人吧。”不经意间，封行朗的眼神又扫过林雪落那凹凸有致的身材，喉咙顿时一紧。

林雪落点头，从矮柜上拿来了托盘：“封先生，我喂你吃晚饭吧。安婶给你炖了猪蹄，入口即化，里面富含胶原蛋白，对你的身体好。”

试了一下温度，林雪落才将勺子送至封行朗的嘴边。

封行朗抿过一口油腻的猪蹄汤。因为封立昕的饮食很少放佐料，实在是淡而无味，可封行朗无法拒绝林雪落的好意，不得不一口接一口地吃着。

“封先生，以后就让我来照顾你的一日三餐吧。行朗工作很忙，多给点时间让他休息，我能做好的。”林雪落柔声说了一句。

“怎么，你想疏离我们兄弟之间的感情？”封行朗内心或许是感动的，可话到嘴边还是冰冷。

“不是的！我想行朗终究会娶妻生子的，我这个妻子比他更有义务照顾你。”林雪落连声解释。

封行朗凝视着眼前的女人，她的乖巧温柔让他很满意。又想起昨晚她脱下高跟鞋暴打小混混的场景，封行朗暗叹：还真是个有意思的女人。

“今晚我会留下。”封行朗冷不丁地说道。

留下的意思是说，他今晚会睡在婚床上？那她是不是要跟他同床共枕？林雪落的脸又开始燥热。怎么办？是拒绝还是认命？

其实封行朗的这个提议十分冒险。因为这套人造皮肤只有上半身，一上床，很可能会露馅。可封行朗选择了铤而走险。一来，他不怕，露馅就露馅呗，大不了就让她知道她嫁的是他封行朗。二来，这也是为了安抚生气的大哥，好让他觉得自己跟林雪落今晚很恩爱地在一起了。

床头的台灯被关了。封行朗和衣躺到了林雪落的身边。

长臂探过去环在林雪落盈盈一握的腰间时，封行朗能够清楚地感觉到她的身体在瑟瑟发抖。

“你很怕我？”黑暗中，封行朗沙哑着声音问道。

“有……有点儿。”林雪落不仅仅是害怕，还有紧张。即便“封立昕”面目全非，但他终究是个男人。

“别多想，放松，我不会碰你。”封行朗安慰着怀中的女人。

不会碰她？那，那环在她身上的手臂算不算是在碰她？

林雪落不断挪动着，男性的荷尔蒙味道直往她鼻子里钻，是那种似曾相识的薄荷味。这个味道好像……好像跟封行朗身上的味道很像！难道他们兄弟俩喜欢同样类型的洗漱用品？

“别乱动。”封行朗钳制着她的双手，让她无法碰到他。

“立……立昕，我，我热。”虽说开了中央空调，可林雪落依旧感觉到热得不行。

“不许叫立昕，叫老公！”封行朗冷厉道。

这男人怎么又生气了？

一会儿让她叫他“封先生”，一会儿又让她叫他“老公”，真善变。可一想到曾经那么优秀的男人如今这般模样，内心难免会受到刺激，林雪落便体谅了。

她顺从地说：“老公，我，我热。我想睡到沙发上去。”声音弱弱的。

“不行！”封行朗抱得更紧，林雪落背对着他，看不到他的脸。

“可是我真的很热。”微微挣扎后，林雪落软声提醒，“太热了，对你的皮肤也不好。”

"你别乱动就不热了！"封行朗声音凛冽，"实在嫌热，你可以把衣服给脱了。要不，我帮你？"

林雪落一听这个男人要帮自己脱身上的衣服，连连摇头，双手紧紧拽住自己的领口："我不热了，不热了。"

其实不仅林雪落感觉热，封行朗比她还热。要知道他上半身还裹着这层人造皮肤，加上怀里的女人一直不安分，折腾得他沁出薄汗，却又散不去热气，连呼吸也跟着变得滚烫起来。

"立……"立字刚一出口，想到男人可能又会生气，林雪落连忙改口，"老公，你别抱这么紧好吗？"

林雪落的声音温柔软糯，即便是拒绝，入耳也不会那么带刺。为什么这个女人在"封立昕"面前，就温柔得像只小家猫，在他封行朗面前，却张牙舞爪成了一只小野猫？

封行朗微微松开双臂，给了女人舒畅的呼吸。说实在的，他自己也燥意难忍。

"雪落，对行朗好点儿。"过了一会儿，封行朗又开口，"他很在乎他大哥……我，有时候脾气会恶劣一些，你要多多包容他。"

封行朗说完这番话，觉得自己跟着了魔似的。

难道说，他也希望这个女人能对除去这身人造皮肤后的自己柔情一点？但好像又不是那么回事。

林雪落抿紧双唇说："你放心吧，我会对他好的。我知道他很在乎你，他担心你会出事儿，所以，你也要好好保重自己，争取早些恢复健康，那样行朗就不会一直活在对你的深深愧疚之中了。其实我看得出来，他很压抑自己。"

林雪落的话，触动了封行朗心中最柔软的地方，一颗冰冷的心因这些发自肺腑的话而变得温暖。

"你……倒是挺关心行朗的？"这一问，稍稍带上了那么点儿愉悦。

"我是他嫂子啊。"林雪落理所当然地回答。

"闭嘴！"封行朗又是一声呵斥。

林雪落又怔住了。这男人怎么老爱生气？她本来就是封行朗的嫂子，难道有说错吗？但她还不想跟一个病人斤斤计较。闭嘴就闭嘴，林雪落不想再说什么刺激“封立昕”，便轻轻挪着自己的身体朝床沿靠了又靠，直到自己快掉下床去。她想躲，可有人偏偏不让。封行朗也跟着挪过来，长臂一勾，又将快要掉下去的林雪落揽入了自己怀中。

“再动，吃了你。”封行朗声音哑然。他轻嗅着她发间浅浅怡神的薰衣草香，倒也没再凶她。

林雪落不敢再动，她当然知道这里的“吃”代表什么意思。心静自然凉，将凌乱的心绪抚平，这样的过程很艰难，但林雪落做到了。

她渐渐有了一些蒙眬的睡意，可这睡意在不经意间的一个翻身中吓得无影无踪。

虽说林雪落还是个大姑娘，但该有的知识还是有的。她感觉到抱着自己的男人有了某种变化，后知后觉地意识到，这个男人是正常的！

不是说封立昕被大火烧得生活无法自理吗？为什么……

“害怕了？”男人的声音变得玩味，“不听话，我可真会吃了你的。”

林雪落吓得大气不敢出，噤若寒蝉似的瑟瑟发抖。

说实在的，即便有这个心，封行朗现在也不会这么做，他不过是吓吓林雪落罢了。先不说他身上这套人造皮肤，就林雪落嫁进封家尚未查明的企图，他也有所芥蒂。

“封……封先生，我还是睡沙发吧。”感觉到男人有所放松，林雪落如惊弓之鸟一般从床沿滚下，然后爬到沙发上，紧紧捂住嘴巴压制急促的呼吸。

怀抱落空，封行朗的长臂失去了想紧拥的东西，连动作也僵化了。

“从明天开始，我会做一个周期的治疗。你得独守空房了，别太想我。”好一会儿，封行朗才又开口。

“那我不能进去理疗室照顾你吗？”林雪落一怔，紧张地问。

“不用！金医师会好好照顾我的。”封行朗淡声回答，大哥的真正病情，他暂时还不想让她看到。

“那……那行朗可以进去照顾你吗？”林雪落又问。

这一问倒是把封行朗给问住了，他反问：“你什么意思？”

“没，没什么意思！我只是想知道他能不能进去理疗室照顾你！如果他可以，那我应该也可以！他是你亲弟弟，可我是你的妻子呢！”林雪落解释道，似乎有些不服气。

封行朗心里五味杂陈：这女人是在为能否进去医疗室照顾大哥而在跟他争风吃醋吗？还是另有所图？

“为什么非要进医疗室照顾我？”封行朗冷声问。

林雪落抿了抿唇，“我只是觉得，我比你弟弟更有责任照顾你。”随后她又赌气一般说，“如果你不想让我照顾，那就算了，我还乐得清闲呢。”

“行了，你跟行朗都不用照顾我！金医师会把我照顾好的。”

封行朗舒展开四肢，似乎刚刚那团火已经褪去。很久没女人的下场，竟然是对一个图谋不轨的女人也感兴趣了？

“你跟行朗要和睦相处，别又趁我治疗之际，闹出往娘家跑的闹剧来！听到了没？”封行朗借着封立昕的口吻，提前给林雪落打上预防针，他可不想再为这个女人去夏家捞人。

“听到了。”林雪落温顺地回答。不过她心中的叛逆因子都在叫嚣：这些话，你应该对你宝贝弟弟说。

想起封行朗对她做的那些，林雪落心中不安，换了个委婉的方式建议：“立昕，我们搬到楼下客房吧。”

搬到楼下客房？这女人又要闹什么新花样？

“为什么？”封行朗不动声色地问。

“那个……行朗会工作到很晚，回家估计也很累了，所以有时候不想往楼上爬，我们把二楼的主卧室让给他好了。”林雪落支支吾吾地说。

“那让他睡楼下的客房，岂不是更体贴？”封行朗声音淡淡的。这女人的借口，也实在是够蹩脚的。

“可楼下的客厅没有你宝贝弟弟喜欢的超大浴室啊。你们兄弟之前可以随意在封家任何浴室里冲澡，但现在你都有家室了。”

这女人拐弯抹角了半天，就是想跟大哥告状那天他在二楼主卧室里冲澡且还被她看光的事儿？那天明明他才是受害者吧，这女人占了便宜不说，还这般理直气壮。

“行了，我会跟行朗说的，让他平时注意点儿，别来二楼的主卧室冲凉，要是被你看到了，可就亏大了。”封行朗刻意逗林雪落。

他亏大了？是她亏大了好不好？这个封立昕，实在是太偏宠他弟弟了。在他眼里，她这个妻子根本无法跟他的宝贝弟弟相提并论嘛。

林雪落生气地闭上了眼睛。

虽说有点委屈，但在“封立昕”的陪伴下，这一晚林雪落睡得还算安好。和她比起来，某人却睡得很差。

林雪落第二天醒来的时候，发现自己竟然睡在婚床上，身边已经没有了“封立昕”的身影。想到昨晚，林雪落不由得微微脸红。她没想到“封立昕”竟然是个正常男人。她以后该怎么办？她以为只要伺候好他的饮食起居就好，可没想……唉！不过幸好，那个男人并没有强迫自己。

莫名的压力涌上心头，林雪落长长叹息一声。

整理婚床的时候，林雪落发现枕边落下了一样东西，那东西跟一元钱硬币差不多大，好像是个电子产品。她捡起来看了看，并不知道这是昨晚封行朗不小心遗落下来的变声器。

这是什么东西？林雪落疑惑地将它收进牛仔裤的口袋里，洗漱之后便下楼了。

安婶告诉她，封行朗已经照顾封立昕吃过早餐了，林雪落没想到自己还是起晚了，有些内疚。但现在有另一件事更重要，林雪落想弄清楚。

“莫管家，你看这是什么啊？我在房间里找到的，该不会是什么监听器吧？要是监听立昕的，可就不好了。”林雪落找到了莫管家询问。毕竟封立昕是被人陷害至此的，凡事都得小心着点儿。

莫管家定睛一看，原来是变声器。这个东西不应该是粘在封二少爷脖子上的吗，怎么会到太太的手里？难道说，他们昨晚同床共枕了？如果真是那样，真是喜事一桩啊。

突然，一条胳膊伸了过来，随后林雪落手中的变声器便落在了封行朗的手中：“我会查的。”

知道封行朗比她更关心封立昕，林雪落便不再多问什么。

“对了，我哥最近一段时间要做进一步的治疗，你别去医疗室打扰他，以后要乖点儿，别瞎闹腾。”封行朗坐回餐桌前，优雅地吃着他的早餐。

什么？这个男人竟然要她别瞎闹腾？他还有良心吗？

“封行朗，瞎闹腾的人不是我吧？应该是你自己！”林雪落生气地说，“请你以后尊重一下我这个嫂子！”

昨晚还是个温顺的小家猫，怎么一到他面前又成了桀骜不驯的小野猫？真是让人手痒得想揍她。

“我从来就没有把你当成嫂子！所以你少在我面前以嫂子自居！”封行朗冷哼一声。

“你……”林雪落气得牙痒痒。她昨晚还答应“封立昕”要好好照顾他的宝贝弟弟呢！可看这男人趾高气扬的样儿，还让她怎么照顾啊！

林雪落刚要发飙之际，封行朗骨节分明的手夹着一张钻石卡递了过来：“拿着吧，这卡可以透支无数个十万善款。”

他还记得自己跟他要过十万善款的事儿？这又算什么，打一巴掌后，再给块糖果？

“谢谢封二少爷的好意，我已经想到其他办法了。”林雪落不接受这样的糖衣炮弹，她已经决定接受夏以琴的帮助了。

“把夏家的钱还回去！你现在可是我们封家的人。”封行朗声音陡然冷厉，“你要弄清楚自己的身份，更要维护好我们封家的颜面！我们封家的太太无须别人养活。”

封行朗的这番话虽说难听了些，但也不是没有道理。她已经嫁进封家，再回夏家拿钱，的确让封家难堪了。不过这男人的消息也太灵通了吧，竟然知道自己去夏家拿了钱。

鉴于封行朗品行不端正，拿他的钱去做善事儿也算是为他积德了，这么想着，林雪落伸过去拿那张钻石卡的手便轻松了许多。

“随便用！封太太用不着为我太省！”封行朗斜睨着林雪落，指上的力道却没撤去，仿佛跟林雪落较劲似的。

“以后记得乖点儿。”说完这句话，封行朗才松手。

老让她乖点儿，是在哄三岁的小孩子吗？可当林雪落迎上男人的目光时，心跳却又乱了。她根本就无法与他直视。

“我就取十万善款。”林雪落接过那张钻石卡，低垂着头。每次跟这个男人距离过近，她总会有种要窒息的感觉。

在客厅里演完了这出“恩爱”戏后，封行朗便被一个电话给叫走了。

客厅里装着监控，连接到了封立昕的医疗室里。封行朗为了宽慰封立昕，可谓用心良苦。

吃完早餐后，林雪落便将十万块钱的善款送去了福利院，顺便还给那群可爱的小萝卜头买了一大堆喜欢吃的零食和学习用品。

看着那群小可爱吃得那么开心，玩得那么欢快，林雪落也跟着心情愉悦起来。原来快乐也是会相互感染的。

跟小萝卜头们吃完简单的午饭之后，林雪落又赶去了夏家，她想将夏以琴的银行卡还给她。

原本她以为自己又要不被待见，却没想到这一回夏家上下都对她十分热情，包括向来冷着一张脸的夏以书。连舅妈温美娟，也一扫往日的怠慢模样，竟然主动询问她吃过午饭没有。

这也太热情了吧？林雪落还真有那么点儿不适应。

“雪落，雪落，快跟我说说，封行朗有哪些兴趣爱好？他喜欢什么样的女人？清纯甜美的？还是冰山冷艳的？还是火辣妖娆的？快说说。”刚进夏家的客厅，夏以琪就冲过来拉住林雪落问东问西，所有的话题都围绕着封行朗转。看来她低估了封行朗在夏家三千金这里的吃香程度。

“无论封行朗喜欢什么类型的女人，他都不会看上你的！你少倒贴他，他也许还会多看你几眼！”夏以书又开始打击夏以琪。

“夏以书！你这个不要脸的小贱蹄子！赶紧给我滚远点儿！不然我打得你满地找牙！”夏以琪气愤地握拳。

趁着夏以琪去追夏以书，林雪落吁出一口气，匆忙上楼去找大姐夏以琴。

夏以琴半躺在二楼的飘窗前，身姿窈窕，不过神情有些失落，整个人提不起精神来。

“以琴姐，这是你的银行卡，完璧归赵。”林雪落将夏以琴给的银行卡放在了她的身侧，“那十万块的善款，立昕已经替我给了池院长。”

不知为何，林雪落还是选择将封行朗给的善款说成是封立昕给的，或许这样听起来，更能让外人接受。

夏以琴看都没看那张银行卡，只是哀伤地叹息一声：“雪落，你说封家二少爷是不是很讨厌我？”

林雪落微微一怔，原来夏以琴之所以伤感，是因为昨天被封行朗拒绝了？

“怎么会。”林雪落不知道如何安慰伤感中的夏以琴，“也许……也许是因为他大哥受伤的事儿，所以他才会变得这么不近人情。”

“真的吗？”夏以琴听到林雪落的这番话，心情一下子好了许多，但随后她又蹙眉浅叹，“可我能看出来，他对你不错，毕竟他肯亲自来夏家接你回去。”

“那还不是被他哥给逼的！你知道的，他大哥对他疼爱有加，甚至还差点儿为他丢掉了自己的生命……所以封行朗特别听他大哥的话。”林雪落忙解释。

夏以琴点了点头，静静地看着林雪落那张干净姣好的脸庞，试探性地问道：“雪落，你跟以琴姐说实话，你是不是也喜欢上封行朗了？”

这一问，把林雪落给问噎住了。她怎么可能会喜欢封行朗那个目中无人的家伙呢！

“以琴姐，你这么问，我可要生气了！我是封行朗的嫂子，你这么说，岂不是陷我于不忠？对立昕而言更是羞辱！虽然立昕被大火烧毁了容貌，但他始终是我法律上的丈夫！我会尊重他，更会维护他！”说这番话时，林雪落心里真的很难过，不仅仅是为自己，更多的是为了封立昕。

“雪落，对不起啊！我不该这么问你的，以琴姐给你道歉！别生气了好不好？”见林雪落泪眼迷蒙，夏以琴连忙道歉。

在不久的将来她们可是要成为妯娌的，既然封行朗那么在乎他的大哥封立昕，她必须先跟雪落打好关系。

“算了，我知道你也是无心的。”林雪落平复了一下心绪。

而楼下客厅里，温美娟正在训斥二女儿夏以琪。

琴、棋、书、画，温美娟已经给夏正阳生了三个女儿，就差个“画”了，她知道夏正阳一心想要个儿子，可她的身体和年龄早就不允许了。所以，温美娟把所有的希望都寄托在大女儿夏以琴的身上，希望她能嫁个好夫婿，从而为夏家光宗耀祖，也好让夏正阳看得起她温美娟生的女儿。

“夏以琪，我可把丑话说在前面，这个封行朗，是你大姐先看上的，所以你必须让着你大姐，不许跟你大姐争，听到了没有！”

“妈！你偏心！你凭什么限制我喜欢谁的自由？夏以琴看上的男人，为什么我就不能喜欢？”夏以琪着实不满母亲的偏袒，便出言讥讽道，“你的宝贝大女儿昨天晚上可是被人家封行朗给拒绝了，然后才灰溜溜地回来的！这说明什么？说明人家封二少根本就看不上你那宝贝名媛千金！”

“夏以琪，你……”温美娟厉斥一声，可在看到大女儿夏以琴和林雪落从楼梯处走下来时，便又止住了训斥，她不想伤到大女儿夏以琴的自尊心。

“舅妈，我回去了。”林雪落向温美娟招呼了一声，打算离开。

“雪落，别着急走啊。严妈做了你爱吃的小薯饼，你吃几个再回去嘛。”温美娟少有地热情一回，这让林雪落有些受宠若惊，便留了下来。

书房里，温美娟不但给林雪落拿小薯饼，还亲自给她倒了冰镇的果汁。在这一瞬间，林雪落有种被她当成亲生女儿看待的感动，不过随后，她便被舅妈的请求给愣住了。

“雪落啊，你应该也看出来了，你以琴姐看上了封家二少封行朗。你知道的，你以琴姐心高气傲，一直就没能看上哪家富贵公子，可这一回，她是真心喜欢上了他。”

林雪落微微抿唇。

“你跟以琴从小就那么要好，将来做个妯娌，岂不是亲上加亲的美事？所以，你一定要帮帮你以琴姐。你现在是封行朗的嫂子，他一定会听你的话，你多在封行朗面前提及以琴，多替以琴说说好话。”

林雪落总算是听出来了，舅妈这是要她给夏以琴和封行朗当红娘呢。

“舅……舅妈，封行朗性格乖张，我担心以琴姐会吃亏。”林雪落说得委婉。

一个连自己的嫂子都轻薄的男人，品行肯定好不到哪里去。一想到那个男人曾那么过分地对待自己，林雪落就羞愤得牙痒痒。

“男人不坏，女人不爱。再说了，封行朗能成为申城的新贵，肯定有他的过人之处。性格乖张就对了，怎么可能老实巴交的呢。”温美娟不以为然。

舅妈这是在表扬那个男人吗？品行恶劣，岂能用一句“男人不坏女人不爱”来带过？林雪落沉默了。

“对了雪落，封行朗喜欢什么样的女人？是像以琴这样温婉优雅的名媛淑女呢？还是那种火辣美艳的？以封行朗的品位，他应该喜欢像我家以琴这样的女人才对吧。”温美娟兴致勃勃地问。

“那个……我还真不太清楚。封行朗他……他平时也很少回家，一回家也只是去医疗室里看他大哥。我也不知道他究竟喜欢什么类型的女人。”林雪落实话实说。

“哦，这样啊。”温美娟惋惜一声，“那他平日里喜欢吃些什么你总知道吧？”

林雪落清楚地意识到，要是自己今天不说出点儿什么来，舅妈肯定会追问个没完没了。

“他喜欢吃意大利面和牛排，喜欢杧果，我看到家仆经常这么做给他吃的。”

“你等等。”温美娟夸张地从书桌上拿起纸和笔，竟然把林雪落刚刚的话一字不漏地记了下来。

虽说温美娟平日里对林雪落不冷不热，可这一刻她俨然是一副慈母的形象，为了自己的女儿能嫁个好人家，简直操碎了心。真是验证了那句话：有妈的孩子就是宝！

偌大的顶层总裁办公室里。

窗外的阳光显得格外明媚，可里面的人似乎很厌恶这样的生机盎然。

“为什么我哥的病情会这么严重？严重到几乎要靠呼吸器来维持生命？你连我都敢隐瞒？”封行朗一张脸如千年寒冰，说出的话也字字冰冷，“要是我哥出什么意外，我要你全家老小为他陪葬！”

金医师微微颤抖，他相信已被仇恨吞噬的封行朗做得出来这样的事。

“二少爷，我也盼望着大少爷能够早日康复。可是，一个连自我求生本能都放弃的人，并不是医术能够救活的。”金医师无奈道。

“你什么意思？我哥他怎么会没有求生意识？”封行朗逼问。

金医师黯然摇头：“自从大少爷知道了蓝悠悠小姐的死讯后，整个人都颓废了。他不再积极就医，只让我做保守治疗。”

“一个女人，就能让他意志如此消沉？难道我这个弟弟不值得他为我活下去吗？”封行朗沉声道。

“这是两种不同的感情，想必大少爷一心想追随蓝小姐而去吧。”

封行朗的胸膛开始剧烈起伏，他扯开了深条纹领带嘶声道：“把我哥的实际病情告诉我。要是再敢隐瞒，你就永远别想再见到你的家人！”

“如果只是保守治疗，大少爷恐怕挺不过三个月。”

“啪”的一声巨响，暗色调的装饰品被封行朗砸在了大理石地面上。

林雪落早早地回到了封家，跟安婶一起准备着封立昕的晚餐。

林雪落刚把晚餐从厨房里端出来，“哐当”一声，封家别墅的门便被人野蛮地撞开了，随之拥进来一大帮人，硬生生把客厅给挤满了。

“你们是谁？怎么可以私闯民宅？”意识到他们来者不善，林雪落大声问道。

“你又是谁？新请的保姆？闪一边去。”走在最前面的中年男人正是封一明，封立昕和封行朗的亲叔叔。

“我是封立昕的妻子，林雪落！”林雪落不卑不亢地回答，“我丈夫身体抱恙，不能见客，请回吧！不然我就报警了！”

“呵，好一个伶牙俐齿的小丫头！怎么，封立昕还想趁自己下地狱之前在你肚子里留下个种好继承封氏集团？都被烧得面目全非了，竟然还娶了个老婆？”说话的女人是封一明的老婆葛心慧。

“行了心慧，别跟她啰嗦。我们办正事儿要紧！”封一明带着一行人就朝楼上的医疗室走去。

莫管家拦在楼梯口：“封一明，你带这么多人来，想干什么？”

“给我侄儿封立昕做医学鉴定，看他的身体状况还能不能胜任封氏集团总裁的职务。鉴于公平公正的原则，我带来了医生还有董事会的三个元老。”封一明咄咄逼人。

“封一明，立昕可是你的亲侄儿，你就这么盼着他死吗？你别欺人太甚！”莫管家扬了扬手中的棒球棍，说，“有我在，绝对不会让你动他分毫！”

“太太，快给二少爷打电话！”安婶闻声从厨房里冲了出来，手里拿着一把菜刀。她一边朝林雪落喊，一边冲到楼梯口，跟莫管家一起守着上去二楼的楼梯。

看到莫管家和安婶如此维护封立昕，林雪落心里满满都是感激。她拿出手机刚要打电话，这才意识到自己根本就没有封行朗的手机号码。

“太太，我的手机在房间里，上面有二少爷的号码。”安婶提醒道。

“抓住那丫头，别让她打电话给封行朗！”对于封行朗，封一明还是有所畏惧的。

见两个肌肉男朝自己扑过来，林雪落将一旁的椅子拎起来朝他们砸了过去，从而赢得了跑进安婶房间的时间。

她反锁上了房间的门，心惊胆战地开始寻找安婶的手机。还好，安婶的手机就放在床头的矮柜上充电。

门外传来重重的砸门声，使得林雪落越发紧张。当封行朗接通电话的那一刻，她差点儿崩溃：“封行朗，你快点儿回来，快点儿！”

“发生什么事了？”封行朗一边冷声询问，一边飞奔出办公室。

“封一明带了好多人，说是要给立昕做医学鉴定。”

“拦住他！一定不能让他进医疗室！我马上就回！”封行朗凌厉道。

“哦，好……啊！”门被砸开来，林雪落发出一声凄惨的尖叫。

“雪落，雪落！”封行朗连唤两声，手机那头却是一片杂音。

封行朗赶回封家时，整个别墅里一片剑拔弩张。

莫管家是练家子，身手以一敌五不在话下，但安婶跟林雪落只能算是凑数的。关键时候，莫管家还要分心去保护她们，所以他的抵抗就变得被动起来。

莫管家越反抗，封一明就越怀疑侄儿封立昕已经不行了，下手也就更不留情。他今天带医生及董事会元老来，就是要逼迫封立昕退位。

林雪落紧紧握着莫管家给的棒球棍守在封立昕的医疗室门口。莫管家和安婶都能为了维护封立昕舍生忘死，她这个妻子就更有义务和责任坚守住这扇门。

封一明带来的人太多，莫管家寡不敌众，在对方的第三次围攻下，他手上的刀被打落在地，一个重心不稳磕在了墙壁上。四个肌肉男立刻将莫管家隔离开来，安婶也被他们堵住。

医疗室的门口就只剩下了林雪落一个人。面对这些凶神恶煞的壮汉，说实在的，林雪落真的很害怕。可作为一个妻子，尤其是在看到莫管家和安婶为了维护自己的丈夫而受伤后，她便鼓起了勇气。

“封一明，我已经报警了，警察马上就会赶到。你私闯民宅，欺凌自己的侄儿，逃不过法律的制裁，还是趁早收手吧。”林雪落知道自己打不过他们，只能拖延时间等封行朗回来。这一刻，封行朗成了她心目中期盼的救星。

“丫头片子，闪一边去。我只不过是做个医学鉴定，弄得我好像要害死自己的侄儿似的。再不闪开，我连你一起丢下楼。”封一明有些不耐烦了。

“我就不让！有种你从我的尸体上跨过去！封一明，我警告你，这别墅里装了监控，你的所作所为，都将成为证据！你就等着坐牢吧！”

封一明心虚地四下张望，而他带来的那两个医生也跟着忐忑不安起来。私闯民宅的罪名可以让封一明担着，可未经当事人或监护人的同意而强行做医学鉴定，罪名并不小。

“一明，别跟这个死丫头磨叽了！她这是拖延时间等封行朗回来呢，把她给我拖开。”葛心慧厉斥一声，带头冲上前来抢夺林雪落手中的棒球棍。

林雪落本能地自卫，棒球棍砸在了葛心慧的头部，或许也因为太紧张了，她力道没能掌握好，葛心慧的额头被砸得鲜血直流。

“臭丫头，你敢打我老婆！”封一明恼羞成怒，举起手中的匕首就朝林雪落刺了过去。

林雪落本能地捂着头蹲了下去。

“住手！”一个快如旋风的身影飞身而至。夺刀显然已经来不及了，男人用自己的左肩护住了蹲下去的女人。

匕首刺破了封行朗左肩上的西服，封一明在下一秒被封行朗一拳打倒在地。

多年以后，每当林雪落回想起这一幕，总会忍不住怦然心动。封行朗如天神一般，空降在她面前，像个英勇的骑士守护着她。

鲜血染红了他的白色衬衣，他不顾左肩上的伤口，一鼓作气地将四个肌肉男打倒在地。

“二少爷，别再打了，会出人命的。”

最终，愤怒如雄狮的封行朗被莫管家和林雪落一起抱住了腰身，那群人才得以逃命。

抱着封行朗的腰，嗅着他身上混合着血腥的烟草味，林雪落感到莫名安然，一直压抑的泪水这才如释重负地滚落下来。

这是林雪落第一次进封立昕的医疗室，也是第一次看到真正的封立昕，只是她自己并不知情。

进入这个房间，她第一感觉就是冷，比外面的温度要低上好几度，而且还夹杂着刺鼻的消毒药水味儿。因为低温的环境，才有利于封立昕体表皮肤的护理。

房间里一片昏暗，林雪落隐隐约约看到了特制病床上躺着的封立昕。

她走了过去，喃喃唤了一声：“立昕……”眼泪瞬间便滚落下来。

不是她不够坚强，而是被各式各样生命体征监测仪器包裹着的封立昕，实在是让人心生怜悯。一个鲜活的生命，却被束缚在冰冷的医疗仪器之中。

“哥，你没事儿吧？”封行朗俯身过去，询问着病床上的封立昕。

“我很好。雪落，吓着你了吧？”封立昕看着林雪落，喉咙里发出了沙哑的关怀声。

“立昕，我早已经不怕了。”林雪落哽咽，跟着封行朗一起俯身过去。

她说不出哪里异样，只觉得此时此刻的封立昕要比前两次看到时伤情严重很多，连话都快说不出来了。

“雪落……行朗受伤了，你跟小邢医生一起，先去帮他把伤口处理一下。”封立昕知道封行朗曾假扮过他吓唬林雪落，并没有揭穿。但他也不想长时间面对林雪落，他的内心，或多或少有些自卑。

林雪落点头，在确定封立昕安然无恙之后，才跟封行朗和小邢医生一起离开医疗室。

房间里。

男人左肩的麦色肌肤上，染着刺目的鲜血。被匕首刺到的伤口不深，却长达十厘米，触目惊心。

林雪落跟着金医师的助手小邢一起，给封行朗处理着伤口，消毒，上药，贴上伤口专用贴。

“二少，左肩至少两天别碰水。”伤口处理好后，助手小邢交代一声，便端着医用托盘离开了房间。于是，房间里只剩下了林雪落和封行朗。

为了避免汗水感染伤口，房间里的温度被邢医生调得很低。林雪落担心封行朗会着凉，小心翼翼地将睡袍披在了他的肩膀上，生怕弄疼他。

林雪落的温柔让封行朗回眸注视，泪眼婆娑的林雪落，竟然格外楚楚动人。

“怎么还哭了？害怕的？”封行朗的声音低沉而有磁性。他看向林雪落的目光，明亮如星辰，但似乎又带上了那么点儿邪气。

林雪落抿了抿唇，微哑着声音说道：“封行朗，谢谢你为了我挡了那一刀。”

“那你打算怎么谢我？光凭嘴皮子说，那可太没诚意了。”封行朗的声音带了一丝玩味。他伸出食指抬起林雪落精致的下巴，如樱花一般的粉唇，让他很想试试触感。

见男人的目光和言语又轻浮起来，吃一堑长一智的林雪落立刻条件反射地后退一步，警惕地回应封行朗暧昧不明的话：“我打算，打算跟你大哥一起，给你找个好老婆！”

给自己的丈夫找女人？这白痴女人还真够大方的。封行朗剑眉一沉，起身将林雪落压在了沙发和他的胸怀之间。他决定做自己刚才想做的事：试试那唇的触感。

这只是第一步，也算是他对她出言不逊的惩罚，世间哪会有女人大方到要给自己的丈夫物色女人的？

“封行朗，你干什么？快起来！”林雪落惊慌地想推开封行朗，只可惜她的纤瘦使得这样的推搡犹如蚍蜉撼树，反而增加了彼此之间的摩擦，滋生起更多暧昧。

“林雪落，你不是要感谢我吗？我想自己讨要！”男人的声音酥麻入骨。

不等林雪落再次反抗，他倾身吻了上去，霸道地攫取着她的芬芳。

“封行朗，你……你……你浑蛋！你竟然还敢……你……你对得起你大哥吗？”林雪落羞愤得语无伦次。

“这关我大哥什么事儿？”封行朗索性一只手环住她的腰，柔软的腰肢手感极好，只是隔着一层衣料，让他有些不爽。

恼羞成怒的林雪落决定不再跟这个男人讲什么大道理，因为这个男人根本不正常！她奋力挣扎，然后头朝封行朗那挺拔的鼻梁撞了过去。

似乎没想到如小绵羊一般的林雪落竟然会冷不丁地攻击自己，封行朗本能地侧身避开。

与此同时，林雪落在他的腰上又补了一脚，立刻从沙发上爬起来。

见林雪落朝房间门外跑去，意犹未尽的封行朗喝了一声：“去哪儿？一会儿你还要给我擦澡呢！”

惊魂未定的林雪落已经逃出房间，朝楼下跑去，可等她跑到楼下客厅里，似乎才想起邢医生的话：封行朗受伤的左肩至少两天不能碰水。

擦澡？擦他个大头鬼！让他臭死得了！

此时，金医师赶到封家，并带来了两个烧伤科的专家一同准备给封立昕会诊。

看着林雪落神情慌乱地跑下楼来，安婶连忙迎了上来："太太，您怎么了？受到惊吓了？"

"我，我没事儿。对了安婶，立昕怎么样了？我刚刚看到金医师带着两个专家进去会诊。"林雪落询问。

"唉——"安婶却长长地叹息，"要是没了一颗求生的心，来再多的专家又有什么用呢。"

没了一颗求生的心？林雪落恍然追问："安婶，立昕……是因为那个蓝悠悠吗？"

安婶只是叹息，并没有正面作答。

林雪落隐隐约约觉得奇怪，要知道那天晚上的封立昕还是正常的，怎么说严重就严重到这种程度了？那个蓝悠悠又是谁？竟然会有这么大的魔力？这让她这个当妻子的情何以堪？

林雪落微微叹息一声，又忍不住想到了封行朗。

她不去给他擦澡的话，或许可以叫莫管家去？听安婶说那个男人还有点儿洁癖，这两天不洗澡，那得多难受。如果他受不了去洗澡，万一伤口又开裂发炎……

林雪落真的想不通，既然封行朗那么在乎他大哥，为什么要一次次地对她无礼？

就在林雪落心间波澜难平之时，封行朗一身正装地下楼来了。

不得不说，封行朗的确是个难得的英俊男人，做工精良的黑色休闲服勾勒着他近乎完美的身材，眉宇间的英气让他的气场更为强势。

他的英俊带着一种野性。

林雪落本想上前询问封行朗这么晚打算去哪里，可最终还是欲言又止。如果关心他的下场就是被轻薄，那她还是选择冷淡旁观吧。

"我已经派人守在别墅外，在家安心。"封行朗丢下这句话便离开了。

这是在安慰她吗？目送着男人离开的背影，林雪落的心五味杂陈。

她是在恼怒他刚刚对她的所作所为？还是在担心他受着伤这么晚还出去？心，再次乱了，这一乱，又再难平静。

远郊一处临海的观景台上，一道道海浪争先恐后地涌上岸来，撞击着岩石的壁垒，发出万马奔腾似的怒吼声，飞溅起的雪白泡沫，极为壮观。

观景台上站着四个肌肉发达的黑衣男人，他们逼迫着一个脖子上文有一条青龙的男人一路朝观景台铁栏杆后退。

刀尖在石头上摩擦，溅起的火花给人一种阴森的视觉效果，如同来自地狱的催命魔咒。

“朗哥，蓝悠悠出车祸之前，就跟这小子在一起。”四个黑衣型男给封行朗让出一条路。

封行朗寒着一张脸，那被仇恨吞噬的双眸里，燃烧着怒火。

青龙文身的年轻男子似乎被封行朗手中的刀吓住了，跌跌撞撞往后退着，一直退到观景台的护栏边上。

再往后就是咆哮的海水，从这里摔下去，不死也残。

“蓝悠悠究竟是怎么死的？”封行朗声音阴沉，如地狱撒旦。

“我不知道……我真的不知道。”青龙文身的年轻男子回答。

“那我只好帮你好好回忆了！”“刺啦”一声，年轻男子胸前的衣服已经全部被刀尖给挑开了，稍显瘦削的肋骨随着他急促的呼吸而轮廓分明。

“封行朗……你想干什么？我只知道蓝悠悠是被车撞死的……其他的我真的不知道！”

他恐慌地挪着身体，屈起右腿准备给封行朗一脚，但他实在低估了封行朗的反应能力，在他的右腿还没踢出去之前，封行朗一个扑压，一记右勾拳重重打在他的下巴上。

刀刃直抵文身男的皮肤，封行朗冰冷的眼神令他不寒而栗。

“啊！”眼看着刀子就要划破皮肤，文身男撕心裂肺地尖叫起来，但尖叫声被咆哮的海浪声淹没。

“封行朗，住手……住手！我说……我说……”人只有在面临死亡的时候，才会服软。

“蓝悠悠没有死，她……她只是装死的！”文身男几乎被吓到虚脱，脱口而出。

这着实是个振奋人心的好消息。

封行朗回到封家的时候，林雪落刚跟莫管家一起送走金医师请回的那两个烧伤科专家。

“二少爷，您饿了吧？我去给您煮碗面。”安婶对封行朗一向关爱，比亲儿子还亲。

见封行朗平安无事地回来，林雪落也不想在他面前多晃悠，便选择当个透明人，悄声朝楼下客房走去。可安婶的一声惊呼，让她不得不停下脚步。

“啊，二少爷，您又流血了！是不是伤口又裂开了？”安婶心疼得眼眶都红了。

林雪落惊愕地发现封行朗左肩的白衬衣再次被鲜血染红。这个男人怎么如此不爱惜自己的身体？她的心莫名地揪了起来。

“我没事。”封行朗看向林雪落，温声说，“雪落，上楼给我擦下澡。”

给他擦澡？林雪落紧抿红唇，既没有答应也没有拒绝，只是依旧逗留在原地，没有上楼的意思。

她是他的嫂子，哪有嫂子给小叔子擦澡的道理？

见林雪落留在原地不动，安婶着急地提醒着她：“太太，赶紧上楼给二少爷处理伤口啊，二少爷流了那么多血，得多疼啊。”

林雪落心里是担心封行朗的伤情的，毕竟他是为了她才受的伤，可她与他尴尬的身份，让她实在迈不开脚上楼。

“我去找莫管家。”林雪落忙朝楼下的书房跑去。

“太太，我年纪大了老眼昏花，还是您去给二少爷处理伤口比较好。快去吧，别让二少爷等太久了。”莫管家不但拒绝了林雪落，反而催促着她过去。

没能请动莫管家，安婶也避之不及，念在封行朗是因为自己才受的伤，林雪落最终还是咬紧牙关硬着头皮上楼了。

果不其然，封行朗在她的婚房里。这个男人怎么一点规矩都没有？大哥和嫂子的房间，他怎么想进就进，丝毫不觉得难为情？

她真是服了他！

沙发上的男人已经脱去染血的衬衣，赤着上身自斟自饮着。

晶莹剔透的水晶杯中摇曳着少许红色的酒液，像个贪婪的吸血鬼，不知道是想吞噬他内心的寂寞和忧伤，还是想将更为困苦的凄凉传达给饮酒之人？所以这世间才会有那句“借酒消愁愁更愁”。

“怎么，让你上楼来给我擦个澡，这么难？”封行朗一仰头，将杯中的红酒饮尽。

不知怎的，当林雪落看到眼前这个浑身包裹在压抑中无法自救的男人时，她忽然不想再批评什么了，而是默默走到封行朗身边，开始查看他左肩上的伤口。

伤口上的膏药已经被他扯掉，鲜红的血液染过他的左肩，林雪落忍不住打了个冷战。她能想象在撕掉那张膏药时会有多么疼，可看这男人面无表情，他难道没有痛觉吗？

“雪落，陪我喝一杯。”封行朗长臂一勾，林雪落便落入他怀中。

林雪落双手抵着他的胸膛，说道：“封行朗，你别闹了！你的伤口在流血呢！”

“这点儿小伤，死不了人。”封行朗将头埋在林雪落的肩膀上，很安静，没有其他过分的动作。

林雪落没有动，也不敢动。她怕自己不经意间的小动作会刺激到男人野兽的一面。还有，她也不忍心将他推开。

因林雪落没有拒绝，封行朗将她抱得更紧，紧得他和她之间似乎已经没有缝隙。林雪落突然觉得，这一刻的封行朗温顺得像个乖巧的孩子。只是他那健壮的体魄，还有紧勒在她腰际，几乎逼得她呼吸困难的力道在提醒她：怀里的男人，是个危险的成年男子。

安静了半分钟后，怀中的男人有了动静。他在她肩上摩挲着，似在寻求更多的安慰，也似……在占她便宜？

“封行朗，你别这样……我先帮你处理伤口吧，还流着血呢。”林雪落推开他，瞬间羞红了脸。

帮封行朗清理伤口的时候，她的动作格外小心，生怕再次弄疼他。她跟小邢医生学过一回，所以动作还算熟练。

清理完伤口后，林雪落从急救箱里拿出新的药膏给封行朗贴上。

“给你贴好了，你以后小心点儿，身体发肤受之父母，你就不能爱惜自己吗？”林雪落忍不住轻声抱怨了几句，因为她能看出来，伤口迸裂完全是他在外出期间用力过猛所导致。

封行朗深深凝视着给自己处理伤口的林雪落，目光染上了暖意。

林雪落不经意间对上他的目光，心里如小鹿乱撞。她连忙侧过头去，不自然地说：“我去给你打盆温水。”

她几乎是逃进洗手间的，用双手捂住自己的胸口，想平静下那凌乱的心绪。她这是怎么了，不过看了他一眼就乱成这样？难道说……

不会的！一定不会的！她又没疯！他可是她的“小叔子”啊！仅此而已！

一想到病重的封立昕，林雪落很快就收敛起自己凌乱的心绪，不一会儿她从洗手间里端出了一盆温水。

封行朗继续自斟自饮，眉宇间仍然藏着一团散不开的忧伤。

林雪落拧干毛巾，开始给封行朗擦拭伤口边缘的血迹。她不再说话，室内变得很安静。

这是她第一次给成年男子擦澡，害羞是难免的，所以林雪落努力让自己冷静再冷静。

几乎像被上刑一样，她才将封行朗的后背和左肩擦拭干净，这些都是他自己触不到的地方。

“封行朗，其他地方你自己擦吧。”林雪落换了一盆干净的温水，并将毛巾一并洗净。

“可我不想自己擦。”封行朗睨着林雪落，拒绝道。

“那是你自己的事！”林雪落不想跟这个男人继续纠缠下去，因为她已经嗅到男人言语中的轻浮之意。她转身刚想离开，一只长臂横了过来，直接将她的去路拦住。

“如果我非逼着你给我擦澡呢？”沉沉的声音，好似野兽看到猎物时发出的低吼。他是在提醒她，也是在警告她。

“封行朗，你别太过分！想想你大哥吧，你这么对待他的女人，难道你就不惭愧？”她真的不能容忍封行朗一而再再而三地不尊重她了！

封行朗又是一仰头，喝光了杯中的红酒，接着狠狠吻上林雪落那喋喋不休的嘴。

浓醇甘甜的红酒，连同封行朗的气息一起灌进了林雪落的嘴里。她想避开封行朗的吻，封行朗却紧按着她的后脑勺，逼迫着她承受。真是个霸道又粗暴的男人！林雪落每挣扎一分，他就更狠一分，狠到开始啃咬她的唇。她颤抖起来，想逃却逃不掉，越是躲避，他便越发穷凶极恶。

林雪落真的没想到，自己的初吻竟然会被一个男人用如此简单粗暴的方式给夺走！她很想反抗，可反抗得越厉害，得到的惩罚就越多！

很快，她不再挣扎，任由他肆意掠夺。吻随之变得温柔起来，一寸一寸地抚慰着刚刚因他的暴戾行为留下的伤害。待他终于攫取完毕，林雪落才得以大口大口喘气。原本抱有美好期待的初吻就这么没有了，除了疼，其他的她什么都感受不到。

“早这么乖，也不至于吃苦头！”封行朗轻舔了一下嘴角，戏谑般看着林雪落，眸间竟然满是得意。

“如果不想尝试我其他的惩罚方式，那就乖乖地继续给我擦澡吧，擦仔细点儿！”封行朗以很大爷的姿态坐回了沙发上，笔直的大长腿就这么慵懒地搁置在沙发前的玻璃茶几上，悠然得如同一只猫。

林雪落假装温顺地在水盆里拧干毛巾，然后微微蹲身过去，将毛巾在手掌里摊开，开始缓缓帮他擦身。

封行朗发出了舒服的哼声，微微合上眼眸，他似乎从来没有被如此细致入微地对待过。可是，就在他无比享受时，画风突然一转，林雪落低下头，狠狠咬了一口他的手指。

她之所以这么做，一来是为了自己被封行朗咬破的唇讨回公道，二来也是为了警告封行朗——老虎不发威，你真当我是 kitty 猫啊！

咬完之后，林雪落立刻起身，然后以迅雷不及掩耳的速度跑出了婚房，一路朝楼下狂奔！

封行朗睁大双眼，不可思议地看着自己的手，指尖竟然被刚刚那个逃跑的女人咬出了上下两排月牙形状的血痕！自己竟然被那个白痴女人咬了！封行朗怔怔地看着指上的牙印，依旧沉浸在难以置信当中。那个如同猫咪一样温顺的女人竟然真的咬了他？

手指虽有那么点儿疼，却无法掩饰那点儿疼痛带来的刺激感！惊愕完，封行朗盯着自己的手指，竟然开始回味。

翌日清晨。

林雪落花了一个多小时给封立昕煲了果蔬粥，可她的一片赤诚之心再一次被封行朗和金医师拦截在那扇沉重的医疗室门外。

心堵之余，林雪落更清楚地意识到，她在封家是格格不入的，她一直被排挤在封家家庭成员之外！连莫管家和安婶都能进封立昕的医疗室，偏偏就她这个妻子不可以！从法律上讲，她才是封立昕的监护人啊，怎么她连进去看他一眼的权利都没有？

林雪落端着蔬果粥落寞地离开，但她并没有去责备任何人，她知道安婶和莫管家他们都是为了封立昕的健康着想。

厨房里，林雪落安静地坐在吧台上，默默地看着那碗自己熬煮了一个多小时的蔬果粥。不被人待见的滋味真的不好受，她忽然想到夏以琪的话，是不是封家人也觉得，她肯嫁来封家，就是觊觎封氏集团？如果真是这样，也难怪她在开口向封行朗要那十万块善款时，他会那样羞辱她！看来封行朗也认为她是为了钱而嫁进封家来的。

林雪落苦涩一笑。什么封氏集团，她林雪落根本就不感兴趣！她嫁来封家，只想尽一个妻子的责任，把封立昕照顾好，然而封家上下一直提防她！

既然这样，为什么封立昕还要征婚呢？娶她回来的目的又是什么？林雪落也不想让封家人为难，可更不想看到封家人像防贼一样防她！

感觉到四周的空气变得稀薄，林雪落一抬头，便看到了身姿挺拔的封行朗，以居高临下的姿态睨着她。

只一眼，林雪落便挪开了目光，落回那碗同样不被待见的果蔬粥上。别人不待见她的诚意没关系，自己不能不待见自己的劳动成果。

于是，林雪落端起那碗跟她同样凄惨的果蔬粥，没想到却被一只手夺了过去，林雪落一怔，随后便看到封行朗大口大口地吃着那碗粥，不一会儿，一碗粥便见底了。

“厨艺不错，就是淡了点儿。”封行朗放下空碗，点评道。

因为是特地做给封立昕吃的，味道自然就淡。

林雪落没有接封行朗的话，她一早上为封立昕做的果蔬粥，却被封行朗给吃了，她真不知道该觉得安慰呢还是气愤。

“怎么不说话？哑巴了？”封行朗感觉到林雪落的低落，“昨晚你这张嘴，可是很带劲儿呢！”

一想到昨晚的事，林雪落羞了个大红脸。这男人竟然在拐弯抹角地说她咬狠了？那也纯属他活该！谁让他不尊重自己！她低着头，没有搭理封行朗，越搭理这个男人，这个男人就会越来劲儿。

“安婶！”封行朗唤了一声一直待在厨房门外的安婶，“今天你多买点儿新鲜的筒骨。”

“哎！好好好！我一会儿就去买！”安婶满口答应。

如果话题就到这儿，林雪落觉得封行朗今天至少还算正常的。可没想到，他竟然还有后话。

“以后多给太太炖些骨头磨磨牙，她就不会咬人了！”封行朗肆意一笑。

林雪落彻底无语。

第三章

舍身救他

留在封家也照顾不到封立昕，所以林雪落决定去做一些更有意义的事，去福利院当义工。

过完暑假，她就奔大四了。其实大四更多意义上是走出校门实习，因为有了突如其来嫁进封家这件事，林雪落便只能打消原先的计划。

离开学时间只有半个多月，在这么短的时间内找实习单位也不太现实，加之池院长这边也缺人手，所以她便赶过来帮忙。

福利院的经济来源，除了上头的拨款以及社会上的捐助，有一半情况下，还得靠福利院自行解决。而社会上的捐助又分为两种，一种是现金，一种是捐助物资。纸笔和玩具之类的是捐助物资中最多的，福利院的孩子不多，所以这些物资根本就用不完，而福利院孩子现在最缺少的，就是治疗疾病的资金。几乎每个被送进福利院的孩子，都有一些缺陷。有先天性心脏病的，有白血病败血症的，甚至还有仅仅是因为唇腭裂，就把孩子丢弃在福利院的。

偏偏池院长又是一个有着博爱胸怀的人，为每一个被送进福利院的小生命尽心尽职。

义卖活动在广场的沿街举行，这里人群流量多，愿意献爱心的人也多。林雪落和几个做义工的同事一起，在义卖一家企业捐赠的文具用品。可是义卖了一上午，得到的善款并不理想，大部分是带孩子来献爱心的学生家长和爷爷奶奶。

“唉，要是来个大款就好了。”袁朵朵哀叹一声。她是在福利院长大的，因为左腿有点儿跛，便被遗弃在福利院。池院长将她送院治疗后，袁朵朵已经能像正常人一样走路了，只是不能穿高跟鞋，因为高跟鞋会把她跛脚的缺陷放大。所以一般情况下，她只穿运动鞋。

“朵朵，你又想走捷径了？这社会上哪来那么多的大款！即便有，他们也会通过大渠道高调捐款来博取好名声！咱们这种的，就别指望有什么大款会关照了！”领队左安岩打击道，不过他说的也是实话。

林雪落给袁朵朵递上一瓶矿泉水解渴：“朵朵，别唉声叹气了。人家大款的钱，也不是天上掉下来的，他们没有非要捐款的义务，咱们不能道德绑架他们。”

一辆黑色法拉利疾驰而过，却又慢慢倒了回来。

“大款来了！”袁朵朵欢天喜地地丢下矿泉水瓶，朝着倒回来的那辆黑色法拉利飞奔而去。

车窗降下，一张丰神俊朗的脸庞映入了袁朵朵的眼帘，她激动又紧张，几乎连话都说不出来了，好英俊的男人！

封行朗的目光却锁定在跟左安岩谈笑风生的林雪落身上。

不好好在封家待着，竟然跑出来跟别的男人喜笑颜开？封行朗俊逸的脸庞阴沉得有些骇人。

“帅……帅哥，您能……您能买些笔和本子吗？我们在为福利院的孩子筹集治疗资金。”袁朵朵在看到封行朗之后，连话都说不利索了。

“你让那个穿牛仔裙的女人过来跟我谈。”封行朗双眸紧盯着一旁的林雪落。

林雪落也感觉到有一股很强杀伤力的目光看向自己，而且这辆黑色法拉利又如此眼熟……竟然是封行朗！

林雪落本能地想避开封行朗的视线，于是，她小碎步挪到了左安岩身后。这样的动作，让封行朗目光更加阴冷。

袁朵朵似乎有些失落，因为这个年轻又英俊的大款没能看上她，却看上了一旁的林雪落。但为了能顺利筹集到善款，她还是朝林雪落走了过来。

林雪落朝走近的袁朵朵直挥手：“朵朵，你别过来……别过来。”

可袁朵朵哪里能领悟林雪落的意思，仍一脸茫然地走了过来，将封行朗的话原封不动地转达：“雪落姐，那个大款点名让你过去跟他谈！”

林雪落一怔，这封行朗又要干什么？难不成他想当着这么多同事的面羞辱她？

感觉到林雪落的为难，左安岩接过话：“还是我去跟他谈吧。雪落，你留在这里统计卖出的物资。”

这么年轻就能开上如此奢华的跑车，想必是个富二代，又点名让林雪落过去跟他谈，左安岩自然也就将封行朗归类到借机寻衅滋事的范畴中。 这样的情况不是很多，但他还是遇到过几回，总会有些纨绔子弟仗势欺人。

“这位先生，您能为福利院的患儿们奉献一点儿爱心吗？”左安岩脸上始终带着职业微笑。

见走来的并不是林雪落，封行朗眉宇沉了沉：“让林雪落过来，我才会有你想要的爱心！”

左安岩被封行朗那与生俱来的气场给镇住了。看起来，这个男人并不像一般的纨绔子弟。

“对不起先生，雪落她不负责这块儿。”左安岩依旧微笑着。

担心封行朗那个暴戾的家伙会刁难左安岩，林雪落不得不挺身而出：“这位先生，您要是想献爱心，我们欢迎！如果您只是想借机刁难我们，那很抱歉，我们实在没有空奉陪。”

“林雪落，我们做个等价交换，我用我的爱心，来换你的爱心，如何？”意外的是，封行朗并没有出言羞辱她，反而和颜悦色地跟她谈判起来。

“那就先说说你的爱心吧？”林雪落知道封行朗不是什么好人，所以她必须小心谨慎。

“我会出十倍的价格买下你们所有的义卖品！”

“天哪，十倍的价格？所有的义卖品？太好了！大帅哥，你太有爱心了！”袁朵朵第一个欢呼雀跃起来，其他义工听了也喜上眉梢。

可林雪落高兴不起来，问：“那，你想换我的什么爱心？”

这才是问题的关键所在，因为她知道封行朗不会这么轻易放过她。他总是见不得她的日子好过，每天都以想方设法作弄她为乐！

“最近我心情不太好，食欲也就更不好了。所以，我想用我的爱心换林小姐陪我吃一顿饭！”封行朗凝视着林雪落那张被太阳晒得红扑扑的脸蛋，说道。

拐弯抹角说了半天就是想让她陪他吃一顿饭？以十倍的价格买下所有的义卖品，也不算小数目了，林雪落不太喜欢封行朗这种不理智的“豪气”。

其实从某些角度出发，林雪落还是挺心疼封行朗的，不但要照顾他大哥，还要与封一明明争暗斗尔虞我诈，又得兼顾着他自己的集团。他每天都晚睡早起，可以说是披星戴月了。大众只能看到他光鲜享受的一面，但他的钱，赚得并不容易。

“以十倍的价格买下全部义卖品，估计要十多万呢……”林雪落善意提醒着男人，有些于心不忍，“两倍的价格，也能体现你的爱心了。”

“怎么，想替我节约？”封行朗嘴角浮现笑意，“真贤惠！”

林雪落被这个男人突如其来的轻浮言语羞了个大红脸，一时间不知道怎么跟封行朗沟通。既然他非要当财神，她也懒得再去管了！

“对不起先生，我们义工不陪吃饭！”就在此时，左安岩一把拉住林雪落的手，将她拉到自己身后，这一幕落在封行朗的眼里，便格外刺目。

“放开她！”封行朗突然吼了一声。

可左安岩依旧紧紧握着林雪落的手：“雪落，你赶紧先上车。我来应付他！”

感觉到了封行朗的不友善，左安岩想让林雪落先上面包车。封行朗立刻从法拉利里出来，抡起拳头就朝左安岩的脸庞打了过去。

在封行朗打开车门的那一瞬间，林雪落已经察觉到他脸上的暴戾之气，连忙冲上前来抱住封行朗的腰，加上其他义工奋力阻拦，才没让两个人打到一起。

“左大哥，你们别打了，我跟他……我跟他认识！他是我……朋友！”林雪落担心封行朗寡不敌众会吃亏，赶紧跟左安岩解释。不过她怕节外生枝，没说他是自己的“小叔子”。

“啊，雪落，这帅哥该不会是你新交往的男朋友吧？那方亦言呢？你把他给甩了？”袁朵朵将林雪落口中的“朋友”直接理解成了男朋友，而且还透露出了一个更重要的信息，林雪落有男朋友，她的男朋友叫方亦言。

“朵朵，别胡说。”林雪落轻斥道。

封行朗眸中怒意更甚，但很快隐匿，只不过捏着林雪落的手格外用力，几乎要将她的手给捏碎。

“封行朗，你弄疼我了。”林雪落吃痛。

封行朗这才意味深长地看了她一眼，松了些力道，却没有松手。

突然，袁朵朵提议道：“俗话说得好，不打不相识！要不我们大家一起陪你吃爱心餐吧，不过你得请客，因为我们没钱。”

林雪落着实惊讶于袁朵朵的提议，更让她惊讶的是，封行朗竟然答应了袁朵朵的请求。

原本封行朗是要请他们去五星级酒店的，可太奢侈的地方对福利院义工的影响不好，于是，一群人浩浩荡荡进了广场旁边一家大排档。

就餐环境很嘈杂，但神奇的是，封行朗不但没有走，反而还喝起了廉价的啤酒，和义工们打成一片。

“封兄，你千万别误会，我已经有老婆孩子了，我对雪落就像对亲妹妹一样。雪落在夏家寄养的日子不好过，她舅妈向来不待见她，还有她舅妈的三个女儿，根本就不把雪落当亲人，她在夏家寄人篱下，连家仆都比不上！所以啊，如果你爱我们的雪落，就尽早把她娶回家吧，雪落可是个不可多得的善良姑娘！”这番带着酒意的话，是刚刚差点儿跟封行朗打起来的领队左安岩说的，他很可怜林雪落在夏家的遭遇。

“左大哥，你别说了！”林雪落有些难为情道。

她也没有解释自己是封立昕的妻子，并非袁朵朵他们误会的封行朗的女朋友，因为她实在不想大家更加同情她、怜悯她。如果让他们知道自己被舅舅一家逼得嫁去了封家，嫁给被大火烧得面目全非的封立昕，他们肯定会为她两肋插刀的。可那又能改变什么呢？林雪落不想看到大家为她为难，至于“男朋友”的事儿，就只能等回封家再跟封行朗解释了。

大排档饭店不但嘈杂，而且还很拥挤，林雪落坐在封行朗的左边，上菜的女服务员挤了过来，估计是被桌角绊住，手中的菌菇煲瓦罐径直朝封行朗受着伤的左肩砸了过来……

“行朗，小心！”林雪落扑过来，用自己的身体挡下了砸向封行朗左肩的瓦罐。

那一刻她心里只有一个念头，不能再让他的左肩受伤！

瓦罐连同里面的菌菇一起朝林雪落的后背泼过来，封行朗手疾眼快，一手揽过林雪落的腰身拥入怀里，一手挥开那个瓦罐。

瓦罐被封行朗挥开了，可里面的滚烫汤汁泼洒在了林雪落的后背上，痛得她倒吸冷气，连眼泪都快掉出来了。

菌菇贴在林雪落后背的衬衣上，无疑增加了烫伤面积。脱衣服已经来不及了，只听“刺啦”一声，封行朗竟然徒手撕开了林雪落身上的衬衣，接着他将她锁在怀中，并解开了自己的衣扣，将自己的衬衣反穿在她身上，林雪落纤瘦的身体被包裹得一寸不露。

“封行朗，你别，别这样。”林雪落很难为情，尤其是当着这么多福利院义工的面，跟封行朗拉拉扯扯的，实在是不太雅观。

“别乱动！”封行朗厉斥一声。他维持着紧拥林雪落的姿势丝毫没有放松，倾过身来，从上往下，在林雪落后背衬衣处探出的缝隙里查看她后背上的烫伤。因为处理得及时，雪白的皮肤上只留下浅浅的烫伤痕迹，并不是太严重。可那一大块浅色的烫痕，跟她后背上其他白嫩的肌肤相比，还是有些触目惊心。封行朗的眼眸中闪过一丝心疼。

他将反穿在林雪落身上的衬衣扣好纽扣，下一秒，惊魂未定的林雪落就被封行朗扛上了肩膀。因为她是后背受的烫伤，不能打横抱，只能扛上肩膀了。

“封行朗……封行朗，你要干什么？快把我放下……”林雪落惊慌得都快说不出话了。

众目睽睽之下，封行朗就这么扛着林雪落走出了大排档，朝门外停着的法拉利走去。

一桌子的福利院义工几乎都看傻了，这秀恩爱的方式，实在是太霸道了！

“太霸气了！我喜欢！我怎么就没遇上这么一个人呢！”袁朵朵感叹道。

“是真爱啊！”左安岩由衷地感叹，“雪落总算是找到好归宿了！就是有点儿暴力！”

沉寂了一两秒之后，突然有人惊道：“完了！那大款说请我们吃饭，可他还没付钱就走了！”

“……”

林雪落被丢进了法拉利。

这个男人也太野蛮了吧！这没被烫死，都快被他给摔死了。想想刚刚他在大庭广众之下撕掉她的衬衣，林雪落羞得都快没脸见人！下次回福利院的时候，她要怎么面对那群义工同事啊！

“为什么要替我挡瓦罐？不知道会受伤吗？”封行朗一边发动跑车，一边责问，好像给他挡下那滚烫的瓦罐，是件多么坏的事儿。

林雪落只是不想这个男人再次受伤而已，可看到他现在这副样子，却不想解释什么了：“谁想替你挡了？我只是倒霉不小心被撞到而已！”

眼前的男人是她林雪落必须远离的危险人物，所以她不想让他误会她是关心他。

“不小心被撞到？呵，看来你可真够倒霉的！不过……还有比这更倒霉、更可怕的事，那就是爱上我！林雪落，奉劝你别飞蛾扑火！”封行朗睨了林雪落一眼，冷冷地说道。

爱上他？这男人越来越自我陶醉了！他有什么能让她情不自禁爱上的？自大狂！

可林雪落的心还是因封行朗的话动摇了。

她知道自己扑过去帮他挡下那个瓦罐并不是一时冲动，更不是不小心被撞到……可那又是什么呢？

林雪落慌了："封行朗，你停车！我……我要下车！"

"嘎吱"一声，封行朗这一回出奇听话，真的将车停在了路边。可他说出的下一句话，把林雪落给气个半死。

"下车可以！不过得把我的衬衣还我！"封行朗的手优雅地放在方向盘上，微眯着双眼盯着女人惊愕又愤怒的模样。

"把衬衣还你？你这是要让我什么都不穿吗？"林雪落怒目道。

封行朗邪魅一笑："你里面不是还穿着衣服嘛，就当穿泳装好了！"

林雪落本能地用双手护住自己，生怕封行朗真来扯她身上的衬衣："封行朗！你坏透了！"

"是你自己不肯下车的，那你就乖乖地跟我走！"封行朗再次狠踩油门，车子立刻如离弦之箭一般，朝封家方向疾驰而去。

一路上，林雪落沉默着不再跟封行朗争辩。他离她如此之近，近得鼻间满是他的气息，她的视觉和嗅觉还有她的心，似乎都在被专属于他的气息一点一点蚕食。

林雪落侧过头，去看车窗外疾驰而过的风景。

她在看风景，他却在看她。

想当初他以大哥的名义征婚，心想着应该不会有什么正常的女人愿意嫁进封家来，却没想到来了个林雪落。这个看似正常的女人，现在又做了这般不太正常的事。封行朗的心情有些复杂。

"后背上很疼吗？"封行朗浅声问，声音不再冰冷。

话题转变太快，林雪落还有些不习惯。难道这个男人因太过关心自己大哥，从而爱屋及乌地关心上她了？可刚刚他还嘲笑自己。

林雪落的后背现在还是火辣辣地疼，她只能祈祷不要起水泡，不然留下块疤痕就难看了。不过，留不留疤的，又有谁会在乎呢？林雪落这么一想，便回答："不疼。"说完她便沉默了，侧头看向窗外。

下一秒，她感觉到座椅的靠背在往后倾，她这边的空间更大了一些，是封行朗在替她调整靠背，以避免她的后背跟座椅的靠背贴得太近，因为那样会疼。

林雪落的心暖了一下，可男人接下来的话，将她前面的感动一笔抹去，只剩下气得牙痒痒了。

“最好把衬衣脱下，会磨到伤口，落下疤痕就不美了。”封行朗说这番话的时候，特别温情。

林雪落警惕地用双手抓紧自己身上的衬衣，朝封行朗怒目而视，一副“你敢”的样子。

女人厉害又可爱的模样，让封行朗嘴角不由得上扬起一抹好看的弧度。偶尔逗逗这个女人，其实也挺有趣，至少他在这一刻，心情不会太过压抑。

要说治疗烫伤的药，想必普通医院里的都没封家的好。而且他封行朗的女人，岂能让那闲杂人等来上药？要来也应该是他亲自来。

跑车稳稳停在封家的院落里。林雪落刚一下车，男人便健步过来，二话没说再次将她扛上肩膀。

“封行朗，你要干什么？快放开我！”林雪落觉得太羞耻了，他在封家人面前扛她这个嫂子，万一被封立昕看到了，那成何体统？

封行朗刚迈进客厅，安婶便迎了上来，林雪落觉得更加难为情了，对他又捶又打：“封行朗，你干什么啊？快放我下来！我自己有脚，会走路！”

而这一切落在安婶眼底，却令她笑意盈盈。

挣扎不开封行朗的桎梏，林雪落只得向安婶求救：“安婶，帮帮我……”

安婶却只是微笑，并未说话。

见安婶不但没帮自己，反而笑得那么高兴，林雪落心里一片悲凉。她现在难免有些后悔，早知道是这样的下场，她当时就不应该逞英雄，给这个男人挡下瓦罐，由他被烫伤得了，反正疼的人也不是她林雪落！现在好了，她当时的关切行为换来的却是这个男人变本加厉的欺负。

在路过二楼的医疗室时，林雪落突然扯着嗓子大声喊叫：“立昕，救救我……你弟弟又对我无礼了。”

林雪落并不想打扰封立昕的休养，只是想通过这样的方式让封行朗收敛一下自己的行为。

“林雪落，你喊我哥干什么？”封行朗厉斥一声。他只是想给她涂些烫伤膏，这个白痴女人竟然向他大哥求救？

“封行朗，你放我下来……”见叫唤起了效果，封行朗有所顾忌了，林雪落又连喊好几声。

“等上完药，我会放过你的！”封行朗没有理会林雪落。在他看来，这样打情骂俏的方式，才是大哥更愿意看到的。他越想越觉得正确，不错，这是个很好的秀恩爱方式。

婚房里，封行朗手上拿着烫伤膏，跟一脸警惕并紧拽着身上的衬衣的林雪落对峙着。

“只是给你抹点儿药，别搞得像我要对你怎么样似的。”封行朗冷声道。

“你放那儿吧，我自己会抹！”林雪落还是很警惕。

“可我偏要帮你！”封行朗一意孤行。

林雪落不明白这个男人为什么要跟自己纠缠不清。天下有那么多女人，为何他偏偏就选中了自己？是在惩罚她嫁进封家吗？她喊也喊了，叫也叫了，也求救了！可在这是非不分的封家，一切反抗都是徒劳！以死相逼来保全自己的清白？林雪落苦涩一笑，她不是古时候的烈女。从了封行朗？可她似乎也做不到。

泪水一点点地在眼眶里积聚，林雪落解开衬衣的双手颤抖着，她就这么盯着男人那张邪魅的脸，然后慢慢将身上的衬衣脱了下来。

“封行朗，既然你想看，那就让你看个够吧！只要你的良心对得起为你差点儿丢掉性命的大哥！”林雪落说得悲壮，眼眶里积聚的泪水也一同滚落下来。

看着女人梨花带雨的脸庞，封行朗的心莫名被揪起。这个女人怎么这么倔强？视死如归得像是要奔赴刑场。

可她那窈窕的身姿、白如凝脂的肌肤，又让封行朗情不自禁喉咙一紧，真够要命的！

灼热的目光从林雪落的前胸转到了后背上，封行朗的身体也不再紧紧绷着。

白皙的后背上，一大块被烫红的肌肤格外刺眼。几秒之后，林雪落感觉刚刚还火辣辣的后背，在男人指腹的轻抚下变得沁凉。

他真的在给她抹烫伤膏？林雪落不知道自己该怎么拒绝了，衬衣是自己脱的，她以为他会被她这番正义凛然的话给说服，可没想到他还是一意孤行要给她抹烫伤膏！

他的指腹，因为沾了烫伤膏并不显粗糙，反而带着一种似水的柔情。

“不就给你抹个烫伤膏嘛，用得着这么视死如归？”男人的声音很好听，像浓醇的酒，倾诉着岁月的沉淀。

“……”林雪落被封行朗这般类似于情意绵绵的话给噎住了，说得好像是她放不开似的。

随后，一件宽松的真丝睡衣披在了林雪落的肩膀上，她连忙包裹住自己。

“男女授受不亲你不知道吗？更何况我可是你嫂子！再说了不是还有金医生和邢医生嘛，根本用不着你。”林雪落还是忍不住抱怨了几句。

“我不想别的男人看到你的身体。”封行朗说得理所当然。

林雪落一噎，不知道怎么应答他。他不想别的男人看她的身体？那他自己呢？还好意思在这里说这种冠冕堂皇的话！她真替他臊得慌！

“这烫伤膏的作用挺好，应该不会起泡。等烫伤处的皮肤好些后，再抹点儿祛疤的润肤膏。晚上睡觉的时候注意点儿，别压到它。”封行朗说完这些话便走出了婚房，留下林雪落久久无法平静。

楼下，安婶一直徘徊在楼梯口。她知道小两口闹别扭，她一个家仆上楼过问不合适，只是刚刚林雪落的状态，让她实在放心不下。毕竟她知道二少爷不是个会怜香惜玉的人，却没想到十多分钟后，封行朗穿着一件衬衣下楼来了。

“二少爷，您跟太太这是怎么了？”安婶迎上前，一边替封行朗整理衣领纽扣，一边慈爱地问。

“雪落后背被烫伤了，她这两天的饮食，你注意点儿。”封行朗一贯冷淡地说。

“烫伤了？严不严重？”安婶忙问，“这好好的，太太怎么会被烫伤的啊？”

“犯傻呗！她身子那么瘦弱，还替我挡那烧烫的瓦罐，活该要挨这份儿疼！”

明明是一句讥讽的话，安婶却听出了其中所包含的一丝柔情。

原来太太是为了二少爷受的伤啊？看来两个人已经好到一起出去约会共进午餐了。安婶真是打心眼儿里感到高兴。

等封行朗进去医疗室看望封立昕后，安婶连忙热好一碗滋补的嫩鸽汤端上楼去给林雪落。

林雪落坐在偌大的婚床上，静静地看着那支烫伤膏出神。早知道她就不给他挡什么瓦罐了，让他误会她对他有什么想法就糟糕了！那不是更会增加他欺负自己的筹码吗？而现在，她被他看也看过了……林雪落内心有种说不出的纠结情绪。不行，她再也不能纵容封行朗这般无礼了，她实在是愧对封立昕！

“太太，喝点儿嫩鸽汤吧，对皮肤好。”安婶将鸽子汤送到了林雪落的手边。

林雪落裹在宽松的真丝睡衣里，娇小的身躯半蜷着，看起来有点可怜。她不想去埋怨安婶刚刚为什么不帮她，毕竟安婶也只不过是个家仆，做不了封行朗的主。

她本不想喝的，可一听说对皮肤好，还是勉强喝了几口，她也不想自己的后背上留下难看的疤痕。

“太太啊，二少爷刚刚还吩咐我这几天要注意您的饮食呢，可见他多关心您。”安婶不遗余力地为封行朗说着好话。

见林雪落沉默，安婶继续絮叨起封行朗的好：“太太，二少爷他就是脸冷了点儿、脾气臭了点儿，其实他的心还是挺好的。他重情重义，会是个好丈夫的！”

林雪落觉得安婶越说越不靠谱，尤其是最后那句“会是个好丈夫的”，这是什么意思？跟她又有什么关系？

“安婶，既然你这么看好封行朗，那更应该早些帮他找个女朋友成家，也算是帮我跟立昕一个大忙！”林雪落接过安婶的话。

安婶愣了一下，这才意识到，太太还当大少爷是她的丈夫呢。她不由得在心底叹了一声，她知道二少爷担心太太跟加害封家两兄弟的恶人们是一伙儿的，可前些天，在面对封一明时，林雪落所表现出来的勇敢让安婶觉得他们并非一伙儿的，她愿意相信林雪落是单纯善良的。

可她相信自己的直觉，二少爷未必能信。在封家两兄弟尚未脱险之前，安婶觉得一切还是小心为上。于是安婶什么也没说，退出了房间。

夜庄，申市最大的娱乐王国。

镶嵌着彩色玻璃的窗子内，轻纱在珊瑚般的枝形吊灯下舞动，缠绵的音乐一波一波地涌来，暧昧气息萦绕在房间里的男男女女之间。女人娇笑着，惹得沙发上的男人目不转睛。

男人叫白默，人称“太子默”，是这个娱乐王国的唯一王者。

白默、严邦、封行朗，是有名的申城新贵。表面上，他们三人水火不容，可暗地里，他们好到能穿同一条裤子。

封行朗走进这间奢华的钻石级 VIP 包间时，白默玩得正“嗨”。

白默长得很俊秀，一身白色休闲装，像极了从水墨画里走出来的古典美男子。看到封行朗之后，他推了推其中一个女人，说：“你去伺候封二爷！”

封行朗剑眉微蹙，拒绝道：“不必了！”

“干吗摆出一张冷脸？嫌弃我？”白默红唇白齿，笑得妖孽。

“你们出去吧，我跟你家太子爷有事要谈！”封行朗赶走了那两个女人。

“真要谈正经事儿？天哪……”白默拍了一下自己的脑门，“你逼一个不正经的人谈正经事儿，这不是要我的命吗？”

“默，帮我查一个人，这人对我来说很重要！”封行朗将一张照片递送过去。

白默最讨厌封行朗一本正经的样子，让他很有压力，搞得他也只能跟封行朗一起假装正经。他接过照片，坐直了说："这个女人在我这儿弹了一个多月的钢琴，卖艺不卖身……不过她不是你哥看中的女人吗？那一个多月，你哥可是天天来捧她的场！怎么，你也看上了？"

封行朗早已经习惯了白默的不正经，他要是能说出正经的话，那他就不叫白默了。

"她没死，我要找到活口！"封行朗简明扼要道。

"封行朗，这就是你求我办事儿的态度吗？也太没诚意了吧！"白默再次陷进沙发里，"你把刚刚那个女人给办了，我就帮你这个忙！"

三分钟后，从这间超奢华的包间里传来了白默鬼哭狼嚎的声音："封行朗！我跟你没完！"

封家的医疗室里，封立昕取下了呼吸器，他总是会在弟弟封行朗面前展示他最好的一面。

"为什么不肯告诉雪落，你才是她法律上的丈夫？"封立昕的呼吸有些急促，听起来很吃力。

"那你又为什么不肯去做植皮手术？"封行朗反问。

"行朗……好好跟雪落过日子吧！你若真心待她，她会爱上你的。"封立昕的话题始终围绕着林雪落，而封行朗的话题，一直在植皮手术的进程上。

"你执意不肯去做植皮手术，是因为蓝悠悠吧？一个女人，就能让你做出弃我这个兄弟而去的决心？"

"行朗，你放弃哥吧，也许另外一个世界，才是我最好的归宿！"封立昕想握住封行朗的手，可这一回，封行朗避开了。

"放弃你？那当初在地下仓库里，你为什么不肯放弃我？"

封立昕沉默了，良久他才轻轻叹息，话题再次转回到林雪落身上："行朗，雪落是个好姑娘。我不允许你一而再地欺负她！"

"你不是都已经决定死了吗？去了另一个世界，你哪里还管得到我怎么欺负她？"封行朗冷哼一声，"你应该想得到，我会狠狠地玩弄她然后再狠狠地抛弃她！让她成为申城无人敢娶、无人敢碰的弃妇！她会活得生不如死！”

“行朗！”封立昕动怒了，“我不许你这么对雪落！”

“大哥，你别生气啊，林雪落可是你替我选的，如果你不想看到她活生生被我毁了，你就应该对她的未来负点儿责任！”封行朗俊脸上虽挂着笑意，言辞却无比冷漠。

“行朗，你这么对雪落，你总有一天会后悔的！”封立昕哀叹。

“后悔？这三个多月来，我没有一天不后悔！我做梦都希望当初打开闸门的人是我！”往事历历在目，封行朗眸子里满是仇恨的火焰。

“行朗……你别这样。”封立昕的心被拧得生疼。

“哥，我现在想救你的心，就像当初你想救我时那样！你好好考虑手术的事吧，其他的不用你管。”封行朗丢下这句意味深长的话，便毅然转身离开。

目送着封行朗的背影，封立昕的心再一次被刺疼。早知道当初自己死在那片废墟中就好了！现在呢，生又生不得，死又不能死。一颗没了希冀的心，留着心跳又有什么意义呢！

无尽的躁意袭来，封行朗走进了他跟林雪落的婚房。

婚房里安静得让人窒息，床上并没有林雪落的身影，有的只是喜庆到刺目的大红色被褥。

不好好地在房间里待着，那个白痴女人又跑到哪里去了？夏家？

封行朗往床上一躺，婚床上被压出个深深的人形。躺了不到三分钟，男人便一跃而起去抓那个女人，结果出门正好碰上安婶。

安婶上楼是来询问封行朗晚上想吃什么的，因为她刚刚看到封行朗从医疗室走出来时，俊颜上满是怒意。

封行朗没有回答她，只是冷冷地问：“太太呢？”

“太太在楼下客房里看书呢，下午没出门儿。”安婶回答。

搬进楼下客房了？这女人还真能折腾。

不过林雪落并未离开封家，这倒是让封行朗的脸色舒缓了一些。算她识时务，不然再让他去夏家捞人，可没有上一回那么好说话了！

客房的门只是关上了并未锁。封行朗推门进去时，林雪落正趴在床上，翻看着一本治疗烧伤的医书。

因为后背的烫伤处还隐隐作痛，所以林雪落便穿了一件露后背的吊带睡衣。听到推门声，她警惕地回头，又是封行朗！她立刻将薄毯裹在自己身上。

看到封行朗一张脸黑沉沉的，意识到他此刻的心情应该很糟糕，林雪落便没有责问他为什么没有敲门。

刚刚从医疗室里出来，封行朗的心情糟糕透了。在林雪落的注视下，他径直朝客房里的大床走了过来，然后在林雪落身边躺了下来。

林雪落一慌，想从床上爬起来，一个冷冽入骨的声音便在她耳际响起；“你要是敢跑，我现在就把你给办了！”这一回，封行朗的用词很直接。一个“办”字，让林雪落再也迈不动步伐。

她在心中计算，如果她从客房里跑出去，再穿过客厅跑出封家院落，至少也要半分钟，而躺着的男人追上她并将她扑倒，估计只要十秒……或者更少。这样看来，逃跑实在是有些冒险。

林雪落反过来想，如果她不跑，这个男人是不是就会放弃？可跟这个男人独处一室，她还是会有种胆战心惊的感觉。

“不介意我抽烟吧？”封行朗沙哑着声音，似乎在隐忍着什么，虽是询问，可不等林雪落应答，他已经掏出烫金的烟盒，点上一支烟吸起来。

辛辣的烟气在肺部一个来回，封行朗的心绪似乎平静了一些，但烟雾缭绕后的俊脸上仍看不出情绪。

林雪落一直沉默着，默默地起身，又默默地朝房间门口走去。

“回来！”封行朗低吼，那是他发怒前的最后警告。

“我去给你拿烟灰缸。”林雪落的声音很轻，却可以熄灭男人的怒焰。

直到她从客厅里取来烟灰缸放在封行朗的手边，封行朗那凌厉的目光才柔和一些。

骨节分明的指间夹着一支烟，他优雅地弹去烟灰，再送至薄唇间深吸一口，缭绕的烟气喷在林雪落脸上，惹得她嫌弃地后退，却被封行朗一把捞住了手腕。

“恨我吗？”他问。

林雪落一怔，似乎没想到封行朗还有自我反省的时候。她应该是恨他的吧！每当他轻薄她时，她就会恨他恨得牙痒痒。

“你不胡搅蛮缠地对我这个嫂子无礼时，还是挺好的。”林雪落柔软的声音里，又带上了那么点儿埋怨。

封行朗笑得撩人，松开了林雪落的手腕，改成用一根手指去缠绕林雪落垂落在肩膀上的长发：“为什么老以嫂子自居？你就那么喜欢做我哥的女人吗？”

这话，怎么听起来酸溜溜的？可封行朗分明就是个冷漠的人。林雪落有些不敢跟封行朗讨论这个话题，她总觉得这个话题并不适合一个“嫂子”跟“小叔子”去谈。

看到封行朗再次点烟，林雪落微微蹙眉。在他深吸一口将烟送至烟灰缸前弹烟灰时，她竟然毫不犹豫地伸手过去，想将他指间的烟抽出来。

没想到的是，她竟然做到了！

林雪落的纤指触及那支烟时，封行朗是抵触的，可不知为什么，他还是让她抽走了。

封行朗眼睁睁看着那支烟被她掐灭在烟灰缸里，而自己手中多了一块小薯饼。俊容上闪过千丝万缕的情绪，他本能地将手中的小薯饼送至嘴边咬了一口，挺软挺糯，并不难吃。

“好吃吗？”见封行朗真的吃了，林雪落抑制不住欣喜地问道。她明知道自己不应该跟封行朗走得这么近，更不应该问出如此亲密的话，可还是下意识地问了。

“还行，就是甜得有些腻人。”封行朗将余下的小薯饼送进嘴里。

甜得腻人你还全吃了？林雪落腹诽着，不过心里还是挺高兴的。说实在的，她也挺想有个听话的小叔子，她一定会很关心他，把他当成弟弟一样疼爱。

不对啊，封行朗好像比她大好几岁呢，怎么也不可能成为她的弟弟呀。林雪落思绪纷乱，最后总结出一点：封行朗不爱吃甜食。

“背上的烫伤好些了吗？”封行朗问，静静看着林雪落微红的脸，感觉自己的心绪也变得平缓安宁下来。

“好些了。”林雪落如实回答。

“让我看看。”封行朗故意上扬着声音，“看了我才能放心！”

林雪落立刻往后退缩：“不用了！下午的时候，安婶已经给我重新抹过烫伤膏了。”

封行朗眉宇轻蹙，这个安婶，怎么这么多事儿？不是她的活，她非要抢着干！说曹操曹操到，担心二少爷会饿肚子的安婶将精心烹制的意式牛柳面端了进来，香气四溢。

“二少爷，快趁热吃吧，您还没吃晚饭呢。”安婶果然心疼封行朗，就差喂给他了。

“嗯，先放着吧。”封行朗眼里有被人打扰后的淡淡不快。

“凉了就不好吃了。”安婶执意让封行朗先吃，“看您最近都瘦了！”

封行朗瘦了吗？明明健壮得像头牛似的！如果这也叫瘦了，那他之前该有多魁梧？

趁封行朗大口吃面之际，林雪落小碎步朝门口挪去。

“去哪儿？”封行朗喊了一声。他连眉头都没动一下，却能感觉到林雪落的离开，真是个狡猾如狐的男人。

“哦……我去给你倒水。”林雪落机智地回答。

因为有拿烟灰缸的先例，所以这回封行朗放她离开了，谅她也逃不过他的手掌心。

林雪落出来时，正遇上莫管家火急火燎地往封家客厅里跑。

“太太，二少爷呢？”莫管家一看到林雪落，便急声问。

“行朗在客房里吃饭。莫管家，发生什么事儿了？”林雪落感觉到应该是有什么比较棘手的事情发生了，因为莫管家向来处变不惊，能让他如此急切，绝对不是什么小事儿。

莫管家没有回答林雪落，急匆匆朝客房走去。

“二少爷，大事不好了。”走廊的过道里，莫管家遇上了封行朗。

“去书房说。”

“好。”莫管家跟着封行朗的步伐进了书房。

将书房的门关严实之后，莫管家才压低声音说道：“二少爷，您看，这是大少爷草拟的遗嘱。我是从律师那里复印过来的。”

“遗嘱？我哥他好好的，立什么遗嘱？”封行朗厉声道。

当他接过那个档案袋查看完里面封立昕让律师草拟的遗嘱之后，整个人都暴怒了。

“我哥竟然要把封氏集团拱手送给封一明？他疯了吗？”这是封行朗万万不能理解的，封一明可是加害封家两兄弟的嫌疑人之一！

“二少爷，我想大少爷这么做，是想保全您这个弟弟啊！只有将封氏集团给了封一明，他才会放您一条生路！大少爷这是想破财替您消灾，用心良苦！”莫管家老泪纵横。

封立昕直到自己临死的这一刻，依旧念念不忘他同父异母的弟弟。为了封行朗，他什么都可以舍去，包括他自己的生命！可越是这样，封行朗就越无法放手！他不会眼睁睁地看着封一明夺走原本属于大哥封立昕的一切！

“有我在，封一明永远别想得到封氏集团！”封行朗的眼眸中再次迸裂出仇恨的火花。

“可大少爷才是封氏集团的继承人，他有决定封氏集团法人代表归属的权力！”莫管家提醒道。

封行朗敛起英挺的眉，沉思后道：“如果我哥知道蓝悠悠那女人没死，你说他还会不会如此消沉？”

“什么？蓝小姐没死？”莫管家眼睛一亮，“这消息可靠吗？”

“应该可靠。只是那女人好像故意在躲避什么，把自己藏得很深！”封行朗眼眸微眯，手指在那份草拟的遗嘱上有节奏地轻叩着。

“这的确是个好消息……”莫管家轻叹，“可说不定也是个坏消息！”

“有可能会是坏消息？这怎么说？”封行朗沉声问。

“二少爷您也知道，大少爷在追求蓝小姐时可谓用情至深。得知蓝小姐没死，大少爷固然会高兴，但之后呢？以大少爷的秉性和脾气，他会自卑于他现在的状况。想爱又不能爱，只会让大少爷更加痛苦！”在封家伺候了三十年，莫管家很懂封立昕的心境。

“为什么想爱不能爱？只要是我哥喜欢的，即便是强取豪夺，我也会把蓝悠悠捆到我哥面前！”封行朗冷嗤一声。

莫管家摇头叹息，大少爷缺少的，就是二少爷这种霸气。

夜已深，林雪落坐在书桌前构思着毕业论文的框架。封行朗走了进来，将一沓厚厚的文件放在了书桌上。

“这是封氏集团的资料，你今晚必须看完。其中有一份职务任免书，最好能背熟。明天由你跟我哥一起去封氏集团召开股东大会！”

林雪落拿起资料翻看了几下，有些不自信地问：“封行朗，你不陪你哥一起去吗？”

封氏集团在申城还是小有名气的，林雪落没怎么见过大世面，这突然要跟封立昕一起去召开股东大会，她还真有些忐忑。

看到女人眼中流露出的依赖，封行朗淡淡一笑：“你不是一直嚷着要跟我哥单独相处吗？我给你这个机会。”

“可……可是，股东大会那么大的场面，你哥肯定需要你的。”林雪落急声说。

“是我哥需要我？还是你需要我？”封行朗压低了声音。

林雪落脸庞微微染红：“当然是你哥需要你了！你是他弟弟，你必须得帮助他打理好封氏集团！”

封行朗却叹了口气：“可惜了，我这个私生子并不受封家待见，从我被领进封家那天起，就被剥夺了继承封家任何财产的权利。”

封行朗说这番话时，并无伤感，还带上了不屑的意味。区区一个封氏集团，他封行朗从来就没有在乎过！但是，他不在乎不等于他会放任大哥将它拱手让给封一明。

“封行朗，你明天也去好不好？就算帮帮你哥。”林雪落再次恳求。

他当然会去，只不过去的方式会有些另类。突然，封行朗嘴角轻扬：“要我明天跟着一起去也可以……不过今晚你得让我留在你房间里！”

林雪落恨得牙痒痒，一字一顿道：“封行朗，你现在就给我出去！立刻！马上！”

要不是他今晚还有事儿，似乎留下逗逗这个浑身带刺的小女人，也挺有趣。

因为看文件看到太晚，林雪落醒来时已经快九点了。

那该死的手机闹铃怎么没响？林雪落连滚带爬地冲进洗手间，快速洗漱后，只简单地扎了个马尾辫，化了个淡妆便小跑出来。

客厅里，“封立昕”已经吃过早餐，正静静坐在轮椅上等着晚起的林雪落。当洋溢着蓬勃朝气的林雪落映入他的眼帘时，他的眼眸里情不自禁闪过一丝亮光。

能坐、能吃、能动，甚至于还能逗耍林雪落的“封立昕”，绝对不会是封立昕本尊，而是戴着人造皮肤的封行朗。

“立昕，对不起……我起晚了，让你等久了吧？”林雪落蹲下身子，真诚地握住了“封立昕”的手，一只疤痕满布的手。

她已经不再害怕面目狰狞的“封立昕”了，她知道在这副烧伤的皮囊之下，曾经是个卓越优秀的英俊男人。

女人的温顺，让封行朗很受用，他可以自在地触摸她的长发，轻拥着她并嗅着她身上的香气。

“立昕，你感觉好些了没有？这些天，我真的好担心你。”林雪落紧紧握着封行朗的手，向他倾诉着这些天来的牵挂和担心。

皮具下的封行朗，俊脸应该是寒沉的，可林雪落看不出来。

“叫我老公。”他很不喜欢听到林雪落这么柔若无骨地喊他“立昕”，纠正道。

临出发之际，林雪落不停朝楼上张望，并询问着“封立昕”：“老公，我们不等等行朗吗？”

不难听出，她言语中满是对封行朗的依赖，她担心自己跟“封立昕”镇不住股东大会那样的大场面。

“不用等他，我们走。”封行朗握住林雪落的手，强势地说道。

既然“封立昕”已经做了决定，林雪落也不好再多问什么，乖乖跟着“封立昕”出门了。

“封立昕”能够亲自出现在股东大会上，令众股东哗然。原来封立昕的病情并不像封一明所说的那样命悬一线。虽说封立昕被大火烧得面目狰狞，可他的气场比从前更为强势，就连封一明也是惊讶不已。

那次私闯别墅的闹剧没能让他如愿地给封立昕做医学鉴定，所以他便广散谣言，说封立昕快死了，而他这个第二继承人马上就能顺理成章接管封氏。可他万万没想到“封立昕”竟然能生龙活虎地出现在众人面前。

“虽然我容貌毁了，脑子却好使得很！各位股东年末的分红，只会比我当初承诺给大家的多！”封行朗沙哑着声音说道。

虽说大家已经不能分辨这是不是曾经封立昕的音色，但这个消息是振奋人心的，众股东欢快地鼓起了掌。

“大家请放心，我弟弟封行朗是不会觊觎封氏集团的，他也不屑于此。我们封氏集团只会因为我弟弟在申城的权势而获利。我今天来的目的，是要确定一下封氏集团各中层以上职务的任免。”

封行朗只用三言两语，便控制了整个场面。为了安抚封一明，封行朗将市场部的拓展重任交给了他，并在不大动干戈的情况下，又安排了一个华尔街“女白骨精”进了封氏集团的财务部。

等林雪落宣读出封氏集团的任免书后，众股东开始窃窃私语，但没有表达出过激的不满情绪。或多或少他们看在封家老爷子的面子上也会维护第一继承人封立昕，而不是封一明。另外，封行朗在申城的权势已经到了不容小觑的地步，他跟封立昕兄弟感情颇深，封氏会获利这点，没人会怀疑。如何让自己的利益最大化，才是股东们更为看重的。

在封立昕能够重整旗鼓之前，封行朗首先要做的，就是维稳，而他做到了。

直到坐上那辆加长的林肯，林雪落才松了一口气。她真的没想到一切会如此顺利，而她对假扮成封立昕的封行朗更加刮目相看。她的丈夫，果然卓越非凡。

殊不知，林雪落所钦慕的男人，其实是封行朗！

“立昕，累着了吧。”林雪落倚在轮椅边上，细心地给“封立昕”

捏着肩膀，动作十分轻柔，“我这样的力道行不行？会弄疼你吗？”

封行朗微眯着眼睛享受着，但在林雪落叫出那声“立昕”时，还是轻斥了一声：“叫老公。”

“老公。”林雪落本来有些难为情的，但想想自己和他连结婚证都领了，也就大方了一些，“你今天好棒！真让我刮目相看！”

一句“今天好棒”听得封行朗喉咙一紧。女人在这么表扬一个男人时，难免会让人浮想联翩。

觉察到“封立昕”在盯着自己，林雪落的脸又红了，她忙低头去整理“封立昕”身上的毯子。

因为烧伤的皮肤是受不了风吹日晒的，所以在下车之前，林雪落便将毯子裹在了“封立昕”的双臂和腿上。现在坐上车了，那毯子就没必要了。

担心“封立昕”包裹在毯子里会闷得慌，林雪落便准备将毯子挪开。当她蹲下去给他解开裹在脚踝处的毯子时，无意间扯动了他的裤管，露出一截紧实的小腿……那腿上有着健康的毛发，皮肤完好。

林雪落愣了，这男人的小腿怎么会一丁点儿疤痕都没有？难道大火只烧毁了封立昕的上半身吗？

“对我的身体这么好奇？”封行朗悠然道，并没有因为林雪落扯开了他的裤脚而故意遮掩，“如果你想看，我可以脱光来满足你的好奇心！”

“不……不，不用。”林雪落被“封立昕”的这番话羞了个大红脸。

他都伤成这样了，竟然还能如此言行轻浮？怎么跟他的宝贝弟弟一个德行？

林雪落尴尬地放下封行朗的裤脚，然后沉默地坐到一边平息波澜起伏的心绪。

“行朗最近对你还好吧？欺负你没有？”封行朗试探道。

“没有，他……对我挺好的。”

言不由衷了不是？林雪落真不知道自己为什么还要袒护那个男人。

“听说你给他挡了烧烫的瓦罐？”封行朗又问，随后提出了一个更为过分的要求，“让我看看你的后背。”

林雪落又羞愧又紧张，连声拒绝：“我的后背已经好了，安婶说不会留下任何疤痕。”

“不亲眼看一下，我不放心。”封行朗执意道。

林雪落朝车窗外瞄了一眼，又看了看司机和副驾驶上的莫管家，难为情地说：“立昕，我真的好了，都已经开始消红了，再过两天就能恢复到原来的肤色。”

“叫老公！”封行朗冷声道，“为什么不让我看？我只是想关心你。”

布帘被拉起，不大的空间里，只有林雪落和封行朗两个人。

“我……”这男人怎么这样啊？这脾气也太倔强了吧！

“喀喀！”封行朗轻咳两声。

林雪落紧张地凑过身来询问：“老公，你怎么样了？不要紧吧？”

听安婶说，封立昕最严重的时候，已经开始用呼吸器了。不过今天的封立昕，不像个虚脱到要用呼吸器的人。林雪落帮他捏肩膀的时候，明显感觉到他双肩上的肌肉很紧绷。

封立昕的病情一会儿好，一会儿坏，让她担心不已。

“被你气的！”封行朗长臂一勾，女人便偎依在他的怀里。

“老公……你别这样。”林雪落忸怩不安，这样的亲近她还需要时间来适应。

“别动！让我抱会儿。”封行朗压制着林雪落乱动的身体，将头埋在她的发里，嗅着她身上薰衣草的淡淡香气，心也变得安宁起来。

见“封立昕”并没有过分的动作，林雪落便任由他拥抱自己。她不敢去看他面目狰狞的脸，只是静静感受着他的呼吸，以及他强而有力的心跳。

回到封家之后，林雪落似乎有些舍不得“封立昕”再次离开。她不知道“封立昕”进去医疗室后，自己什么时候才能再见他一面。

“立昕……老公，让我进医疗室照顾你好不好？我会很配合金医师的，不会打扰他给你治疗。”林雪落紧紧握着“封立昕”的手，不忍心松开。

这女人就这么眷恋他大哥？封行朗心里涌起了莫名的怒意。

“寂寞了？乖！今晚我会回房间去陪你！”

“立昕，你误会了……我只是想进去医疗室照顾你！别这么排斥我好不好？我真的没有恶意！我只希望你能快点儿好起来。你就让我照顾你吧……不然我都不知道我作为你的妻子又有什么意义。”

封行朗凝视着林雪落泪眼婆娑的脸。难道这女人真的如大哥说的那样，心灵是干净的？只是她一口一个“立昕”，听在他耳里非常不舒服！

“这样吧，今晚你若是肯和我履行夫妻义务，让我看到你的诚意，我就劝劝金医师，让你进来医疗室照顾我。”封行朗邪魅一笑，虽说隔着人造皮肤，却还是让林雪落心头一悸。

一想到今晚要跟封立昕履行夫妻义务，她整个人都不好了。她做不到去跟一个陌生的男人亲近，可她毕竟是他法律上的妻子啊！这一关，迟早是要经历的。

一下午，林雪落都是恍恍惚惚的，心中一直想着自己要怎么去面对封立昕。

沐浴后，林雪落穿着睡衣在婚床上静静坐着，一想到待会儿将要发生什么，她就紧张得不行。

婚房里的水晶灯突然忽闪了两下，然后便陷入一片黑暗之中。

“安婶……安婶……”林雪落连忙从床上爬下来，跌跌撞撞想跑出房间，却在房间的门口撞上了一堵“人墙”。

“谁？”林雪落惊恐地问。

“别怕，是我！”沧桑的声音，还和白天时一样，而不一样的是，男人的声音带上了明显的情欲。

“立昕，怎么突然停电了？”林雪落辨别出来人是封立昕。

无尽的黑暗让她有些恐惧，不过“封立昕”的及时出现让她平静不少，只是在这种环境下面对“封立昕”，她还是紧张得很。

“怕你看到我的容貌而害怕，便让莫管家把房间里的电源给关了。”封行朗贴得很近，近到他能清晰地感觉到林雪落在他怀里微微颤抖着。

“立昕，我不害怕……”林雪落强装镇定，“你让莫管家开灯好不好？我已经不害怕你的容貌了。”

“还是黑点儿好……”封行朗低语。他当然希望黑点儿好，因为这样可以方便他为所欲为。他早已经脱去了那身憋闷的人造皮肤，只在自己的声带和手上留下便于他进一步“作案”的道具。因为他的手会去触摸她，而他的声音可供她识别，所以这两处的掩饰不能少。至于为什么封行朗不以自己的真面目示人，那就不得而知了。

可没想到，林雪落竟然主动伸手来摸他的脸：“立昕，我真的不害怕了，如果你不信，我可以抱着你的脸。”

感觉到林雪落朝上摸索过来的手，封行朗一把将其握住。

“别动！”封行朗厉声道，“我这个人有些小嗜好。记住，不许看着我，不许抱着我，更不许吻我！把脸转过去，只要安静地乖乖躺好！”

一片漆黑里，林雪落被封行朗的厉斥声镇住了，缓缓地缩回了自己的手。

“只要安静地乖乖躺好？封立昕，你当我是什么？充气的老婆吗？”林雪落的心被狠狠地揪起来。

“出嫁从夫！既然你嫁给了我，就必须迎合我！”封行朗不太喜欢女人的桀骜。

“可我不想迎合你！”林雪落想挣开封行朗的束缚，可发现根本挣扎不开，无奈，她只好软下声音跟封行朗协商，“我真的不害怕你了，开灯好不好？”

“不好！”封行朗冷声拒绝，带着林雪落一起往她身后的大床倒下去，“春宵一刻值千金，我们别再浪费时间了！”

林雪落的双手被封行朗单手压制在枕边，根本就无法动弹。

“立昕，你别这样……我难受！”这样的姿态，让林雪落很害怕。

她冷不丁地想起了夏以书的话，难道封立昕的心境真的扭曲了，就想折磨女人？

“一会儿就会舒服了！”封行朗继续蛊惑。

“立昕……别这样对我好不好？给我点儿时间慢慢接受你。”林雪落红了眼眶。

“闭嘴！说过多少次，不许叫我立昕！要叫我老公！”封行朗厉斥一声。作为惩罚，他一口咬在了林雪落那白嫩光滑的后背上。

“啊！”林雪落发出一声尖叫，只是尖叫过后，她忽然感觉到不对劲，她来“大姨妈”了！

“快停下……快停下！”林雪落再次开口惊声叫道。

“无论你怎么闹腾，今晚你都逃不了！”封行朗凶狠地说道。

“老公，我……我来例假了。”林雪落泫然欲泣。

室内一片寂静，黑暗中，封行朗的脸冷得能刮下一层寒冰。他不相信自己会这么倒霉！他更愿意相信她是为了逃避而撒的低级谎言。

“我真的来例假了……不骗你！”林雪落几乎要哭出声来。

事实胜于雄辩，黑暗中的封行朗，除了寒着一张脸，发作不得，带着怒气翻身而下，离开了婚房。

水晶灯再次亮起，室内重现光明。林雪落用手挡了挡刺目的灯光，发现“封立昕”已经离开了。她有些疑惑，难道封立昕的病情已经好转到可以对她施加暴力了？刚刚“封立昕”的力气，远不是她能够抗衡的。可林雪落根本就没时间去仔细琢磨这件事，她被床单上的血迹给羞得无地自容。

她连忙起身开始在房间里寻找卫生巾，可找遍整个房间，最终只在自己的手包里找到一张薄薄的护垫。

只垫了薄薄的护垫，林雪落知道维持不了多久，可翻遍整个婚房都没找到女生用品，林雪落只能下楼向安婶求救。

刚刚被“封立昕”那么一折腾，林雪落脸上的红霞还不曾褪去。这个“封立昕”怎么这么野蛮呢，跟他的宝贝弟弟一样！一想到封行朗，林雪落下楼的动作微微一滞，隐隐约约，她觉得哪里不对劲……

可体内汹涌而出的热流，让她瞬间打消了胡思乱想，还是先把“大姨妈”伺候好吧！

林雪落径直去了厨房。不但安婶在，还有一个林雪落不想看到的人也在，封行朗正吃着安婶刚刚给做的意式烩面。

“安婶……”林雪落在看到封行朗后，后面的话便生生咽了下去。

而封行朗在睨到林雪落找来厨房时，看向她的目光带上了那么点儿怒意！

她今天没惹到这个男人吧？他怎么黑着一张脸盯着自己啊！

封行朗没有主动跟林雪落打招呼，林雪落自然也不会主动搭理这个暴戾男人，省得自取其辱！于是她直接选择忽视他。

“太太，找我有什么事儿吗？我刚做的烩面，您跟二少爷一起吃点儿？”安婶倒是挺热情的。

“我不饿。”林雪落扫了一眼黑着脸的封行朗，压低声音朝安婶说道，“安婶，你能出来一下吗？我有话跟你说。”

“哦，好好。”安婶回头看了封行朗一眼，便跟着林雪落一起走出了厨房。

走廊里，林雪落依旧把声音压得低低的：“安婶，你还有那个吗？我……我刚刚来例假了。没准备。”

安婶这才恍然大悟，为什么二少爷下楼让她煮东西吃时，会冷着一张脸！原来是太太来了例假啊！不用说，那他们之间的好事儿一定没能成！唉，这也太赶巧了吧！

“安婶，你干吗叹气啊？”林雪落因安婶的叹气声怔了一下。

安婶意识到林雪落并没有发现刚刚跟她共处一室的人是二少爷，所以，也就只能由着他们顺其自然地发展下去了。

“太太，我早就不用那东西了，小区门口有家便利店，我这就去给您买。”安婶摘下了围裙准备出门。

而此时此刻，屋外则是一片雷雨交加。一道闪电划破原本沉寂的天空，一声惊雷搅醒了大地的生灵。倾盆大雨毫不留情地击打着世间万物，雨点连成一张网，挂在窗前。

“安婶，还是我去吧。”林雪落舍不得安婶在这风雨交加的天气里出门。

“那怎么行！外面雨下得这么大，你又来了例假，要是淋雨着凉了可就不好了！”安婶更舍不得身体虚弱的林雪落冒雨出门。

“太太，您平常用什么牌子的？”安婶一边问，一边穿上雨衣准备出门。

可她刚刚打开客厅的门，狂风便卷着暴雨袭击过来，几乎把安婶吹倒在门口地毯上。

“安婶，你没事儿吧？”林雪落连忙搀扶起她。

“太太，离门远点儿，外面风大雨又急，您别冻着了！”虽说安婶平时极度护着封行朗，但她也是真心疼爱林雪落的。

林雪落想把门关上，可是力气不够，只好用瘦弱的肩膀去顶，在暴风和骤雨的双重袭击下，她小小的身体还真有那么点儿吃力，露在门外的半个肩膀瞬间便被雨水打湿个透。

一只强而有力的手臂伸了过来，帮林雪落将门给关上了。林雪落抹了一把带着雨水的脸庞，转身就看到帮她关门的竟然是封行朗。

“一扇门都关不了，白吃了二十多年的饭。”封行朗哼了一声。

林雪落抿了抿唇，没有反驳他的奚落，也没有感激他的帮助。加上小腹有些难受，她更不想搭理这个男人。

“太太，要不我打电话让便利店的人送过来吧。”安婶提议道。

“算了安婶，等雨小些再说吧。下这么大的雨，他们也不容易的。”腹部一阵疼痛袭来，林雪落下意识地微微蜷了蜷身体，并用双手护住自己的肚子。

“太太，是不是疼上了？您坐着别动，我去给您冲杯红糖水。”安婶把林雪落搀扶到了客厅的沙发上，便进厨房去给她冲红糖水。

一支笔和一张便笺递到林雪落跟前，林雪落抬起头，迎上了男人表情冷淡的脸。

“把你要的东西写这便笺上！”封行朗的声音依旧冷漠。

林雪落一怔，这男人想干什么？是要帮她去买女生用品吗？他应该不知道自己要买的是什么东西吧！要是知道了，就他那脾气，肯定不会这样做。

林雪落摇了摇头：“不，不用了。一会儿雨小了，我自己去买。”

不过，她还是有点感激这个男人的，至少他有这个心。

“让你写你就写！磨蹭什么？”封行朗厉喝一声，一副怒气冲冲的样子。

林雪落被男人的戾气吓了一跳，她之所以不写，是怕封行朗去买的时候难堪！他竟然还不识好歹地吼她？

随后，林雪落立刻改变主意，拿过那张便笺，唰唰地开始奋笔疾书：护舒宝夜用干爽网面两包、护舒宝日用棉柔两包，还有防后漏的拼接蘑菇贴！

林雪落将那张写好的便笺递送到封行朗面前，以为他会将它丢了或撕了，却没想到他扫了一眼后，便放进了自己的西裤口袋里。

“等着。”丢下这两个字，封行朗便取了车钥匙，从别墅通道里朝车库方向走去。

留下林雪落静坐在客厅的沙发上莫名悸动。刚刚她赌气列出清单，只是想让他知难而退，却没想到封行朗真的会去。一想到他在一堆女性用品中慢慢挑选的画面，她的脸便开始发烫。林雪落，你怎么能这样报复别人呢？好歹他也是你的小叔子，你这么刁难他，他哥知道了怎么办？还有安婶和莫管家，肯定又要责备自己不懂事了！

安婶端着冲好的红糖水从厨房里走出来，看了一下四周，问：“太太，二少爷呢？刚刚听他说让你写什么来着？”

林雪落抿了抿唇，不知道如何作答。

“太太啊，您别怪二少爷，大少爷现在这副模样，他心里难受！所以对您就凶了些，太太您可要多多包涵二少爷啊。”

又是老生常谈的话题。只要安婶稍稍清闲下来，就会在林雪落耳边一遍又一遍地说封行朗的好，说得林雪落不原谅封行朗那些恶劣行径都不行。

林雪落喝了几口红糖水，肚子也好受了很多。想起什么，她问安婶：“安婶，立昕的病……怎么样了？”

“唉……大少爷这病，怕是……”随后安婶便噎住了，情难自控地开始抹泪。

林雪落心间一疼，可随之又更加疑惑。刚刚在婚房里，封立昕俨然不是安婶口中快不行的样子。虽说声音沧桑沙哑了些，可他的力气和呼吸、心跳几乎都跟常人无异啊，怎么就快不行了呢？

难道是封立昕故意对安婶隐瞒自己的病情？可完全没那个必要啊！

要知道安婶几乎快把封家两兄弟当成自己的亲生儿子看待了，又怎么会对他们有任何不利行为呢？

“安婶，你每天都见着立昕，他……他现在的胃口如何？”林雪落旁敲侧击道。

“唉……”提及封家大少爷，安婶总是叹息不已，“大少爷每天都盯着蓝小姐的照片看，喂他什么，他都只是吃那么一丁点儿就说不想吃了。人是铁饭是钢，这不吃，身体哪能好啊！”

林雪落听得心头一刺，她并不是要吃那个蓝小姐的醋，只是封立昕因为那个蓝小姐而不吃不喝，这分明就是自暴自弃！

可转瞬之间，她更加百思不得其解。她见过封立昕三四回了，甚至昨天还和他相处了小半天，也没见封立昕虚弱到快不行啊！难道封立昕在她面前和在安婶面前展示的并不是他的同一面？难怪封家人不允许她进去医疗室！

装病容易，装健康却难，可封立昕为什么要在安婶面前装得病情如此严重呢？

这豪门之家的事情，也真够复杂的！

便利店里，封行朗冷着一张脸。没想到他封行朗竟然沦落到冒雨前来给那个女人买卫生用品的地步，着实狠狠地虐了他一回！

封行朗当然不会像林雪落想的那样，一个大男人傻傻地在一堆女性用品里寻找她写出的牌子和型号，他如此聪慧，又怎么可能做出那样“丢人现眼”的事呢！

在一个正理货的营业员跟前停下脚步，封行朗将手上的便笺和两张百元的人民币一同递送了过去：“请您帮个忙。剩下的钱算是酬劳。”

营业员接过那张便笺看上一眼，立刻会意一笑：“冒这么大雨来给自己的爱人买这些东西，您一定是个好男人！”

好男人吗？封行朗微微蹙眉，似乎自己跟“好男人”这个词完全沾不上边儿吧？只是他自己也不太理解，他怎么会半夜三更犯二地来给那个女人买女性用品。

白痴女人！竟然真的敢耍他，等她方便了，他一定会从她身上狠狠地讨回来！

营业员将林雪落所列出的女性用品找好，打包在一个便利袋中，一并打包的，还有多余的零钱和营业员的留言。

封行朗接过便利袋，向营业员道谢之后，再次钻进雨幕中。

回到封家，封行朗将手上的便利袋递送到林雪落面前，黑亮的短发上还滴着雨水珠子，林雪落深深凝视着男人那张还淌着雨水的俊颜，接过便利袋，心间涌上了无限的温情。

“行朗，谢谢你。”这是她发自内心的感谢。

封行朗却冷哼了一声：“放心，我会连本带利从你身上讨回来的！”

“……”林雪落又被呛到了，但这一次她没有去顶撞封行朗。

心有猛虎，细嗅蔷薇。在这一瞬间，她似乎了解到了这句话的含义，这个男人还真是捉摸不定。

拿着便利袋，林雪落匆匆忙忙去了楼下的洗手间。她打开便利袋，里面装着的女性用品竟然都是她在便笺上所写的。林雪落不由得笑了，这男人该不会真的在一大堆女性用品里逐一寻找的吧？想想那画面，她就觉得滑稽好笑。

可她拿出其中一包夜用的护舒宝时，却发现里面竟然还有一些零钱，零钱中还夹着自己刚刚写给封行朗的便笺。不经意间翻动着那张便笺，林雪落看到便笺的反面竟然还有一行字，那字迹显然不是她的。

“你爱人对你真好——替你选卫生巾的营业员。”

林雪落先是怔了一下，随后失笑，原来他没有亲自去选啊，没想到这男人还挺聪明的。只是前面那句“你爱人对你真好”还是让林雪落微微羞红了脸。营业员同志，他不是我的爱人，而是我的小叔子。

林雪落轻叹一声，将那张便笺折叠好，细心地收在了自己的口袋里。拿它当作一次纪念也不错。

第四章

他的温情

医疗室里，安婶每天都会向封立昕汇报林雪落和封行朗的感情进展。

“他们昨天晚上圆房没有？”封立昕气息微弱地问，他的身体每况愈下。

“唉……”安婶摇头，“这人算不如天算，太太昨天晚上来了例假，或许是太太跟二少爷的缘分还没到吧。”

这好不容易酝酿出的“人和”，却“天不时”“地不利”的，封立昕觉得自己实在等不了多久了，连连哀叹。

“大少爷，您也不用着急，我已经记下了太太的例假时间。等过了例假，到时候我们再计划，太太百分之百能怀上小少爷。”安婶的心思很细腻，想法也很美好。

封立昕刚刚暗淡下的目光重新放亮：“安婶，还是你说得对！我们必须好好计划一下，让雪落怀上行朗的孩子！如果行朗有了他自己的孩子，他一定会多为雪落和孩子着想的。”

安婶却高兴不起来，“大少爷，您别光替二少爷着想啊，也想想您自己吧！二少爷和太太还年轻，他们迟早会相亲相爱，也迟早会有自己的孩子……可您呢？虽然蓝小姐不在了，您也不能就此一蹶不振啊，如果您出了什么意外，二少爷他得多难受！”

“安婶，我拖着这副病残的身体在封家，只会让他触景伤情，让他放不下仇恨！如果没了我，也许反而能拯救行朗。”封行朗疲惫不堪地说，“长痛不如短痛，我现在每天被这些医疗器械纠缠着，简直是生不如死！死对我来说，也是最好的解脱。”

“大少爷……”安婶跪在封立昕的病床边失声痛哭，“您千万别这么说，我要您好好的！哪怕让老天爷折我的寿都行！”

安婶在劝说封立昕的时候，林雪落正在求着金医师让她进医疗室照顾封立昕。

忽然她接到舅舅夏正阳打来的电话，让她无论如何都要赶回夏家去吃顿午饭，还说有很重要的事情要跟她商量。

林雪落想不出舅舅能有什么很重要的事情要跟自己商量。要知道当初在夏家的时候，大部分情况下她都只是个透明人，夏家多养她一个不多，少养她一个也不少。但其实她真的很好养活，除了年幼时候的学费、生活费要舅舅承担，到了大学之后，她每学期的奖学金便足以支付她自己的学费了。

林雪落赶去夏家的时候，受到了舅妈温美娟热情洋溢的接待，而且舅妈居然还叮嘱家仆做了一大桌她爱吃的食物。林雪落觉得很诧异，舅妈什么时候知道自己喜欢吃什么了？这让林雪落有点受宠若惊，她倒是更适应温美娟对她不咸不淡和不冷不热。

“雪落啊，舅舅想请你帮个忙，这回你一定要帮帮我！正阳集团的命运，可都掌控在你手上了。”夏正阳握住林雪落的手，头一回这么看重这个外甥女。

“舅舅，您这也太看好我了吧？”林雪落一脸茫然，真想不到她有何德何能，能够帮助到舅舅。

“雪落，舅舅最近参与了修建普庆路到大同路段绿化的招投标。中标概率还是很大的，只不过我们正阳公司的实力不是太雄厚，所以我想请你帮忙约一下封家二少爷封行朗来夏家做客。”夏正阳终于说出了让林雪落来夏家的目的。

林雪落蹙眉道："让封行朗来夏家做客就能中标了？"这中间好像并没有什么直接的关联啊。

"我想让封行朗入股正阳公司！不多，十个亿就行！等大赚之后，我再跟他分红。"夏正阳说得眉飞色舞，就好像已经看到了封行朗入股的那十个亿似的。

"什么？您要让封行朗入股十个亿？"对林雪落来说，十个亿俨然已经是天文数字了，她想都不敢想。

"十个亿对封行朗来说，简直就是九牛一毛！"对于林雪落的惊讶，夏正阳很不以为然。

我的天，原来封行朗这么有钱！看来封行朗在本市财团新贵的称呼是名副其实的。只是如此多金的男人，竟然还拥有一副极好的容颜，上天真够偏爱他！

暗自腹诽了一下，林雪落突然发现，她这两天居然老在想那个男人！即便他再怎么多金，也跟她林雪落没有太大的关系好不好？他只是她的小叔子。

"雪落……雪落，想什么呢？"见林雪落久久不语，夏正阳催促道，"就这个周末吧！约封行朗来夏家用晚餐的重任，可就交给你了！"

林雪落回过神，急声道："舅，您可别交给我啊！您亲自约请他，岂不是更显您的诚意？"

上回为了十万块钱善款她去求封行朗，就被那个男人狠狠羞辱了一番，现在可是十个亿啊，不知道那个男人会怎么对付自己呢！

"可我见不到封行朗啊，上回去过 GK 跨国集团，愣是被秘书给拦下了。想去封家亲自约见封行朗吧，那个莫管家一直说封二少很忙，根本就没时间见我。"夏正阳叹气，"雪落啊，舅舅的希望真的全部寄托在你身上了！"

林雪落不知道舅舅究竟有没有去封家，至少她在封家的时候没见着舅舅过去。

"舅，您跟封行朗生意上的事儿我不懂。再说了，我在封家人微言轻，封行朗又怎么会听我的呢。"林雪落并不是在推托，而是阐述她在封家的现状。作为一个妻子，她连“丈夫”封立昕的面儿都不是想见就能见的，更别说去使唤封行朗了。再说了，十亿的投资，她哪牵得了这个线。别到时候帮不了舅舅的忙，反被封行朗羞辱，那就两头不落好了。

“你是封行朗的嫂子啊！封行朗那么敬重他大哥，他也一定会给你面子的。”夏正阳没等林雪落说完，就抢过话去。

林雪落很无奈，封行朗对他大哥敬重归敬重，但跟她可没半点关系。他不但不尊重她这个嫂子，而且还处处轻薄她……林雪落实在对舅舅羞于启齿。何况，就算她说了，他也不一定会相信，说不定还会说她不懂事，对封行朗这个小叔子不够包容。

“舅舅……我真的不行。”林雪落不想逞能，因为这已经超出她的能力范围。

“雪落啊，你舅养了你二十多年，现在你嫁进豪门了，给封行朗传个话你都不肯？”舅妈也上阵了，一个劲儿给林雪落施压，好像林雪落不帮这个忙，就是大逆不道。

最终，林雪落还是答应了。她知道自己要是不答应，舅妈是不会放过自己的。

下午回到封家，林雪落心事重重。

因为她身体不适，安婶给她熬了红枣羹，还做了她爱吃的紫薯饼，只是她没什么胃口。一想到自己被迫答应了舅舅的要求，她就提不起一点劲来。

封行朗赶回封家时，林雪落正安静地坐在餐厅里，好像油画中被束缚了自由的仕女，美丽却哀愁。

听到脚步声，她抬起头来，迎上封行朗那深不见底的眼眸，只是匆匆一瞥，林雪落便心虚地低下了头。

联想到上回十万块钱的善款，林雪落更加紧张。有求于人的日子，很不踏实。

封行朗睨了餐桌前的林雪落一眼，便上楼去了。

这是他的习惯，每次回到封家，首先要做的就是洗去身上的尘埃，然后再去封立昕的医疗室。

林雪落心绪难平地搅动着面前的红枣羹，加上肚子还疼，一张小脸更是苍白得我见犹怜。不经意间，她抬起头朝二楼医疗室的方向看过去，便看到封行朗那挺拔的背影。

她勉强自己喝了几口红枣羹，味同嚼蜡。

给封立昕喂好药膳的封行朗走出医疗室，睨着餐桌前的林雪落问安婶：“太太的晚餐怎么那么清淡？不是让你多给她买点儿筒骨磨磨牙的吗？”

瘦削的林雪落让封行朗剑眉微蹙，他并不太愿意看到这个女人瘦得一阵风就能吹走的模样。

“二少爷，太太还在生理期，吃不得油腻的东西，所以我就给她熬了红枣羹。”听着封二少爷这么关心太太林雪落，安婶还是挺高兴的。

“可我怎么觉得她不爱吃？”封行朗见林雪落没怎么动勺子，以为她并不爱吃，便责问了一句。

“太太一下午都心事重重的，您回来前，她去给大少爷送晚餐，又被拒之门外了，想必心里不好受吧。”安婶微微叹息。

她就那么关心他大哥？一天不见就郁郁寡欢？封行朗脸上阴霾密布，下楼的时候，似乎踩着一堆堆愤怒火焰。

“你就这么想见我哥？”来到餐桌前，封行朗语气不善地问道。

林雪落抬起头，看着面前带着怒意的男人，郑重地点了点头：“对！我很想见你哥！”

“可你也知道，我哥的身体不好，给不了你男欢女爱！”封行朗眯着眸子看着女人，试图从她脸上看出一些“阴谋诡计”。

这个男人满脑子都在想什么？难不成他觉得自己想见封立昕，是想……他的思想也太龌龊了吧！他一天到晚轻薄她也就罢了，竟然还总是将这种污浊的思想强加给她！

原本不管封行朗说什么，林雪落是打算一直沉默的，可这一刻，她突然不想委曲求全了。

“你怎么知道你哥不行？”其实这番露骨的话让她很难堪，但如果她一味地被这个男人奚落而毫不反抗，那今后的日子只会更难过，“跟你哥同床共枕的人是我！我才最有发言权吧！我们之间其实挺……和谐的！”

毕竟还只是个涉世未深的女人，林雪落说完这番话后，便羞了个大红脸。

和谐？封行朗嘴角勾起一抹邪气的弧度，即便她认为和谐，那也是跟他封行朗！只是……这个女人竟然学坏了，敢用这种露骨的言语来反驳他？

“你认为那是一种和谐？还是说，你很期待那样的和谐？”封行朗问得轻浮，似乎一两天不逗一下这个女人，他的生活便会无趣至极。

封行朗说完，从林雪落面前的小盘子里拿起一块紫薯饼送至唇边细嚼慢咽。他的吃相很优雅，很是迷人。

跟这个男人实在无法正常沟通！林雪落再次放弃，闷头吃饭。在这个男人的刺激下，她的胃口似乎都变好了。一碗红枣羹、三块紫薯饼，林雪落全部吃掉了，半块都没留给他。

“看来跟我聊天能很好地刺激你的胃口。今晚的聊天就免费了，以后你胃口不好再有求于我的话，可就没这么便宜的事儿了。”封行朗的心情读不出好坏，但有一点是肯定的，他并不讨厌跟林雪落说话，即便林雪落冷言冷语，他也会照单全收。

有求于他？说起来，她还真有事儿求他呢！可就今晚的情形来看，好像并不适合谈起舅舅的事。林雪落轻叹一声，又变得心事重重。

“你皱着一张冷脸给谁看？”看到女人紧紧蹙在一起的眉，封行朗有些不痛快。

“嫌我难看，那你就别看啊，又没人逼你看！”林雪落站起身来，朝着封行朗嚷了一句，便匆匆忙忙朝客房走去。

她不敢去想激怒了这个男人自己会有什么恶果子吃，所以，惹不起，她就逃。

封行朗眉毛一扬，这女人胆子见长了！这都谁把她惯成这样的？

他想追出去好好惩戒她一番，可想到她在生理期，封行朗便放弃了。

莫名的躁意袭来，他扯了扯自己的领带，呼了一口气。

客房的书桌上，一堆的毕业论文资料看得林雪落头大不已。

不知道忽然想起什么，她拉开抽屉，从一本《视觉传媒》的书里翻出了一张便笺，目光落在便笺的反面："你爱人对你真好——替你选卫生巾的营业员。"

爱人……多么美好的字眼。可林雪落知道，这只是个误会。

听到门外有响动，她慌忙收起便笺，将抽屉给关上了。回头一看，林雪落更慌了，进来她卧室的人，又是封行朗！这男人该不是想追进来奚落她吧？

"楼上的婚房那么大，为什么偏住客房里？"封行朗边走进来边问。

随着他的靠近，林雪落的心一点点地被揪起，她紧张得都快说不出话来了。

"楼上婚房里有你喜欢的超大浴缸，你工作累了可以泡泡。"林雪落又补上了一句，"这也是立昕的意思。"其实她想说的实话是：还不是你没羞没臊地随便乱脱衣服！你一天到晚往婚房里跑，我还怎么睡！

言毕，林雪落却没有得到封行朗的任何反馈。听到身后的床上有重物躺下的声音，她回头一看，这个男人竟然又躺在了她的床上

"喂，封行朗，你别躺这儿！"林雪落担心封行朗躺着躺着就不肯走了，慌忙赶人。

她刚走到床边，一只长臂就探了过来，拽过她的手腕往前一拉，她便一个重心不稳扑倒在他的身上。

林雪落吃痛地吸了一口气，这个男人的胸膛也太坚硬了吧！要不是还有衣服和领结隔着，她觉得会把自己的牙给磕了。

另一只长臂随之环上了她的腰，将她禁锢在他的胸怀之中。

"封行朗，你干什么？"林雪落惊慌地想从他怀中爬起来，却被他勒得更紧。

"乖，让我抱抱。"封行朗声音拉得很长，伴随着浅浅的叹息，像是压抑已久的心情在这一刻得以释放，整个人慵懒至极。

他的话，似有一种蛊惑力，林雪落真的温顺乖巧起来，任由他将她拥在怀里。时间似乎在这一刻定格下来，美妙得不可思议。也许，这便是传说中爱情的味道？

可随着男人那只环在她腰际的手缓缓向上，林雪落忽然惊醒过来。她疯了吗？竟然跟这个男人一起躺在床上，而且还亲昵地拥抱在一起！而且她竟然还如此享受他的怀抱！

“封行朗，你放开我！”林雪落挣扎起来。

“乖点儿，别乱动！”拥她入怀固然惬意，但她在他身上扭动，让他几乎把持不住。

林雪落怎么可能不乱动！她并不知道封行朗是她法律上的丈夫，封行朗在她眼里就是她的小叔子，她无法接受他们如此亲密！

“封行朗，你快放开我……”林雪落的话音未落，便被封行朗以唇封住。

强而有力的吻，搅起阵阵情意，令林雪落沦陷在他制造的旋涡中，迷失了自己。

“行朗，求求你……别这样……我们不能这样。”吻毕，林雪落清醒过来，轻声抽泣。

她在理智和无法控制的感情之中煎熬，痛苦不已。她双手紧紧捂住了自己的脸庞，羞得无地自容，随之涌上心头的，是对“丈夫”封立昕的深深愧疚。

“别怎么样？”封行朗欣赏着女人的挣扎，这一刻，他英俊的脸上带着骄傲，因为他清楚地看到了她刚刚陶醉的表情，她迷失的不仅仅是理智，还有她的心。

已经是周六，林雪落还没有找到机会跟封行朗提及去夏家赴宴的事。

林雪落想通了，她就当个传话的，将舅舅的话带到就行。至于那十个亿的投资，封行朗他又不傻，当然会自己定夺，跟她自然也就没有关系。伸头也是一刀缩头还是一刀，林雪落决定快刀斩乱麻。

听到封行朗的跑车的引擎声后，林雪落放下手中的资料，一鼓作气跑出客房迎接他。可当她到达客厅后，又生生顿住了脚步。因为走进客厅的，不只有封行朗，还有一个美艳的女人。

这个女人，林雪落见过一面。她是封立昕钦点的封氏集团的新财务总监，在华尔街混过好多年，是个美貌与智慧并存的混血美女。

此时，她怀抱着一个厚实的档案袋，站在封行朗身侧，跟封行朗说不出地登对。

林雪落本能地侧过身，给他们让出了一条道。

可女人并没有进屋，她跟封行朗说着一口流利的林雪落听不懂的西班牙语，然后跟封行朗又是拥抱，又是贴脸……

林雪落的每一个小动作都落在封行朗的眼底。刚开始她还兴致勃勃地追出来迎接他，可在看到Nina和他拥抱贴脸时，却又像个受了气的小媳妇一样安静地站在一旁。

这女人该不会是在吃醋吧？只是礼节的拥抱和贴脸而已……不过她这小模样实在惹人怜爱。

接过Nina拿来的档案袋并跟她告别之后，封行朗才走向在一旁等着自己的林雪落。

"还知道出门迎接我，今天这么乖？"男人的声音有着一天高密度工作后的乏力，可在看到林雪落之后，依然兴致不减。

林雪落瞪了封行朗一眼，澄澈的眼眸中带着一丝不满。他竟然说她这么乖？想纠正他用词不当，可看到他的表情，林雪落也懒得教育他了。这种状态下的封行朗，危险系数剧增，她不想再让自己被他蛊惑，于是转身朝客厅走去。

可刚走两步，她就意识到，她迎出来不是为了跟这个男人说舅舅拜托的事吗？竟然被这个男人给气忘了！

下一秒，林雪落回头，没想到封行朗就跟在她身后，她的额头撞上了他的下巴。

"投怀送抱？"封行朗抚着自己被撞疼的下巴，有些玩味地凝视着林雪落。

"封二少如此英俊多金，想必投怀送抱的女人多了去了，我是插不上队了，这点自知之明我还是有的。”林雪落奉承了他一下，随后言归正传，“我舅舅约你周末去夏家赴宴，让我传个话给你，可能是看中你这个乘龙快婿了吧！”

“乘龙快婿？你舍得？”封行朗坐进沙发，笔直的腿搁在跟前的皮墩上，带着一丝慵懒气质。

“笑话，我有什么不舍得！反正我这个传话筒的任务已经完成了，周末，也就是明天晚上，我舅舅让你去夏家赴晚宴！”林雪落丢下这句话便转身去了楼下客房，不想继续留在客厅里面对封行朗。

她现在唯一要做的，就是跟封行朗保持该有的距离，她不能一而再地对不起封立昕了。

一个小时前的夏家。

温美娟请回了糕点大师，特地做了一盒子精美的杧果酥饼，用来让大女儿夏以琴去讨好封行朗的。封行朗爱吃杧果类的食物，是温美娟从林雪落嘴里问出来的。

“以琴，妈都已经给你做好了，你赶紧趁热送去封家给封行朗吧。你送过去的时候，时间应该恰好在晚餐之前，封行朗应该在家，一会儿我再给雪落打个电话确认一下。”温美娟一边絮叨着，一边将杧果酥饼递过去。

“妈，你幼稚不幼稚，封行朗是什么人，你竟然还玩这种过家家似的把戏？”夏以琴对上回封行朗的拒绝还耿耿于怀。

夏以琴知道封行朗非池中之物，一般的女人又怎么驾驭得了他呢！明明心里对他想讨好，可她又害怕封行朗再一次拒绝她。

“既然你看中了封行朗，那就鼓足勇气，先下手为强！封行朗未娶，你未嫁，表示一下对他的好感又怎么了？”温美娟好言相劝。

夏以琴抿紧红唇，微微吐出一口气：“可万一他拒绝了呢？或是给我难堪呢？”

“封家不是还有雪落在吗！一会儿我就给雪落打电话，让她配合着你一点儿，不会让你冷场难堪的。”温美娟只见过封行朗一面，便对这个“准女婿”喜欢得不行。

夏以琴沉默了一会儿，最终还是接过那盒包装精美的杧果酥饼。她心想，到时候看情况不对，大不了就说是送来给林雪落吃的，那尴尬不就迎刃而解了？

夏以琴刚走出夏家，好巧不巧遇上了妹妹夏以琪。

“姐，你手上拿的是什么？”夏以琪上前就想抢，因为那个包装盒实在太漂亮了。

夏以琴本能地缩回手，想将杧果酥饼藏身到自己身后，却还是被夏以琪给抢到了，那一瞬间，夏以琴计上心来。

“这是一盒杧果酥饼，雪落说是封行朗最爱吃的，妈正让我送去封家给封行朗吃呢。”

“妈是想让你去讨好封行朗吧？妈就是偏心！”夏以琪不满道。

“这酥饼让你送去封家总可以了吧！省得你老说妈偏心我！”夏以琴的这一招还是挺有心机的，她想让夏以琪这个没城府的女人先去试探一下封行朗的态度，究竟是他无心于所有的女人，还是只针对她夏以琴。

“我去就我去。”夏以琪绾了一下自己的鬈发，“总比让你去再被封行朗拒绝好！”

“记得问一下雪落有没有跟封行朗说周末要宴请他的事儿。”交代一声后，夏以琴转身便进了客厅。

林雪落刚回到楼下的客房，便接到舅妈打来的电话，说是夏以琴正赶来给封行朗送什么杧果酥饼，让她一定要热情地接待一下。

夏以琴竟然能放低姿态亲自来给封行朗送杧果酥饼？看来她对封行朗真够深情的。

想到舅妈在电话里千叮咛万嘱咐，林雪落连忙从客房里走出来，封行朗并不在客厅，应该是上楼去了封立昕的医疗室，林雪落便在客厅里等候夏以琴。

她一边翻看着《视觉传媒》的教科书，一边朝着客厅门口张望着，大概半个小时后，夏以琪便风姿绰约地出现在封家的客厅里。

塑身极好的包臀裙，将她妙曼的身姿展示得淋漓尽致，让人浮想联翩。可林雪落愣住了，怎么是夏以琪？夏以琴呢？

“以琴姐呢？”林雪落还是多嘴问了一句。

“我姐怕被封行朗再一次拒绝，所以让我把这杧果酥饼送来给封行朗吃。”夏以琪环顾着封家欧式的装修风格，忍不住赞叹其奢华贵气，“雪落，我都等不及要嫁进封家了。”

林雪落被夏以琪的大胆和直白给呛到了，要嫁进封家，好歹也要听听人家封行朗的意思吧？也不是你夏以琪说嫁就能嫁进来的。

“对了雪落，封行朗呢？”

“哦，他大概在医疗室里陪着他大哥呢。”

夏以琪朝楼上张望了一眼：“那封行朗的卧室是哪间？我把这杧果酥饼送去他的卧室好了。”

“这……这不太好吧。”林雪落对夏以琪的主动很服气，这一开口就要直奔卧室去？

“有什么不好的，快告诉我吧。”夏以琪有些等不及了。

她很想去封行朗的卧室看看，像封行朗这样的财阀，他的卧室一定布置得更加雅致，如果能带上那么点儿梦幻的气息就更好了。

封行朗的卧室？这一问，还真把林雪落给问住了。她还真不知道他的卧室究竟是哪一间呢！如果自己说不知道，夏以琪会信吗？

“我自己去找！”不等林雪落回答，夏以琪就自己跑上楼去了。

“以琪，你别乱闯。”林雪落清楚封家的规矩很多，就连她这个封太太也不是所有房间都能进的，忙阻止道。

夏以琪的步伐硬生生停在了楼梯上，并不是因为林雪落的提醒，而是封行朗从楼梯上走下来了。他穿了一件舒适随性的灰条纹衬衣，低调而内敛，可是他的存在感是那么强烈，俊朗的面容上，还带了一丝浅浅的微笑。

这笑容，落在夏以琪眼里是满面春风的，可落在林雪落眼底，却是清冷的。林雪落深知这个男人在不痛快的时候，也会露出这般让人毛骨悚然的微笑。

“封……封二少，我特地做了一盒您爱吃的杧果酥饼，您趁热尝尝吧。”夏以琪脸上堆起谄媚的笑，微微前倾着身体，想以自己的身材博得封行朗的关注。

封行朗却视而不见，只是用锐利的目光扫过夏以琪身后的林雪落，好似在责问：她怎么知道我爱吃杧果糕点？

林雪落心虚地低下了头，缓缓地往楼下退去。

“有劳夏二小姐了，站着怪累人的，我们还是下楼坐着聊吧。”明明是不喜欢陌生人越二楼半步，封行朗却说得如此绅士。

夏以琪连声应好，本想偎依在封行朗身侧一同下楼，可哪知封行朗的步伐实在太快，夏以琪根本就没法近他的身。直到下到楼梯的最后一级台阶，夏以琪心生一计，喊道：“啊呀，我崴到脚了。”

她本以为封行朗会回过身搀扶她一把，她则正好来个投怀送抱，却没想到他不解风情地唤来一旁的安婶上前来搀扶她。

“夏小姐，我家二少爷手重，还是我来扶你吧。”安婶又岂会看不出夏以琪故意投怀送抱，主动解围。

“我自己能走！”夏以琪厌弃地甩开了安婶的手。

偌大的封家客厅，随处可坐，可夏以琪偏偏要坐到封行朗身边去。她从精美的包装盒里拿出一块杧果酥饼，喂到了封行朗的嘴边，撒娇道：“行朗，你尝尝嘛……这可是我辛辛苦苦特地给你做的。”

林雪落实在是看不下去，把头低了下去。

封行朗睨了一眼林雪落，她可真够大方的，竟然把他往别的女人怀里送？

林雪落偶然抬头，冷不丁迎上男人杀伤力极强的目光，惊出一身冷汗，又把头给低了下去。

“我不爱吃甜食，尤其是杧果味的。”封行朗哼了一声，将杧果酥饼给推开了。

封行朗此言一出，不但夏以琪惊住了，林雪落更加震惊。这男人分明就是在撒谎嘛！他的确不爱吃甜食，但他爱吃杧果是事实啊！

“什么？你不爱吃杧果酥饼？怎么会呢，雪落明明说你爱吃啊！”

夏以琪愤怒地瞪向林雪落，“林雪落，你故意撒谎让我难堪是不是？”

这一刻林雪落才意识到，这个叫封行朗的男人何其狡诈！一句话便把她推向了夏家的对立面，她现在可真是百口莫辩。

林雪落愤愤朝封行朗瞪过去，封行朗却是一副怡然自得看好戏的模样。这个男人实在是太腹黑了，不就是因为她一不小心告知夏家三千金他爱吃杧果嘛，也不至于一副要把她生吞活剥的架势吧！既然封行朗故意坑她，那么跟他理论争辩也是无意义的，略微思考了一下，她向夏以琪道歉：“对不起啊以琪，是我记错了。”

她当然不会让封行朗的“诡计”得逞跟夏以琪争吵，因为完全没那个必要。在夏家，林雪落一直隐忍了这么多年，也不在乎这次多忍耐一回。

“记错了？林雪落，我看你分明就是故意的！”夏以琪在夏家嚣张跋扈惯了，端起茶几上的一杯茶水朝林雪落的脸泼了过来。

一个身影快速冲过来将林雪落拉开了。

茶水泼洒在封行朗的胸膛上，勾勒出他几乎完美的胸膛轮廓。

“放肆！林雪落现在可是封家的太太，岂容你在封家的地盘上对她撒野？快给她道歉！”封行朗生气的模样十分骇人。

“封行朗，我没事，以琪她也没泼到我。”林雪落连忙打圆场，不想把事情闹大到不可收拾。

“夏以琪，我警告你，林雪落现在是封家的太太，你不尊重她就等于不尊重我！你必须向她道歉！不然，我会让夏正阳亲自上门道歉！”封行朗当没听到林雪落的话，坚持让夏以琪道歉。他封行朗的太太，岂容一个白痴女人泼茶水？

“封行朗，你别这样，我真的没事儿！”林雪落见封行朗越说越严重，更加着急了。

看着封行朗那凶神恶煞的模样，夏以琪被吓蒙了。她没想到封行朗竟然会为林雪落出头，而且还是这般强势。

“雪……雪落，对不起。”虽说夏以琪心有不甘，可在封行朗的威逼下，她还是乖乖向林雪落道歉了。

“我没事儿。”林雪落连忙回应。

夏以琪道完歉便落荒而逃，林雪落则坐在沙发上感慨万千，第一次，她有了被人保护的温馨感觉。

封行朗脱下被夏以琪泼湿的衬衣，他的上身有着极好的肌肉纹理和性感的人鱼线，林雪落不禁脸红了。

这男人换衣服也不避一下！行，他不避，她避总可以了吧！

林雪落起身刚想离开，封行朗冷冽的声音便传至耳际：“去哪儿？咱俩的事儿还没完呢。”

林雪落不知道自己应该是感谢封行朗，还是责问他。要不是他说不爱吃杧果口味的甜食，夏以琪也就不会泼她茶水了！

“先把这盒杧果酥饼给丢出去，我看着不爽。”封行朗冷声命令道。

“封行朗，你不厚道！你明明爱吃杧果的，为什么撒谎让我难堪？”林雪落还是忍不住先责问了。

“那也得看是什么人做给我吃，比如你做的杧果酥饼，我就爱吃！”封行朗哼了一声。

这一句话说得林雪落哑口无言。

“去把这盒东西丢出去！”封行朗催促道。

“是你自己看着它不爽，你为什么不自己丢啊！”

“那是因为我想给你个教训，少轻易在别的女人面前泄露我的喜好！”

行，封行朗，你是大爷！真服了你！

林雪落偏偏不想去丢，所以她转过身，径直朝厨房走去。可男人冷冰冰的威逼利诱，逼得她不得不停下脚步。

“如果你还想我明天去夏家赴宴，那就乖乖把这盒东西给我丢出去！”

林雪落权衡了一下，决定向这个男人妥协。刚刚把手伸进垃圾桶，林雪落又拿着盒子缩了回来。这么精美的食物就这样浪费了实在可惜，她一回头，便看到从狗窝里跑出来的大哈。于是，林雪落干脆跟大哈一起坐在封家的台阶上分享了那盒杧果酥饼。而这一幕，被不远处的夏以琪看在眼底。

林雪落这个贱人！封行朗明明不爱吃杧果口味的糕点，林雪落竟然撒谎欺骗她还让她难堪！现在竟然还把她辛辛苦苦送来给封行朗的杧果酥饼喂了狗？夏以琪气得牙痒痒，恨不得冲过来给林雪落一巴掌才解气！只是害怕别墅里的封行朗，夏以琪只得咬牙切齿地离开了封家别墅，灰溜溜地回了夏家。

落地窗前，看着坐在台阶上跟大哈一起吃着杧果酥饼的林雪落，封行朗眼眸里一片温柔。

林雪落牵着大哈回到客厅，没想到封行朗还在。

她心虚地抹了抹自己的嘴巴，也下意识地替大哈抹了一下嘴巴上的酥饼屑儿。

封行朗的手边放着一杯林雪落最爱喝的蓝莓汁。他端起来喝了一口后又缓缓放下，温和道："我喝不下了，你替我喝了吧，不许浪费。"

林雪落正渴得慌，求之不得地端起封行朗喝过的那杯蓝莓汁一口气喝了个精光。

喝完之后她才发现安婶其实准备了两杯蓝莓汁，可男人偏偏使坏让她喝下他喝过的那杯。

这算不算，间接接吻？

跟大多数女人一样，林雪落渴望被人收藏好，妥善安放，细心保存，免她惊，免她苦，免她四下流离，免她无枝可依，等一名前来结发牵手的人，真真实实伴着走一程。这一晚，她的梦境里出现了一个面容模糊的骑士，她看不清他的脸，只看得到他是个身材高大的男人。她想看清那个呵护她的骑士究竟是谁，可他终究还是消失在虚幻之中。

林雪落醒来的时候，发现自己被拥在一个结实的胸怀中，一条修长的手臂横过她的腰际，覆盖在她的肚子上。或许是感受到了男人掌心的温度，因生理期而时不时疼痛的小腹，这一晚竟然安分了，难道是心理作用吗？

林雪落心头莫名一慌，立刻从那美好的梦境中清醒过来，回头一看，果然是封行朗！他是什么时候睡上她的床的？她不是已经把楼上的主卧婚房留给他了吗？他怎么还阴魂不散地纠缠着她？

封行朗熟睡着，长长的睫毛低垂，英俊的面容一改白日的冷酷，多了一丝温情。

林雪落不敢再轻举妄动，生怕惊扰了他。她小心翼翼地握住他环在她腰际的臂膀，将它一点一点地从自己腰际挪开……

可刚刚将他的手臂挪离自己的小腹，睡梦中的男人喉间便发出了不满的哼声，林雪落立刻停下动作，想等他睡沉了再挪，却没想到他的手却往上去。

林雪落羞恼得咬牙切齿，这男人的动作如此流畅和娴熟，想必被他轻薄过的女人没有一卡车，也有一轿车吧！真是个可恶的人！

她气得连呼吸都不畅通了，但她还是隐忍着没有闹醒他。反正这个男人的脸皮厚得可以跑火车，他醒了尴尬的也只会是她，还是想办法挪开他的手比较好。

林雪落忍不住想，如果这一回再挪不开，那就别怪她牙齿不长眼。上回她咬了他一口，只留下两排牙印，这回保准咬下他的一块肉，让他长下记性不要再随便轻薄她。

让林雪落倍感意外的是，这一回，男人的手臂竟然轻而易举地就被她挪开了。

下一秒，她便从床上翻身而下，冲进洗手间去平息起伏不定的心绪。

林雪落再次路过房间时，床上的男人依旧酣睡着，只是姿势更加豪迈。薄薄的绒毯只盖到男人的腰际，她只瞄了一眼，便匆忙逃离了客房。

夏家从早晨开始便处在一片忙碌的氛围中，一桌高档奢华的宴席，只为宴请封行朗一人。

“妈，再做个杧果酥饼吧，别做太甜。”夏以琴在厨房里走了一圈后，说道。

温美娟一怔：“还做杧果酥饼？昨天以琪可是哭哭啼啼地回来的，人家封行朗根本就不爱吃！真没想到雪落那丫头竟然敢骗我！”

“可我赌封行朗一定爱吃。”夏以琴笑得很自信。

晚上，为了迎接封行朗，夏家一片灯火通明，就差张灯结彩了。夏正阳领着老婆和两个女儿一起在院落里恭候封行朗的大驾光临。用夏正阳的话说，封行朗就是他们夏家今后的财神爷，说什么也要将他收为自己的乘龙快婿。

还好，列队迎接的人里面并没有夏以琪，避免了林雪落尴尬。

“封二少大驾光临，蓬荜生辉啊。”夏正阳迎上前，热切地握住了封行朗的手，客套至极。

而聪慧的夏家大千金夏以琴则上前挽住了林雪落的手，像极为要好的姐妹一样，和林雪落有说有笑地进了夏家的客厅。

夏以琴知道，想嫁给封行朗，林雪落是最好的垫脚石。林雪落是封立昕的妻子，封行朗那么敬重他大哥，一定会顾及他哥和他嫂子的感受，对林雪落热情些，也就等同于在给自己铺路。可夏以琴又怎么会想到，眼前这个让她日思夜想的英俊男人，才是林雪落真正的丈夫。

没能在客厅里看到夏以琪，林雪落始终有些担心，于是向夏以琴解释道：“以琴姐，以琪她还好吧？我真的没有欺骗你们，是封行朗他故意……”

“雪落，你不用解释，我懂的。”夏以琴却打断了林雪落，亲切地说道，“一定是以琪说了什么不该说的话，或是做了什么不该做的事，才惹得封二少生厌的。你也知道，以琪任性刁蛮，难免会得罪人。”

没想到自己竟然被理解了，林雪落心里微微感动了一下，至少自己不必费劲解释了。

“那以琪她怎么没在呢？”林雪落还是有点担心，要知道夏以琪在夏家向来是横着走的，还没人这么对待过她。

“她说身体不舒服，不想下楼。雪落，你不用管她了，来厨房帮我摆盘吧，也不知道封二少爷喜欢什么口味的菜品。”夏以琴拉着林雪落朝厨房走去。

“来，封二少，先喝点儿金汤鲍鱼羹吧，我家以琴一早就给炖上的。”温美娟堆起笑脸，一边给封行朗盛汤，一边推荐着女儿夏以琴。

封行朗却蹙起了眉头，抬眸环视一圈，在没找到林雪落之后，脸色更是一沉。

“雪落，林雪落！”他朝着厨房的方向直呼林雪落的大名。

被封行朗这么肆无忌惮地喊着，林雪落整个人都不好了，要知道这可是在夏家，没想到他还能这么肆意妄为。在他喊到第三声时，林雪落连忙从厨房里跑出来，真不知道这男人又要怎么折腾她。

“坐过来帮我布菜。”封行朗冷冰冰的，比大爷还像大爷。

封行朗一副理所当然的样子，林雪落却很尴尬。虽说她有照顾好封行朗这个“小叔子”的义务，但也不能这么不分场合啊！

温美娟的脸色明显僵了，再傻她都能看出来，封行朗并不喜欢她给盛的金汤鲍鱼羹，于是她便顺水推舟：“雪落，还是你来给封二少布菜吧。他的口味和喜好，你熟悉些。”

舅妈都这么说了，林雪落也只有硬着头皮坐到封行朗身边，开始给他布菜。

林雪落添多少，封行朗就吃多少，似乎他真有些饿了。

“封二少，我最近准备接一个大工程，就是修建普庆路到大同路段绿化的招投标，好几个亿的大项目呢！现在万事俱备只欠东风了。”夏正阳见封行朗吃得还挺合胃口，便在酒桌上谈起了生意。

夏以琴也坐到了餐桌边，静静地看着给封行朗布菜的林雪落。要是给他布菜的是她该多好啊！郎才女貌的画面，一定更和谐美好。跟夏以琴不同的是，夏以书虽然也关注着给封行朗布菜的林雪落，但她不是在羡慕妒忌，而是记下了林雪落给封行朗所布的每一道菜，总结封行朗偏爱的口味。

封行朗优雅地用餐巾擦去嘴角的汤汁，自然知道夏正阳宴请自己定是有所图。“我并不看好这个项目。首先，你打理有关部门那块儿，就需要不少钱，而且这还是先行垫付的形象工程，你要赚钱，必定会缩减成本。但那可是造福子孙后代百年基业的大事儿，如果仅为了眼前的钱糊弄了事，你就不怕到时候你的三个千金被人揪出来戳脊梁骨吗？”

被封行朗这么一分析，夏正阳倒是愣了，似乎没想到封行朗这个“奸商”竟然还有如此正义凛然的一面。

“可我跟孟局很熟的，他说这工程绝对有赚头。”

“那个姓孟的坐不稳了，听说新上任的人是两袖清风，你就不怕自己垫付出去的钱打水漂？”

这一说，着实灭了夏正阳的热情。

林雪落的目光落在了那竹篮编的托盘上，里面摆放着刚刚烘焙好的杧果酥饼。莫名地，林雪落想在夏家人面前证明一下自己的清白，她没有欺骗他们有关封行朗的喜好。

她取了一块杧果酥饼送至封行朗的盘子里，封行朗吃了，林雪落又取了一块，封行朗继续吃尽，取了第三块后，她才停下。封行朗吃了三块杧果酥饼，足以说明他的喜好了。

夏以书掩面而笑，她觉得自己真应该将封行朗吃杧果酥饼的过程拍下来，然后送去给夏以琪看，好让她知道，封家二少爷讨厌的不是杧果酥饼，而是她夏以琪！

“封二少，你说的这消息可靠吗？新上任的是哪位？唉，我还打算劳烦您入股正阳公司呢。实力殷实了，中标的机会和胜算才会更大啊！”

“投资入股的事好说。不看僧面，也得看在你为封家养育了林雪落这么贤惠的太太的面子上，夏总可真是一言九鼎。”

林雪落很尴尬，你投你的资入你的股，扯她做什么！而且听着怎么像是一笔交易？一笔她这个大活人和他要投资的金钱之间的交易。

“哈哈！”夏正阳干巴巴地笑了笑，一时还听不出封行朗究竟是在夸奖他，还是在奚落他。

晚餐结束后，夏以琴热情地留林雪落在夏家留宿，她想更多地了解封行朗，也好让自己在今后跟封行朗相处时能投其所好。

林雪落一口答应下来。她简直就是求之不得，留在夏家，总好过回封家被某人轻薄。

可封行朗的一张脸冷得快能刮下一层冰霜。很显然，他不同意林雪落在夏家留宿。虽说她身子不方便，但抱着当软枕睡也是不错的，封行朗可不想没了这个福利。

要是让林雪落知道自己在封行朗心目中就只是个软枕的作用，她又得气得牙痒痒了。

“林雪落。”封行朗唤她，“跟我回去。”

简单的命令，透着毋庸置疑的威严。

他说要跟他回，就跟他回了？她偏不！于是林雪落拉着夏以琴的手转身便朝夏家客厅走去。

“林雪落！”封行朗冷冽说道，“投资正阳公司的资金还在我的账户上呢！想清楚了，你的任性可值十个亿。”

封行朗寒冰入骨的话，让夏以琴本能地抽回自己的手，她不敢再留林雪落在夏家过夜了。十个亿，代价太大了。而温美娟更为夸张，竟然直接将林雪落往门外推。林雪落一个重心不稳，跌倒在封行朗的怀抱中。

“雪落，时候不早了，你还是跟封二少回封家吧，要好好伺候封家大少爷哦。”温美娟对林雪落下了逐客令。

林雪落的双手已经握成了拳头，封行朗的一句话，便让夏家人都不敢留她？

她有些不想认命：“舅，我今晚想留在夏家住。”

她想看看，自己和那十个亿，究竟孰轻孰重。她明知道结果会让她心生凄凉，可还是执意说出了口。

“雪落，你舅妈说得对。回去好好照顾封家大少爷，不许任性。想回夏家，以后有的是时间。”夏正阳责备地看了林雪落一眼，为什么非要执意今晚留下呢？这不是坏自己的好事儿吗？

意料之中的结果，也好，算是给了她一个死心的理由。林雪落转过身，头也不回地朝小区大门外走去。她刚出小区，熟悉的那辆黑色法拉利就停在了她跟前。

“上车。”封行朗凌厉地说道。

林雪落不想上封行朗的车，但最终还是上了，不是她没骨气，而是她已经没有其他选择。

“十个亿呢，没想到我林雪落这么值钱！”林雪落苦涩地自嘲。

“怎么，替我心疼钱了？你费尽心思将我拉到夏家赴宴，目的不就是帮着你舅舅吗？”

林雪落嗤笑："没想到堂堂申城新贵财神爷，也不过是个看女人面子意气用事的庸俗之辈！真怀疑你那些钱是凭自己的真本事赚回来的，还是靠你哥的提携？"

"怎么，你是在怀疑我的能力？"封行朗倒是觉得这样的林雪落很有意思，忍不住想逗她。

林雪落沉默了。她不是讨厌这个男人吗？他投资失误，她应该高兴才对，为什么还会为他盲目投资正阳公司的事着急呢？

"鉴于你如此为我着想，那我不妨告诉你我的计划。"封行朗见林雪落没有回答，主动打破沉默。

一听到男人说他有计划，林雪落的耳朵竖了起来。

"修建普庆路到大同路段绿化的招投标，我已经接单了。可我现在缺个施工方，你舅舅加以栽培还是能胜任的。"

林雪落几乎都听傻掉了，愣了一下才回过神："封行朗，你这是在坑我舅吗？你明明说那项目不赚钱的，你自己却接单了！"

"对于你舅来说他赚不了，我却能赚。以我的能力，足够让所有人配合我完成这个项目。"

"那你也可以用你的能力帮我舅完成这个项目啊！"

"我不出面，赚大头，他出面，赚小头，这就是我的经商之道。你舅要是觉得委屈，我随时可以换人。你要知道，以我的实力招施工方，只是一句话的事儿。"

真是无商不奸啊！林雪落对封行朗的奸诈服气了，竟然坑到她舅舅的头上去了！

"你就不怕我把你的诡计告诉我舅吗？"林雪落反问。

"告诉你舅？行啊，要不要我现在就替你拨号？你舅现在面临两个选择，要么跟我合作完成项目，要么我收购正阳公司，让他替我打工！"封行朗似笑非笑地说。

林雪落无言反驳。

十多分钟后，封行朗接到一个电话。

"朗哥，有蓝悠悠那个女人的消息了！"说话的是白默。

“好，我马上到。”听到蓝悠悠的名字，封行朗明亮的眼眸瞬间暗沉下去，看着让人毛骨悚然。

“你有急事要忙吗？那把我放下车吧，我自己打计程车回去。”林雪落感觉到了封行朗的情绪变化，应该是一件很重要的事情。

“不放心。”封行朗的确有事要忙，但他不会让林雪落自己打出租车回封家。

简单的三个字，却让林雪落一阵心暖。

法拉利在封家院落里停下之后，林雪落一边打开车门，一边随口叮嘱了封行朗一句：“路上开车小心点儿。”

可是就因为这句话，她的手腕被封行朗给扣住了。

“再陪我一会儿。”

林雪落一怔，回头看了封行朗一眼，那如星辰一般的眼眸深深凝视着她，这一瞬间她似乎有种错觉，眼前的封行朗竟然像个缺少安全感的孩子。怎么会呢？他那么狂妄霸道，怎么会缺少安全感？一定是自己的错觉！

封行朗手臂一勾，便将林雪落拉进了他宽阔的怀中，林雪落明知道自己应该拒绝这样的柔情，心底却有另外一个声音在劝说她：没事的，没事的，就好好地感受一会儿吧，这正是你想要的温情港湾。

大掌扣住了她的后颈脖，加上力道往前一带，然后，男人便狠狠地吻住了她！

他的吻很缠绵，让她无法挣扎逃脱。

每每被他吻住的同时，强烈的愧疚感便蜂拥而至，不管她如何奋力反抗，最后却还是投降，唯一能感受到的，就只剩下他的吻。

他的吻就像他的人，那么霸道野蛮，可……又带了柔情。

吻完，林雪落逃似的下了车，头也不回地朝亮着灯的封家客厅跑去。

“太太，二少爷呢？”安婶端出一碗红枣莲子羹出来，想让林雪落睡觉之前喝了暖身。

“哦，他，他有急事儿要去办。”林雪落用双手捂着自己发烫的脸颊，不敢抬头看安婶，生怕安婶从她脸上读出什么异样来。

看到林雪落那含羞带怯的神情，安婶会意一笑，爱上了就好啊！

“太太，您身上的客人走了没？要不要我再给您去买点儿女性用品？”安婶试探性地问道。她口中的“客人”，指的便是“大姨妈”。

“不用了，我大概明后天就好了，行朗他给我买了很多……”一提及封行朗，林雪落刚刚平静下来的心绪又乱了。

“够用了就好。”安婶转过身去，已经开始掰指头计算着时间了。林雪落不知道她在算什么，只看到安婶满脸认真，好像是在计算着某件大事儿。

“安婶，立昕晚饭吃过了没有？”林雪落带着歉意询问道，她还没有忘记，自己是封立昕的“妻子”。

“吃过了，二少爷在出门之前喂过了。”安婶回答。

“那我再端点儿夜宵进去给他吧。”总之，林雪落就是想看看封立昕，因为此刻只有见到封立昕，她才能让自己被封行朗扰乱的心绪平静下来。

“不用了，估计大少爷现在已经休息了。”

“我就看一眼。”林雪落端起那碗安婶盛给她的红枣莲子羹便匆匆忙忙上楼去了。

在二楼的医疗室前，林雪落最终还是被莫管家给拦了下来，但抓着那扇门的门把手，她心头的悸动慢慢平静下来，然后掩藏在了灵魂深处。

夜庄。

白默这回没有置身一片花花草草之中，而是静立在一扇门前等候着某个人。一身白衣衬得他风度翩翩，不染尘埃。

他所等之人，便是封行朗。

“查到蓝悠悠的行踪了？”封行朗疾步而至，面容冷峻。

白默没有回答，而是用手指了指那扇钻石级 VIP 包间的门，示意封行朗进去。

这个钻石级的 VIP 豪华包间，封行朗是熟识的，这是他跟白默和严邦三人经常聚集在一起谈人生、谈理想的地方。只是时过境迁，原本好到可以同穿一条裤子的三兄弟，现在出现了隔阂。

“朗哥，你想见的人在里面。”白默神情很严肃，甚至还有一点紧张。

封行朗知道里面的人绝对不会是蓝悠悠，能让白默紧张的人和事不多，即便有百来号人在他面前打起来，他都能淡定地左拥右抱，那么里面的人，就只有那一位了。

包间的门被封行朗推开来，他迈着稳健的步伐走了进去。

沙发上坐着个男人，他有着如施瓦辛格般健壮的体魄，那两条随意搁置在茶几上的腿，隐匿着无穷的爆发力，一身黑衣衬得他气场强大，他不算英俊，却有着男人的刚毅与坚实。

这个男人叫严邦。

看到严邦之后，封行朗转身便要离开。

“阿朗，我也很想平安救出你们兄弟俩！可当时的情形容不得我那么做！”严邦站起身来，高大的身躯如厚实的铜墙铁壁，他就是三个月前从火海里救出封行朗的人。

从情理上来讲，封行朗是应该感谢严邦的，毕竟严邦冒着生命危险将他从快爆炸的地下仓库里救了出来。可现实是，封行朗却痛恨将自己救出，却将大哥封立昕留下的严邦！

严邦是理智的，因为当时的情况，如果是他留下去手动打开逃生的闸门，那已经受伤的封家两兄弟最终还是逃不出去，因为那扇沉重的库门同样会拖累死他们两兄弟。

所以当时严邦做出的选择，无疑是最合理的。

可封行朗接受不了！他宁可自己死，也不愿看到现在大哥活得生不如死。

“为什么当时选择救出我，而不是我大哥？你明知道这样的选择只会让我憎恨你！”封行朗转过身，对着严邦声嘶力竭地咆哮。

严邦沉默了。该解释的话他已经不止一次对封行朗解释过了。他能理解封行朗的心情，也知道封行朗并不是真正憎恨他。只是痛苦在堆积之下需要一个发泄口，而他就是封行朗的发泄对象。

一记重拳砸在了包厢的大理石墙壁上，顿时鲜血溢出。严邦静静看着发泄着怨恨的封行朗，并没有上前制止，而是任由封行朗伤害自己。良久，觉得封行朗的情绪平稳一些后，他才缓声说："阿朗，我查到蓝悠悠的下落了。"

封行朗抽烟向来随性，自然也就不受时间地点的约束。但自从林雪落嫁进封家之后，他却有意识地收敛了一些，至少会在林雪落在的场合下询问她的意见。

但现在，他的心情实在是糟糕透了，一根根烟送至唇间深吸，烟雾缭绕在他周身，衬得他原本就冰冷的脸更加阴森。

封行朗坐在沙发上，急切地用抽烟的方式来平稳自己的情绪。他的目光紧锁在床上的林雪落身上，娇小的身姿不仔细看，会以为床上根本没睡人。

烟在指间燃尽，烫到皮肤，封行朗才意识到自己竟然盯着这个睡熟的女人看了好久。在烟灰缸里掐灭烟头，封行朗微微吐了一口气，随后又点上一支烟。

他真想吵醒这个睡得没心没肺的女人，跟他一起排解这样的苦闷和压抑。只是那张恬静的脸庞，又美好得让他不忍心动粗。于是，封行朗只是重复着抽烟的动作。

黎明的清晨，原本是应该让人睡意更浓的，可林雪落还是醒了过来。不知道是因为烟雾太重，还是因为感觉到男人的存在，总之，她就这么醒了。

林雪落看着自己身侧，还好，没有那个男人的身影，她便微微松了一口气。

"吵醒你了？"一声有些沙哑的男声在房间里响起，或许是吸烟过多的缘故，封行朗的声音听起来有些乏力。

"啊……你在啊？"林雪落本能地惊慌了一下。

"嗯。"封行朗应了一声。

今早的他，很严肃，丝毫没有要戏弄她的意思。

他并没有跟她同睡一张床，而是乖乖坐在沙发上，所以林雪落还是轻松的。难道封行朗也意识到他自己的行为很不对，所以下定决心改邪归正了？

同时她也看到，封行朗跟前的烟灰缸里堆满了烟蒂，从数量上来看，他吸烟的时间应该有一两个小时之久。天哪，他坐在这里一两个小时，她竟然毫无感觉，还睡得这么踏实？

林雪落静静看着封行朗，正胡思乱想着，突然又听到他开口："雪落，我要出国几天。"

"出国几天？你一个人去吗？还是带你大哥一起去做植皮手术？"林雪落连声询问，因为她知道封行朗最近一直在筹备封立昕出国去做植皮手术的事。

"就我一个人。"封行朗回答，良久，他又似自言自语，"一个连求生意识都丧失了的人，即便他人强行挽救，也终将是一具行尸走肉。与其客死他乡，倒不如让他身留故里。"

与其客死他乡，倒不如让他身留故里？听封行朗的口气，好像不打算送他大哥去国外做进一步的治疗和植皮手术了？

林雪落一惊，连忙从床上爬了起来，追问："行朗，你这是要放弃你哥吗？"

"是他想放弃他自己，同时也放弃我，只是为了一个女人！"封行朗的眼眸里染着血丝，带着强烈的恨意。

"立昕他……是为了，那个叫蓝悠悠的女人？"林雪落联想到了安婶之前所说过的话，似乎安婶的话在这一刻跟封行朗的话统一了起来。

封行朗没有回答林雪落，可这样反而更坐实了她的猜想。封立昕竟然要为了死去的蓝悠悠放弃他自己的生命？这得多深的感情！林雪落以为只有在电影故事中才会有这样悲壮的爱情，却没想到现实生活中竟然也有！而那个愿追随心爱女人而去的男人还是自己的"丈夫"。她的心莫名被刺痛了，为封立昕对蓝悠悠的一往情深，也为封行朗眼中的悲愤，同时也为她自己。

封行朗看起来并不愿意听到蓝悠悠这个名字，只是沉默地吸着烟，烟雾缭绕后的容颜尽显颓废。林雪落走了过去，蹲身在封行朗身边："行朗，求你别放弃你哥好不好？”

“是他要放弃他自己，放弃我！而不是我要放弃他！林雪落，你听懂了没有！”封行朗忽然开始咆哮，一声一声落在林雪落的耳膜上。

林雪落静静凝视着朝自己咆哮的男人，道：“即便是这样，你也不能放弃你哥！”

封行朗明显怔了一下，他深凝着女人的眼睛，正如封立昕所说的那样，她的眼神很干净，而且坚定又执着。看着这样一双眼睛，封行朗恢复了几分理智。

“我是不会放弃我哥的，除非我死了！”良久，封行朗才说道。

林雪落认真点头：“行朗，谢谢你。”

谢谢他？为什么要谢他？为自己不放弃大哥吗？还当她自己是封立昕的什么人？这一刻，封行朗已经无心去跟林雪落坦白他才是她丈夫的事实了。

“对了，我不在家时，你不许出去野！”安静了一会儿，封行朗忽然又冷声下令。

林雪落觉得又气又好笑，她哪里野了？这个男人每次都是这样，每次她感觉他可怜的时候，没多久他就变得可恶又讨厌。

心里虽说愤愤不平，但林雪落还是顺从地点了点头，看在这个男人心情不好的分儿上，她就不跟他一般见识了。

“你多注意我哥的动静，万一他趁我不在之际有什么过激行为，你就告诉他，蓝悠悠还活着。”

“什么？蓝悠悠还活着？”林雪落再次震惊了。

“嗯！”封行朗肯定道，“这个消息，不到万不得已不能说出来，懂吗？”

林雪落顺从地再次点头。似想到什么，她又问：“那你要去几天？”她的声音里有对封行朗离开封家的紧张和不安，似乎也带了些不舍。

“不确定，少则五天，多则……无论结果如何，我最迟会在十天内赶回来。”

“好，我等着。”刚说完，林雪落觉得自己这样的话会让封行朗多想，又补充了一句，“我跟立昕一起等你回来。”

“乖……在家想着我。”男人的指腹滑过林雪落白净的脸庞，随后又屈起食指，从林雪落睡衣的领口扫过，勾出了她胸前的小吊坠，微微一用力，吊坠便落到了他的掌心里。

那是一个平安符，椭圆的温玉上刻着“平安”两个字。

“谁送的？”封行朗问道。

瞧他那态度，林雪落本不愿答，但还是答了：“是池院长。我被送进福利院的时候很难养活、体弱多病，池院长便将这个平安玉坠挂在了我的脖子上。说来也神奇，有了它之后，我便一直健健康康的。”

“一直戴着它？”他又问。

“嗯。”林雪落柔声回答。

“归我了。”封行朗不容置喙地宣布。

真是个霸道的男人！不过林雪落倒是挺希望自己的这个平安玉坠能够护他一路平安的，只是这玉坠品质并不上等，这男人竟然也不嫌弃？

“行朗，外面才六点，你睡会儿吧，我下楼跟安婶准备早餐。”林雪落有些心疼双眸染着血丝的封行朗，他应该是彻夜未眠吧。

“嗯。顺便帮我收拾一下行李，简单点儿。”

林雪落下楼后问过安婶才知道，封行朗原来的房间就是她的婚房，难怪封行朗老会往婚房里跑，应该是习惯成自然吧。

她难道是误会他了？可他跑进楼下的客房并睡在她的床上，那又怎么解释？

还有令林雪落费解的是，为什么会将她和封立昕的婚房布置在封行朗的房间里呢？封家这么大，也不至于非要用封行朗的房间啊！而安婶和莫管家又是那么严谨的人，应该不会随意布置大少爷的婚房的，那又是为何呢？

难道是想方便封家二少爷封行朗……轻薄她？

这个想法匆匆闪过，林雪落便奋力摇头，她怎么能把安婶和莫管家想得这么坏呢！看得出来，他们对封立昕很尊重，也很爱护。

林雪落猛地甩头，不再去想那些伤脑筋的事儿。

吃过早餐后，封行朗被莫管家送离封家，林雪落没有下楼，藏身在二楼厚厚的窗帘后。

看到男人挺拔的身影钻进商务车绝尘而去，林雪落感觉自己的眼睛莫名湿润了，好像有什么东西要涌出眼眶……

封行朗已经离开三天时间了，封家一切如常。

可是，林雪落也不知道是怎么了，这三天来，她总觉得提不起精神来。

封行朗已经离开封家三天了，却连个电话都没打回来过。或许他是打回来过的，只是没有打给她罢了。林雪落可以肯定，封行朗在这三天内不可能不获知他大哥的消息。

他一个人在外，也不知道能不能吃好睡好……

天哪，自己这是在担心他的安危呢，还是在牵挂他这个人？

林雪落又被自己的心思吓了一跳，她默默欺骗自己，关心封行朗的安危，也是她这个嫂子应尽的义务，她绝对没有别的想法。

晚上八点左右，安婶伺候好封立昕的晚餐下楼来。

“安婶，立昕怎么样，今晚有没有多吃几口？”林雪落一边关切地问，一边看向安婶手中的托盘。

托盘里只有流食少了三分之一的样子，其他的糕点，几乎没动过。

“还是一样，每顿只肯吃那么一点儿，饿不死也活不好的量。”安婶无奈道。

林雪落很难受：“安婶，你劝劝莫管家和金医师吧，让我进去喂立昕好不好？他现在这样，病情会越拖越糟糕的。”

安婶却摇了摇头：“连二少爷的威逼都不管用，估计您的话也起不到什么作用。再说了，大少爷自卑着呢，又怎么肯见您。”

“可我已经跟立昕见过好几面了啊！我已经习惯他的容貌了。”林雪落解释。

安婶一愣，似乎这才意识到自己说漏嘴了，幸好林雪落没听出来。

“对了太太，二少爷这三天有没有打电话给您啊？”想起什么，安婶突然问道。

“没有啊，他也没打电话给你和莫管家吗？”林雪落反问。

“也没有……”安婶的眉头又蹙了起来，“这个二少爷啊，又跟大少爷赌气呢！不过这样也好，大少爷每天关心着二少爷的安危，也就不会乱想去做什么傻事了。”

原来这三天，封行朗连安婶和莫管家都没有联系啊！竟然用这样的方式让封立昕每天牵挂他的安危，从而不去想一些消极的事儿？也真够为难封行朗的！

在封立昕获知不了弟弟的任何消息的同时，封行朗不是同样获知不了封立昕的消息吗？还是封行朗有他自己的特殊方法？从封行朗那坑舅舅的恶行来看，林雪落可以肯定他一定有！

她在客厅里看了会儿治疗烧伤的医书，正准备回房间继续构思她的毕业论文时，一个人以势不可当的气势闯了进来。

看清来人时，林雪落惊住了，这个魁梧的男人足有一米九，比施瓦辛格还要壮实，简直就像是一头大公牛。

来人正是严邦。

“你……你找谁？”对于身形威猛的严邦，林雪落有些害怕。因为有过封一明的先例，所以她对私闯封家的人，都本能地归类到坏人的范围里。

询问之际，她已经从茶几下摸出一根棒球棍，同样是因为上回封一明闹事，这种棒球棍便在封家触手可得。

严邦看到林雪落，从上到下将她仔细扫描了一遍，堪比高精度的扫描仪。

“你就是封行朗刚娶回家的女人？”看到手握棒球棍在微微颤抖的女人，严邦扬眉问。

封行朗的事，白默知道了，也就等同于严邦也会知道，封行朗并没有刻意隐瞒。

她什么时候成封行朗刚娶回家的女人了？林雪落的脸红了一下，这人怎么信口雌黄！

“我是封立昕的妻子。”林雪落纠正着严邦。

封立昕的妻子？严邦微显厚实的唇微微上扬，这女人怎么会认为她是封立昕的妻子？封行朗又玩什么花样？

看了一眼涉世未深的林雪落，严邦没有拆穿封行朗，只是说了一句意味深长的话：“你没被封行朗玩死，也真够命大的。”

林雪落因为不理解严邦的话，所以也没有作答。她紧张地握着手中的棒球棍拦在楼梯口，想阻止严邦上楼。

看着瑟瑟发抖却又故作镇定的林雪落，严邦笑了：“你确信你拦得了我？”

“你别过来！”林雪落见严邦又朝自己走近一步，便将手中的棒球棍朝他砸了过去。

然而，棒球棍却稳稳地落在了严邦的手中！这个男人竟然徒手接下了她砸过去的棒球棍？林雪落惊讶得说不出话，这个男人是铁打的吗？

“太太，这位严邦先生是我们封家的朋友，也是恩人。”莫管家匆匆下楼，替林雪落解除了危机。

封家的朋友和恩人？林雪落连忙收回棒球棍。难怪这个人能进出自如呢。因为封行朗在离开之前，已经派人严密看守着封家联排别墅了。

“严先生请，大少爷恭候您多时了。”严邦在莫管家的带领下，去了二楼的医疗室。

原来是场误会。林雪落抿了抿唇，坐回了客厅的沙发上。恍然间，她想起了严邦刚刚的话：你就是封行朗刚娶回家的女人？

他怎么会一口认定自己是封行朗刚娶回家的女人呢？初次见面，他把自己当成保姆，或是当成护士之类的，林雪落或许还更能接受些。难道他认识自己？不可能啊！自己跟这个叫严邦的明明是第一次见面！或许他是道听途说？那也应该说自己是封立昕刚刚娶回的女人啊！

总之，这个叫严邦的人看起来怪怪的，好像知道很多，却又藏着掖着不愿说。

送完茶水上楼后安婶再次下楼来，说道：“太太，您回房去睡吧，这里有我守着呢。”

“我不困。”林雪落跟着安婶一起进去厨房收拾杯盏，“安婶，那个叫严邦的是什么人啊？”

“严先生是我们封家的大恩人，是他从大火里救出了二少爷。”安婶回答了一句，又开始叹息。救出了二少爷，大少爷却落下了残疾。

“那他为什么不一起救了立昕呢？”

“当时……唉，不提了，不提了！只可怜我们家大少爷命不好。”安婶抹起了眼泪。

林雪落不忍心继续询问下去，事已至此，再问只会让安婶想起往事心里更加难过。其实她也从外界的传言中听到一些。她猜想，当时他们兄弟俩应该只有一个逃生的机会，而封立昕选择将它让给了弟弟封行朗。

昏暗的医疗室里充斥着刺鼻的消毒药水味儿，各式各样的监测生命体征的仪器包裹着封立昕虚弱到几乎不能自主呼吸的孱弱身体，看起来格外凄凉。

严邦进来的时候，封立昕本能地想起身，却被金医师阻止了。他将病床头部上升了一些，便于封立昕跟严邦交谈。

“怎么成这样了？一直保守治疗吗？”严邦来看过封立昕几回，都是趁封行朗不在的时候。因为封行朗在时，他会跟严邦玩命。

“阿邦……我替行朗谢谢你的救命之恩！”封立昕动作幅度不能太大，但他还是认真地给严邦微微鞠了一躬。

封立昕虽说不能出去，但有关严邦和封行朗闹僵的事，他或多或少还是听到了一些。封行朗不但没有感谢严邦的救命之恩，反而还跟他反目成仇。

“行朗脾气倔强，不懂事，你要多多包涵。”封立昕呼吸急促，好像稍稍一用力，就会喘不上气。

严邦却笑了，轻轻摇头道：“封立昕，如果你能积极接受治疗，那才是对我最好的感谢。”

封立昕却沉默了，良久，他才哂道：“多活一天少活一天，又有什么区别呢！阿邦，我真的累了！”

顿了顿，换了下气息，封立昕伤感道：“阿邦，我要是哪天走了，麻烦你照顾好行朗。陪着他一起度过失去我的一段日子，好吗？”

“不好！你把自己用生命换回的弟弟托付给别人，你就能放心离开？你死了，阿朗只会将所有的仇恨牵连到其他人身上！”严邦淡淡地陈述。

“你们这是非要逼迫我生不如死？”封立昕自嘲一笑，“我连死的权利都没有吗？”

“你只有一个选择，好好活下去。”严邦好言相劝。

“可我活着的每一秒，都是痛苦的。阿邦，这种感觉，你无法体会。”封立昕痛苦地闭上了眼睛。

严邦沉默了一会儿说：“再等等吧！我相信阿朗一定会找到让你活下去的精神动力！”

第五章

再次沦陷

接着三天又过去，日子说平静也平静，说不平静也不平静。

平静的只是表面现象，而不平静的，是林雪落一颗无法止住去关心封行朗的心。

她不会将这样的不平静说出口，也不会在安婶和莫管家面前流露出任何情绪。她知道，自己这种不平静的心，只能将它永远尘封在灵魂深处，无法去触碰。

在这段时间里，她没有询问过有关封行朗的任何消息，她只会询问安婶封立昕一日三餐吃了多少，询问莫管家封立昕的精神状态如何，偶尔，她也会拦住金医师表明自己想进去医疗室看望封立昕的心……哪怕只是远远看一眼，不跟他说话。

金医师是怜悯林雪落的，有好几次他几乎都要答应她了，可蓦然想起她是二少爷封行朗的妻子，便打消了这样的念头。

第八天的傍晚时分，封家有了第二位客人：夏以琴，带着一些林雪落爱吃的甜点来看望她。其实准确地说，夏以琴并不是封家这八天来的第二个客人。趁封行朗不在之际，封一明又领着几个人来过封家一回，却被守在别墅附近的保镖给打发走了，这也是封行朗临行前安排好的。

八天在封家没出门，在看到夏以琴时，林雪落还是挺高兴的。

“雪落，快吃吧，严妈给你做的小薯饼。”夏以琴知道封行朗不在，但她选择在封行朗并不在家的时候到访封家，这便是她的聪慧之处。

“谢谢以琴姐！你还特地这么远送来给我，多不好意思啊。”林雪落吃了一块小薯饼，笑容也明媚起来。她是个能隐忍的女孩儿，但她也需要别人的关爱，尤其是自己的亲人。

“哎呀，也不是特地来给你送东西吃的！因为在家又得被我妈逼去学礼仪，别提有多腻人了！所以我就让严妈做好小薯饼跑来你这里了！你不会不欢迎我吧？”夏以琴的话，半真半假。或许她真的腻了那些名媛千金要学的礼仪，但她来封家的目的是封行朗，她却一字不提有关封行朗的事。

“当然不会！安婶和莫管家可好相处了，而且封行朗又不在，你要是喜欢，今晚就留下吧。”林雪落心想，自己跟夏以琴一起睡在楼下的客房，应该不会给封家造成任何麻烦才对。

“真的？那太好了！我还准备今晚要住去酒店来逃避我妈呢！雪落，谢谢你收留我！”夏以琴欢快地抱住了林雪落，像好闺密似的偎依着林雪落的脸庞。

对于夏家这个明事理的大千金，安婶还是欢迎的。毕竟她的来访，让沉寂好几天的林雪落心情变好了一些，脸上的笑容也多了。

莫管家对夏以琴的到访却不冷不热的，他总觉得这个女人心机很深，要知道当初他去夏家提亲，夏家三千金都是鄙夷不屑的。

看到林雪落的心情明朗起来，莫管家也便默认了夏以琴的留宿，只要她安分守己就好。

因为有夏以琴作陪，林雪落的晚餐也多吃了一些，两人的谈笑，倒给封家增加了一些活力。

凌晨，封行朗带着旅途的疲惫回到封家，冲了个澡后，没了睡意的他没能在婚房里找到那个女人，便寻觅到了楼下的客房。

客房里静谧一片，封行朗只在腰际裹了一条浴巾，未擦干的水顺着他力量感强劲的肌肉线条流下，有种致命的诱惑力。

借着朦胧的月光，封行朗看到一个侧身躺着的曼妙女人。

长达十多个小时的旅途劳顿加上倒时差的关系，封行朗已经有二十多个小时没合眼了。他很累，但他尽量放缓了动作依着女人躺了下来，并不打算弄醒酣睡中的女人。他只想抱着她睡个安稳觉，恶补这几天来缺失的睡眠。

但女人柔若无骨的身体就在手边，想安静地躺着，似乎不太可能，他也不是什么正人君子，本能地抱了过去。

隔了这么多天没见，她似乎圆润了些。

封行朗本无心谈情说爱，对大哥强塞给自己的林雪落，更是一副不冷不热和欺凌的态度，本以为她会受不了逃跑，可她坚韧地留在了封家。虽说还不能彻底排除林雪落嫁来封家是另有所图，但至少这个女人到目前为止，并没有做出任何伤害封家、伤害大哥的事儿，也还算听话，封行朗在不知不觉中已经对她上了心。因为上心，所以对她也很了解，渐渐地，封行朗发现了不对劲。

他离开了八天，这个女人不但没有想他想到消瘦，竟然还胖了这么多？还有，林雪落是一头顺滑的长直发，而怀里的这个女人，是大波浪的鬈发，而且少了林雪落身上独有的不加粉饰的甜美香气，却多了一股浓浓的刺鼻香水味儿……

“你是谁？”封行朗忽然冷声呵斥，下一秒，台灯被打开，照亮了大半个房间。

其实在被封行朗抱住时，夏以琴便已经醒来了，还没等她弄清楚怎么回事，便听到了一个男人带着怒气的声音。

等她睁开迷蒙的双眼，便看到了站在床边的封行朗。

“啊……”男人冷不丁出现在她面前，她有些惊慌失措，而且已经意识到刚刚抱住她的就是封行朗。

夏以琴的这声尖叫，把睡在一旁的林雪落也吵醒了。

“以琴姐，怎么了？”林雪落刚刚揉开惺忪的睡眼，便看到封行朗黑着一张脸站在床边。准确地说，应该是站在夏以琴那边。

从他腰际松垮的浴巾来看，他应该是刚刚回到封家，又刚刚沐浴过，然后进客房来想轻薄自己？看到一旁惊慌失措的夏以琴后，林雪落暗道不好，这个男人该不会是把夏以琴当成了她吧！

“封……封行朗，你……你怎么回来了？”因为事发突然，林雪落也很不知所措。

“这是我的家！我想什么时候回来，就什么时候回来！用得着跟你商量吗？”男人的俊颜上带着显而易见的怒意。

看到男人阴沉沉的脸，林雪落没有出言顶撞，他平安无事地归来，还是让她心头的紧张和牵挂得以释怀。于是，林雪落将自己的娇小身体藏在薄薄的毯子里，一声不吭。她倒是想看看，对于被他轻薄了的夏以琴，他会怎么解释，或是怎么处理，他会跟夏以琴道歉吗？

没等封行朗开口，夏以琴却先开口了，她用手指了指地板上的浴巾，娇羞地说道：“封，封二少，您……您的浴巾……掉……掉了。”

原本浴巾应该包裹在封行朗的腰际的，现在却掉落在地板上。应该是他翻身下去时力道太猛，将腰际的浴巾扯松了，然后就顺势掉在了地毯上。

夏以琴说完，林雪落条件反射地朝封行朗看了过去……

匆匆一眼，她便将头低了下去，羞得脸红。

封行朗淡定至极，动作舒缓地捡起掉落在地板上的浴巾，泰然自若地将它重新围裹在腰上，似完全不在意身旁还有两位美女看客。

“抱歉。”封行朗唇间溢出两个字，然后狠狠地瞪了夏以琴身边的林雪落一眼。

被封行朗这么一瞪，林雪落心头莫名一慌，他瞪她干什么？

“没……没关系。”夏以琴羞答答地回答。

封行朗却转身离开了客房，留给夏以琴和林雪落一个愠怒的背影。

他这是生气了吗？可他自己轻薄了别人不说，怎么还有脸生气？林雪落真是服了封行朗。

等封行朗走后，林雪落立刻从床上爬下来，冲过去将房间的门给反锁上。听到身后传来的急切关门声，封行朗阴沉的俊脸更加寒气逼人。

林雪落，会有你好受的！

林雪落坐到夏以琴身边，歉意万分地说道：“以琴姐，真对不起……我也不知道封行朗今晚会回来。封行朗他……他没有对你做什么吧？”

夏以琴用双手捂着自己染满红霞的脸，一个劲儿低头傻笑。她不但见到了封行朗，而且还……还跟他有了亲密接触！

见夏以琴一直掩面且莫名其妙地低笑着，林雪落有些担心：“以琴姐，你没事儿吧？”

“没……我没事儿。”夏以琴似乎才从刚刚的兴奋中缓过神儿来，男人完美的身材再次在夏以琴的脑海里盘旋，她忍不住感叹道，“没想到封行朗的身材那么好！他的腹肌线条那么流畅，浑身连一丝赘肉也没有！就连……”

后面的话夏以琴说不下去了，害羞地再次捂住了脸。

看到夏以琴这般羞羞答答的模样，林雪落是彻底无语了。

总的来说，夏以琴是个矜持的女人，可她竟然这般不假思索地赞美封行朗的身材，实在是让林雪落倍感意外，或许这就是传说中的情人眼里出西施吧。

“雪落，你一定要帮帮以琴姐啊……我真是对封行朗着魔了！你不知道刚刚他抱着我的时候，我心里有多么幸福！”

他们刚刚抱过了？林雪落的心猛地一沉，她莫名其妙就难受起来。

夏以琴未嫁，封行朗未娶，他们可谓是天造地设的一对，林雪落也感觉他们挺般配的，撮合他们在一起，也是一件成人之美的事儿。可是不知为何，她的心却开始细细密密地疼，疼得她说不出话来。

“雪落，帮帮我好不好？以琴姐求求你了。”夏以琴依旧亢奋。

她对封行朗的霸道非但讨厌不起来，甚至还十分希望他这样对自己。

可是夏以琴也有些费解，为什么刚刚封行朗是愤怒的？还吼了林雪落，是在怪林雪落收留她住在封家吗？可是封家这么大，她又没影响到其他人。

“我……我又能帮你什么啊。”林雪落支支吾吾的，“你刚刚也看到了，他一点儿都不尊重我，对我想吼就吼，想凶就凶，脾气恶劣着呢！

以琴姐，他并没有你想象中那么好。”

她这是在抱怨封行朗吗？明明应该给他多说好话撮合他跟夏以琴的，怎么现在却在拆他的台？

“男人嘛，有点儿脾气是正常的！”夏以琴却不以为然地笑了笑，“像封行朗这样的男人，一旦爱上哪个女人，一定会为那个女人柔情似水！”

柔情似水？林雪落黯然，这个男人除了对自己凶，还是对自己凶！想必他真的很憎恶她吧。可一想到他在雨夜冒雨前去给自己买女性用品，她的心似乎又重新温暖一些。但她不敢去多想，也不能去多想。下一秒，林雪落便答应了夏以琴，也许……封行朗有了夏以琴这个女朋友后，便不再会纠缠她了。

次日，林雪落早早就起床了，跟着安婶一起准备封立昕和封行朗的早餐。

照例，林雪落被拦在了医疗室外面，只有安婶一人端着流食进去，林雪落则静静等在医疗室门外。大概半个小时后，封行朗从医疗室中走了出来，同时也看到了等在门外的林雪落。

他从莫管家口中得知，每到大哥用餐时间，她都是这么等在门外的。

封行朗凝视着亭亭玉立的女人，一身暖色的及膝长裙包裹着她瘦削的身体，不施粉黛的脸庞洁白无瑕，像一个误入人间的精灵。

不知为何，看到林雪落这个模样，封行朗就想狠狠虐她。

林雪落抬头迎上男人那锐利的目光，只是一眼，便匆匆低下头去，默默侧到一旁，让他从她身边过去。

在封行朗出差的这八天时间里，林雪落想了很多。她知道自己再也不能跟封行朗那般纠缠不清了，他们身份有别。可明明自己的心已经沉淀下来，为何在看到八天未见的封行朗时，心头又生悸动？林雪落不断告诫自己，不能再沦陷下去，会化为灰烬的。

封行朗不喜欢林雪落在自己面前像只小野猫，可当她在他面前如此低姿态时，似乎又让他更加不爽。

“下楼伺候我吃早餐！”封行朗的声音听起来没有一丝温度，还带上了一丝愠怒。

见安婶在医疗室里还没出来，林雪落心想，封行朗也不是个会摆弄锅碗瓢盆的人，便默默跟在他身后下楼来。

厨房里，正准备给封行朗端出意式烩面的林雪落，突然被身后闪进来的那抹黑影抱个满怀。

“封行朗，你干什么？”林雪落惊呼，奋力挣扎，却被他环得更紧。

“想我了没有？”他贴着她的耳际，沉声问道，那邪魅的声音，让林雪落的身体渐渐酥麻。

“没……没有！”林雪落咬牙说道。她怎么会承认自己想他了呢！

“撒谎！”封行朗沉声说道。

“没想就是没想！封行朗，你少自恋！”反驳的话刚一出口，林雪落便感觉屁股被拍了一下。

“不给你点儿惩罚，你不会乖！”

他竟然……打了她的屁股？林雪落实在忍受不了，羞愤地继续挣扎，但无疑，她的行为又是蚍蜉撼树。紧接着，她的红唇便被他给封住，他先是吮着她的唇，然后不满地轻啃。

随着吻加深，林雪落所有的反抗都在慢慢消失，刚刚还抵在他胸膛前誓死要跟封行朗保持一定距离的双拳，现在已经慢慢松开了，然后在他的引导之下，慢慢环上了他的腰。在封行朗的柔情之下，林雪落就这样妥协了……

夏以琴从好梦中醒来，发现身边已经没有了林雪落的身影。昨晚那个情意绵绵的美梦，让她情不自禁地红了脸。

一看时间都快八点了，她立刻爬起来。早晨这么宝贵的时间，怎么能用来睡呢？这么早，封行朗肯定还在封家，她应该为他准备一顿精美的早餐才对。

从林雪落那里得知封行朗爱吃意式烩面，夏以琴这段时间可没少学习。养兵千日，用兵一时，现在正是展示自己的时候。

快速化了一个淡妆，夏以琴便走出了客房，朝封家的厨房走去。穿过静悄悄的客厅，夏以琴没看到林雪落和保姆的身影，便自行走向厨房。

离厨房还有一米远时，她听到里面传来封行朗的说话声，心中暗喜之时，随后看到的画面，便深深地刺痛了她的眼。

林雪落跟封行朗竟然紧紧拥在一起！

从她的角度来看，林雪落的双手正环抱着封行朗的腰，几乎被带离地面，所以林雪落紧贴着封行朗来平衡着自己的重心，看起来，便成了林雪落在主动向封行朗索吻！

夏以琴真的没想到林雪落竟然能不知廉耻到这个程度！她嫁的明明是封立昕，怎么却跟封行朗这般？难道她就不知道自己这么做有多么恶心吗？看来是她低估了林雪落！没想到她看起来一副人畜无害的样子，可要起手段来如此不堪入目！

其实想想并不奇怪，封行朗那么卓越，恐怕是个女人都会迷恋他。而封立昕是一个被大火烧得面目全非的人，她守不住寂寞也是情理之中。近水楼台先得月，她平日里只要装出一副楚楚可怜的模样，就能博得封行朗的同情，再使上小小的手段，封行朗这种男人哪是她的对手？

联想到昨晚的一幕，夏以琴那张美艳的脸再次沉了下来。封行朗昨晚想抱的不是自己，恐怕是林雪落！所以他才会在发现抱的是她之后，表现出无比的愤怒！

这个阴险的林雪落，明明应该睡在楼上婚房的，偏偏要睡在楼下的客房里，还说楼下的客房是她的卧室？这分明就是给封行朗提供方便！

夏以琴是个聪明的女人，没有尖叫，没有惊叹，甚至连打扰的行为都没有，而是默默离开了厨房门口，悄无声息地回到客房里，装出一副自己还没有起床的样子。

陪封行朗吃完早餐，林雪落便进了客房叫夏以琴出来吃早点。刚好夏以琴已经穿戴整齐，她不动声色地跟着林雪落一起去了餐厅，就当刚刚看到的一幕完全没有发生过一样。

“封二少早。”夏以琴优雅地在封行朗身侧坐下，跟他保持的距离恰到好处。

“嗯，早。”封行朗的目光客套地扫过夏以琴的脸，慵懒地应了一声。

林雪落见夏以琴落座之后，连忙给她摆放碗筷，盛好小米粥。这是习以为常的动作，因为在夏家，这些活儿她真没少做。夏家人从不会把她当成千金，而她也从来没有把自己当过千金。

“林雪落，你现在是封家的太太，麻烦你认清楚自己的身份！你只要伺候我一个人就够了！”封行朗见状，蹙起眉道。

封行朗，你大爷的！当着客人的面儿，你就不能给我留点儿面子吗？林雪落恨恨地瞪了一眼封行朗，牙痒痒得又想咬人。为什么要用又呢？因为在五分钟前，她已经咬过封行朗一口了，而且还掐了他一把，以报他拧痛她屁股之仇。

林雪落对着封行朗怒目圆瞪的模样，落在夏以琴眼底俨然成了打情骂俏。这是在变相地勾引封行朗吗？这个林雪落也太不要脸了！

不过夏以琴要比她妹妹夏以琪有涵养多了，她微微一笑，说道：“雪落，我自己来吧，你坐下来一起吃。”

“我刚刚吃过了。”林雪落婉言拒绝，她实在不想跟封行朗坐在一起用餐。更何况她已经答应夏以琴，会尽力撮合她跟封行朗。不过这个想法要是让封行朗知道了，她又得受惩罚了。

见林雪落转身要走，夏以琴连忙起身拦住：“雪落，就当陪陪我嘛！要不然这早餐我都不好意思吃了，陪陪我好不好？”

听夏以琴这么一说，觉得自己把夏以琴丢下独自面对封行朗似乎有些不妥，林雪落便远离着封行朗坐了下来，夏以琴连忙给她盛好一碗小米粥。

“冒昧在封家留宿，打扰到封二少了。”夏以琴轻声说。

“不妨事。”封行朗应了一声，依旧不冷不热的，他的目光却温柔地扫过两米开外正埋头喝着粥的林雪落。

气氛有些尴尬。夏以琴没能吸引到封行朗的目光，依旧不动声色，也跟着一起看向林雪落：“雪落，你别老喝粥啊，吃点儿糕点，这小薯饼不是你爱吃的吗？”

说着夏以琴给林雪落送去了一块小薯饼。

“谢谢。”林雪落道谢，一抬头却发现封行朗的目光一直停留在自己身上，一下子又不自在起来，这个男人究竟是发什么疯，一直纠缠着她不放！

两个培根鲜虾卷送到了林雪落粥碗边的小盘子里，沿着手臂看过去，是封行朗那张刚毅的俊脸。

“把它吃掉。”他不似命令的命令，透着不容拒绝的威慑力。

要不是夏以琴在场，林雪落真想端起粥碗走人，更别说吃下封行朗添来的那两个培根鲜虾卷了。他到底明不明白，他们身份有别！

嘴唇被咬过的地方还疼着，林雪落委屈又无奈。

所以，当后来有一天，封行朗拿着他跟她的结婚证对她说“你林雪落当初所嫁之人，从一开始就是我封行朗”时，林雪落没有欢呼雀跃，亦没有守得云开见月明的感觉，而是深深觉得被伤害了！她无法原谅这一而再的欺骗和试探。即便那个时候，她已经爱这个男人爱到无法自拔。

“雪落，瞧瞧封二少多关心你这个嫂子。”夏以琴故意将“嫂子”二字咬得很重，目的就是提醒林雪落自己的身份，不要做出那些出格的事儿。

这一声似乎刺激到了林雪落，她本就闷闷的神情更加黯然。可为了不让夏以琴看出什么来，林雪落柔柔一笑道：“行朗，你快给以琴姐添点心啊，这个培根鲜虾卷，以琴姐也爱吃的。”

随后，林雪落又转向夏以琴，以嫂子的身份嘱咐道：“以琴姐，我家行朗生性冷淡不热情，至今还没有女朋友！我跟我家立昕正为行朗的终身大事犯愁呢！要不，你帮他介绍几个名媛千金吧，像你这样的就很好哦。”

夏以琴面部表情僵了一下，没想到林雪落竟然会当着封行朗的面儿说得这般直白，因为她瞄到封行朗的那张俊脸更加冰冷了。

“我想，仰慕封二少的名媛应该大有人在吧，怎么可能还需要介绍呢？”夏以琴脸上堆着笑容，随后机智地将矛盾转移给了林雪落，“雪落，你不是也挺仰慕封二少的吗？”

林雪落愣住了，夏以琴这一问也太唐突了吧？她不知道自己是封立昕的妻子吗？难道……她发现了什么？

这个话题，倒是让封行朗感兴趣了，他丢下手中的餐具，朝林雪落眯起了眼睛，似乎在等她的下文。

要否认吗？可是不否认难不成要承认？那岂不是要乱套了！她可丢不起那个人！

“抱歉。失陪。”林雪落站起身，勉强挤出一丝笑容，便急急地朝洗手间走去。

医疗室里，封立昕支走了封行朗，而将安婶留了下来。

“大少爷，我计算过了，三天后，太太要是能跟二少爷圆房，就很大可能怀上小少爷。”安婶已经用心地把一切计算好了。

“三天后？好，这回一定不能让行朗逃避了！我们必须得好好计划一下。”封立昕其实已经有对策了，但他在等待时机。

他不想继续这样下去了，一天二十四小时，八万多秒，每秒对他来说，都是一种煎熬。所以，这一回他一定要让林雪落成功地怀上封家的子嗣。

这样一来，这世间便有了两个人来陪伴行朗，自己也能走得安心了。

“大少爷，那我这些天就多做点儿营养菜给二少爷和太太补补，争取让他们一次就怀上个健康壮实的小少爷。”想到封家能添丁，安婶的心情也好了起来。

“安婶，那就辛苦你了。”封立昕感谢道。

大概下午四点的时候，林雪落接到了福利院袁朵朵打来的电话，问她今晚有没有空给自己去当伴舞。

“朵朵，你又去夜庄跳钢管舞啊？要是被池院长知道了，她又得说你了。”林雪落柔声劝说道。

“那也阻止不了我！我哪有你命好啊，夏家的外甥女，现在又谈了个‘土豪’男朋友，不愁吃不愁穿！哪像我啊，下半年的学费还没着落呢！我们小心点儿，不让池院长发现就行了！”

袁朵朵是个很要强的女孩子，原本通过池院长的关系可以为她减免大学期间的学费的，却被她拒绝了。每个暑假，除了给福利院做义工之外，她还会找兼职赚足下一个学期的学费和生活费。

去夜庄跳钢管舞，无疑是来钱最快的。跳一个夜场下来，能赚到一千左右，一般一个星期就能赚回下学年的学费。

曾经，林雪落也尝试着从金钱上去帮助袁朵朵，可都被她拒绝了，她实在是太要强了，可这一回……

“学费？朵朵，我们是不是快开学了啊？”提及学费的事，林雪落连忙从毕业论文的稿件上抬起头来，别说袁朵朵了，自己的学费也还没有着落呢。

今年不比往年，她可是嫁出去的人了，总不能再厚着脸皮跟舅舅要吧？那舅妈还不得说死自己！

林雪落原本是留有下个学期的学费的，可前段时间因为池院长操劳过度，她把自己的私房钱都给捐献出去了，现在可谓身无分文了。

难不成要向封立昕要？可是她见不着封立昕的面儿啊！跟封行朗要的话……一想到那个男人，林雪落连连摇头，打死她都不会再跟那个男人开口要钱了！上回被他狠狠羞辱了一次，已经够她长记性的了。

那问谁要呢？莫管家？可林雪落还是觉得有些难为情。

自己嫁过来什么忙都没帮上不说，还得让封家提供自己的学费，实在是有些难以启齿。

“林雪落，你最近是不是被泡在蜜罐里泡迷糊了？快开学了都不知道！行了，既然你忙，我找其他人去。”要不是实在找不到伴舞的，袁朵朵也不会想到养尊处优的林雪落。

“别挂啊朵朵，我也要赚学费呢。”林雪落翻看了一下日历，这才算出离开学就只剩下五六天了。

“你也要赚学费？你不是在逗我吧？”袁朵朵以为自己听错了，“你男朋友呢？他不会抠门到连几千块钱的学费都不给你缴吧？”

这不科学啊，因为袁朵朵印象中的封行朗，可是个大手笔的“土豪”。他前后给福利院捐了好几百万的善款呢，又岂会在乎这区区的几千块钱学费。

“行了朵朵，你说时间吧，我们见面再说。”一时半会儿她也说不清楚，而且还浪费手机话费。

夜庄，晚上。

袁朵朵和林雪落即将登台。

袁朵朵的左腿有先天性残疾，虽说手术之后看不出明显的跛，可细看还是能察觉的，所以她选择了钢管舞这个比较特殊的舞种。因为双脚可以离开地面，由她尽情发挥。

舞池里很幽暗，是为了能更好地看清台上。

里面人声嘈杂，口哨声、叫喊声以及拍手跺脚之声此起彼伏，一束强光从厅顶照下，舞台中央，袁朵朵穿着火红的包臀短皮裙，依着一根钢管，在音乐的节奏中起舞。

林雪落是伴舞，戴着蝴蝶面具，跳的是爵士，这是她在大学里的选修课程，她没想到，今晚会用自己所学的一技之长来赚学费。

其实这样自食其力也挺好，没什么好伤感的。现在她似乎明白袁朵朵一心想靠自己的能力养活自己，是多么让人骄傲和自豪了。

严邦以为自己眼花了，刚刚他好像真的看到了封行朗的女人。

这封行朗竟然大度到让自己的女人来这个地方跳舞？他难道不知道这里的男人会有多么如狼似虎吗？他们会把这个女人给生吞活剥的！

于是，严邦给封行朗发了一条信息："阿朗，夜庄有美人等你，你不来，美人就归我了！"

对于严邦的挑衅和激将，封行朗俨然不感兴趣，他现在唯一要做的，就是报仇。

不一会儿，封行朗又收到严邦发来的一张图片，图片上的女人刚好揭下了蝴蝶面具，跟袁朵朵一起在中场休息。

照片上的女人，穿着性感，烈焰红唇，尤其是那两条白生生的长腿……封行朗的血气瞬间上涌，冲天的怒意都快把他给燃烧起来了。

那个白痴女人不好好待在家里，跑去夜庄干什么？封行朗冲出刑警大队的物证保存室，钻进他的法拉利朝夜庄一路疾驰。

能来夜庄消费的，非富即贵，所以打赏也就格外多。林雪落数了一下上一场从舞台上捡起来的钱，足有三千多，林雪落和袁朵朵笑得都快合不拢嘴了。

虽说在夏家的日子寄人篱下，可林雪落至少还没沦落到要靠卖艺来赚钱的地步。这是她第一次通过自己的劳动赚钱，林雪落很兴奋。

“雪落，我们再跳一场吧！如果再有这么多打赏，我们俩的学费都有着落了。”袁朵朵提议。

“朵朵，钢管舞那么消耗体力，再跳一场，你吃得消吗？”林雪落很心疼比自己还小上一岁的袁朵朵，“要不这样，这些钱你先拿去缴学费，我的学费，我再想办法！”

“雪落，我们跳舞赚钱，堂堂正正的，怕什么。”袁朵朵察觉到林雪落有难言之隐，“再说了，我一点儿都不累！兴奋着呢！我们就再跳一场吧，机不可失！”

“那好吧！朵朵，你小心点儿。”林雪落心想自己的确不想再次低头问封行朗要钱，便决定跟袁朵朵再跳一场。

为了能够赚到更多的打赏，袁朵朵尝试了几个高难度的动作。她依着钢管上下旋转，然后只用一只腿高高缠住钢管，手臂挥舞着，在观众的一片尖叫声中来了个精彩的倒挂。下面的男人，随之歇斯底里地狂吼！

突然，从厅顶泼洒出一大束水，无情地倾倒在袁朵朵身上，袁朵朵一滑，径直跌躺在了地上。

“哇……再来一次！再来一次！”尖叫声再次沸腾，经久不息，原来这只是一个噱头！从上泼下的不是水，而是啤酒！紧接着，无数的啤酒从下面看客的手中泼洒过去，舞台顿时被啤酒覆盖。

看到袁朵朵从钢管上跌滑下来，林雪落连忙冲过去搀扶她：“朵朵，你受伤没有？”

“没……我没事。”袁朵朵吃力地回答，可下一秒她便尖叫了一声。

还没等袁朵朵从舞台的地面上爬坐起来，一个啤酒瓶便落在了舞台上，应声而碎，发出的破裂声再次引起男人的哗然和大叫，紧接着又是第二个、第三个、第四个……

林雪落跟袁朵朵都吓傻掉了！她们根本就没见过这样混乱又暴戾的场面。她们以为只是单纯跳跳舞，可哪会想到这些男人会这么疯狂！

啤酒瓶爆裂四溅，林雪落只能用自己的身体护住袁朵朵受伤跌坐在舞台上的身体。

“别砸了……别砸了！求求你们快别砸了！有人受伤了！”林雪落的叫喊声、乞求声却被疯狂中男人们的叫声淹没，“跳啊……继续跳啊！怎么不跳了！快给老子接着跳！”

能来这种地方找乐子的男人，寻求的是一种感观上的刺激，他们不会怜悯两个小女孩儿的无助，只会想着自己怎么玩才能更加尽兴。

一个男人嫌弃台上的两个女孩半死不活地抱在一起一动不动，便跳上舞台，想去扯开护着袁朵朵的林雪落：“你滚开！让她接着跳！”

“不要……她受伤了！不能跳了！”林雪落紧紧护着受伤的袁朵朵。

“老子花了钱，她就得给老子接着跳！死了也要给老子跳！”酒气熏天的男人恶劣到让人痛恨。

“你们的钱，还给你……都给你！”林雪落将刚刚从舞台上捡起的钱砸向那个酒气熏天的男人。

“你敢用钱砸老子？找死吗？”男人伸手就去拽林雪落的头发。

“住手！放开她！”随着一声震耳的咆哮，一个矫健的身影朝酒气熏天的男人冲了过来，一记右勾拳便将他从舞台上打落到了舞台下。

林雪落抬起头，看清了来人，竟然是封行朗！他怎么会来这里？

洗手间里，林雪落洗去了黏在自己身上的啤酒和污渍，她不敢正眼去看怒气冲天的封行朗，低垂着头，像个做错事情的孩子。林雪落知道，要不是封行朗及时赶到，后果不堪设想。

“为什么来这种地方？竟然还给那些疯狂的男人跳那种舞？他们一个个跟狼虎似的，随时有可能把你给生吃了！”封行朗愤怒咆哮着。

林雪落沉默，如果她说她来这里只是为了赚学费？这个男人会相信她吗？

“问你话呢！回答我！”封行朗低吼着，一把将林雪落抱起，坐在了盥洗台上。

“我们回去再说好吗？”局促的空间，让林雪落感觉到了压抑。

“不好！给我说清楚为什么来这里！是我没有满足你吗，嗯？”封行朗英俊的脸庞上蒙上了一层邪魅之色。

这是林雪落最害怕的，因为这样邪魅的面容后面，一定会有让她羞于启齿的行为。

洗手间门外应该是被清场了，鸦雀无声，林雪落想求救都无门。

“咔嚓”一声，林雪落听到一道极为清脆的声音，是从封行朗身上发出来的，应该是松动皮带的声音。这男人要干什么？林雪落一张脸涨得通红，心跳加速。

她用自己的双手抵住男人的胸膛，撑开他们之间的距离。可她的后背已经抵上盥洗台的镜面，退无可退。

林雪落紧张又害怕，害怕他会在这里把自己给就地正法了，她哆哆嗦嗦地说：“封行朗，你要干什么？你别这样……你不能这样对我。”

“为什么不能？”他抵在她的耳际，靠近她的耳垂，紧接着一口咬了上去，“还不肯说吗？”

“封行朗……我错了……我跟朵朵来这里，是为了赚下学期的学费……”不管这个男人相信不相信，林雪落真的不敢再瞒他了，她真的承受不起男人的惩罚。

“赚下学期的学费？不惜牺牲自己的色相？”封行朗愤怒未减。

“封行朗，我知道错了，我以后再也不来了。”林雪落抽泣着，想避开封行朗那只环在她腰际的手，可每当她挣扎，他只会勒得更紧。

“白痴女人！”封行朗恼火地低吼，无法宣泄而出的怒火堆积在胸口，他狠狠地抱住了林雪落。

“咯咯……”林雪落觉得自己肺部的气体都快被这个暴戾的男人全给挤出来了，她狼狈地咳了两声。

“刺啦”一声，什么东西被撕开了，林雪落惊慌失措：“封行朗，别这样……求求你，别这样。”

“不这样你会长记性吗？”男人的声音震着林雪落的耳膜，封行朗这一回真的是气坏了，即将丧失理智。

林雪落深知自己的微弱力量无法撼动封行朗，害怕于接下来可能会发生的事，于是她扯着嗓子向盥洗室门外求救。

“来人！救命啊！非礼啊！我在盥洗室里，救命！”林雪落大喊着，惊得破了音，可她连喊了六七声，盥洗室门外依旧静悄悄的。

更深层的恐惧袭来，林雪落浑身都开始颤抖。她想动却动弹不得，最终只能安静下来。

“不叫了？”封行朗紧紧压制着林雪落，“你刚刚也看到了，那群男人发起疯来，要比我现在还恐怖，懂吗？”

其实林雪落很想说，他现在的样子已经够让她恐惧的了，可是她不敢说。

委屈的泪水决堤而出。

“哭什么？如果我没有及时赶到，你以为你还会好好的？”确定林雪落并没有被人碰，封行朗的怒意减下去不少。

“你……你……松手。”林雪落真的很难受，男人的手还在她身上，似乎没有要离开的意思。

“林雪落，乖乖守好自己！如果哪天让我发现你做了对不起我的事，我的愤怒你承受不起！”

封行朗松开林雪落，又恢复了正人君子的模样。可落在林雪落眼里，他却如同来自地狱的撒旦。林雪落紧紧缩成一团，生怕封行朗会继续施暴。可随后，封行朗只是丢过来他的西服，冷冷说道：“穿上！跟我回家！”

其实盥洗室门外是有人的，而且还不止一个，一个猛男、一个翩翩美公子，正在聊着什么。他们当然听到了林雪落的求救声，不过当没听见罢了。

“阿邦，你说封行朗也真够重口味的。洗手间里他都下得了手？瞧把人家小姑娘吓得！”

“你容他老婆在你这里跳了这么一回舞，小心他回头找你算账！”

“那女人还真是他老婆？哎哟，我还以为他逗我玩呢！”

“应该是他哥硬塞给他的女人。”

“完了……封立昕这是要临终托孤？我怎么嗅出封立昕有种不想活了的感觉？”

“你这狗鼻子还挺灵，一个对生活悲观失望的人，唯一寻求的就是如何解脱吧。”严邦暗叹一声，证实了白默的猜想。

黑色法拉利驶出了夜庄，朝封家一路呼啸疾驰。

一路上，林雪落一声不吭。偶尔间抬头看过去，男人英俊的脸上依旧笼罩着怒意，他是在气自己丢了封家的脸面吗？

其实林雪落还是很感谢封行朗能及时赶过来救场，要不是他的出现，她跟朵朵不知道要被怎么折腾。对了，朵朵哪里去了？刚刚她被封行朗扛进盥洗室的时候，朵朵好像还在后台的化妆间里。可等她从化妆间里取回自己的东西要离开时，朵朵已经不在了。

林雪落知道袁朵朵从钢管上滑下来时是受了伤的，她却一声不吭强忍着。她想给袁朵朵打个电话，却发现自己的手机根本就打不出去，应该是停机了。

林雪落瞄到了封行朗放在仪表盘前的手机，抿了抿唇，最终还是没有勇气开口跟他借。

可她又实在担心袁朵朵的安危和伤势，便一把抓过封行朗放在仪表盘上的手机。

她也很想跟这个男人讲礼貌，可她对他越是亲近和关切，这个男人对她越是无礼，她已经看透他了。

她快速拨通了袁朵朵的手机号码，手机那头很快传来袁朵朵的声音，听起来还挺轻松。

“朵朵，你没事儿吧？”林雪落关心地问。

“雪落？是你啊？你换手机了？啊，我猜你应该用的是你男朋友的手机吧？我没事儿，好着呢！你快跟你男朋友回去吧！对了，千万要跟你男朋友好好解释清楚，是我让你陪我去跳舞的，让他不要误会你！要不等我有空了，我亲自向他解释吧。”

袁朵朵却反过来担心起林雪落的处境。没人会在乎她跳什么舞，但林雪落毕竟是夏家的外甥女，也算是半个千金了，何况她还谈了一个英俊多金的男朋友，肯定会受到苛责。

"朵朵，你别说这些了，你快告诉我你在哪里？伤得怎么样？"林雪落真的急了。

"雪落，我真的没事，我很好！听我的话，遇到像封行朗那样在乎你又心疼你的大'土豪'，就嫁了吧。"袁朵朵的声音是明媚的，泪水却早已在不知不觉中滚落下来，随后她便把电话给挂了。

袁朵朵表面看起来坚强得像棵野草，骨子里却是自卑的。

沁凉的夜风中，她走得有些慢，从钢管上滑下来时，伤到了她原本就有些跛的左腿，后来又被啤酒瓶的碎片划了几道血口。虽说在夜庄包扎过，可随着走动，伤口又裂了开来。

鲜血沿着她的左腿一直往下流，不是袁朵朵不想打出租车，只是她不知道自己今晚能去哪里。她跟池院长说，今晚她要来找雪落的，现在这个样子回去，池院长肯定会知道她又去跳舞赚学费了。她不想池院长担心，更不想让池院长难过。

林雪落有她的护花使者，她这个电灯泡还是哪儿凉快哪儿待着去吧。于是，她便漫无目的地拖着受伤的左腿，向前走一步算一步。

"是朵朵！"林雪落忽然看到了独自在街头行走的袁朵朵，"她的腿一定受伤了。"

或许是心疼袁朵朵，或许是她今晚感受良多，林雪落没能控制住自己的情绪，哽咽起来。

封行朗见过袁朵朵，在那次义卖的活动上。没想到二十出头的小姑娘竟然这么要强，明明自己受了伤，还能这般忍耐！

"我们过去？"封行朗询问。

"我担心朵朵她不肯接受我们的帮忙，她太犟了。"林雪落担忧道。

"那她必须先得犟过我！"这方面封行朗很有自信。

"嘎吱"一声，法拉利直接横在了袁朵朵面前。

还没等袁朵朵反应过来，封行朗便从驾驶室里钻了出来，将愣怔中的袁朵朵扯过来，然后生硬地塞进了车里。

"封先生……"袁朵朵惊诧万分。

"闭嘴！我心情不好，会吃人！"言毕，跑车已如离弦之箭朝着封家一路呼啸疾驰。

袁朵朵还想说什么，林雪落却做了一个噤声的手势，示意她不要再激怒封行朗。袁朵朵被封行朗这么一吓，竟然真的闭了嘴，乖乖坐在了车上。

真没想到封行朗这张冷脸对袁朵朵很有用，向来要强的她这一回竟然比家猫还乖。还真印证了封行朗刚刚的那句话，她犟不过他。

因为担心自己腿上的血把跑车染脏，袁朵朵一直用力按压着伤口。

“一辆车而已，没有人命贵。”封行朗注意到了，冷声说道。

他的语气虽冰冷，可落在袁朵朵耳际，却一直温暖到了心上，这是第一次有异性如此在乎她这个人。感动归感动，但她知道封行朗是林雪落的男朋友，她不会对他有任何非分之想。林雪落好歹也是半个千金，而她袁朵朵只是个连家都没有的流浪者，拿什么和人家比？

“封先生，谢谢您载我这一程，麻烦您在前面的公交站台停车。”袁朵朵低声说道。不知为何，她在封行朗面前高不起声音来。

“朵朵，跟我回封家住吧。你伤得这么重，池院长一定会追问的。一会儿我跟池院长说你在我那儿，她一定能放心。”林雪落劝道。

封行朗没有说话，他向来惜字如金，只有在林雪落这个傻女人面前，才会变得话多，就像被她施了咒一样，让人难以置信。

手机铃声响起，是封行朗的手机，林雪落连忙将手机送到男人面前。

“把蓝牙接上。”林雪落将蓝牙耳机挂在了封行朗右侧的耳朵上，并接通。

封行朗跟对方说的是西班牙语，林雪落压根没能听懂一句话，只是觉得封行朗的脸色越来越难看，最后他低吼一声，直接将蓝牙耳机摔在了仪表盘上。

瞬间，三个人都沉寂了，不大的车厢里变得压抑起来。

“你听得懂西班牙语？”封行朗突然问。

林雪落以为封行朗问的是自己，连忙摇头。

“嗯。”犹豫了一下，袁朵朵还是应了一声。

袁朵朵开始崇拜封行朗了，他还真是个厉害角色，竟然能从她细微的表情判断出她听懂了他跟手机那头的人说了些什么。

随后，封行朗竟然用西班牙语跟袁朵朵交流起来，袁朵朵亦用流利的西班牙语来回答封行朗。

林雪落沉默着，乖乖当着自己的透明人。她听不懂封行朗跟袁朵朵在说些什么，只知道他们交谈甚欢，她是个多余的、连听众都算不上的摆设。

要不是为了硌硬她，为何非要讲她听不懂的西班牙语呢！林雪落有些气闷。

回到封家时，莫管家和邢医生已经早早等在院落外。

在林雪落的搀扶下，袁朵朵一瘸一拐走进了封家的客厅，没有执意说要离开。邢医生帮袁朵朵处理好伤口，林雪落从厨房里端来了两碗粥，一人一碗喝着。

“朵朵，刚刚封行朗在电话里都说了些什么啊？我看他挺气愤的。”最终，林雪落还是忍不住询问袁朵朵。

袁朵朵突然就笑了：“林雪落啊林雪落，你这么关心封行朗，怎么还死活嘴硬不承认他是你男朋友？”

林雪落神情黯然，随后像是鼓足勇气一般，对袁朵朵坦白道：“其实我已经结婚了！就在一个月前。”

“什么？你跟封行朗都已经结婚了？”袁朵朵惊诧道，“速度这么快？”

“不是……不是跟封行朗！而是跟他的大哥……封立昕！”林雪落咬了咬唇，“立昕被大火烧毁了容貌，你应该在新闻里看过他的消息。”

“什么？封行朗是封立昕的弟弟？你……你竟然跟封立昕结婚了？封立昕不是那个被……被大火烧得连生活都不能自理的人吗？你怎么还嫁给他？”袁朵朵惊讶得都结巴了。

面对袁朵朵的质疑，林雪落无言以对。她又能回答什么呢？

“我知道了，一定是夏家逼你嫁的吧？”这样的原因，并不难猜。

“也是我自愿的，算是帮我舅解燃眉之急吧。”林雪落轻叹了一声。

“那夏正阳为什么舍不得把他自己的三个女儿之一嫁给封立昕？就知道欺负你这个外甥女！”袁朵朵替林雪落打抱不平。

林雪落低下了头。

突然，袁朵朵从身后抱住了林雪落，轻轻地摇晃着她的身体，说：“雪落，你这个傻丫头啊，受了这么大的委屈，你怎么也不跟我说说啊？还当不当我是好朋友了？”

林雪落揉了揉发酸的鼻子说：“朵朵，你别这么说……嫁给立昕，我不后悔。虽然他的相貌毁了，可他依旧才华横溢。所以你以后不要再取笑我跟封行朗了……我跟他不是你想的那种关系！”

“对不起雪落，我真的不知情！”袁朵朵急忙解释。

“我没有怪你，但你必须替我保密！我不想池院长她们为我担心！更不想她们怜悯我、同情我！我并不觉得自己很可怜！”林雪落回抱着袁朵朵。

帮袁朵朵擦了个温水澡后，林雪落洗漱完毕从浴室出来时，却看到安婶在等她。

“安婶，你找我吗？”林雪落看到安婶面容带着伤感。

“太太，您去三楼看看二少爷吧！他一个人在喝闷酒呢……他胃不好，我担心他把自己的身体喝伤了，又得胃疼了。”安婶泪眼迷蒙地说道。

“哦，好……”因为担心封行朗的身体，林雪落放下擦头的毛巾就朝房间门外走去，可刚走两步她又顿了下来，“安婶，你还是让莫管家去劝封行朗吧……我……我不太方便！”

的确是不太方便！想到一个多小时前她就差点被他……要是现在她上楼去劝他，他又喝着酒，耍个酒疯什么的，她还要不要活了！

“唉，莫管家跟金医师他们在安慰大少爷呢，听说大少爷跟二少爷吵了一架。”安婶发愁道。

“什么？他和他哥吵架了？他这是发疯了吗？竟然跟他哥吵架？立昕那身体承受得住他的刺激吗？他怎么这么不懂事？”林雪落先是怒其不争，可她突然间想起什么来，急声问，“安婶，立昕和封行朗吵架，是不是因为我？”

“不是……好像是因为蓝悠悠小姐的事儿。”安婶说道。

“哦。”林雪落微微松了一口气，原来不是因为她去夜庄的事，“那立昕现在怎么样了？我得去看看他。”

不等安婶回应，林雪落穿着睡衣便朝二楼的医疗室跑去，可又被刚刚从医疗室里出来的莫管家拦了下来：“太太，您还是别进去了吧。金医师正给大少爷上呼吸器呢！大少爷任何人都不想见！这不，连我也被赶了出来！”

“这个封行朗也真是的！明知道他哥身体不好，竟然还跟他吵架！发什么疯！”林雪落急得数落起了封行朗。

“这回不怪二少爷……也不能怪大少爷……怪只怪男女之情最伤人。大少爷念念不忘蓝悠悠小姐，可二少爷偏偏查到大少爷受伤跟蓝悠悠小姐有关联！一个不让查，一个偏要查。”莫管家压低声音说道，“大少爷差点儿丢了命，您说二少爷怎么能不追查呢！大少爷这案子，八成跟蓝悠悠小姐脱不了干系！”

“封行朗他傻啊，不会在暗中追查吗？干吗偏要让立昕知道？”

“估计二少爷得到了一些线索，只是想从大少爷口中验证一下吧。大少爷哪经得起二少爷的算计！”莫管家朝三楼的方向看了一眼，“太太，二少爷情绪不好，您上楼看看吧。”

林雪落一怔，本能地往后倒退：“我不去！封行朗他……他……老是……老是……不尊重我！莫管家，还是劳烦您上楼一下吧。”

“太太，您不想去就算了！那就让二少爷的胃疼死好了。”莫管家丢下这句话，便匆匆忙忙下了楼，留下林雪落站在原地，上楼也不是，下楼也不是。

可莫管家那句“就让二少爷的胃疼死好了”让林雪落纠结不已，她究竟要不要上三楼去看看他？

真是的，安婶不管，莫管家也不管，她为什么要管？

难道他们就光嘴上担心吗？怎么感觉安婶和莫管家故意将她往封行朗身边推一样！

每次她关心他，换来的都是羞辱，她何必还要去自取其辱呢！

林雪落咬了咬牙，行，安婶和莫管家不管，她也不管！

在医疗室门外听了一会儿，估摸着封立昕应该是休息了，林雪落转过身，便毅然地朝楼下走去，楼下客房里还有受伤的袁朵朵要照顾呢。

可等林雪落走到二楼的楼梯口时，听到了“哐啷”一声巨响，应该是酒瓶砸落在地板上的声音，紧接着又是一阵家具横倒在地的声音传来。

林雪落的心一下子提到了嗓子眼儿，她想也没想，一路小跑着上楼去了。

“封行朗，你没事儿吧？”林雪落冲进三楼的半开放式阳光房，看到封行朗横躺在地板上，四周横七竖八倒着几个空空的红酒瓶。

林雪落单膝跪地，吃力地想将倒地的封行朗从地板上搀扶起来，哪想男人一个翻身，将她带倒在地，然后便沉沉地将她压在了身下……

扑面而来的是男人身上的酒气，还混着烟草的味道，倒也不难闻。只是他的气息紧紧包裹住了她的呼吸，她吸进去的每一丝空气里，都沾染了他的味道。

林雪落恍了一下神，然后才发现身上沉甸甸的。

“封行朗……重……好重……你起来……压着我了。”林雪落觉得快不能呼吸了。

她想推开他，结果却像猫抓一样，弄得封行朗浑身痒痒的。

“乖，别动。”封行朗似乎还没醉到不省人事。他很享受和林雪落这样亲近，两颗心偎依在一起的感觉，可以让他获得慰藉，让他孤独的心不再荒凉。

“封行朗……你真的好重！”林雪落呜咽一声，跟猫儿哼哼似的。

“麻烦！”封行朗薄唇勾了一下，双臂紧勒过林雪落的腰际，一滚便将两人换了过来，她上，他下。

以为自己能自由了，林雪落刚想从封行朗的身上爬起身来，却被男人一勾，刚刚抬起的上半身再次重重压了下去……红唇不偏不倚印在了男人的唇上。

林雪落感觉自己的唇被撞得生疼，伸手想揉，可封行朗怎么会容许她离开？他压住她的后脑勺往，两人便开始纠缠。

男人的唇沾染了红酒的醇厚气息，有种特别的感觉。

林雪落几乎忘记她是被侵犯的，这样的感觉让她迷醉，让她情不自禁地沉沦。

林雪落是美的，他喜欢她在他怀里时的模样，醉得他暂时忘却所有仇恨，只要跟她在一起，就不用去思考今夕是何夕。

突然“啪”的一声，一记耳光响亮地打在林雪落白净的脸庞上，在这寂静的房间里，显得格外响亮。

“白痴女人，你打自己做什么？”封行朗半坐起身来，捧起林雪落的脸，看到她吹弹可破的脸上赫然浮出淡色的手掌印。

“封行朗，这一耳光，是我替你大哥打的，打他妻子的不忠！”晶莹的泪水沿着林雪落的脸颊滚落，她并不想打自己，只是她已经深深感觉自己就快控制不住对封行朗的感情。

她希望这一巴掌能把自己给打醒，不要再迷恋封行朗的温情！

她和他，没有可能，也不应该有可能！

这一晚，林雪落睡得很不安稳，一直被噩梦缠着。有在夜庄的舞台上被那群发了疯的男人纠缠的场景，亦有被封行朗压制住无法动弹，不得不一声声向他乞怜讨饶的场景。

当然也会有美好的时刻，她被一个英俊的男人拥抱着，爱惜地亲吻着，当珍宝似的疼惜着。她看不清男人的脸，只觉得他好温柔好绅士。她眷恋着他的吻，一点一点似乎可以融化她的心！在这样的梦境中，林雪落才会有一种被爱的感觉！

醒来的时候林雪落才发现，自己竟然在昨晚的梦境中哭了。不知道是那个恶劣的梦惊吓到了她，还是那个柔情的梦感动了她。

一整晚，封行朗没回封家住。

吃早餐的时候，林雪落依旧没有看到封行朗的身影。她莫名有些失落，也有些担心。

封行朗从不会错过封立昕的早餐时间，可刚刚安婶去给封立昕送早餐时，封行朗并不在医疗室中。

“雪落，一会儿我回福利院了。一晚上未归，虽说池院长知道我在你这里住着，可她难免也会担心。”封家的外敷药疗效实在太好，袁朵朵腿上的割伤一个晚上就结痂了。她穿着林雪落的长裙，及脚踝那种，一丁点儿都看不出她的腿受过伤。只是走动的时候，还是会有些不便。

“下午再走吧。”林雪落挽留道。

“别留我了。你知道的，我这种人，适应不了你这种阔太太的生活。让我什么活儿都不做，还得要人伺候着，真的很难受。”袁朵朵真的不习惯被人伺候的感觉，或许依旧是骨子里的自卑作祟，只有在福利院那群孤儿面前，她才会变得活泼可爱起来。

“那我跟你一起回福利院吧，都好些日子没见到池院长了。”林雪落也很想回福利院看看。

说完，她便向安婶还有莫管家询问封立昕的身体状况，确定封立昕已经平静了，她也放心不少。跟安婶商量之后，林雪落将那些剩下的蛋糕点心，还有一些牛奶统统打了包，准备带给福利院的小萝卜头们吃。

她不让莫管家派司机送她和袁朵朵回福利院，可莫管家还是执意安排了。林雪落知道莫管家应该挨了封行朗的批评，对她的照顾也就更加体贴入微。她去哪里，他都会安排司机送，然后等在那里接她回来。

跟福利院的小萝卜头们在一起，她总是乐不思蜀，他们天真又无邪，快乐得十分纯粹。

夜幕低垂时，林雪落不得不面对现实，她毕竟是封立昕的“妻子”，必须在晚餐之前赶回封家。

也不知道那个彻夜未归的男人回封家了没有？林雪落微微叹息着，突然间又觉得自己犯贱。

明明他一点都不尊重她，为什么她总是想关心他？

又是一声浅叹，林雪落上了封家司机的商务车，心情也变得忧伤起来。她有些期盼着回到封家，又似乎害怕回去。

林雪落的车驶出福利院后，两辆黑色的牧马人一左一右尾随了上去。

后一辆牧马人里，严邦正坐在里面紧盯着前面的商务车，微微眯了眯眼。

这是他答应帮封立昕的忙之一，绑了林雪落，然后让封行朗去营救。

不过这些都只是铺垫，而封立昕真正请求严邦做的，就是将封行朗和林雪落锁在一起，让他们两人在最短的时间里生米煮成熟饭！

第六章
她的宿命

严邦盯着林雪落的那辆商务车看了一会儿后，才叮嘱手下："动作温柔点儿，车里面坐着的可是你们封二爷的女人！小心伺候着！"

随着严邦的命令下达，商务车左侧的牧马人方向盘猛地右打，一下子就横在了林雪落所坐的商务车跟前，封家的司机不得不急刹下来。

见横在前面的牧马人久久没有动静，司机便对后排的林雪落说道："太太，我下车去看看。您千万别下车。"

"你小心点儿。"林雪落意识到来者不善。

可当司机刚刚开启内车锁打开车门时，他便被冲过来的黑衣人一把拖拽而出。

"啊……"林雪落发出一声惊呼，本能地从手包里拿出手机报警，一条软毛巾随即捂住了林雪落的口鼻，一股幽幽的香气袭来，林雪落便陷入了昏睡中。一分钟后，她便被扛进了后面那辆牧马人。

严邦侧身瞄了一眼横躺在后排车座上的林雪落，刚毅的眉宇微微一蹙。这女人顶多只能算得上清秀，离倾国倾城还差很多，封行朗到底看上了她哪点？

"回去找你家封二爷，就说他的女人在我手上！我叫严邦！"严邦冷着一张招牌扑克脸对封家司机说道。

封家的司机被吓到了，连连点头，连滚带爬地钻上商务车，一路朝封家疾驰。

封行朗回到封家时，没能在客厅里看到乖乖恭候着他的林雪落，英挺的眉不由得一蹙。

“太太呢？”他不满地问了一句。

“太太跟袁小姐一起去了福利院，是小钱送她们过去的。”安婶接过封行朗脱下的西服和扯下的领带，并将拖鞋送至封行朗的脚边。

“又去福利院？”又是一声不满的哼声，为了这个女人，封行朗前后给福利院捐了好几百万，连他自己都觉得最近爱心爆棚，“打电话给小钱，让他把太太送回来！就现在！”

封行朗的话声未落，司机小钱跌跌撞撞地冲了进来。

“二少，不好了……太太她……她半路上被人给劫走了！”小钱惊魂未定地汇报道。他来封家的时间不长，不过干活开车很踏实稳重，不会说谎。

“什么？雪落被人劫走了？”封行朗一把揪过司机小钱的衣领，“什么人？”

“那人说他叫严邦！”司机小钱喘着粗气回答道。

“竟然是严邦那家伙？”封行朗怔了一下，松开小钱的衣领。

“二少，我们要不要报警啊？”小钱很自责。

“不用！这事我会处理，没你的事儿了。”封行朗疾步上楼，在医疗室里看了一眼还在休憩中的封立昕，跟金医师交代了几句后，才急匆匆离开封家。

林雪落醒来已经是半个小时之后的事，她发现自己躺在一张弹性极好的床上。

惊慌地坐起，她环视着四周。这是个空间不大的房间，里面的布置……竟然是粉红色调的？ 她检查了一下自己的身体，还好，衣服都好好地穿在身上，没有被坏人劫色。而且她的手包也在一旁，除了手机不在之外，其他东西一件没少，似乎也不像是被劫财。

林雪落朝房间的门跑过去，一拧把手，门竟然被她轻而易举地打开了。她随后冲了出去，却发现唯一的出路竟然被一道铁栏给堵住了。钢筋几乎有她的胳膊那么粗，任由她怎么晃都纹丝未动。

这是哪里？他们把自己关在这里想做什么？深深的恐惧袭来，林雪落扯着嗓子喊了两声："来人啊，放我出去……快放我出去。"

回应她的，只有她自己的回声。

此时监控室里，严邦正清楚地观察着这一切。

"严邦，你有病吧，你关着林雪落做什么？"火速赶过来的封行朗，猛拳朝严邦招呼过去。

严邦是天生的格斗好手，他还有一个外号：申城地下散打王。但他的脑子远不及封行朗好使，所以一般情况下他不跟封行朗玩阴谋诡计，只有跟封行朗硬碰硬，这样才会有胜算。

"我也是受人之托！"严邦体形魁梧，动作却相当灵活，避开了封行朗的攻击。

"谁？"封行朗厉声道。

"你大哥封立昕！他让我把你跟林雪落锁在一间房子里——造小人！"严邦没有对封行朗遮遮掩掩，直接把封立昕的嘱托说了出来。

封行朗气得一阵血气逆行，大哥竟然嘱托严邦这家伙做这种事？

"你这是要跟我哥一起疯吗？"封行朗冷声道。

"没办法，我一直觉得我亏欠了你哥，所以特别想为他做一些事来弥补。"严邦凝视着封行朗那张染怒的脸，"阿朗，我想你哥想做什么，你比我更清楚！"

封行朗的眼眸里瞬间堆满恨意："我哥要是真出了什么意外，谁都别想好过！至于伤害我哥的人，无论是谁，我都会让他付出代价！"

见封行朗带着满身的戾气离开，严邦又招呼一声："阿朗，别着急走啊！不想看看你女人是如何选择的吗？"

封行朗顿住步伐，回身看向监视屏，看到画面上出现了另外一个身影。即便这个男人戴着黑色的头套，从他的动作来看，封行朗还是一眼认出了那人是白默。

铁栅栏里的林雪落叫喊了一会儿，发现并没有任何人回应，于是停止了这种无用功，退身坐到沙发上，保持体力，静观其变。

大概三分钟后，头戴着黑色头套，只露出两只眼睛和嘴巴的白默出现在监控里。

林雪落看到有人来了，立刻又从沙发上奔过来，扑在铁栅栏上，朝着白默急声道："喂，你是什么人？快放我出去。"

"办完好事儿就会放你走的，不着急。"白默一边悠声回答，一边从口袋里拿出一部手机在她面前晃了晃。

"你们为什么抓我来这里？这是什么地方？你们究竟想干什么？"林雪落不安地追问道。

"因为你是封行朗的女人！我就看不惯封行朗那家伙偷偷摸摸藏着掖着！"

封行朗一声不吭就娶了个女人回去，连个招呼都没跟他打，还当不当他是好兄弟了？看这个叫林雪落的女人也不是什么国色天香，白默就更来气了。

"我不是封行朗的女人！我丈夫是封立昕！"林雪落纠正道。

"什……什么？你……你丈夫是封立昕？你确定？"这回轮到白默傻眼儿了。不对啊，这女人明明就是封行朗被他哥硬塞的女人，怎么反而成封立昕的老婆了？

"我当然确定啊！"对林雪落来说，这是毋庸置疑的事儿，"这位先生，麻烦您放我回去好不好？"

林雪落见白默还算好说话，他的声音听起来也不太凶狠，便放低姿态讨饶起来。

"咦……你怎么就成了封立昕的老婆呢？这不科学啊！"白默却有些困惑了，不过一想到封行朗那小子一肚子坏水，白默似乎又明白了什么，"嘿嘿，有点儿意思！"

见白默一边自言自语，一边很傻很天真地在笑，林雪落微微一怔。

这男人，脑子好像不怎么好使，他不会分不清封立昕和封行朗两兄弟吧？

“嫂子，我们先来做个选择题吧。”白默再次扬起手中的手机，朝林雪落走近一些。

“你一定认识封立昕吧？”林雪落突然问，因为她听到这个男人随口叫了她一声“嫂子”。

“不，我不认识！”怕东窗事发以后自己形象有损，白默立刻否认。

“可你刚刚叫我‘嫂子’了！你一定认识封立昕！”林雪落再次肯定，“既然你认识封立昕，那就赶紧放我回去吧！”

反正自己戴着头套她也认不出来，所以白默把心一横：“我不认识封立昕！就算我认识，也阻碍不了我绑架你！快做选择题吧，不然……不然我把你送去印度！”

林雪落慌了，毕竟她是个小女人，又身处如此陌生的环境，还要面对一个戴着头套，且说话前言不搭后语的男人。

“要我放你回去很简单，你选择一个人打电话，听好了，机会只有一次，让那个人带一个亿来赎你！切记，电话只能打一次！”白默开始了这个他自认为很有意思的游戏。

“我……我没那么值钱！”一个亿呢，就算她是金子做的，也不值这个价钱啊，谁会肯为她出一个亿的赎金？

“你没那么值钱？”白默笑得风姿绰约，“这可不一定！说不定在某人的心目中，你比一个亿还要值钱呢！快选择一个人打电话吧！记住了，机会只有一次！”

他很想知道这个女人会选择谁打这个求救电话，要是这个电话不是打给封行朗的，估计那家伙会气得上蹿下跳。

林雪落盯着白默手中的手机看了一眼，计上心来。于是，她乖巧地点了点头：“好，我就打一个电话！”

白默当然不会把电话给林雪落，他只是让她报出手机号码由他来拨打，他掌控着绝对主导权。

林雪落胡乱说了一个手机号码，然后朝着白默说道：“先生，麻烦你靠近点儿好吗？你离这么远我听不到！”

电话号码显然不是封行朗的，白默沾沾自喜起来，一会儿就会看到监控室的某人如何臭着一张脸了。自己的女人身陷囹圄，第一个电话竟然不是打给他……对于一个男人来说，这得是多大的羞辱！可当白默朝林雪落靠近时，林雪落却伸出手臂，迅速从他手上把手机抢了过去。

当时的白默几乎傻掉了！这个女人，也太有心机了吧？欺骗他不说，还抢了他的手机？

可监控室里的封行朗，嘴角却勾起一抹好看的弧度。他封行朗的女人，果然够机智。看着白默被林雪落戏弄了一回，封行朗脸上洋溢着骄傲的神色。

林雪落抢过白默手上的手机之后，立刻后退了几大步，一直退到白默的手臂够不着她的安全位置。

惊魂未定的她立刻按了“110”拨打了出去。

白默看到林雪落报了警，在理智回归的瞬间，立刻朝监控器挥手嚷道：“快！屏蔽信号！屏蔽信号！”

林雪落刚听到手机那头传出接警的女音，还没来得及说话，手机的信号便被屏蔽掉了，只听到掐断后的“嘟嘟”声。任由她再怎么继续拨打，已经拨不通了。

被林雪落摆了一道的白默现在真的很愤怒！他原本想戏弄一下林雪落和封行朗，却没想到被林雪落反将了一军！估计监控室里的某人一定笑得合不拢嘴吧？

沉重的铁栅栏门忽然被打开，进来的另外一个戴着头套的壮汉从林雪落手中夺下那个已打不出去的手机。当铁栅栏门打开的那一瞬间，林雪落已不再跟这帮人纠结手机的事儿。她看准时机，猫身躲开了壮汉，朝他身后开着的铁栅栏冲过去。

“啊……”还没冲出铁栅栏，林雪落便一声尖叫，吓出一身冷汗。

这什么东西？狮子？还是狗？

白默手中牵着的，是一只远看如狮，近看似狗，通身铁锈红，头大且方，浑身带了一种王者气质的动物。

这是狮头藏獒！

只看了一眼，林雪落的双脚就已经开始不听使唤地哆嗦起来。以这条狮头藏獒的咬合力，她那小胳膊小腿，只要“咔嚓”一声就完事了。

这条狮头藏獒叫“白小野”，是白默的心头肉。平时他出门都会带着白小野，没想到这回更是派上了大用场——用来吓唬封行朗的女人！

“嗷！”那只藏獒发出一声雄浑的低吼。

唯一的出路被那只庞大的狮头藏獒给堵住了，林雪落惊恐地往后退。

“知道害怕了？”白默倒是挺享受林雪落噤若寒蝉的样子，“我再给你最后一次机会，要是还敢戏弄我，你就当我家小野的晚餐好了！”

獒犬朝林雪落低声嘶吼着，时不时朝她做着飞扑上前的动作，林雪落已经后退到了沙发上，几乎无路可退。

“麻烦你……把它牵牢点儿。”林雪落吓得连说话都颤抖。

面对这样一个动物，任凭你口才再怎么好，思维再怎么敏捷，都无济于事，它是不会跟你谈人生讲道理的。最终，林雪落报出了封行朗的手机号码。

其实在白默给她第一次机会时，她第一时间想到的就是封行朗。这些日子，封立昕似乎病重得连医疗室都出不了，至于舅舅，他或许会报警，但要让他拿出一个亿来赎她，怕是不太可能。

林雪落不知道封行朗会不会拿出一个亿来赎她，也许不会吧，可她也只能找他了。

手机开的是免提，林雪落能听到，白默也能听到。

很显然，这是一个游戏，是封立昕提出，严邦来组织的，他白默只不过是个小小的执行者。至于封行朗，他虽然一开始不知情，但到了这个地步，估计他也会遵守这个游戏规则。

所以，在这个游戏中，唯一不知情的就是林雪落。因为她并不知道这是一场有计划、有预谋的游戏，所以她便成了唯一一个本色出演的人。

监控室里，封行朗接到了白默拨打过来的电话。对于林雪落选择了自己这件事，封行朗还是挺满意的，至少这个女人想到的是他。

“封行朗先生，你女人在我手里，我们需要一个亿的赎金，要不然，你女人就会沦为我家藏獒的美味晚餐。”电话拨过去后，白默吊儿郎当地说。

“我想，你应该没这么大的胆子。”封行朗声音沉稳，一点危机感都没有。

“封行朗，你少给我狂！不信是吗？小野，这个女人赏你了！”白默故意将手中的牵绳松动了一些，那只藏獒便朝林雪落扑过去。

“啊！”林雪落惊声尖叫，身体已经敏捷地爬上了沙发，连一双脚也盘坐在沙发靠背上面，“别过来！我不好吃的……一点儿都不好吃！”

林雪落的尖叫声传入封行朗耳中，他的心莫名一紧。虽然他知道白默是不会让小野真正咬到这个女人的，但还是不由自主地替她担心。

“小心我炖了它！”封行朗低吼一声，人已经冲出了监控室。

就在林雪落绝望地跟一只庞然如狮的藏獒对峙时，她又看到了封行朗——这个男人再次如神祇一般空降在她的面前！

“封行朗……封行朗……我在这儿！我在这儿！”

林雪落泣声喊着封行朗的名字，一颗担惊受怕的心在看到他出现的这一刻有了安全感。

她的意志力已经在这只獒犬的扑腾和沉沉的嚎叫声中消磨殆尽，眼看她快支撑不下去了，封行朗冲进了铁栅栏，林雪落疾呼：“别进来……小心这里有条大狗！”

这一刻，她希望封行朗进来，又不希望他进来。她希望他能分担她的恐惧，可她又不想让他跟自己一样陷入危险之中。即便封行朗再怎么强悍，也斗不过一头凶猛的野兽！

可封行朗还是义无反顾地冲进了铁栅栏门里，用自己的身体替林雪落挡住了藏獒。

似乎看到封行朗之后，这条獒犬变得更加兴奋，一个劲儿朝着封行朗嗷嗷直叫，一边叫，还一边用前腿去扑封行朗的身体。

“封行朗，小心！”看獒犬朝封行朗扑腾过去，林雪落不知道哪里来的胆子，竟然想冲上前来拉开封行朗。

或许是觉得林雪落想攻击封行朗，那只獒犬突然改向林雪落扑过去。

“No……No……Take it easy！（不……不……放松点！）”封行朗一把将莽撞的林雪落揽进自己怀里，然后探过一只手来轻轻拍了拍獒犬的头，并抚了几下它脖间的长长毛发。

“封行朗，你小心点儿，别去摸它，它会咬你的。”林雪落很担心封行朗徒手去摸那只藏獒会引起它的反扑。

可让她大为惊讶的是，不知道是这只藏獒听懂了英语，还是封行朗的人品好到连狗都跟他亲，这只藏獒不但没有咬他，而且还在他的手背上一个劲儿地蹭来蹭去，热情得好像封行朗是它的亲人一般！

林雪落看傻眼了，连害怕都忘了。

白默当然不会闲着，在封行朗和林雪落跟藏獒对峙的时候，他已经跟另外一个人悄然无声地退到了铁栅栏外，“呼”的一声，獒犬听到主人的口哨声后，立刻撒开四条腿奔了出去。

“哐啷”一声巨响，铁栅栏门再次关上。

封行朗冲到铁栅栏门边时，已经慢了一步。铁栅栏外，白默悠然地吹着口哨：“封行朗啊封行朗，没想到你也会有今天？”

白默笑得好不得意，要知道这些年来一直是封行朗变着花样地虐待他跟严邦，现在好不容易逮着机会虐一下封行朗，白默又怎么能错过？

“你小子不想死，就赶紧放我出去！”封行朗怒道。

“哈哈！”白默笑得花枝乱颤，“我偏偏不放你出来！你咬我啊？哈哈哈哈！”

封行朗脸色铁青，一副活生生要吃了白默的架势，可铁栅栏外的白默也不是被吓大的，不停地用言语挑衅着封行朗的忍耐力。

“封行朗，我还真没想到你跟这个女人是真爱，看到她身处险境，你想都没想就冲出来了，真是太稀奇了！”随后白默又哀其不争似的长长叹息，“唉……封行朗，你堕落了，世间美女千千万，你这是要在一棵树上吊死吗？”

“快放我出去！”封行朗没空跟白默扯这些没用的。

“哼，你让我放我就放啊？那也太没面子了吧！好好待着吧，我就不奉陪了！”白默悠然哼了一声，牵着白小野便想走。

可白小野似乎并不想走，一个劲儿地朝着铁栅栏里的封行朗嗷嗷直叫，有些舍不得。

“你这只蠢狗！舍不得他是不是？就知道你跟封行朗这家伙暧昧不清！可恶！”白默忍不住大骂他的心头肉。

其实封行朗去夜庄的次数也不是太频繁，这只叫白小野的藏獒跟他就是亲。用白默的话说，他家白小野跟封行朗一定有不可告人的“奸情”。

“……”林雪落无语了，白默竟然说他的狗跟封行朗暧昧不清？好奇怪的说法。不过，那只藏獒对封行朗真的挺有好感，难道强者之间会互相吸引？

白默将白小野连拖带拽地带走了，封行朗吼了几嗓子，在没有得到任何反馈之后，便退坐在沙发上。

他掏出手机想给自己的助手打电话，却发现这里面的信号又被白默给屏蔽掉了，骂了一声后，封行朗抽起了烟。

“封行朗，对不起啊……害你跟我一起被困在这里。”林雪落自责道。她很感激封行朗能来救她，但看到他因她被困在这里，又十分难受。

“不关你的事，他们想对付的人是我。”感觉到林雪落的自责，封行朗难得放软语气安慰她。

林雪落没再说话，安静地陪在封行朗身边。她环看四周，想寻找其他出路，可惜找不到。她本想问封行朗接下来他们该怎么办，可看到正烦闷着的男人，她还是选择了沉默。

趁着封行朗吸烟之际，林雪落沿着墙壁开始轻叩，希望能发现暗门之类的，哪怕是窗户也好。

“这是铁铸的，不会有其他出路，别白费精力了。”封行朗将指间的烟掐灭，随后侧身锐利地盯向铁栅栏外的监控器。

林雪落放弃寻找，默默回到沙发边，带着歉意看向封行朗。这一刻，她并不害怕，好像只要有封行朗陪在她身边，即便是身陷囹圄，她内心都会有一种莫名的安全感。但林雪落看得出，封行朗憎恶被困，就像猛兽被困进了铁笼中。她想安慰一下他，却不知道自己能说些什么。深深的歉意袭至心头，林雪落微微低下了头。

“要是我听你的话，每天乖乖待在封家就好了，他们也不会有机可乘。”彼此沉寂了一会儿，林雪落还是开口了。

封行朗抬眸，看着静静站在一旁的林雪落，薄唇微微勾起一抹弧度，温声说道：“老站着不累？坐过来吧。”

林雪落抿了抿唇，当然会累。

可这个铁铸的屋子，房间不像房间，牢笼不像牢笼，分成了内外两间。内间林雪落刚刚已经看到了，是粉红的色调，暧昧的气息咄咄逼人，而外间就只有一张不大的双人沙发，一张简易的茶几，还有一台壁挂式的液晶电视。沙发不大，封行朗高大的身躯已经占据了一半多，自己再坐过去……似乎就挤了。

“我……不累。”于是，林雪落便撒了小谎。

见林雪落拒绝，封行朗也没强迫她。冷静下来之后，他开始审查这个不像牢笼，又似牢笼的空间。

“封行朗，咱们得想个办法出去啊。这么晚了，我们都没回去，安婶和莫管家会着急的。你应该跟他们认识的……你就委屈点儿跟他们多说说好话，大丈夫能屈能伸，什么事儿都等咱们出去了再说。”林雪落善意地提醒封行朗。从刚刚白默和封行朗的对话中可以看出，他们似乎挺熟悉。

林雪落总觉得他们之间只是斗气而已，就连那只凶悍的藏獒对封行朗都是亲昵有加。现在她想起来，也许藏獒并不是对封行朗一见钟情，而是本来就认识他！

“什么，你让我去跟那小子低姿态？”封行朗嗤之以鼻。

“行朗，你也说这房子没有其他出路，他们耗得起，我们耗不起啊！再说了，你哥如果知道我们被困在这里，指不定多担心呢！”林雪落好言相劝。

一提及封立昕，封行朗的眼眸便深深地沉下去，他真的没想到大哥竟然能这么“算计”自己。他的子嗣，竟然要用上这种被逼无奈的手段给怀上？真亏大哥想得出来！

“你这么着急着想出去，是因为担心我哥？”封行朗的声音又冷了下来。

林雪落点了点头："立昕是我丈夫！我不想他为我担心。"微顿，林雪落又补充上一句，"其实你哥对我挺好的！我会照顾他一辈子。"

"你会照顾我哥一辈子？是吗？"封行朗的声音越来越冷，"你确信你能忠贞地守着我哥一辈子？难道你就没有对别的男人动过心？"

封行朗看向林雪落的目光犀利得像是能洞穿她的心思一样。那目光，轻轻拨动着她向往爱情的心弦。

林雪落连忙挪开自己的目光，不敢跟封行朗继续对视。说真的，这男人的目光杀伤力实在是太强了，稍稍不留神，就会沉溺其中，林雪落领教过他的厉害。

她深呼吸再深呼吸，然后回归于平静，至少表面上能做到冷静下来："我能做到。"

"说谎！你根本做不到！"封行朗冷嗤一声，"你还不够资格照顾我哥一辈子！"

"我这个妻子没资格，其他人就更没资格了！"说实在的，在这样的困局里，林雪落并不想跟这个男人顶撞，可这个男人的话实在是太气人了，老是一副看不起她的样子。

她的伶牙俐齿让封行朗很不舒服。尤其是她一而再强调她是大哥的"妻子"，就更加惹他生气了，可他偏偏又发作不得！

封行朗知道严邦和白默那两个家伙现在肯定守在监控室里，等着看他跟这个女人生米煮成熟饭。他们设了这个"陷阱"，也从侧面证明了大哥真的是对生活丧失了信心，亦丧失了勇气。可封立昕越是这样，封行朗就越是恨！恨当初伤害过他跟大哥的人！

其实封行朗也知道，就凭封一明的思维和手段，根本想不出如此心思缜密的计划。虽说他不满封老爷子的遗嘱，但也不至于对他和大哥灭口的地步，顶多就是使坏让大哥失去封氏集团的继承权而已。

如果真的是封一明下的毒手，那么他身后就一定会有主使！

又会是谁呢？

从封立昕一直维护最后打电话让他赶去地下车库救人的人来看，封行朗已经推测出那个打电话的人应该就是蓝悠悠。

他一直觉得，蓝悠悠出现在大哥的生命里并非偶然，而是一次精心策划。先让大哥对她情根深种，对她爱慕得死心塌地，得到了他所有的信任，然后再设计陷害他们兄弟俩。而现在，即便这个叫蓝悠悠的女人已经“死”去，可在大哥的心目中，依旧留下了不可磨灭的烙印。甚至是搭上自己的生命，大哥都要维护那个女人！这种飞蛾扑火的感情，封行朗真的理解不了！

无穷无尽的怒意袭来，封行朗语气也粗鲁起来：“林雪落，你过来！别逼我！”

又来了！这男人总是这样，他自己莫名烦躁起来的时候，就知道折腾她！

林雪落当然不会过去，她可不想送上门让这个男人轻薄自己。

可男人的愤怒显而易见地写在脸上，考虑到他是因为救自己才被困在这里出不去的，林雪落有些于心不忍，于是，她快步走进里间的小卧室，从大床上捞起一个枕头走了出来。

在离沙发上的封行朗足有一米的时候，林雪落将枕头丢给了他：“你，你还是抱着这个吧！”

封行朗看着被林雪落丢进自己怀里的枕头，英挺的眉宇深深蹙起。这女人总是这样，每次他想亲近她，她都会如此叛逆！可她知不知道，这样的叛逆只会增加他想征服她的欲望！

“林雪落，你不想出去了是吗？”封行朗将他的一双腿搁在茶几上，目光泛着寒意。

“我当然想出去……你，想到办法了？”林雪落试探道。

虽说这个男人是个很危险的人物，可眼前的局面容不得她多想，毕竟自己跟这个男人还算是亲人，依靠他，现在是她唯一的出路。

“如果你乖点儿，我就能早点儿想出来！但如果你不乖……恐怕三天五天、十天半个月想不出来也说不定！”封行朗挪动了一个更为舒服的姿势躺在沙发上。

他看起来很放松，因为知道在他跟林雪落没有生出孩子之前，封立昕的生命是安全的。

“封行朗，你别闹了好不好？如果你想到了办法，就赶紧说，你大哥还等着咱们回去呢！他身体不好，万一听到我们被困的消息后有个什么意外，我们又不在他身边，怎么办？”林雪落的每句话，都在关心封立昕的安危。

封行朗心中涌起一丝涩意，大哥有人关心当然是好的，可这个女人偏偏是自己的妻子……

这一刻，封行朗才意识到自己当初以大哥的名义征婚，是一种作茧自缚的行为。无论眼前这个叫林雪落的女人是伪装忠贞的也好，还是真的想委曲求全于道德的束缚，好像折腾来折腾去，他也被纠缠在其中了！

如果现在告诉她：林雪落，你个很傻很天真的白痴女人，其实你嫁的人不是封立昕，而是活生生坐在你面前的我……这个女人能信吗？

那岂不意味着自己之前的所作所为是自寻烦恼？

看着眼前这个傻乎乎的女人，封行朗真想生吞活剥了她。

见男人莫名其妙地再次动怒，林雪落又沉默了，她不想继续激怒封行朗，这么做根本解决不了问题。

林雪落走到铁栅栏门前，探着头四下打量起来。空荡荡的走廊里，没有任何动静。

不会把她跟封行朗锁在里面就不闻不问了吧？她寻思起刚刚那个牵藏獒的男人说过要让封行朗拿出一个亿的赎金来赎她，然后封行朗就出现了……

似乎封行朗的出现太快了点儿？但小钱赶回去早就通知了封行朗的话，时间上也说得过去……一个亿的赎金，想想都知道这个男人应该不肯替自己出的。不过他能赶过来救自己，也已经足够她感激了。

“喂……放我们出去，你们这是非法拘禁！”随着时间的推移，林雪落越发着急起来。她担心莫管家和安婶等不到她跟封行朗回家，便会去告诉封立昕。封立昕现在的身体状况肯定承受不了这样的消息。

但她根本就不会想到，这一切都是封立昕策划的，他最终的目的竟然是要她和封行朗一起孕育封家的子嗣。如果她知道事情的真相，一定会被气疯掉的！

看着女人傻傻地对着摄像头叫嚷，封行朗阻止她："行了，别喊了！这帮家伙都是没人性的东西。"

监控室里，白默优雅地坐在布艺沙发上，摇曳着手中的红酒杯，紧盯着显示器。听到封行朗说的话，白默不满地哼了一声："邦哥，封行朗在骂我们俩呢！"

"难道他骂得不对吗？我们把他和他的女人关在这笼子里……的确挺没人性的！"严邦倒是没有否认。

白默沉寂片刻，突然咧嘴一笑，笑得阴森森的："邦哥，要不我们索性就再没人性一些，给他们加点料吧！"

"加料？什么意思？"严邦拧眉问。

白默笑而不语。

外间，封行朗一边把玩着手上的手机，一边朝着摄像头看过来，一张俊逸的脸庞上压制着怒意。因为信号被屏蔽了，所以他的手机是打不出去的，可突然，他的手机响了一下，是一条短信。

封行朗没有去看那条短信，而是飞快拨打了严邦的手机，通是通了，严邦却没有接。大概半分钟之后，信号再一次被屏蔽掉，封行朗的手机传来周而复始的"嘟嘟"声。

林雪落听到短信铃声，立刻欣喜地说："有信号了？好像是条短信！"

封行朗对着摄像头骂了一声，无奈地低头查看，是一条严邦发来的信息。

"朗，这几天，你就安安心心在这里跟这个女人共度春宵吧！我相信你哥的眼光！"

"是什么信息？他们又开口问你要赎金吗？"林雪落也凑近过来看信息。

"嗯。"封行朗淡漠地应了一声，动作敏捷地在林雪落的头凑近过来的那一瞬间把这条短信给删除了。至于为什么要删除这条短信，他也解释不清楚。

而林雪落就只看到“朗，这几天”这几个字，后面的根本就没来得及看。

“删了干吗啊？应该是你女朋友吧，她很喜欢叫你‘朗’？挺亲切的！”林雪落的第一反应就是这个称呼封行朗为“朗”的人一定是个女人，而且跟封行朗的关系还非同一般。

“怎么，你吃醋了？”封行朗忽然笑了，“如果你喜欢，你也可以这么叫我。”

让她叫他“朗”？林雪落还真的叫不出口。

“行朗，别闹了，你快想想办法出去吧。你哥还等着咱们回家呢！”林雪落实在没心情跟封行朗在这里耍嘴皮子。发短信的人究竟是不是他女朋友，似乎跟她也没什么关系。至于吃醋？她怎么会吃他的醋！

林雪落越是这么说，封行朗就越发不着急出去了，他索性躺回沙发上，挪了一个更为舒服的姿势，闭目假寐。

这男人竟然睡下了？这种情况下他竟然也能睡？林雪落彻底没辙了。算了，他不想办法，那就自己来想。林雪落又沿着四壁走了一圈，再次返回里间的房间里。

里面除了一张温馨的豪华大床之外，还有一个淋浴间。生活日用品一应俱全，而且还都挺奢侈的。在里间，林雪落发现了一个通风口，只不过通风口处，依旧有防盗网。

她站到床上跳了几下，发现自己根本就触摸不到上面通风口处的防盗网。

突然间，林雪落听到外间传来一阵异样的声响，她连忙走出里间查看情况。

不看还好，一看……她的整张脸羞得红霞漫天飞，沙发前的超大液晶电视里正播放着一部激烈的“爱情片”。

林雪落忍不住用双手捂住了自己的眼睛。

“你……你放这东西干什么？赶紧关……关了吧！”林雪落说道。

一定是白默那个没人性的家伙！竟然播放这种东西来刺激他？

封行朗从沙发上一跃而起，朝正寻找着遥控器的林雪落走了过来。

林雪落慌张地往后倒退着："封……封行朗，你……你想干什么？"

男人突然走近，让林雪落本能地惊慌失措。她后退再后退，一下子退到了液晶电视前，没了退路。

封行朗的步步逼近，让林雪落又惊慌又无措，她的脸像熟透了的红苹果，分外楚楚动人。

封行朗的喉结动了几下，他是个正常的成年男人，难免不受这气氛的刺激，血气在他体内上涌着。

"封……封行朗，你不能这样。"林雪落惊慌地后仰着身体。

"不能怎样？林雪落……你贴得这么近，居然还叫我不能这样？"男人打量了她一圈。

"封行朗，你无耻！"当林雪落意识到封行朗这不怀好意的话时，连忙用双手环住了自己。

"借过，你挡到我关电视了！"封行朗戏弄够了，忽然站直身子，冷不丁地说了一句，"还是你舍不得把电视给关了？"

原来他只是想关了电视？林雪落的脸再次红了，这次是尴尬的，她连忙给封行朗让出一条路来。

没有可供插拔的电源插线板，无奈之下，封行朗只得将电源线从墙壁里粗暴地扯出来，一时火花四溅。

房间里的灯忽闪了两下，随后便陷入了一片漆黑之中。突然的黑暗，让林雪落本能地朝封行朗身边偎过去。

"你投怀的方式，我挺喜欢！"一只大手顺势勾在了林雪落的腰际。

"封行朗，你乘人之危！"林雪落大力扯开男人的手，并将他推离开来。

意外的是，封行朗并没有继续来抱她，林雪落听到了他离开的脚步声，可他一离开，她又有些害怕了。

"封行朗，你要去哪里啊？"林雪落有些焦急地问。

"去睡觉。"黑暗中，封行朗声音慵懒地应了一句，便健步朝里间走了过去。

不用猜，里间一定有一张超奢华的大床。既然是严邦协助大哥将他和林雪落锁在一间房子里，那床这个道具自然是必不可少的，而且质量应该也很不错。

漆黑中，林雪落听到了男人走进里间的声音，然后是他脱了鞋子躺上床的声音，再然后就没有声音了。

这样的环境他也睡得下来？

在黑暗中静站了几秒钟，莫名的恐惧涌上心头，四周漆黑得伸手不见五指，万一突然出现一个人她该怎么办？林雪落又想到了那只头大如狮子的藏獒，估计一口就能把她的手臂给咬断。越是这么想，她就越发心惊胆战。

她在黑暗中下意识摸索，想跟里间的封行朗离得更近一些。万一有个什么意外状况，他也好帮到自己。

林雪落在黑暗中的方向感远没有封行朗好，“砰”的一声，她一不小心就撞在里间的木门上，脑中一阵嗡嗡作响。

床上的男人微微侧身，他已经嗅到了林雪落的味道离他越来越近。黑暗中，他薄唇上扬，早预料到她肯定不敢一个人坐在外间的沙发上。

再走几步之后，林雪落的膝盖撞在了床沿上，一个重心不稳，她扑在了床上。不过还好，撞上个软和的东西，并没有磕到。

“呃……”漆黑一片中，封行朗闷哼了一声。

她撞到他了？想知道撞到了他哪里，林雪落下意识地摸索，结果下一秒她“嗖”一下收回了手。

“对……对不起。你，你没事儿吧？”林雪落的脸有些发烫。

“有事！”封行朗低吼。

“封行朗，你少讹人！”这男人也太能装了吧？不过轻轻撞了一下，能有多痛？

“你怎么知道我不疼？”男人的声音开始轻浮。

林雪落最害怕听到封行朗这样的腔调，闭嘴不再搭话。突然间，封行朗问道：“林雪落，你会喊吗？”

“喊？喊什么？”林雪落微微一怔，“是喊救命吗？”

黑暗中，封行朗俊眉微蹙，这个女人蠢得就像一张白纸，借着黑暗做掩饰，封行朗一个迅猛的动作，抓住了她的左手。

“啊！”林雪落如惊弓之鸟一般尖叫。

“对，就这样！”封行朗用实践的方式启示了林雪落。

她这才意识到这个男人又在戏弄自己，他知不知道“羞耻”二字怎么写？

林雪落连忙缩回自己的手，尖叫声也随之停止，她默默从床沿挪下，坐在了一旁的地毯上。

“怎么不叫了？”封行朗问。

“叫你个头！封行朗，都什么时候你还玩？也不想想办法出去！”

林雪落一心想着如何才能走出这个困局。如果今晚走不出去，她和这男人岂不是要共处一室一整晚？想想她就觉得后背发凉。

感觉到女人已经下床，封行朗提声问：“你真想出去吗？”

“当然想出去了！难道你不想吗？”林雪落不解。

“那如果我告诉你，我们唯一能走出去的方法，就是现在马上洞房，你还会想出去吗？”

封行朗玩味地反问。他倒是想看看在所谓的贞洁和出逃之间，这个女人会做什么样的选择。

林雪落一怔，随后便气愤道：“封行朗，你以为我会相信你的话？你想轻薄我，也用不着使上这么低俗的借口吧？”

床上的男人哼了一声：“你别这么激动，其实我也不是很想！”

“那就谢谢了！”林雪落没好气地说。

不过，她没有再得到封行朗的回应。

此时封行朗在想，白默那些下三烂的手段和招数不知道还有多少，这回落在他手里，估计有点悬了。不过真要和这个女人生个孩子出来吗？封行朗似乎暂时并没有这方面的意向。大哥的仇迫在眉睫，他现在可没空考虑后代的事。不过……这不代表不能让眼前这个女人盖上属于他封行朗的标记。

见封行朗不再说话，林雪落便闷不吭声地坐在地毯上，不知是因为屋子里散发的悠悠玫瑰香闻着让人安心，还是因为有封行朗陪伴，林雪落倒是没有了恐惧，只是依旧有些忧郁。

她担心的事很多，封行朗现在是封家的顶梁柱，可他跟着自己一起被困在这里，万一封一明又带人去封家闹事，安婶和莫管家阻拦得住吗？还有，她跟封行朗久不归家，安婶和莫管家一定也会很着急……黑暗中，林雪落发出轻叹声。

“这里终年透不进阳光，保不准地板上会有什么蟑螂老鼠爬来爬去哦……”封行朗故意吓唬林雪落，目的是想让她到床上来。

“啊……这里真的会有老鼠吗？”林雪落果然上当，以迅雷不及掩耳的速度爬上了床，在这一片漆黑之中，如果还有老鼠和蟑螂的存在那就更加恐怖了。

见女人主动爬上床，封行朗长臂一勾，林雪落便滚进了他的怀里。

“睡吧，别折腾了。”封行朗的声音从耳边传来，温热的气息弄得她的耳朵有些痒。现在究竟是谁在折腾谁？

“封行朗，你，你别抱着我好吗？”林雪落恐惧黑暗，但她更恐惧和封行朗如此亲密。

“你要知道，如果我真要怎么样你是轻而易举的，你反抗不了，更逃不了……所以，乖乖别动。”

“封行朗，你别闹了，我知道你脑子好使，快想想办法出去吧。”林雪落转移着话题和他的注意力，微微躬起身体，想避开男人那只作恶多端的手。

“让你别乱动，怎么总是不听话！”封行朗嗅着林雪落发际的淡淡花香，收紧臂膀。

一味反抗和争吵，也解决不了他们面临的困局，林雪落决定另想他法，询问道：“封行朗，要是你先答应会付一个亿的赎金，等我们逃出这里后再追回赎金，行得通吗？”

“那你觉得……你在我心目中值一个亿吗？”黑暗中，男人的嘴角勾起一抹弧度。

林雪落神情黯然，忽然有些委屈：“我知道你瞧不起我，认为我嫁给你哥就是图你们封家的钱！所以，你从来都不尊重我，觉得像我这样一个拜金的女人根本就不值得你尊重，对吧？”

“那你来封家应婚，该不会是看上我哥那张被大火烧得面目全非的脸吧？”封行朗反问，语气忍不住带了一丝嘲讽。

林雪落抿唇，良久，她才赌气一般说：“我没那么高尚……但封行朗，我不奢望你会尊重我！或许从一开始你就从没有把我当嫂子看待过！但我还是想提醒你，你不能如此肆无忌惮地对我！即便我不为我自己，也会为了你大哥捍卫自己的清白！希望你能尊重你大哥！”

黑暗中，男人突然笑出了声。一个翻身，他将林雪落压在了身下。

“我倒是挺想看看，你要怎么个捍卫法？”

他再次吻了她，动作激烈而粗暴。

兔子急了也会咬人，这一次，林雪落没打算让他得逞，于是，她张嘴就朝封行朗咬过去。

封行朗疼得松开了她，得以自由的林雪落连忙往床边退去，因为退得太急，她直接从床上又滚回了地毯上。

还好地毯够厚，她摔得并不是很疼，她坐起来，小声喘息着。

封行朗无奈地叹了口气，探手过来想将地毯上摔疼的林雪落捞上床，可林雪落并不想再次跟他同睡在一起：“封行朗，床给你，我去睡外间的沙发。”

“先回答我一个问题。林雪落，你不肯做我的女人，是因为道德的束缚，还是因为……我对你的吸引力还不够？”

林雪落微微一怔，没想到封行朗竟然还会反思，也知道他这样对她是不道德的。可他这么问是什么意思？如果自己承认是因为道德的束缚，那岂不是承认他对自己很有吸引力？

“当然……是你的吸引力不够！我喜欢像方亦言那样的男人，阳光开朗，明媚得像晨曦！”

“方亦言是谁？”封行朗的声音骤然变冷。

“我的初恋男友啊！”林雪落感觉到了男人的怒意，故意回答得轻松愉悦。

“别忘了你现在可是封太太！忘了他！跟他断干净点儿！”封行朗是真生气了。

“作为封太太，我会跟他了断干净的！但我心里有没有他，能不能把他忘了，那你可管不着！”林雪落反驳。

“林雪落，你找揍吗？我让你忘了他，你就必须把他忘得一干二净！如果你还敢想着他，我会先废了他，然后再废了你！”封行朗愤怒地咆哮，“滚出去！”

林雪落连忙站起来，摸索着朝外间走去。

方亦言确有其人，只不过并不是林雪落描绘的那样，只有林雪落知道，这后面的话是她对那个叫封行朗的男人的期盼。她希望封行朗能开心起来，幸福起来，心境能像晨曦一样明媚，不再压抑自己，不再阴霾，不再扭曲。可是，这个男人永远不会明白她的心。

坐在外间的沙发上，林雪落鼻子有些泛酸，也许在封行朗的心目中，她更加不堪了吧。然而只有这样才能让她摆脱封行朗的纠缠，她只能这么做。封行朗对她的吸引，就像缠绕在心间的黑色曼陀罗，花香清淡幽雅，但闻久了便会让人产生幻觉，热烈而又致命。

可是，他们之间注定没有可能。

林雪落带着强烈的饥饿感醒来的时候，已经是第二天清晨。

她发现自己睡在里面的大床上，而且身上还盖着薄毯。

她昨晚不是睡在外间沙发上的吗？怎么睡回床上来了？下意识地，林雪落检查了一遍自己的身体，还好，衣服虽说不整，但至少还体面地穿在身上。

淋浴间里传出了淅淅沥沥的水流声，应该是那个男人在冲凉。

一个晚上过去了，也不知道封家那边怎么样了。安婶和莫管家知道他们没回去，一定会去通知封立昕，他身体又不好……担忧袭来，林雪落轻叹一声爬了起来。

此时封行朗从淋浴房里走了出来，他只在腰际裹了一条浴巾，那流畅的肌肉线条令林雪落不禁感叹：秀色可餐，原来同样适合于男人。

林雪落的脸好似被烫了一下，目光闪烁着挪开，不敢继续多看。

封行朗瞄了她一眼，似乎并不想开口跟她说话，那眼眸中沉寂的深邃，让她有些捉摸不透。

昨晚他还吻了她，可一早他却如此冷漠。

外间的铁栅栏门还是紧锁着，沙发上的封行朗把玩着手中的打火机，一双眼睛盯着铁栅栏外的监控器，似乎在酝酿着什么。

茶几上摆放着丰盛的早餐，有意式烩面，有清淡的小米粥，还有一些品相极好的糕点。

监控室里，哈欠连天的白默被浓浓的困意席卷着，却依旧紧紧盯着显示器。

严邦走了进来，看到正打着哈欠的白默，调侃一声："你这也太敬业了吧？他们进展得如何了？"

"什么进展都没有！真怀疑封行朗那家伙是不是真看上我家小野了！温香软玉抱在怀里啊，他竟然还能睡着觉？"白默把封行朗抨击得体无完肤。

"那你还监听了一晚上？也真够为难你的。"严邦调侃一声。

"嘿嘿……不过马上就会有动静了！就那药量……"白默笑得贼兮兮的，怎么看怎么居心叵测。

"药量？什么药量？"严邦眉头微蹙，他深知白默是个极不上路子的人，什么手段都能使出来。

"你放一百个心，那些好东西对人体无害，哈哈哈……"白默笑得阴险，可他偏偏长了一副不食人间烟火的美公子模样，那笑容看起来也人畜无害。

"什么？你给封行朗加药了？那些饭菜里？"严邦眉头直皱，"你这么做，会越了他的底线的！你明知道他最近情绪无常。"

"放心吧，出了事儿我白默一个人担着。"白默不以为然。

闻到食物的香气，林雪落从房间里走了出来。

她看到了茶几上摆放的丰盛早餐。昨天从福利院出来后，她就一直没吃东西，饿得都快前胸贴后背了。面对丰盛的美食，林雪落没了抵抗力。

“这些东西……能吃吗？”林雪落询问封行朗。

封行朗抬眸睨向饿得轻飘飘似的林雪落，微微颔首：“能吃。”

林雪落在得到封行朗的肯定回答之后，端起那碗小米粥喝了起来。她真的饿坏了，喝得有点急，比平时安静的样子多了一丝俏皮。

封行朗看着贪吃的女人，目光放柔了一些，说：“吃饱后，去洗手间找条湿毛巾捂住自己的口鼻。”

“你是想到逃出去的办法了吗？”一碗粥，林雪落已经喝下大半，肚子不饿了，人也变得活力起来。

“嗯。一会儿我会烧了这里。”封行朗一边应着林雪落的问话，一边把玩着手里的打火机。

封行朗可以肯定，如果自己放火烧了里间的床铺，白默和严邦他们一定会打开铁栅栏。

用这种方式来逃生，很疯狂，但管用。

昨天他没有行动，是因为看怀里的女人实在是太困了，所以才等到今天。

“万一……万一他们不开门，那我们岂不是会……”林雪落担忧道。

“那你的意思是，决定留在这里过年？”封行朗反问。

林雪落瞪了他一眼，好好说话不行吗？非得把话说得这么刻薄难听：“那等我喝完粥总行吧？”

睨了一眼喝粥的林雪落，封行朗总觉得她的脸似乎比刚刚起床时红润了许多，看起来更加娇艳欲滴，可那是一种病态的潮红。

“别喝了！”封行朗突然厉斥一声。

林雪落吓了一跳，碗里的最后一口粥也刚好被她喝进嘴巴里，一时间咽也不是，不咽也不是。

“咕嘟”一声，最终林雪落还是吞了下去。

她不明白封行朗为什么突然呵斥她让她别喝了，是嫌弃她喝得太慢了吗？

“吃饱了，可以跑得更快一些。”她无辜道。

封行朗的眉头却紧锁起来，原本他以为白默他们不可能对他和林雪落的饭菜动手脚，所以便任由林雪落喝了粥。可在看到女人的脸色越喝越红时，他才突然意识到，白默他们也许不会下毒药，但下别的药可就说不定了。

而女人此时此刻脸上的不自然红霞，正好说明了这一点。

喝完粥后，林雪落便顺从封行朗的安排，从里间的淋浴房里取出两条湿毛巾，一条留给自己，一条递给了封行朗："你小心点儿，别烫到你自己。"

在将毛巾递送过去的一瞬间，林雪落触碰到了封行朗的手臂，便如电击一般突然弹开了。

她这是怎么了，只是跟这个男人碰了下手而已，怎么会反应这么大？

紧随其后，林雪落的呼吸变得急促起来，全身像被丢进了高温燃烧中的火炉似的，热得她连呼吸都喘不过来。封行朗还没有点火呢，她怎么就热成这样了？

"封……封行朗……我好热。"林雪落用湿毛巾擦拭着自己烫人的脸颊，"那粥里，会不会加了什么毒药啊？"她的第一反应就是自己刚刚喝下去的那碗粥里被人加了什么不干净的东西。那是一种异样到无法自控的感觉，热气游在身体的四肢百骸之中，每一个细胞都在叫嚣它们好热，它们想挣脱这种束缚，想自由地在空中飞翔，不再受束缚。

"白痴女人，别再发疯了！"封行朗厉吼一声，上前一步打开了女人的手。

一阵恍惚之后，林雪落低下头发出一声惊恐的尖叫，惊慌失措地裹好了自己的衬衣。

"封行朗，我……我这是怎么了？我好像……好像生病了……我好热。"林雪落断断续续地说着话，思维开始不清晰。她像进入了一个童话世界中，只有她和她的王子，王子牵着她的手，深情地对她说：

"如果有一天，我化作了一抔黄土，这黄土上长出的青草也是为你而绿，开出的鲜花也是为你而艳。

"如果有一天，我化作了一溪清泉，这清泉里翩跹游摆的鱼儿也是为你而舞，那叮咚的泉响也是为你而唱。

“请允许我，允许我说我爱你！”

这些话，都是林雪落从散文诗集上摘录下来的，早已经烂熟于心。那是她对爱情的向往，对爱情的希冀。

她猛地抓住了封行朗的手，说：“封行朗，你刚刚说什么？你再说一遍好不好？”

封行朗垂眸看了女人一眼，她整个人已经恍恍惚惚的，看起来着实“病”得不轻。

“要实在忍不住，去洗手间用冷水把自己的脸冲一下！别再说胡话了！”看了看被女人都喝光的粥碗，封行朗蹙起了眉头。白默那臭小子，皮又痒了吗？封行朗狠狠地往摄像头盯去。

“封行朗，我听到了，你刚刚明明有说‘你爱我’的！”林雪落执着地握住封行朗的手，“再说一遍‘你爱我’，好不好？”

“疯女人！你冷静点儿！”封行朗一把将林雪落推搡开来。

林雪落一个重心不稳，朝墙壁上磕了过去……

封行朗担心林雪落真的被撞到，又伸长手臂去捞回她。

林雪落这辈子都无法想象，自己竟然会主动去吻封行朗。她生涩而急切地想给予他自己的全部。那完全不能算是一个吻，更像顽童在品尝她所钟爱的糖果。

封行朗不想乘人之危，可是在林雪落无意识地挑逗下，他加深了这个吻。

“封行朗……快离开这里吧！我真的好难受！”林雪落低低抽泣着，完全无法控制住自己。

“我们马上就能出去了！再忍一会儿！”长臂一勾，封行朗便将女人拥在了怀中。

里间没有了摄像头的追踪，无论是严邦还是白默，都明白不能侵犯封行朗的隐私。但这并不妨碍白默打探情况，在里间的地毯某处，他安上了一个拇指大的监听器，声音足够清晰。

“林雪落，你知道自己在做什么吗？”在这样动情的情况下，封行朗却将怀里黏着的女人推离自己。

被推离的女人立刻又黏了上来，无疑，封行朗的怀抱能让她安心，而且还能减轻她的难受。

耳际响起了林雪落昨晚的话：“我喜欢像方亦言那样的男人，阳光开朗，明媚得像晨曦！”封行朗再一次将她推离自己。

林雪落发出一声不满的轻哼，扭动着不安的身子再次朝封行朗贴了过去。

这一刻她的行为已经不受大脑支配了，她哪里会知道这一刻的她，是多么动人。

封行朗托起林雪落的下巴，让她那张红得几乎能滴出血来的脸正视着他的眼，他禁锢着她，让她无法回避他炙热的目光。

“林雪落，你看清楚了，我是谁？”声音发自喉咙深处，带着些许压抑。

“你是封……封……”林雪落深深凝视着眼前的男人，一张俊美的脸还是那么冷冰冰的，他从来没有瞧得起她过，总是拉长一张臭脸。

“你是封行朗……我认得你。”林雪落突然就笑了。她再也不用经过大脑判断，想怎么说就怎么说。

“你现在很不正常，知道自己在做什么吗？”封行朗提醒着林雪落，他要她看清楚他的脸。

“封行朗……我……我想和你在一起！就现在……好不好？”林雪落必须仰着头才能看清封行朗那张英俊的脸，这张脸已经记不清有多少个夜晚曾出现在她的梦境里了。

她抬起的手颤抖着，但她还是勇敢地抚上了他的脸，喃喃自语：“封行朗，是你吗？”

如此羞于启齿的话，竟然从自己的齿间溢出。

她一定是在做梦！

这是林雪落做过的最大胆的梦。

男人的嘴角勾起一抹好看的弧度，接着他的唇像羽毛般滑过她的脸颊、她的耳郭、她的颈脖。

“行，都给你，来拿！”

监控室里，白默笑得直乱颤：“邦哥，怎么样，还是我的方法行之有效吧。‘都给你，来拿’哈哈哈，煽情得牙都酸了！”

可严邦似乎陷入沉寂中，他微合着眼眸，有些担忧。

晨曦，从通风口透了进来，似乎有些晃眼，风吹动起暖色的窗帘，好像少女正舞动着的裙摆。

封行朗向来不温情，可这一回少有地耐心。

无论他跟她之间有没有结果，残酷的也好，凄凉的也罢，他只想尽量让她留下一个美好的回忆。

所以，每当林雪落回想起这一刻的点点滴滴时，她都不曾有一丝一毫后悔。

这一刻，她终于成为封行朗的女人。

疾驰的法拉利里，林雪落面无表情地看着车窗外瞬息万变的景致。她不知道那些绑匪怎么就打开了铁栅栏门还了她跟封行朗自由，她也不想知道了。

她的心很乱，乱到不知道从何整理。

忽然，路过一家药店时，她急促地喊道：“停……停车！快停车！”

黑色的法拉利在药店门口停了下来，招风的跑车格外惹眼。

林雪落拿上手包，趺趺撞撞地从跑车里钻了出来，然后便朝药店奔了过去。

她不后悔刚刚发生的一切，只是不后悔并不代表这不是一个错误！这是一个美丽的错误，一个让她终生难忘的错误。

既然做错了，就得纠正自己的错误行为，她买这盒药，正是为了纠正这个错误。

上车之后，封行朗便看到了林雪落手中紧握的药，他睨了她一眼，沉声问：“不想给我生孩子？”

他握在方向盘上的手，因为太过用力而关节泛白。

封行朗的话沉甸甸地砸向林雪落的心间，令她有一瞬间的疼痛，但疼痛过后，她恢复了冷静和理智。

“你觉得我合适给你生孩子吗？”林雪落不答反问。

封行朗沉寂了几秒，扯了扯嘴角，冷哼：“你的确不合适！”

回到封家，等林雪落从车里钻出去之后，封行朗一个利落的倒车，跑车再次冲了出去，瞬间便消失在林雪落的视线之外。

她默默看着绝尘而去的男人，心间五味杂陈。

林雪落静静地站在院落里，不知道要以什么样的心情去面对自己的“丈夫”封立昕。

“太太，您怎么这么快就回来了？”安婶听到跑车的引擎声，兴冲冲地迎了出来，“二少爷呢？怎么又走了？这孩子也不进屋坐会儿，我刚给他熬好了牛尾汤，喝完再走也好啊！”

让林雪落意外的是，安婶并没有追问她这一天一晚去了哪里，反而兴致勃勃的，像是遇到天大的喜事一样。更诡异的是，安婶还时不时地看着她的肚子。

“太太， 这是松茸鸡汤，可补了，你这么瘦，每天都得喝上两碗才行。”安婶得知封行朗和林雪落已经发生了关系，不仅准备了封行朗的滋补汤，也准备了林雪落的。

“安婶，我……我不饿。我……我回房休息去了。”林雪落实在喝不下那些汤汤水水，拿过一瓶矿泉水，便匆匆忙忙逃回了自己的房间。

楼下的客房，林雪落盯着手中的矿泉水瓶出神。千躲万躲，她最终还是没能躲过。深深的自责，以及道德上的重重压迫，令林雪落赶紧从手包里翻出那盒药，抠出一粒送进嘴巴里，就着矿泉水吞咽了下去。

“太太，这松茸鸡汤一定要趁热喝，凉了就不好喝了。”安婶还是端着鸡汤追进了房间里来。

林雪落一慌，手忙脚乱地将那药盒塞进抽屉里。

“安婶，你放着吧，一会儿我喝完自己把碗拿出去。”林雪落知道如果自己不喝，安婶不会放弃。

“哦，好。”安婶放下鸡汤碗，目光却一直盯在抽屉处。她并没有看清林雪落藏的什么，但安婶总觉得有些不安，因为林雪落的神情实在太慌张了。

于是，趁着林雪落进去沐浴，安婶打开了那个抽屉。当她看到那盒已经被吃过的避孕药时，懊恼得直拍打自己的脑门儿！早知道刚刚她就追进房来，说什么也不会让太太吃这药的。

懊恼之后，安婶没收掉了药盒，并丢进了院落外的垃圾桶里。

既然雪落太太和二少爷已经迈出这最后一步，那还怕今后没有机会？来日方长。

林雪落将自己的身体洗了一遍又一遍，就像在赎罪。

可即便身体能洗干净，那灵魂呢？灵魂又如何能够洗得干净呢！她深知自己再也不能保持一颗平静的心去面对封立昕了。但是，无法平静也要平静，她要趁自己还没有无药可救，去求得封立昕的原谅。

林雪落穿着整齐地出现在封家的客厅里，在看到莫管家时，她还是心虚地咬住了唇。

“莫管家，我想看看立昕……他还好吗？”林雪落声音很低，难掩心头的愧疚。

“大少爷挺好的，金医师刚给大少爷做了全身检查。太太，您回房看看书，休息休息，别累着自己。”莫管家还是和蔼可亲，但只字未提让林雪落进去的事。

“莫管家，让我见见立昕吧，求你了……”

莫管家看着林雪落真诚的双眸，似乎有些明白她言语中为什么会深带愧疚之意。

“太太，别想太多。您的善良和真诚，总有一天会感动二少爷的。”莫管家忍不住安慰林雪落。

林雪落听了大为慌乱：“莫管家，你胡说什么啊？我可是立昕的妻子！”

莫管家只是无奈地笑了笑，随后又摇头叹息着离开了。

林雪落怔在原地，觉得封家的人一个个都怪怪的。不说封立昕和封行朗，就说莫管家，一直以来，她认为莫管家应该是封家最正直的那个。可有好几次，莫管家都在拐弯抹角地把她往封行朗怀里送。还有安婶，林雪落的第六感告诉自己，安婶在故意撮合她和封行朗！这家人怎么能这样做？无论封立昕的病情如何严重，可他毕竟还活着！

林雪落陷入了无限的凄凉之中。

无论如何，她今天就是想见到封立昕。她独自等在医疗室外，一等就是两个多小时，从早晨一直等到了中午。

医疗室里，封立昕让金医师卸下了呼吸器："老金，雪落还等在外面吗？"

"嗯，还等着呢，这姑娘还真够犟的。"金医师侧过头，瞄了一眼门口处的小型监视器，可以看到门外走廊里的一举一动。

"老金，你去让莫管家把雪落和行朗的结婚证拿过来吧，是时候交给雪落了！别让她一直生活在谎言当中，她应该和行朗相亲相爱的！"

封立昕的气息有些急促，短短几句话都说得十分艰难。他并不怕死，只是不想让自己的死连累到更多人。

"我也是时候该见见这个弟媳了！"封立昕微微抬手示意小邢医生将病床往上抬起一些。

按照大少爷的吩咐，莫管家拿着一个喜庆的锦盒朝医疗室走了过来，锦盒里面装着林雪落和封行朗的结婚证。

医疗室的门从里面打了开来，林雪落连忙迎上去，拽住了金医师的手臂。

"金医师，让我进去看看立昕吧。我答应你，我就安安静静待在里面，一句话都不说！"这一回，林雪落说什么也要进去医疗室里看望封立昕。

金医师温和地笑了笑："太太，大少爷正让我出来请您进去呢，还说有东西要送给您当见面礼。"

金医师口中的见面礼，就是莫管家手中那个锦盒，里面装着封行朗和林雪落的结婚证。

"立昕他终于肯见我了？"林雪落有些激动，看来自己的坚持和执着终于得到了回报。

“嗯太太，您先准备一下吧，最好穿上无菌服……”金医师的话声未落，一个矫健的身影飞奔而至。

“谁借你们胆子，敢放这个女人进去？”封行朗如地狱魔鬼一般出现在众人面前，那满身的戾气让人不寒而栗。

“是你大哥同意的。”眼看着好不容易争取到的机会又要被这个男人给阻止，林雪落急忙解释。

担心刚刚才亲昵一点的小夫妻又会吵起来，莫管家连忙帮着说道：“二少爷，太太说的是实情。大少爷跟金医师说他想见太太，这不，还让我拿上了这个做见面礼呢！”

封行朗一把从莫管家手中夺下那个锦盒，打开看了一眼，脸上阴霾更重。

在林雪落的视角，她看不到锦盒里装的是什么，只看到封行朗那张冷脸。

“她不配接受这个见面礼。”吧嗒一声，封行朗将锦盒重重合上了。

“这是立昕给我的见面礼，还轮不到你说不配！”

林雪落以为锦盒里装的是珠宝，其实她对这些贵重物件并不感兴趣，只是看不惯封行朗那嚣张跋扈的言行，于是，她奔过来抢夺封行朗手中的锦盒。就算她不配接受，那也应该由她退还给封立昕。

“林雪落，你这么迫不及待地想抢我手中的财物……还有脸说你嫁进封家不是为了金钱？”

封行朗故意将话题带偏，误导林雪落以为这个锦盒中只是些贵重的财物，让她知难而退。

林雪落被这话给伤到了，原来在他心目中，她真的这么不堪。既然如此，那她就更没有必要纠正他对自己的看法了！

“对！我就是个拜金的女人！嫁给封家就只是为了钱！”

林雪落停下了抢夺锦盒的动作，比起能进医疗室看望封立昕，这点儿小委屈算不了什么。

“这些金银首饰我可以不要！但我今天说什么也得进去医疗室看望

我丈夫！我有这个权利！”林雪落朝医疗室奔去，金医师刚刚出来过，所以医疗室的门应该还没有锁死。

然而封行朗的动作比她更快更敏捷，他堵在了门口。

“我哥现在不方便见你。”封行朗将那个不大的锦盒在空中抛接把玩着。

“你说不方便就不方便？”林雪落厉声道，“除非立昕说不方便，否则今天我就算死也要进去！”

面对林雪落的执拗，封行朗笑了，那笑勾在嘴角，似有似无：“林雪落，我说不方便，还真就不方便！我就是王者，我就是霸权！我说一，封家还真没人敢说二！”

林雪落怒目瞪他，良久才吼出一句话：“封行朗！你法西斯！”

愤怒归愤怒，但她还没丧失理智。她没再跟封行朗逞一时口舌之快，既然封立昕已经答应会见她了，也就不急于这一时。

她已经想好了，等封行朗这个恶魔一离开封家，她就让莫管家领自己进去医疗室。

林雪落“休战”后，便离开了医疗室，封行朗叮嘱了莫管家和金医生一番，拿着那个锦盒进了书房。

书房里，封行朗凝视着手中的照片，画面看起来很温馨，女人白净的脸庞上虽然带了些许忧郁之色，但也带了一丝初为人妻的害羞。照片是那天晚上合成上去的，却看不出一丝痕迹。

良久，封行朗才合上照片，将它和锦盒一起，锁进了书房中的保险柜中。

客房里，林雪落一直侧耳细听着门外的动静，她在等待时机，等封行朗一离开封家，她就再去求金医师放自己进医疗室看望封立昕。

听到门外有脚步声，林雪落立刻缩回了书桌前，拿着桌上的专业书看了起来。

男人的脚步声很重，听得林雪落心跳一下一下加重，好像男人的步伐踩的不是地面，而是她的心尖。

“想什么呢？这么出神！”

“为什么不让我进医疗室看你哥？”林雪落努力平息着自己的心情，想好好跟他沟通。

“你不是说过了吗，因为我霸道呗！”封行朗说得理所当然。

又是毫无意义的争辩，林雪落实在不想继续跟这个男人多说什么了。

她不说话，不代表封行朗不会继续说，他看了一眼林雪落，说道：“还在想今天早晨的事儿？这事你情我愿，所以，你不用如此忧伤自责！”

这男人，真是哪壶不开提哪壶！她真想直接拿针线把他的嘴缝上！

“滚！”忍无可忍，林雪落从齿间狠狠吐出这个字眼来。

“滚什么？床吗？”

封行朗微微倾斜着身体，看着林雪落小脸上那时而娇羞、时而怒不可遏的模样，心中觉得十分有趣。

“滚出去！”林雪落愤怒地扬起手中的书朝封行朗砸了过去，可是被他敏捷地躲开了。

手机突然响了，打破室内的暧昧气氛。

“朗哥，诱捕到蓝悠悠了。”手机那头，传来助手叶时年的汇报。

“非常好！先稳住她，我马上到。”封行朗刚刚还带笑的面容瞬间变得阴森森的。

第七章
月光多情

女人长了一张洋娃娃似的脸，却透着一股生人勿近的高贵冷艳感。

她的穿着很简单，白色的帆布鞋加牛仔裤，上身是一件贴身的白色短袖T恤，勾勒出她的玲珑曲线。清纯与性感两种截然相反的气质却在她身上融合得十分完美。

这个女人就是蓝悠悠，一个让封立昕坠入情网无法自拔的人！

蓝悠悠是个危险的女人，就像那美丽的罂粟花，美则美矣，却剧毒无比。叶时年显然不是蓝悠悠的对手，从他脸上被铁链打肿的瘀青就能看出来。并不是叶时年身手不如蓝悠悠，而是他远没有蓝悠悠来得诡计多端。

“叶时年，你想知道我最里面的衣服是什么颜色的吗？过来呀，我给你看！”蓝悠悠朝着远远坐离自己的叶时年发出了热情的邀请。

“可惜了，我并不想看！”叶时年已经被这个女人整怕了，估计封行朗再不来，他会被这个女人玩疯的。

“骗人……你明明就想看。你看看你，脑门上都在冒汗，是不是特别口干舌燥？”

蓝悠悠是个高智商的女人，她会在潜移默化中，把人往一个毫不知情的深渊中带去，就像温水煮青蛙一样。

“行了蓝悠悠，不管你说什么，我都不会搭理你了！”叶时年冷眼看向这个叫蓝悠悠的女人。

“咝！”不小心触碰到脸颊上的瘀青，叶时年疼得一阵抽气，恶狠狠地说，“蓝悠悠，一会儿就有人来收拾你了！”

“谁？男人还是女人？”蓝悠悠傲慢地问，似乎根本不怕叶时年有帮手。

“一个你不想见到的人！”叶时年揉了一下自己被铁链打疼的脸，瞪向蓝悠悠时，却又狠不起来了。这个女人总能在人对她发狠的时候，露出我见犹怜的楚楚可怜模样。

“我不想见到的人？”蓝悠悠喃喃重复一声，冷下了眼眸静静沉思。她的神情瞬息万变，普通人根本就不能从她的脸上捕捉到她内心所想。

“哐啷”一声巨响，封行朗直接将仓库的门给踹开了，满身愤怒的他出现在蓝悠悠的面前。

那一瞬间，蓝悠悠脸上漾起了欣喜的红晕，她没想到自己还能如此近距离看到活生生的封行朗！

“阿朗……真的是你？你竟然还活着！”女人落泪了，晶莹剔透的泪水，从她精致的脸庞上落下来。

封行朗一把揪过蓝悠悠的长发：“怎么，难道有人告诉你，我被烧死了吗？”

“阿朗……”蓝悠悠突然张开双臂，死死抱住了封行朗的腰，将头深埋在他的胸膛上，泣不成声，“你活着，比什么都好，我真想替你死！”

不知道是真情流露，还是虚情假意的伪装，蓝悠悠哭得很伤心，几乎是肝肠寸断。

“蓝悠悠，你可真有当影后的天赋！瞧瞧这泪水，哭得跟真的一样……”封行朗掰过蓝悠悠的脸，让她正视着自己的双眸，低吼，“为什么要害死我哥？”

“原来……封立昕真的是你哥？难道死的是他？”蓝悠悠笑了，那傲慢的神情，根本就没把别人的生死当回事儿。

“蓝悠悠，你这个恶毒的女人！为什么要欺骗我哥的感情？他跟你无冤无仇！”

“因为封立昕不死，你就得死！可我实在舍不得你死！”蓝悠悠深深凝视着愤怒的男人，毫无畏惧，更没有一丝一毫惭愧之色，好像封立昕的死是一件理所当然的事儿。

“哐啷”一声，封行朗拖动着铁链，怒不可遏地缠上了蓝悠悠的脖颈，然后慢慢勒紧：“你这个恶毒的女人，好好享受一下死亡的感觉吧！”

“能死在你封行朗怀里……值了！”蓝悠悠已经快说不出话了，但她依旧在笑。

那张瓷娃娃般的脸蛋，因为缺氧而泛红泛青，呼吸变得急促，很快便气若游丝。

“朗哥，快松手！她会死的！她要是死了，大少爷就真的没救了。”刚开始叶时年以为封行朗发泄一下就算，却没想他这回真狠上了！感觉到蓝悠悠快没气了，叶时年冲了过来。

几乎是命悬一线，最终封行朗还是松开了手中的铁链。这个女人不能死，不然，他又何必花费那么多的精力把她找回来呢！

“咯咯……”蓝悠悠剧烈地咳嗽着，但总算是捡回一条命。

封行朗丢下蓝悠悠走到一旁的沙发上坐下，烦躁地点了一支烟来平复自己的心绪。

“就知道你舍不得我死。”好不容易捡回一条命，可蓝悠悠似乎并不想珍爱，她在挑战封行朗的底线。

将指间点燃的烟送至唇间深吸一口，再徐徐吐出来，封行朗平息了怒意后，才冷冷开口：“蓝悠悠，你应该知道我有多想弄死你！”

“你这叫‘爱之深’，所以才‘恨之切’，我懂的！”蓝悠悠却咯咯一笑，完全不像是刚刚经历过一场生死的人。

封行朗沉默了，他不太想跟这个女人逞口舌之快。将指间燃尽的烟熄灭后，他才开始问话：“告诉我，谁指使你这么做的？”

“我不可能告诉你，因为这个人你根本就撼动不了，不过他已经答应我，不会再动你。阿朗，你放弃吧。”蓝悠悠回答得十分平静。

很显然，她再次惹怒了封行朗，他不可能眼睁睁看着这条线索就这么中断。无法抑制的愤怒化在了铁链上，鲜血从蓝悠悠的嘴巴里溢了出来，可她依旧只是微笑。因为她知道，如果自己把那个人告诉了封行朗，就等于将封行朗送上死路。她舍不得封行朗再次冒险，她要他好好活着。

他活着，比什么都好！

封行朗离开封家后，封立昕并没有再次跟林雪落相见。

一来是因为结婚证被封行朗锁进了保险柜，缺乏最重要的证据跟林雪落把这一切解释清楚，二来就是封立昕自卑，他实在不想以现在的面目见林雪落。

林雪落当然是难过的，可她更无奈。

封行朗是踩着晨曦回到封家的，而且带着显而易见的怒意。

他将手上的西服径直丢在了沙发上，烦躁地扯着颈脖上的领带。林雪落一眼就看到了他白色衬衣上的血渍。

血渍大部分已经干涸，变成了黑褐色，只有少数地方还是鲜红的，应该是刚刚流出来不久。

他受伤了？她本能地上前想关切封行朗的伤情，可在迈腿的那一瞬间，她逼自己冷静了下来。林雪落，你必须跟这个男人划清界限，不能再越雷池一步了！半步也不可以！

“啊，二少爷，您怎么流血了？您受伤了吗？伤到哪里了？”安婶也看到了血渍，急切地冲了过来。

封行朗衬衣上的血污并非自己的，而是蓝悠悠那个女人的。他花了一个晚上的时间，都没能从她嘴巴里撬出一丝一毫有关于那个幕后主使的消息。

以封行朗在申城的黑白影响力，不可能对一个残害过他们俩兄弟的主谋一无所知。但从他这几个月的调查情况来看，这个人显然不是本地势力，而是一个外来的人！

而且这个人绝对不是个泛泛之辈。

“太太，太太……您快过来帮二少爷把衬衣剪开，二少爷他受伤了。”安婶惊慌失措地叫喊着一旁静立着的林雪落。

可林雪落纹丝未动，冷冷说道：“安婶，你去找莫管家吧！我没空。”

林雪落说完这句话后便转过身，尽管她担心得要命，可她还是头也不回地朝楼下的客房走去。

看着林雪落决然离去的背影，安婶愣了：“太太这是怎么了？”

封行朗的目光冷冷锁住林雪落离开的背影，女人都这般薄情寡义吗？那个叫蓝悠悠的女人如此，她也是如此！

“老莫……老莫，快来看看二少爷，他受伤了。”安婶见留不住林雪落，便呼叫莫管家。

“安婶，我没事，这些血不是我的，冲个澡就行了。”封行朗站起身来，朝二楼的主卧室健步而去。

整个白天，林雪落没上过二楼半步，更别说去关心封行朗的伤情，就像封行朗是个与她毫无关系的陌生人一样。

躺在床上，封行朗英挺的眉拧成了“川”字，女人究竟可以狠到什么地步？

像蓝悠悠那样，先是设计勾去大哥的心，然后再将他狠狠折磨致死？即便是死，都死得这般心甘情愿！

这一觉，封行朗睡得极其不踏实，不断梦到当时的那场大火，他本能地伸手往一边探去，却没有抱到他想拥入怀中的女人。

封行朗烦躁地醒了。

他临窗而立，有一下没一下地抽着烟，脸上带着一丝忧郁，不知道在思考什么。

林雪落对他依然冷漠，他不太喜欢她的冷漠，这会让他更加烦躁。

都说男人无情，怎么这女人要比他还无情？是难过他们发生了关系？还是依旧念念不忘那个叫方亦言的男人？方亦言、方亦言……封行朗觉得自己的拳头很痒！

意式烩面，封行朗只胡乱吃了几口便停下了，他急需一个答案来解除自己心头的疑问。

“老莫，十分钟后，你让林雪落上楼来，说我哥在二楼主卧室等着她。”封行朗站起来吩咐莫管家。

“哦，好。”莫管家应了一声，却轻松不起来。因为封行朗说了“我哥”两个字。也就是说，二少爷又要以大少爷的模样跟太太沟通了。

微微叹息一声，莫管家还是遵照封行朗的指示，去楼下客房喊林雪落上楼去。

楼下客房里，林雪落在为另一件事儿惆怅。

还有两天就开学了，她的学费还没着落呢。想到上回她去夜庄跟袁朵朵一起跳舞赚钱，林雪落后背就直发寒。

骨气当然要有，但她也犯不着出卖自己的身心和尊严去换取。

她起身想去找莫管家，却没想到莫管家正好来叩她的门。

“莫管家，我正要去找您呢。”向别人开口要钱，林雪落确有些难为情。

“太太，您要找我？”莫管家怔了一下，“还是为见大少爷的事吗？”

“不是……是另外的事。”林雪落抿紧唇，深吸一口气道，“我想跟您预支六千块钱学费！等我发了奖学金，再还您！”

“哈哈哈……”没想莫管家竟然笑了，“太太啊，您说这话就见外了。您现在可是封家的太太，用钱方面您随意就好，提什么还不还啊？封家就是您的家啊！您可是封家的女主人！”

被莫管家这么一说，林雪落反而有些不好意思起来，“这么说，您是答应我学费的事儿了？”

“都说了，您是封家的女主人啊！您的学费封家自当会出的。生活费什么的，您尽管开口。”莫管家连声应好。

“谢谢莫管家！”林雪落欣喜不已。

早知道这么方便容易，她就不跟袁朵朵去夜庄跳舞赚钱了，还落得被封行朗羞辱的下场。

“对了太太，二少爷他……”话一出口，莫管家便打住了。他想最近大少爷状况很不好，为了不再节外生枝，还是决定按照封行朗的意思行事。这太太也真够马虎的！都跟伪装的二少爷见过好几面了，怎么还没察觉端倪呢？

“你家二少爷他……怎么了？”林雪落还是担心地问。

“哦，二少爷同意让您见大少爷了……”莫管家改口道。

“真的吗？什么时候？就现在吗？”林雪落一激动，拔腿就朝二楼的医疗室奔去。

“太太，大少爷在婚房里等着您呢！”莫管家连忙提醒道。

封立昕在婚房里等自己？林雪落掉转方向，径直朝二楼的婚房飞奔过去。

“立昕……”林雪落欣喜地呼唤道。

因为一路飞奔上楼，她的气息有些急，听在封行朗的耳中，便成了一种迫不及待。这个女人就这么想见到大哥吗？联想到女人对自己的各种冷漠，封行朗皮具下的那张俊脸就高兴不起来。

“立昕……”林雪落半跪在封行朗的轮椅边，紧紧握住他疤痕满布的手，“立昕，谢谢你肯见我……”

封行朗深深凝视着半跪在轮椅边的女人，用带着疤痕的手指轻轻缠绕女人的柔发，动作亲昵。

“听行朗说，你很想见我？”

“嗯……立昕，让我住进医疗室里陪着你吧，我有义务照顾你。”林雪落紧握着封行朗的手，乖巧地任由他轻抚着自己的脸庞。

“雪落，你是不是有什么心事？听安婶说，你最近对行朗很冷漠……他怎么你了？”封行朗故意岔开话题，他倒是很想看看这个女人会不会在“封立昕”面前说谎。

“行朗他……他……他没有怎么我。”提到封行朗，林雪落支支吾吾，一张脸变得通红。

“没怎么你？可我怎么听说，你跟行朗昨天晚上彻夜未归啊？”封行朗刻意诱导她。

原来“封立昕”已经知道自己和封行朗昨天彻夜未归？那他知不知道自己跟封行朗已经……

林雪落的脸涨得更红，最终，她还是没能承受住心理压力，低声道：“立昕，对不起。”

“对不起？对不起什么？是对不起我吗？”封行朗步步紧逼。

林雪落紧紧咬住唇，白净的脸上梨花带雨：“立昕，真的对不起！”

真是个单纯的傻丫头，连个谎都不会撒，就这情商，哪会跟人家玩什么心机？

“雪落，你是不是爱上行朗了？”封行朗没有给女人回避的机会，而是逼迫她正面回答这个问题，他也挺想知道答案的。

冷不丁被这么一问，林雪落惊慌失措地抬起头，一时间不知道要如何回答。

她也忍不住在心底反问了自己一声，她真的爱上了封行朗吗？她不敢细想，自己的丈夫就在自己面前坐着，虽说有名无实，可他终究是她法律上的丈夫，她不想伤害他。林雪落连连摇头：“不……没有！我……不可能爱上他的。”

“是不能，还是不会？”没能得到自己满意的答案，封行朗不会停下来。

不能爱上，或许只是客观上的缘由，比如说她以为她是他的嫂子；不会爱上，那就是主观意识上的，一字之差，这很重要。

“是不能，也是不会！”林雪落终于抬起头来，看着轮椅上的“封立昕”说。

隐约间，林雪落感觉到了“封立昕”的怒意。因为他缠着自己头发的手指突然用上了很大的力道，扯疼了她。

“那你昨晚跟行朗彻夜未归，又怎么解释？”封行朗有些不甘心，隐忍着怒意再度逼问。

这一刻，他自己也弄不清楚，他到底是在乎这个女人有没有真的爱上自己，还是只是不想输给那个叫方亦言的男人。

他可以不爱这个女人！但他封行朗的老婆，身心都必须是他的！虽然很强盗逻辑，但封行朗一直就是这么霸道。

看来，封立昕一定是知道了！“立昕，对不起……是我，是我主动的！跟行朗没关系……是我的错！”林雪落跪在“封立昕”面前，泪眼婆娑。她紧紧握住男人的手，一遍又一遍地强调着这一切只是她一个人的错，与封行朗无关。

封行朗怔了一下，没想到她竟然会为自己开脱。

“你的错？我不相信，一定是行朗欺负你！”封行朗怒气消了一些，又将刚才的问题抛了出来，“为什么要替行朗开脱？你真的爱上他了？”

“立昕，真的是我的错，跟行朗无关！要是……要是你嫌弃我了，那……那就跟我离婚吧！”林雪落急切地想维护某人。

离婚？这两个字显然刺痛了封行朗的耳朵。他暴喝道：“闭嘴！怎么，你就这么迫不及待想离开我？”

“不，不是！立昕，即便我们离婚了，我也会留在封家照顾你的，会一直照顾你！”

她欺骗不了自己的内心，她对封行朗的感情，真实、鲜活地存在着，她也想将这见不得光的情感尘封于心底，可她担心自己会在照顾封立昕时，心里想着另外一个男人！那样对封立昕来说更不公平。所以，林雪落觉得自己跟封立昕离婚后继续留在他身边以妹妹或是家仆的身份照顾他会更好，也会更轻松些。

“我并不嫌弃你，乖乖地当好你的封太太吧！”

封行朗屈起凹凸不平的食指，轻轻在林雪落的小脸上一蹭而过，重复着这样的单调动作。

“……”林雪落怔了一下，一时间她反而无话可说了。

“你这么维护行朗，该不会是想着跟我离婚，然后嫁给他吧？”封行朗并没有放弃逼问。

林雪落不敢去看“封立昕”的眼，低垂着头，澄澈的眼眸忽闪忽闪的。随后，她避开了这个话题：“立昕，让我进医疗室照顾你吧，如果你不让，或者还是以为我带了某种不良企图接近你，那我们还是离婚吧。因为我这个妻子也没起到一个妻子应该有的作用，只是徒有虚名罢了。”

“那你倒是说说，你这个妻子应该起到什么作用？”

“照顾你。难道这不是你娶我的目的吗？”

“那好！今晚，我给你机会照顾我！”有些事容易上瘾，封行朗所说的“照顾”，饱含深意。但林雪落的思想还是挺纯洁的，她天真地以为，

“封立昕”说给她机会照顾他，指的就是普通意义上的照顾饮食起居，于是她问：“那你饿吗？”

要说饿，封行朗还真有点儿，他被蓝悠悠折腾了许久，耗了不少体力。

“有点儿。”封行朗应了一声，他想到她喂他吃东西的样子，还是挺期待的。

“我这就下楼盛粥给你喝，今天安婶熬了黑糯米粥。”林雪落连忙站起身来，朝婚房门口走去。

一听女人又要让他喝粥，封行朗眉头直皱，他不喜欢喝那种太寡淡的东西，但最终还是没反驳，任由林雪落去了。

贤惠的妻子去给晚归的丈夫端消夜，气氛终于难得温馨起来，可矮柜上的手机铃声又打破了这种温馨。听到熟悉的铃声，林雪落有些诧异。很显然，那是封行朗的手机，却在房间的矮柜上响着。说明什么？说明封行朗刚刚一定来过婚房。那他现在人又去了哪里呢？

她猛地回过头来循着手机的声音张望，刚巧看到“封立昕”伸过手去拿手机。如果不是那张面目狰狞的脸和疤痕满布的手，她真以为穿着睡衣坐在轮椅上的男人就是封行朗！

无论是从身材，还是动作的敏捷度来看，他都跟封行朗极为相似。尤其是封行朗去拿手机的速度，根本就不像重症患者。

“是行朗的手机吗？他人呢？”林雪落条件反射地询问了一声。

封行朗拿着手机的手明显顿了一下，他差点就露馅了！

“刚刚才跟我怄气呢！应该是离开了。这小子，手机都忘带了！”

封行朗掐断了执着作响的手机。林雪落在，他不能听这个电话。虽然他已经看到打来电话的是叶时年，也猜到应该是有关蓝悠悠那个恶毒女人的事。

林雪落觉得有些异常，只是不知道异常在哪里。她没吱声，转身离开婚房，下楼去给男人拿消夜。

她端着粥碗进来时，封行朗浓眉皱着，脸也拉长了，他真的很讨厌喝粥。

“立昕，等久了吧？我淋了点儿蜂蜜，很甜的。”因为大面积烧伤，封立昕的饮食向来寡淡。一听女人说还淋了蜂蜜，封行朗的眉宇蹙得更深了。

清粥也就算了，至少还能当浓一点儿的水来喝，可要是加了甜得腻人的蜂蜜……要知道封行朗一点都不喜欢吃甜食。

林雪落舀着粥喂到封行朗的嘴边，封行朗却懒得张口。

“立昕，你不是饿了吗，来，喝啊？”林雪落很有耐心，毕竟她在福利院里做过义工，什么调皮捣蛋的小萝卜头她都伺候过。

“我要吃面！”封行朗说得直接，他向来不喜欢委屈自己的胃。

“立昕，你是不是喝这些汤汤水水喝腻了？可这些食物对你的身体恢复有益处哦。”林雪落很体谅“封立昕”，没有半丝不耐烦。

“别叫我立昕，叫老公！”封行朗更不想听的，就是女人一遍又一遍地叫自己“立昕”，会堵得慌！

“老公……”林雪落这么一叫，倒是更温柔了，只是她丝毫没有要将粥换成烩面的意思，“我还是喂你喝粥吧，这黑糯米粥既营养又养胃。”

她再次将勺子里的粥送至封行朗的嘴边，封行朗却一直紧闭嘴唇。

林雪落就这么举着勺子坚持着，一直到封行朗张开嘴巴。

她的坚持有了效果，林雪落柔柔一笑，用上夸奖顽童的口吻说：“这才乖嘛！”

黑糯米粥很稠，带着蜂蜜的清甜，倒也不算难喝。在女人一勺又一勺的坚持下，封行朗竟然将一碗粥全喝了。

喝完，封行朗做了一个舔唇的动作，林雪落看到了封行朗那白净整齐的牙齿，很健康。

“立昕，你的牙齿……挺好的啊，安婶怎么说你不能吃硬食呢？”她并没有联想太多，只是有些疑惑。

“难道你看不出来它们像假牙吗？”封行朗的话相当严谨，他不会承认，只会诱导。

“假的吗？我还真没看出来呢！”林雪落下意识伸过食指想去敲敲封行朗的门牙究竟是真是假，却没想到被男人抿在了双唇之间。

刹那间，平静的湖水里乍现波澜，一直从林雪落被抿住的指尖激荡到灵魂深处。

“你，咬我干吗？”林雪落连忙缩回了自己的手指。

“我累了！咱们早点儿休息吧。”像咬手指这样的亲昵，已经远远满足不了封行朗了。

“哦，好。”林雪落机械地应了，随后才意识到，他说的是“咱们”，而不是单独的“她”或是“他”。

他的意思是今晚他会留下来跟她在一起吗？

林雪落没有高兴，反而有些担忧。她只是希望封立昕别再排斥她，把她当成家人一样看待，并不想有更进一步的亲密行为。

“立昕，如果你真把我当妻子，那就让我进去医疗室照顾你吧，我想你把我当成家人一样看待，能像安婶和莫管家一样进去医疗室照顾你的饮食起居。如果你不答应，就说明我这个妻子还不够资格，对吗？”林雪落蹲下来，尽量与轮椅上的封行朗平视，可他的目光总是飘忽着，似乎并不想落在她的眼里。

“睡吧，我累了！”封行朗轻吁了一口气，“或许，我们可以在床上边睡边聊。”

穿着这身皮具，封行朗实在别扭。再怎么精良的仿制品，毕竟不是自己的。憋闷在皮具下的封行朗有些燥意，他环着林雪落的腰，贴着她的后背。

这样的姿势，可以避免她长时间盯着他看。因为闷，封行朗环在林雪落腰际的手臂便用了一些力。

“立昕，你是不是难受？”林雪落轻轻拍了拍封行朗环在她腰处的手臂，示意他放松一些。

“嗯，难受。”封行朗说了一声，靠近了林雪落的耳垂。

指间缠绕着林雪落鬓角的长发，封行朗很喜欢这样单调重复的动作，一圈一圈地缠绕，再一圈一圈地松开，周而复始。

突然间，林雪落意识到，有一个人也喜欢这样的动作，喜欢一遍又一遍地把自己的长发缠绕在他的指间把玩。

封行朗！

冷不丁地，林雪落有些惊慌。她怎么能这样，躺在丈夫怀里，却想着其他男人！她是着魔了吗，竟然还对那个恶魔念念不忘？

纠结了很久，林雪落才在男人怀中沉沉睡去。待林雪落睡熟了，封行朗悄然起身，褪去了身上的那些障碍，轻松了不少，却睡意全无。

封行朗静静凝视着梦境中的女人，长长的睫毛，白皙光洁的脸，轻轻浅浅的呼吸，让静谧的房间都变得美好起来。

难怪大哥会选择她做自己的妻子，让自己和她结婚生子。

孩子……跟自己一脉相承的亲骨肉？他要是和这个女人有一个共同的孩子，会是什么样的场景？黑暗中，封行朗微微蹙眉，感觉似乎有那么一点期待。

半夜两点，封家突然响起的座机，几乎让整个别墅吵了起来，除了封立昕的医疗室。

或许是座机多响了几次后才被人接听，林雪落从蒙眬的睡意中艰难地睁开了双眼："这么晚了，谁打的电话？应该是有什么急事儿。"

身侧的封行朗"嗯"了一声，并没有打算起身。他要比林雪落睡得晚，本想做点什么，可或许是累了倦了，看着怀中的睡美人，他竟然安然入睡了。

这种闲适的感觉，四个多月来几乎从没在封行朗的生活中出现过。

感觉到那环在自己腰上的有力臂膀，林雪落这才意识到自己昨晚是跟"封立昕"一同入睡的。

"立昕……"林雪落想伸手去开床头的台灯。

"别开灯。"封行朗沉声道，因为没了颈脖间的变声器，他的声音清晰而浑厚，虽然他有意压低了自己的声音。

"立昕？"林雪落感到疑惑，想去触碰身旁的"封立昕"。

在台灯亮起的那一瞬间，封行朗手疾眼快将整条绒毯盖在了自己的身上，从头盖到脚。

"立昕，你裹着自己干什么？"林雪落吓了一跳。

“我怕吓着你。”封行朗的声音压得很沉。

“我已经不害怕了……”林雪落的心被揪起来了，她没想到“封立昕”竟会如此体贴，害怕半夜三更自己的容颜吓到她。

“别裹了，我不怕。”林雪落朝封行朗靠近。

他越是对她体贴，她心里就越是难过，毕竟她对不起他。

“二少爷……二少爷……”楼下传来莫管家急切的叫声，听着声音的远近，似乎他已经朝二楼飞奔上来了。

绒毯中的封行朗微微蹙眉，这个莫管家八成是老糊涂了，难道不知道自己正在假扮大哥吗？

“雪落，你快出去看看。”封行朗灵机一动，想支走林雪落。

“哦，好。”林雪落一边应了，一边朝门外走去。毕竟莫管家的叫声很急切，应该是发生了什么要紧的大事儿。

走廊里，林雪落差点撞上了急急忙忙跑上楼来的莫管家。

“太太，二少爷呢？还睡着呢？”莫管家焦急道。

林雪落被问住了，她怎么会知道封行朗究竟有没有睡着？

“我，我没见着封行朗啊……他晚上不是出门了吗？又回来了？”林雪落疑惑地说。

“唉，这个二少爷，都什么时候了还玩心这么重！”莫管家一边说着让林雪落摸不着头脑的话，一边朝着婚房冲了过来。

“莫管家，封行朗不在房间里……立昕睡着呢。”林雪落好意提醒道。

等林雪落和莫管家一同走进婚房时，里面早已经空无一人，只有封立昕的轮椅空荡荡地留在原地。立昕走了？走到哪里去了？他行动不便，能去哪儿呢？

“立昕……”林雪落轻呼一声，本能地钻进洗手间里寻找。

知道是二少爷玩的伎俩，莫管家叹息一声，也没有拆穿，便转身离开了婚房，朝二楼的医疗室走去。不用猜，脱身后的封行朗一定会在医疗室门口出现。

因为他要给自己的突然出现找一个合理的借口。

在洗手间里没能找到“封立昕”，林雪落难免惊慌起来，连忙追着莫管家的步伐朝医疗室走去。

果不其然，在医疗室门口看到刚刚打开医疗室的门，并从里面走出来的封行朗。

“封行朗，你哥在里面吗？”林雪落急切地想挤进去张望寻觅，却被封行朗挡在了门外。

“我哥累着了，我刚把他送回医疗室。”封行朗故意凶道，“林雪落，你实在耐不住寂寞，也最好能忍着，我哥毕竟是病人，经不起折腾！”

如果在三天前，林雪落或许还悟不出封行朗的话，但现在她听懂了，顿时又羞又气。

“封行朗，你……你冤枉人。”林雪落气得牙痒痒，莫管家还在呢，这个男人怎么能这样口无遮拦！

“难怪你老是想见我哥呢……原来你连一个病人都不放过？”封行朗一直在找一个冠冕堂皇的借口，从而阻止林雪落老是想进去医疗室看望大哥。现在这个借口就浑然天成了。估计未来的十天半个月，这女人也不敢再嚷嚷着要见大哥了。

“封行朗，你……你……我没你这么下流！”林雪落被封行朗这番讥讽挤对得无地自容，闪着泪光跑了。

“二少爷，不好了，出大事儿了……”林雪落走后，莫管家这才提到正事。

“能有什么大事儿，能让您老莫一惊一乍的？您可是越老越会办事儿了？专门赶去房间里拆台？”封行朗不满地说道。

刚刚差一点儿他就不能自圆其说了，好在林雪落那个女人笨得可以，还算好糊弄。

“有……有蓝悠悠小姐的消息了。”莫管家压低声音，“刚刚叶助手来过电话，我听到蓝小姐在电话里叫您的名字呢。”

“这个白痴！”封行朗低咒一声，叶时年这个家伙犯痴呆吗？竟然把电话打到了封家座机上来。

“老莫，不许任何人跟我哥提起这件事！”封行朗叮嘱一声，便疾步朝楼下走去。

叶时年知道封行朗一定会生气，所以他已经做好了挨训的准备。不经意间，他又抬起头，朝床板上呆滞的女孩儿看了过去，的确很美！即便只是在发呆，也别有一番风情。

“哐啷”一声巨响，封行朗又是踹门而入。

“阿朗……”蓝悠悠甜甜叫了一声，一双眸子望穿秋水，只可惜，封行朗对此免疫。

“你是白痴吗？竟然把电话打到封家去了！”封行朗看也没看蓝悠悠一眼，径直冲过来一把揪住了助手叶时年的衣领。

“是我逼他打的！你要打人，就打我吧！”身后传来铁链的声音，蓝悠悠紧紧抱住封行朗的腰，“阿朗，你抱抱我……我就告诉你幕后主使是谁，好吗？”

男人的腰被女人柔若无骨的身体贴合着，本应该是美好的画面，封行朗却感觉到了深深的寒意从心脏的某处涌了出来，一直传到他的拳头上，好像他的重拳随时会打到女人身上去！

封行朗虽说不似叶时年那般怜香惜玉，但也不至于对一个女人暴戾。对于女人，封行朗还是怜惜的，但蓝悠悠是个例外！

封行朗深知蓝悠悠是个能在瞬间把她自己伪装成任何角色的女人，此时此刻，他真想回过手来掐死蓝悠悠这个女人，然后把她带到大哥的面前，让她给封立昕磕头赎罪。

封行朗想过好多种处置蓝悠悠的办法，但没有一种会是像她现在要求的那样。这个女人，正用她染满自己大哥鲜血的手拥抱他！

英挺的眉宇收紧，预示着封行朗身体中的愤怒因子正在慢慢积聚，直到濒临某个点，从而全面爆发。

“阿朗……我知道你很恨我……当我知道封立昕是你大哥的时候，我就知道我们之间完了……我不求你能原谅我，因为我在你心目中早已经罪不可赦，但这些并不妨碍我喜欢你！阿朗……”女人低声抽泣着，不知道她说的哪一句是真，哪一句是假。唯一能感受到的，就是她紧紧拥抱在他腰际的双臂，从来都不曾松懈过。她一直紧紧抱着他，一如那年夏天，那个洒满阳光的午后，她也是这么抱着他，毫不畏惧地盯着那些人……

封行朗缓缓地松开了紧揪着叶时年衣领的手，然后慢慢转过身来，温情地托起女人的下巴，让她正视着自己的眼。

他没有着急去追问女人那个幕后主使究竟是谁，而是仔细查看着女人的脸，用拇指的指腹一丁点一丁点地拂去蓝悠悠美丽脸庞上的血污和尘土。

“瞧瞧你这张脸，都不漂亮了！难道你忘了，阿朗喜欢干干净净、香喷喷的悠悠公主吗？”

封行朗的动作温柔无比，他看着蓝悠悠的目光同样柔情似水。

蓝悠悠的眼眸里闪过片刻的恍惚，似乎时间真的可以回到从前，她跟他第一次邂逅，腥风血雨，却又极致浪漫。

她跟他，真的能回到从前吗？蓝悠悠当然希望她能回到从前那个什么都没发生过的起点。所以她深深凝视着封行朗的眼睛，想从里面读出一些信息。

“宝贝儿，告诉阿朗，那个指使你的人究竟是谁？”封行朗的耐心似乎还不够，敷衍了几下之后，他就迫不及待地想从蓝悠悠的嘴巴里获知那个幕后主使究竟是谁。他并不喜欢与蓝悠悠太过亲近，一个双手沾满他大哥的鲜血的女人，他又怎么可能耐得下心去哄她呢！

一瞬间，蓝悠悠便读出了男人用柔情遮盖的仇恨。于是，她立刻从刚刚的恍惚深情中缓过神来。原来他的柔情，只不过是别有目的。只是这样的柔情实在是太短暂了！短暂到蓝悠悠还没能沉沦进他的温柔陷阱中，他就开始收网了。如果时间再长那么一点儿，再深情那么一点儿，蓝悠悠觉得自己或许真的会深陷其中不能自拔。

可残酷的现实不得不让蓝悠悠回归理智。她可是间接杀害他大哥的凶手，他怎么可能放过这个歹毒的女人呢！他一定恨死自己了！

“阿朗，你还没抱抱我呢，怎么就想问我话啊？没这么便宜！”蓝悠悠笑得那般人畜无害，让人怎么也无法将她跟一个蛇蝎心肠的女人联系在一起。

突然，封行朗收紧双臂，女人便深陷在他的怀中。她被拥得很紧，紧得连呼吸都不再畅通。

“这样的拥抱，你还满意吗？”封行朗也在笑。他的笑带着戾气，似乎下一秒就会勒死这个女人。

“这样……太野蛮了！我都没办法呼吸了！”蓝悠悠将头深埋在封行朗的怀里，娇滴滴道。

“那这样呢？”封行朗将双臂上的力道松开了一些。

“嗯……但还不够用情，因为我还没听到你心跳加速的声音！”蓝悠悠抬起头来，脸颊贴在了封行朗心脏的地方，深深的失落涌上脸庞，她带着泣声问道，“封行朗，你还有心吗？”

“快告诉我……那个人是谁？”封行朗已经有些烦躁。

“那个人……就是我啊！”蓝悠悠咯咯地笑出声，宛如动听的黄鹂鸟，清脆又干净。

“蓝悠悠，你耍我？”愤怒爆发，封行朗一把揪过蓝悠悠的长发，将她那张美艳的脸庞往后拉扯。

“快告诉我，那个人是谁？不然我真会杀了你！”

“我都已经说过了，那个人就是我蓝悠悠！你杀了我吧！”蓝悠悠要他好好活着，所以，即便是她死，她也不能说。

“你真以为我不会杀了你吗？”封行朗掐住蓝悠悠的颈脖，几乎快将她从地面上给提起。

呼吸被截断，蓝悠悠只是痛苦地忍耐着，甚至连挣扎都忘了。

她深深凝视着男人那张因愤怒而扭曲的脸，凄凉地微笑着，一直微笑着。她心想，即便是死，也要在这个男人眼里留下漂亮的容颜。

“朗哥，快松手！”叶时年再次过来阻止封行朗。封行朗也知道现在不能让蓝悠悠就这么死去，松开了手。

再次捡回一条命的蓝悠悠并没有因为刚刚的酷刑而难过，反而笑得格外灿烂，虽说带着咳嗽，带着急喘。

“封行朗，我就知道你舍不得弄死我！你喜欢我，对不对？”得以呼吸后，蓝悠悠又开始挑衅。

“是吗……”封行朗拉长声音，微微躬下身，说道，“我的确舍不得弄死你，但那并不是因为什么喜欢，而是我不想让你死得这么便宜！”

“口是心非！”蓝悠悠不知死活地嗔道。

“是不是口是心非，你马上就能知道了！”封行朗接过叶时年递送过来的毛巾擦拭手上的污痕，然后再将那条毛巾丢弃在了蓝悠悠的身上。

封行朗转过身来，连一眼也不愿意去多看瘫软在地面上的蓝悠悠。目送着男人挺拔的身姿离开地下储藏间，蓝悠悠那晶莹剔透的泪水最终还是滚落下来。

阿朗，如果当初代替你去死的人不是你大哥，而是我蓝悠悠，你会不会也能像铭记你大哥那样铭记我？

封行朗出了 GK 集团的地下储藏间，已经凌晨四点左右。

回封家已经是犯不着了，封行朗便径直乘上专用电梯，直达顶层的总裁办公室。

GK 集团，名声显赫的上市风险投资机构，还经营着一系列跟金融有关的项目。其风险基金的来源具有多样性，有的是借贷资金，有的是权益资金，他们既发行商业票据，也在资本市场上发行股票债券，也从银行借款，但比重很小。GK 的投资范围很广，投资的资金数量远高于平均水平。

因为封立昕的案子，GK 已经搁置了很多利润可观的风投项目。

凌晨四点，天空依旧黑沉沉的，坐在偌大的办公室里，封行朗俊眉深蹙。

休息了片刻，封行朗揉了揉有些困乏的眼眸，坐直身体，开始过目那些秘书汇总出来的极有价值和投资意义的项目。

习惯性地伸手去拿咖啡杯，却发现四周静谧得让人窒息，他这才意识到时间还早，唐秘书还没上班，伸出去的手又缩了回来。

此刻，他想起的不是体贴入微的唐秘书，亦不是比老妈还关爱自己的安婶，却是那个倔强着不肯对自己示好，却又为了维护他而泪眼婆娑的小女人。

封行朗嘴角勾起一抹轻浅的笑，淡淡的，似有似无。

孤寂感袭来，这一刻的封行朗似乎又想逗一逗那个倔强却又柔情似水的女人。

“阿嚏……”清晨起床的林雪落，突然打了个喷嚏。她这是着凉了吗？还是有人在偷偷摸摸说自己的坏话？

今天是开学报到的日子，林雪落的精神状态格外好，似乎跟一群同龄人在一起，才能体现生命存在的价值和意义。

“太太，这是您的学费，一会儿我让小钱送您去学校缴上。”莫管家给林雪落准备了两个信封，“这里是您的零用钱。现金不多，您先用着。还有一张信用卡，您一并带在身上。钱不够用时，自己取些。”

“谢谢莫管家，谢谢您。”这是林雪落第一次在向别人张口要钱用时，还能受到别人的尊重，她一连说了好几声谢谢。她总觉得自己没资格让莫管家这么尊重自己。无功不受禄，她虽然是封立昕的妻子，却连他最起码的饮食起居都没照顾好，难免会心生愧意。

“太太，您可是封家的女主人，这些都是我分内之事。”见太太对自己千恩万谢的，莫管家反倒不自在起来。

他一直看好林雪落，认为她就是二少爷冥冥之中应该娶回家的妻子。

在去学校的路上，林雪落打开了另外一个信封，厚厚的一沓钱，莫管家也真够大方的。

看到这些钱，林雪落首先联想到的就是袁朵朵的学费。

于是，她连忙给袁朵朵打去了电话。

却没想到见面时，袁朵朵反将两千块钱塞进了林雪落的手中：“给！这是你上回在夜庄给我伴舞时的劳动所得！”

“别啊朵朵！我这里还有余钱，正想着帮你一起把学费缴了呢！”林雪落说道。

看到林雪落手里拿着的两个厚厚的信封，袁朵朵贼兮兮地笑：“老实交代，你是不是已经从了封行朗？”

林雪落的一张白净的脸庞顿时羞得俏红，这袁朵朵怎么知道的？难道一眼就能看出来了？

其实几千块钱的学费和生活费，对于财大气粗的封家来说，根本就是九牛之一毛，给自家太太缴学费，那也是理所当然的事儿。如果林雪落这么想，那也就会坦然面对了。可她偏偏心虚，加上本身又没心机，就更加容易露马脚了。

“朵朵，你胡说八道什么呢，你非开这种玩笑，我可生气了。”林雪落有些被人看穿后的恼意。

“行了封太太，你别再欲盖弥彰了！你那张不会说谎的脸早已经出卖了你！”袁朵朵从林雪落羞恼的神情上嗅出了端倪，加上林雪落一说谎就会脸红，袁朵朵就更加确信了。

林雪落一慌，本能地伸手摸自己的脸，已经是一片火热。

“封行朗是个好男人，换作是我也会很高兴吧。”但袁朵朵随之自嘲地叹息一声，“不过估计这世界上也没有哪个富贵公子会看上一个跛子！”

见袁朵朵抹着眼泪，林雪落反而恼火不起来了：“朵朵，你怎么了？怎么又难过了？”

“没，没事儿！我，我这是替你高兴！”袁朵朵朝林雪落露出一个灿烂的笑容，一把从林雪落的手上抢过一个信封，“既然封太太这么财大气粗，那我就不客气了，我正好还差一千块钱的住宿费！”从信封里数出十张百元大钞，袁朵朵又将信封还给了林雪落，“这一千块钱，算我先借你的。等我打工赚了钱就还你！”

一提到“住宿费”，林雪落莫名怔了一下。她不是想摆脱封行朗的纠缠吗？住校恰恰能解决这一棘手的问题。

“那赶紧走吧，我们一起去办住宿手续。最好能分在同一个宿舍里。对了，你不是认识学生会的副主席吗，让他给我们行个方便呗。”林雪落拉上袁朵朵一同往交费中心走去。

袁朵朵回头像看外星人似的看着林雪落，惊讶万分：“我没听错吧，你竟然要跟我一起住校？你傻啊你，放着封家豪宅不住，非得挤四个人一屋的鸽子笼？”

袁朵朵不知道林雪落是有苦难言。住在封家难免会跟封行朗有接触，而林雪落一颗情窦初开的心，又岂会是封行朗那种情场老手的对手，三言两语就能让她芳心大乱，更别说什么抱一下腰、亲一下额头了。林雪落感觉，自己如果不脱离封家，就永远不能摆脱封行朗的纠缠。或许他对她只是一时兴起，她却认真了，如果再不遏止，她觉得自己会越陷越深，最终不得善果。

“住校怎么了？这不是忙着写毕业论文嘛。”林雪落的理由还算客观。

“跟我你还说谎？林雪落，你累不累！”袁朵朵叹息一声，“用脚趾头都猜得出，你是想回避封行朗吧？你是封立昕的老婆，封行朗又是你小叔子……这关系还真够棘手……不过这回我支持你住校！即便你跟封行朗是真爱，那也得先摆脱掉“封立昕妻子”这个头衔才行！无论多美好的爱情，都不应该是见不得光的！”袁朵朵的话，听起来义正词严。

林雪落全身一颤，立刻上前抱住袁朵朵：“朵朵，谢谢你！”

开了个小小的后门儿，林雪落如愿和袁朵朵住在了同一个宿舍里。

宿舍有网络，有空调，能洗热水澡，还不用爬上下铺，就是空间小了点儿。更让袁朵朵和林雪落庆幸不已的是，那两个女同学一个有了男朋友在校外租了房子，学校的宿舍只是为了跟父母交差，另外一个女生只有周六和周日才会住过来。

换句话说，这宿舍就只剩下林雪落和袁朵朵了。

“雪落，你可千万要坚持自己的立场啊！可别封行朗一个电话，就把你给叫回去了。那这宿舍里可就真剩下我一个孤家寡人了！”整理好床铺的袁朵朵扯了扯林雪落的裙摆说道。

“放心，我不会抛弃你这个小怨妇的！”林雪落心情难得地好上很多，不用去想那些心烦意乱的事。

“谁是小怨妇？你才是名副其实的怨妇好不好！”

袁朵朵和林雪落扭在了一起，欢快的笑声久久在宿舍里回荡着。

手机突然响了，打破了这愉快的气氛。

瞄了一眼是封家的座机电话，林雪落这才意识到，自己临时起意搬到学校里来住，还没跟莫管家招呼过呢，现在只能硬着头皮先斩后奏了！

“莫管家，我住校了，忘跟您说一声了真对不起。”林雪落歉声说道。

“住校？太太您怎么住校了？是在封家住得不自在吗？”莫管家愣住了。

刚刚小钱回来说太太住校了，莫管家还不信呢，现在听来，真的是太太自己拿的主意。

“不是的……”林雪落有些词穷，“我会常常回去看立昕的，您不用担心我，我会照顾好自己的，莫管家再见。”

挂断电话，林雪落已经是一脑门子的汗，像个做错事的孩子。

封行朗是晚上九点才回的封家，没见到应该等在客厅里恭候他回家的女人，他很不满。

“太太呢？叫她出来伺候我！”封行朗坐在沙发上慵懒地说道。

莫管家还正想着怎么跟二少爷解释太太住校的事，也侥幸地希望二少爷回来能不惦记，暂时忘了太太的存在，那他就不用解释了。可没想到，二少爷回家的第一件事儿就是寻找太太的踪影。其实莫管家早应该料到会如此，二少爷哪天回家没把太太给折腾一回啊？

“太太她……她不在。”莫管家看到封行朗的那张俊脸阴沉了下来。

“不在？又去哪里了？夏家？还是福利院？”这两个地方俨然成了那个女人的避难所。

“太太她……住校了。”莫管家小心翼翼地回话。

“住校？”封行朗眉头紧拧，住校一词对于他来说，似乎有些遥远。

“对，太太住校了。”莫管家重复一声后，便连忙解释，“今天是太太开学的日子，估计是大四学业比较紧，所以太太就住校了。”

一直以来，那个女人都在想方设法逃避他，先是回夏家，再去什么福利院，现在竟然发展到……住校？住校的意思岂不是说，那个女人不回封家住了？

“打电话，让她回来。”封行朗凌厉说道。

“那个，二少爷，太太她关机了。”莫管家不是没重复打过电话，也料到太太这样“先斩后奏”会惹恼某些人。

只是林雪落这回真的关机了，或许她预料到封行朗会发飙，所以便先下手为强，索性把手机给关了，眼不见为净，耳不听为清。她懒得去跟这个男人做无谓的争辩。

“她竟然敢关机？很好！越来越有出息了！”封行朗眸子里戾气更重，“那就打她宿舍里的电话！”

“二少爷，这么晚了，太太应该休息了，再说宿舍里应该还有其他同学。”莫管家婉言劝说道，“太太今天刚入校，还没来得及留宿舍里的电话号码呢，等明天，我一定问问她。”

“我还没休息，她怎么能睡得安稳？”封行朗径直从沙发上跃起，“看来，我得亲自过去揪她回来了！”

“二少爷……二少爷……这么晚了，还是等明天吧。”莫管家追了出来。

如果封行朗能这么听话，他就不叫封行朗了。

高大的身躯钻进那辆招风惹火的法拉利，他一踩油门，车子瞬间驶出封家别墅。

莫管家愣在原地叹息一声，意识到二少爷是带着怒气离开的，他连忙返回客厅，想给林雪落打个电话，好让她有所准备。可林雪落的手机一直处于关机状态，看来她今晚压根就没想开机。

因为今天只是到校报到，所以快十点的时候宿舍还没统一关灯，但过道里的嘈杂声已经消失殆尽，疲惫了一天的学子们也陆陆续续进入新学期的好梦中。

宿舍电话铃声乍响，袁朵朵跟林雪落都吓得不轻。

“我猜肯定是封二少！”袁朵朵脱口而出。

“不可能！他连我们大学校门朝南朝北估计都不清楚吧，又怎么会知道我们宿舍的电话号码呢？你以为他能神通广大到这个地步？”虽说林雪落的内心是胆战心惊的，但她还是不相信封行朗会找到他们学校来。

“既然不是，那你去接电话啊！”袁朵朵说道。

“接就接！肯定不是封行朗！”林雪落爬起身走到电话座机旁，可当她的手触碰到电话时，又缩了回来，求助地朝袁朵朵看了过去，“朵朵，还是你接吧。”

“胆小鬼！”袁朵朵跃身而起。如果真是封行朗，她倒是挺愿意接听的。

电话接通了，却是管理员阿姨。

“请问你们宿舍有个叫林雪落的同学吗？让她赶快到楼下来，她丈夫在门口等着她。叫她快点儿，宿舍大门马上要落锁了。”管理员阿姨一阵机关枪似的陈述之后，就把电话给挂了。

“阿姨说什么了？”见不是封行朗，林雪落轻松不少。

袁朵朵缓缓放下电话，转过身来朝林雪落一字一顿道：“她说让一个叫林雪落的同学下楼去，她丈夫正等着她！”

林雪落吓了一跳：“朵朵，开这玩笑很无聊！”

“你觉得我像在开玩笑吗？”袁朵朵反问。

林雪落当然不会认为那个自称是自己丈夫的人是封立昕，先不说他行动不便，就说这三更半夜的，莫管家和安婶也不容许他外出。

那么问题来了，这个自称是自己丈夫的人会是谁呢？

封行朗？林雪落脑海里瞬间便跳出这么一个魔鬼的名字！

“我觉得吧，这个人一定是封家二公子。雪落，要不你还是下去看看吧，我真担心他会直接闯进女生宿舍楼来逮你。”

袁朵朵极为肯定的言语，让林雪落一颗心提到了嗓子眼。

“我才不下楼去呢！他要是敢闯进来，会有人打电话报警收拾他的。”林雪落坚定着自己的态度。

“雪落，你也太狠了吧？再怎么说人家都找到这里来了。”袁朵朵惊讶道。

“我这叫大义灭亲！”林雪落应得从容。

她就不信没人管得了封行朗！在封家，莫管家和安婶都无一例外偏袒着他，对于他轻薄她这个嫂子的行为更是睁一只眼闭一只眼。

当电话再次响起时，林雪落直接把电话线给拔掉了。她倒是想看看，封行朗会不会闯女生宿舍楼！他要是真敢闯，明天早上铁定会在公安局里喝早茶！

见林雪落铁了心要放任封行朗来闯女生宿舍楼，袁朵朵有些于心不忍起来。

“雪落，我下楼看看吧，说不定不是封行朗呢，又或许是……方亦言也说不定。”虽说袁朵朵认为是封行朗的可能有百分之九十九，但她还是找了个冠冕堂皇的借口下楼了。

女生宿舍楼的大门口，袁朵朵一眼看到了封行朗。

合身的休闲装包裹着他挺拔的身躯，将他的身形勾勒得很迷人。他半倚在门框上，慵懒中却透着一股野性。

“封二少，真的是你啊？我……我这就上楼去叫雪落下来。”自从那回被封行朗强迫式扛上车之后，袁朵朵每每看到他时，心跳就会不自控地加速。可袁朵朵知道，就算封行朗是那风流多情的唐伯虎，那他一见钟情来闯华府，为的也只是秋香，而并非她这个石榴姐。

“袁小姐，稍等。”封行朗叫住袁朵朵。

袁朵朵有些受宠若惊：“封先生，您有什么其他吩咐吗？”

“我们唱个双簧吧！”封行朗提议。

三分钟后，袁朵朵风风火火地朝宿舍楼跑了上去。

其实在袁朵朵离开之后，林雪落也曾探头从窗户向下张望，并没有看到宿舍楼门口有封行朗的跑车，难道真不是封行朗？

如果来的真是封行朗，林雪落觉得自己真要投诉学校的保安系统了。这么晚了，又是女生宿舍，怎么能放任一个大男人深更半夜地闯进来？

再则，封行朗也没理由为了她深夜强闯学校啊！如此大费周章，只是为了纠缠她林雪落？似乎听起来不太可能！既然是封行朗的可能性很小，那又会是谁？不会真是方亦言吧？可听学生会的人说，方亦言的航班被推迟了，要到明天下午才能返校。

就在林雪落困惑不解的时候，袁朵朵火急火燎地冲了进来，一把抓住林雪落的胳膊，连拖带拽地把她从床上给揪了起来。

“朵朵，究竟是谁啊？瞧你这着急的样儿。”林雪落穿着睡衣坐起身来。

“那……那人坐……坐着轮椅呢！戴着一顶鸭舌帽，我……我没看清他的脸！应该是……应该是……”袁朵朵气喘吁吁地说道，她真的跑得快上气不接下气了。

这双簧，真不好演！而且袁朵朵并不擅于撒谎！还好林雪落的悟性足够“高”。

“是封立昕！”林雪落立刻像打了鸡血似的，飞快从床上爬了起来，穿着睡衣，套着拖鞋就朝楼下一路疾走。

都这么晚了，封立昕怎么来了？当时的林雪落并没有想太多。认为这一切都是因为自己先斩后奏，让他担心了。

一鼓作气跑下楼来，林雪落并没有在门口看到轮椅上的封立昕。

“阿姨，找我的人离开了吗？”林雪落一边朝门外张望，一边询问着宿舍管理员。

管理员没有说话，而是用手指了指门外，林雪落想都没想，径直冲出了女生宿舍大楼。

“立昕……立昕……”林雪落着急地呼唤着。

夜已经很深了，褪去了白天里的燥热，夜晚倒有点凉意，朦胧的月光下，看不到几颗星星。风丝丝缕缕的，空气浓郁又清新。

昏暗的路灯下，除了黑漆漆的一片树荫，根本就没有封立昕的踪影。

这个女人可真够欠收拾的！封行朗她不肯见，换成封立昕，她就跑得比兔子还快？

黑暗中突然蹿出一个身影，林雪落一眼便能认出那是封行朗！在看到封行朗的那一刻，林雪落呆滞了，她想到来的是封行朗，可又不能确定一定是他。

等她意识到自己第一时间要做的应该是逃回女生宿舍的大门，而不是发呆站在这里等这个男人来抓自己时，她的腰身已经被一条长臂勾了过去。紧随其后，她的唇被男人恶狠狠地封住了。林雪落急得快要哭了，眼眶红红的，却又摆脱不了。封行朗一碰上她的唇，就像着了魔一样停不下来。

“封行朗，你发什么疯？这可是学校！”微微松开后，林雪落怒道。

“谁给了你豹子胆，敢不在封家住？”封行朗意犹未尽地舔了舔唇，随后又凌厉逼问。

“我住校怎么了？这是我的人身自由！”林雪落总是忍不住顶撞他。

“人身自由？你还有吗？”封行朗冷嗤，“在你选择嫁进封家的那刻起，你的自由就已经被束缚在了封家！所以，你早已没有可笑的人身自由！”

“封行朗，你别欺人太甚！”林雪落不想一味委曲求全了，迎上封行朗那阴沉的脸，“我也想好好照顾你大哥来着！可你让了吗？你从来就没看得起我过！老以为我对你们封家有什么不良企图，认为我拜金，认为我虚伪！”

“在封家，你不用照顾我大哥，只要伺候我一个人就够了！”

“封行朗，你……真是不可理喻！你这样对我，你大哥知道吗？”林雪落气得七窍生烟，她的脸皮厚不过他，只能搬出封立昕来对抗他。

“你可是我大哥硬塞给我的，你说他会不知道吗？”封行朗笑了。

这一回，林雪落彻底语塞了。她是封立昕硬塞给封行朗的？这……这究竟是怎么回事？

在林雪落震惊呆滞之际，封行朗轻而易举便将她扛上了肩膀。

“封行朗，你干什么？放开我……快放开我……来人，救命啊！”林雪落大声呼救，希望能吸引到学校保安的注意。

“喊吧！我最喜欢上头条了！”封行朗对女人的叫唤声满不在乎。

林雪落紧紧闭上了自己的嘴。

封行朗可以不要脸，但她还要！要是真上了头条，那她在学校里还怎么混下去？眼看自己还有一年就快毕业了！

“怎么不叫了？把他们都喊过来看我们啊！”封行朗扛着女人朝校门外走去。

林雪落觉得自己的五脏六腑都在震荡，难受极了，她挣扎道：“封行朗，你快放我下来，我自己会走！”

此时的月亮显得分外皎洁，一片一片云缓缓地移过，想把月亮遮住，月亮却透过云片的空隙倾泻下温柔的光芒。这样的夜晚，美得让人心醉，封行朗的心情也跟着好了起来，还开起了玩笑：“本少爷扛着你走还不爽？要不换你来扛我？”

换她扛他？自己这小身板儿，扛得动他吗？

“封行朗，要我住回封家也可以，但你必须让我自由出入你大哥的医疗室！如果你连这个也不肯，那我在你们封家也没有存在的意义和价值了！还不如跟你哥离婚呢！”林雪落趁机跟封行朗讲起了条件，虽然这么倒挂着有些不舒服，但放松下来后，也没刚才那么难受了。

被他扛上肩膀的那瞬间，林雪落脚上的拖鞋就已经掉了一只，现在只剩下一只也没法子走路了，她索性将另外一只也蹬掉了。他力气大，那就让他一直扛到封家好了。也好让大家看看他封行朗半夜三更扛着个女人在校园里晃荡，是什么人品！

一路上，林雪落一直用双手捂着脸。心想即便被拍到了，也没人认得出是她。

“怎么，学会要挟我了？”封行朗笑了笑，“林雪落，你还是嫩了点儿！”

的确，要对付封行朗这个恶魔，林雪落觉得自己的道行还远远不够！

林雪落本以为封行朗要强行带她回封家的，却没想到法拉利并没有沿着回封家的路线走，而是往越开车越少的偏僻地方驶去。

“封，封行朗，你要带我去哪儿啊？”林雪落慌张起来。

“怎么，现在才知道害怕？”封行朗扬眉，疲乏中又带着一丝玩味。

这一说，林雪落就更加紧张起来，她用力推着车把手，车门却纹丝未动，男人已经锁上了。

“停车！快停车！我要下车！”恐慌袭来，林雪落有些不淡定了。

“这么紧张干什么？你以为我会吃了你这棵瘦不拉几的回头草吗？”封行朗薄唇微勾，整个人坏坏的。

竟然说自己只是棵瘦不拉几的回头草？林雪落气不过，却慢慢安静下来。

“让你乖乖待在封家，你偏要住出去野，把我的话当耳旁风吗？”见林雪落渐渐安静下来，封行朗以为她理亏，继续教训道。

“我哪里野了？不就住个校吗？”

“那为什么好好的封家不住，偏要住校？”

“我要住校的原因，恐怕你比谁都清楚！”林雪落气得都快呼吸不了了，觉得是时候跟封行朗捅破这层窗户纸了，“我的目的，就是想逃避你的纠缠！我是你嫂子！有你这么对待自己嫂子的吗？”

又以嫂子自居？这女人怎么没被笨死！如此良辰美景，全被这个倔强的女人给搅和了。

“住回封家伺候我。”

“我不！要伺候，我只会伺候你哥！你找其他女人伺候你吧！”

“可我偏要你伺候！直到你把我伺候舒服为止！”

“做梦吧！”林雪落不甘示弱地顶回去。说完她就后悔了，为了逞口舌之快，她将自己陷入了不可预知的危险当中。要是他被气坏了，把自己丢在这偏僻的地方，那她岂不是完了？

“封行朗，太晚了，我们回封家吧。”林雪落忽然反口了，她当然不会说回学校了，那不是找死吗？

“今晚不回封家！”封行朗沉着声音，听着另有诡计。

“不……不回封家？那……那你要带我去哪里？”林雪落心里直打鼓。

“去看日出。”

看日出？这暴戾的男人竟然也知道感悟生活？领略大自然的美好？

她看了一眼封行朗，却无法从他的表情里读出什么。

目的地是一片临海的观景台，听说有人要投资这里开发旅游市场。

封行朗将车泊好，并没有下车，只是将自己驾驶室的座椅调整得更为舒适。然后，他突然探手过来将林雪落抱起，放坐在自己的长腿上。林雪落本能地挣扎，他的手臂随之收紧。他用动作向她传达，这一刻她就是一只待宰的羔羊。宰不宰她，得看他的心情。

识时务者为俊杰，林雪落只是象征性地挣扎了几下，见封行朗并没有什么过分的动作，便安分了下来。他的怀抱其实很有安全感，林雪落却还是忐忑不安。

“行朗，你说你大哥的身体会好起来吗？”林雪落知道这个时候挣扎是危险的，而什么都不说，在这幽闭的空间里危险系数更大。所以，跟封行朗聊他大哥，无疑是最安全的。而且她也是在提醒他，不要对不起他大哥！

“一定会！”封行朗的声音很笃定，可包裹他的，却是深深的忧伤和落寞。

林雪落突然不忍心再继续这个话题了。她没再询问什么，两人偎依着，倾听着哗哗作响的海浪，嗅着彼此的气息。

世界如此静谧，连咆哮的海浪也跟着安静下来。这一刻在林雪落的心间，有很多的为什么，但她终究还是没问出口。都说月亮会惹祸，而这哗哗作响的海浪声更会惹祸。

林雪落不愿去想明白，为什么自己会默认男人的怀抱，也没再自我剖析这样的行为究竟道德不道德！现在，她只是顺从了自己的心，沉浸在这片刻的温馨中，将时光之门紧闭，和他做片刻的恋人。

什么东西像羽毛般带着温热滑过她的脸颊、耳朵、颈脖，还有……她的唇！

这样的柔情，让林雪落心生向往，也让她忘了反抗。

如梦似幻。

幻觉中的林雪落轻轻呜咽一声，先以为自己在平静的水里，慢慢却被一种温柔的外力荡起一阵一阵的浅潮，慢慢将她整个人淹没其中。最终，疲累战胜了一切，林雪落实在支持不住睡了过去。封行朗也精疲力竭，慵懒地将林雪落抱入怀里。

海边的晨，美不胜收。

浩瀚无边的海洋，一道道波浪不断涌来，撞击在岩石上，发出一阵阵声响，溅起雪白的泡沫。林雪落从那个不真实的梦中醒来时，万道金光已经跃出海平线。封行朗已经不在身边，从学校穿出来的睡衣勉强地遮盖住了一片春光。调皮的晨曦透进车窗，将她看了个够。

林雪落白净的脸羞得通红。她明明应该拒绝的，她的理智呢？被抛到爪哇国了？

不动还好，这一动，林雪落觉得自己整个人都快化了。

那个“为非作歹”的男人呢？林雪落转过身四下张望。在一块岩石上，林雪落看到了封行朗高大挺拔的孤傲背影。

风衣被劲风吹拂而起，拍打在他身上，封行朗喜欢这种劲风透胸而过的感觉。面对着大海，感受着它的波澜壮阔，就好像把城市的狭窄、拥挤、嘈杂全挥到了九霄云外。

太阳渐渐上升，海面波光粼粼，浪涛像顽皮小孩一样跳跃不定，与海风海浪融合在一起的男人，美好得像一幅画。

林雪落不知道男人想独自面对这片海域多久，但她知道，自己的第一堂课应该是错过了。

海边的清晨是沁凉的，可随着太阳升起，不大的车厢里被晒得热气腾腾。这男人究竟还要看多久的海？林雪落觉得自己就像是被丢进了桑拿房中，热得快不行了。她开始研究车内的换风系统，一不小心触碰到了喇叭，连她自己都被吓了一跳。

一声短促的鸣笛提醒了观海的男人车里的女人已经醒了，正在摆弄他的车。

封行朗折回跑车时，林雪落正埋头鼓捣着那些按键，感觉到头顶上的阳光被遮挡住了，林雪落连忙抬起头来，便看到封行朗就站在车门外。她如惊弓之鸟一般缩回了副驾驶座上，目光飘忽不定，不知道怎么面对他。

车门被打了开来，灌入咸湿的海风，林雪落微微缩了缩单薄的身体。男人深深地凝视着副驾驶上的女人，感觉到了她的局促不安，薄唇微微上扬起一抹好看的弧度，很耐人寻味。可他没有跟她开口说话，英俊的面庞上带了一股捉摸不透的清冷，随后上车。

跑车启动，朝着下山的山路呼啸而去。

第八章

失去自由

林雪落当然不会提议让封行朗送她去学校。她穿成这个样子，再从一辆跑车上光着脚下来，就这么走在校园里……她会被唾沫星子给淹死的！现在她唯一能回的，恐怕就只有封家了。

正如林雪落所愿，封行朗果然带着她回了封家。

车刚停稳，林雪落便打开车门，光着脚踩在鹅卵石上，像被踩了尾巴的猫一样，朝着客房飞奔过去。

房间里，林雪落用厚厚的绒毯紧紧包裹住自己，似乎这样才能让她觉得安然一些。

林雪落，你真的应该被浸猪笼了！知错不改，竟然还屡错屡犯？你已经没救了！病入膏肓了你！

突然想起什么，林雪落连忙裹好绒毯朝书桌奔了过来。在书桌的抽屉里，她几乎翻了个遍，也不见那一盒药的踪影。

上回她明明就塞在抽屉里的啊，怎么会不见了呢？该不会是被安婶发现丢了吧？担心什么，偏偏就来什么。就在林雪落低头翻抽屉时，安婶端着一碗红枣莲子羹走了进来。

“太太，找什么呢？”

“没……没找什么。”林雪落当然不会询问安婶是不是丢了她的药。

可让她万万没有想到的是，安婶主动将药瓶送到她跟前：“太太，您是在找这个吧？上回那个副作用很大，被我丢了！换这瓶吧，没有副作用，安全一些。”

“……”林雪落惊讶得连话都说不出来了，安婶显然已经知道了！

“太太，这碗红枣莲子羹您趁热喝了，一会儿我再来收拾碗筷。”

还好，安婶放下红枣莲子羹和那瓶避孕药后，便转身离开了，避免了林雪落继续尴尬。

拿起那瓶药，林雪落感慨万千，看来自己跟封行朗的那点儿破事，整个封家已经是尽人皆知了吧？林雪落懊恼地捂住了自己的脸，不知如何是好。

匆匆看了一眼药瓶上的说明，她从里面倒出一粒，就着那碗红枣莲子羹吞咽下去。

这药……好像不太苦，不仅仅不苦，还有点甜？林雪落以为那是自己喝了红枣莲子羹的原因，并没有想太多。她哪里会知道平日里老实的安婶，也有坑她的时候！

林雪落正艰难地吞咽着药片，封行朗忽然走进了房间。

然后，他眼睁睁看着林雪落吞下那粒药片，再然后，封行朗走过来从书桌上拿起那个小药瓶，看到了上面写的“紧急避孕药”字样……

过程记不太清楚了，林雪落只记得当时男人的那张脸冷得能刮下一层冰来。

“你就这么不想给我生孩子？”封行朗那双眼眸中迸发出来的怒意，简直要把林雪落直接烧穿。

“对！我不想！很不想！”林雪落冷冷回答。

怒意在男人的脸上积聚，林雪落本觉得，要是自己的话能让男人憎恨上自己，那也不见得是件坏事儿，最好能让他厌弃她，远远离开她，再也不要跟她纠缠不清。可她实在没想到，她所说的赌气之话，会给自己惹来这么多祸事。

“看来，的确是我对你太仁慈了！”生冷的字眼从男人口中溢出。

他对自己仁慈过吗？真够好笑的。可等林雪落意识到自己身处的危险境地时，一切都已经晚了，她已经把封行朗给激怒了。她被他径直扛上了肩膀，出了房间，直奔三楼而去。

感觉到自己这回肯定没好果子吃，林雪落连忙朝旁观的安婶和莫管家呼救，可他们只敢远远地担忧，却不敢上前半步来制止封行朗。

林雪落被锁进了三楼的阳光房里，有三分之一是玻璃墙面。

这里曾经是封行朗从小到大被父亲关禁闭的地方，他向来不受封家人待见，除了封立昕。

四周，连房子的顶端都加上了防护网，而这些玻璃全是防弹的。

“封行朗，你这个浑蛋……放我出去……快放我出去。”林雪落奋力拍打着那扇被紧锁的门。

“不让你吃点儿苦头，你是不会乖的！”封行朗丢下这句话后，便转身离开了。

楼下，安婶战战兢兢想上前劝说，却还是欲言又止。她深知愤怒中的二少爷是可怕的，担心自己一不小心会让太太陷入更苦难的境地。

“二少爷，您这么锁着太太……会影响到大少爷休息的。”莫管家相对精明一些。

他知道这个时候为太太开脱只会适得其反，所以他便搬出了大少爷，希望封行朗能改变主意。

“她要是敢闹腾，就让金医师赏她一支麻醉剂！”封行朗怒气未消。

莫管家知道封行朗在气头上，便不再多言，一旁的安婶却慌了神儿。

毫无疑问，太太一回来就找避孕药吃，昨晚一定是和二少爷发生了关系。这算算时间，可是恰好在适孕期，她好不容易把避孕药换成了维生素，要是真让金医师给太太来上一支麻醉剂，那万一真怀上了小少爷，岂不是要遭殃了？

“二少爷，使不得啊！麻醉剂多伤身啊，太太又那么单薄。”安婶乞求着。

“那就好好劝劝她，让她给我消停点儿！”封行朗冷声道。

目送着封行朗离开封家，安婶和莫管家都长叹了一声。

“安婶，你去劝劝太太，我去跟大少爷解释解释。太太闹这么大动静，肯定扰着大少爷了。”莫管家说完，转身朝二楼的医疗室走去。

阳光房里，林雪落看到了院落里的封行朗正健步朝他的法拉利走去，她连忙扯着嗓门儿又喊又叫：“封行朗，你这个疯子……快放我出去！我要出去……”

封行朗抬起头，朝三楼的阳光房瞄了一眼，朝她扬了扬手中的钥匙后，才钻进法拉利，随后绝尘而去。

林雪落气得牙直打战，这个男人把自己锁了，竟然还能如此悠然自得？昨晚还那么柔情似水，可转眼又变得冷酷无情起来！

忍无可忍，林雪落从房间里捞起一个烟灰缸就从窗口砸了下去，法拉利的速度很快，没能如期砸到车身，而是砸在了草坪上。

林雪落又急又气，却又无可奈何，只能眼睁睁看着这个男人离开。

封行朗刚走，林雪落便听到有人叩门的声音。随后那沉重的防盗门上的一个小门被打开，林雪落听到了安婶急切的叫唤声：“太太……太太……”

听到安婶的声音，林雪落连忙奔过去：“安婶，求你给我开开门好不好？我还得去上学呢。”

“太太，这房间唯一的一把钥匙已经被二少爷拿走了，唉……”安婶爱莫能助。

“唯一的一把钥匙？莫管家没有吗？”林雪落问道。

“没有。这间阳光房一直是老爷用来锁二少爷的，后来老爷去了，这阳光房的钥匙就被二少爷自己给拿走了。他不让任何人进来！他本人也是偶尔进来看上一眼。”安婶解释道。

“那……那怎么办？我就这么被他锁在里面吗？安婶，麻烦你找个锁匠回来开门好不好？”林雪落请求着。

天知道那个男人什么时候回来？万一他今天不回来，那她岂不是要在这里被锁上一天？ 可林雪落根本就不知道这个男人为什么突然发脾气要锁住她。就算死也要死个明白吧？

“太太，您先别着急，我给您端来了爱喝的小米粥和小薯饼，您先吃着吧，千万别动气。”安婶把托盘递送了进来。

“安婶，我真的吃不下这些！我都快急疯了！他怎么能这么对我？还有没有王法了？”痛定思痛，林雪落安静下来，笃定道，“安婶，你报警吧！”

“报……报警？这……这不太好吧？”安婶惊住了。

“有什么不好的？他这是非法拘禁！安婶，帮帮我吧。”林雪落再次恳求。

“要不我先去跟大少爷商量商量？”安婶实在是无计可施了。

林雪落想了想，点了点头：“好，我等着你。”毕竟封家还有封立昕这个大少爷在，他是她的“丈夫”，应该会为她这个“妻子”做主的。

医疗室里，封立昕刚刚取下呼吸器，听到安婶的话，忙说道：“雪落和行朗怎么又闹腾上了？快去找个锁匠把门开了，要不然，就直接砸门。”正如林雪落所预料，封立昕是向着她的。

“好的，我这就去找开锁的。”安婶连声应好，“大少爷，这回二太太怕是真的有喜了！昨晚他们又在一起了，一早太太回来就找药吃，被我用维生素给换了。算算这日子，刚好是在适孕的黄金时段。”因为一心惦记着林雪落怀孕的事儿，安婶都快成孕育专家了。

“真的吗？那太好了！安婶，你一定要好好照顾雪落，行朗就快有子嗣了，我真的替他高兴！”封立昕抑制不住喜悦，整个人微微哽咽起来。

“放心吧大少爷，我会照顾好太太的。二少爷跟太太有了子嗣固然是好，安婶期待着您也能有上子嗣，那我就能告慰老爷和老夫人的在天之灵了！”安婶双眼含泪。

封立昕凄凉地笑了笑，原本一张英俊的脸早已经面目全非，看起来确实狰狞。他哪里还能有什么子嗣？封立昕只求能够尽快随蓝悠悠一起死去。无论是天堂还是地狱，他一定会找到她，告诉她他有多么想她，每天、每分、每秒都在想。

悠悠，等着我……我就来了！

可封立昕万万没有想到，他心目中的美丽精灵，既不在天堂，也不在地狱，而是被困在了人间。

一根粗粗的铁链锁着她，显得格外楚楚可怜。

封行朗进来的时候，蓝悠悠正优雅地吃着饭。沐浴后的她更为楚楚动人。

晚餐很丰盛，几乎都是蓝悠悠爱吃的。

三文鱼、象拔蚌、铁板牛柳，竟然还有启秀阁的招牌菌菇三鲜煲。如此怜香惜玉，真够难为他叶时年的。

“还以为你会绝食抗议呢。”封行朗冷哼一声。他知道蓝悠悠表面看起来弱不禁风，娇弱得跟花似的，骨子里却烈得很。

蓝悠悠笑得妩媚：“你封行朗还活着，我怎么舍得去死呢！”

“……”这女人，远比林雪落那个笨女人难对付多了。

“朗哥，一起吃点儿？”叶时年已经将碗筷递送至封行朗跟前。

不知为何，叶时年总担心封行朗突然就对蓝悠悠施加暴力。无论蓝悠悠多么十恶不赦，可她终究是个弱女子，不免会让叶时年滋生英雄救美的心。

忙碌了一天，中午只在办公室里对付了几口，毕竟是血肉之躯，这一刻封行朗也真饿了，他从叶时年手中接过碗筷，便跟着一起吃了起来。

有封行朗作陪，对于蓝悠悠来说应该胃口大开才对，她却顿下动作，紧紧盯着封行朗看。更准确地说，应该是在看他的脖子。

“你昨晚被女人睡过了？”

不提还好，蓝悠悠一提，封行朗更清楚地感觉到自己颈脖上的咬痕在隐隐作痛。林雪落，看似跟个小羊羔似的可任人为所欲为，但偶尔也会露出利齿，令人惊艳。他下意识轻抚了一下脖子，冷淡地扫了蓝悠悠一眼，吐出几个字：“关你什么事？”

“觊觎你的女人，都该死！”蓝悠悠冷冷说道，刚刚还风情万种的眼眸突然阴狠起来。

封行朗不为所动，将筷子上的牛柳送进口中优雅地吃完。

“你别忘了，你还欠我哥一条命！我会让你血债血还的。”

“跟你商量一下，我‘血债肉还’，怎么样？”蓝悠悠笑得纯洁，如情窦初开的少女，恍然间让人有种特别想去亲近的感觉。

“也不错！但这肉，我会一片片从你身上割下来。”封行朗直视着蓝悠悠。

看来，他们俩口中的“肉还”差异很大，完全是南辕北辙的两码事。

“来啊，你若不敢，就是个窝囊废！”蓝悠悠又开始挑衅。

叶时年吓得不轻，这女人简直是在一心求死，即便封行朗不弄死她，要真动怒割下她身上的一块肉，那也不是没可能的。

“那个朗哥，您爱吃的牛柳，多吃点儿。”叶时年猛地给封行朗添了两大筷子牛柳，铁板几乎被一扫而空。他只是想用这样的方式来吸引封行朗的注意，也算是圆场。

这晚饭，吃得可真够艰难的！

同样艰难的，还有另一边被困在封家的林雪落。

安婶请回来一个锁匠，费了九牛二虎之力才打开锁。她本以为能出去了，却没想到这是一把智能连环锁。也就是说，当外面的锁被撬开之后，里面的暗锁会立刻自动上险，然后把门锁得更加严实。

折腾了好几个小时开锁匠走了，眼下只有两条路了，一是等封行朗回来开门，二就是要暴力破门。可考虑到封立昕的病情受不了持续的噪音，林雪落便让莫管家放弃了破门的决定。再说了，房间里可以睡可以躺，生活日用品也一应俱全，她就暂时忍耐一晚上吧。

“太太，您中午没怎么吃，晚上可得多吃点儿。”安婶一心惦记着封家的子嗣，从小门里不停给林雪落递送食物。

可林雪落哪里还吃得下啊。她是人，不是动物，却被封行朗像动物一样锁在房间里失去了自由，林雪落忍不住掉了眼泪。她不怪“丈夫”封立昕，如果他是健康的，一定不会纵容自己的弟弟这么欺负她。那自己该怪谁呢？封行朗吗？

她觉得自己最应该恨的人，就是自己。如果她自强一点儿、自尊一点儿、自爱一点儿，那个男人也不会如此看不起她。或许在封行朗心目中，她已经下贱到可以让他为所欲为的地步。

夏家门口，一辆单车停了下来。

方亦言的长腿从单车上跨了下来，伸手捞起车篓里的一束玫瑰花。巧的是，他正好赶上夏家三千金出门。

“以琴，雪落在家吗？她同学说她今天没有去学校。”

方亦言并不像林雪落所说的那样朝气蓬勃，亦不是那种明媚得像晨曦一样的阳光男孩，他是申大的本硕连读生，戴了一副眼镜，比起同龄人，显得更为成熟一些。

他并非林雪落的男朋友，可他一直视林雪落为女朋友。

“是方亦言呀，好久不见，你好。”名媛就是名媛，夏以琴举手投足之间，十分客气。

“雪落今天没去学校吗？”她又疑惑道。

“人家都是封家大太太了，还用得着上什么破学校？”夏以琪冷哼一声。

“以琪，你……你什么意思？你说谁是封家大太太？”方亦言愣了一下。

“当然是林雪落了！”夏以琪鄙夷地瞄了一眼方亦言骑过来的单车，“瞧瞧你这寒酸的样子！追女孩竟然骑辆破单车？也难怪林雪落攀高枝做了封立昕的太太！她是嫌弃你这副穷酸样儿！”

“夏以琪，你胡说什么？雪落不像你，把‘拜金’两个字刻在自己脸上！”听到夏以琪这么诋毁林雪落，方亦言生气了。

“方亦言你……”夏以琪气不打一处来，“有种你去封家找林雪落啊，看我说的是不是事实！我再怎么拜金，也好过她林雪落为了钱出卖自己的身心！”

方亦言当然不相信夏以琪的话，他深知他的雪落不是那种女人。可他又不得不信，林雪落真的嫁去了封家。方亦言跨上单车，二话没说，便径直朝封家骑去……

方亦言是个优等生，学的是生物科技，也是一个玩电子产品的高手。在学校航模飞行表演上，他一眼便看到了人群中的林雪落，不仅仅是多看了一眼，而是一直盯着她看。他输掉了航模的飞行表演，因为他的航模脱离了应该飞行的轨迹，只是围绕着林雪落一圈儿又一圈儿地打转。

再后来，林雪落做了他名义上的女朋友，被方亦言带回重症监护室安慰命悬一线的母亲。

方母很满意林雪落这个“儿媳妇”，病竟然神奇般好转了。只是方母的病情容易反复发作，于是，林雪落只能无奈做了方亦言两年的“女朋友”。从一开始她就说好，这只是个善举，可偏偏方亦言弄假成真，对林雪落动了真情。他喜欢林雪落的纯净，更喜欢她的善良，她的一切都深深地吸引着他！

他知道林雪落只是把当成普通朋友，但这并不妨碍他这两年来像个哥哥一样关爱她。直到上个学期期末，林雪落跟已经在筹备她跟方亦言的婚事的方母坦白了这一切后，方母一气之下回了美国，方亦言也跟着过去了。这两个月的假期杳无音信。

安顿好方母之后，方亦言又赶了回来，继续他的学业。更主要的是，这座学府里有他深爱的女孩林雪落。被拒绝并不要紧，反正他依旧有着一颗爱她的心，还有一份持之以恒的信念。他相信自己最终会赢得她的芳心。可方亦言哪里会想到，在这短短的两个月里，林雪落竟然就嫁去了封家？是她移情别恋爱上了别的男人？还是她想逃避夏家这个牢笼？

一定是后者！瞧瞧夏以琪那个泼辣跋扈的样子，雪落这些年在夏家一定没少受委屈。

方亦言越骑越快，恨不得用上自己所有的力气朝封家赶去。

要找到封家并不难，毕竟封家在申城也算是名门望族。将学生证押在保卫室，方亦言才进了这个富豪聚集地。

给方亦言开门的，是一个四十岁上下的精干中年妇女。

“您好，请问林雪落住在这里吗？”方亦言客气礼貌地询问。

安婶上上下下打量着眼前的男人，他二十四五岁的样子，白白净净的，还戴着一副黑框眼镜，看起来相当文质彬彬。

“你是？”安婶拉长声音询问。

“哦，我是林雪落的学长，她今天没来学校，学生会指派我过来询问一下她的状况。”

方亦言的话说得很有技巧，不会让安婶起任何疑心。如果夏以琪说的属实，那雪落现在就是封立昕的太太了，如果自己以雪落的男朋友的身份出现在封家，无疑是不妥的。

“哦，我家太太身体有些不舒服，要过些天再去学校，麻烦您帮我家太太请个假。”安婶顺水推舟地客气道。

一声“太太”，令方亦言心头一凉，原来夏以琪说的都是真的，林雪落真的嫁进了封家，嫁给了封立昕。方亦言隐忍着心头的剧痛和苦涩，勉强露出一丝苍白的笑容，问道：“我能进去看看林雪落吗？”

“这个……恐怕不太方便，我家太太……已经睡下了。”安婶搪塞着。

林雪落现在还被锁在三楼的阳光房里，要是让她的学长看到她被锁着，的确不太好。

听家仆这么说，方亦言也实在不方便硬闯，他看了一下四周，一派奢华雅致，果然是名门望族。

“那就不打扰了，我先回学校去。等她身体好些了，让她来学校报到。”方亦言告辞。

但他没有离开，一直在封家的别墅院落外徘徊着。

三楼的玻璃房没有开灯，因为林雪落并不想让外界看到阳光房里的状况，可是此时此刻，她看到了楼下的方亦言。刚开始，她还以为自己看错了。方亦言怎么可能找来这里？可等方亦言再次从封家客厅里出来，并在院落外徘徊时，她才确定，那人就是方亦言！

一时间，林雪落不知道自己应不应该叫住想离开的方亦言，告诉他自己被困在三楼的阳光房里出不去。她已经被锁了快十二个小时了，实在太煎熬。

她已经拒绝了方亦言，而且她现在已经是封立昕的妻子了，又以何种身份请求他帮她呢？林雪落知道方亦言是个好人，所以更不想麻烦他。但被困住失去自由的无奈，实在是让林雪落难受至极。怎么办？究竟要不要请求他帮帮自己？

方亦言一直没走，徘徊在封家别墅院落外，时不时朝着楼上的方向看过来。听那个家仆的口吻，林雪落一定还在封家，只是有一些不可告人的原因，而不让他跟林雪落相见。加上刚刚那个家仆说话吞吞吐吐的，方亦言就更加起疑。

见楼下的方亦言久久没有离开，林雪落备感欣慰。她打开玻璃墙上的小窗口，探出半个头来，压低声音轻声叫唤："方亦言……方亦言……"

方亦言听到了林雪落的叫唤声，却不知道声音是从哪里传来的。

"雪落？雪落？"

"方亦言，我在楼上……三楼，你小点儿声。"林雪落压低声音，生怕惊动屋子里的人。

方亦言抬起头，朝三楼的阳光房看去，果然看到窗口有个人影在晃动。为了能让方亦言看清楚自己，林雪落将房间里的灯打了开来。

"雪落！"看清三楼的人真是林雪落时，方亦言激动又欣喜。

"雪落，你还好吗？"方亦言问得苦涩。

她还好吗？被人像囚犯一样锁着，又能好到哪里去？可林雪落还是点头应声道："我挺好的……谢谢你来看我，你走吧。"

最终，林雪落还是没有说出自己的困境。她不想因为自己的私事去麻烦方亦言。

"雪落，你是不是被人锁在三楼了？"方亦言觉察出了端倪，林雪落完全不像是生病的样子。既然没有生病，为什么那个家仆以生病为由不让他跟林雪落见面？想必林雪落被人禁锢了。

"没，没有！我在三楼看星星呢。方亦言，你快走吧，记得帮我请假。"林雪落只想让方亦言快点儿离开，千万别让封行朗看到。

"既然你没被锁着，那你下楼来，我有东西给你！"方亦言执意要跟林雪落见面。

"方亦言，快走啊……有什么事儿，我们回学校再说吧。"林雪落再次催促。

越是害怕什么，就偏偏来什么。

就在林雪落跟方亦言相隔三层楼说话时，刺眼的车灯照在了方亦言身上，他本能地用手里的玫瑰花挡住了灯光。

封行朗有些难以置信，他这是在"捉奸"吗？

可眼前的事实的确如此！一个手拿玫瑰花的愣头小年轻，正跟自己的妻子遥相呼应着。一个让他快走，一个让她下楼，看起来还挺情深！

关键是，封行朗还听到林雪落喊这个男人“方亦言”。封行朗不由自主想起了那句描述：阳光开朗，明媚得像晨曦！封行朗觉得自己特别手痒，特别想揍人！偏偏这个他想揍的人，还自己主动送上门来了。竟然跟自己的妻子隔楼传情？还有他手中那束刺眼的玫瑰花！封行朗从跑车里钻出来，径直朝方亦言走了过去。

“方亦言……方亦言……你快走啊！快走！”林雪落先是看到了封行朗的跑车，随后又看到了封行朗气势汹汹从跑车里钻了出来。

方亦言当然不会走，他放下了手中的玫瑰花，不卑不亢地看向封行朗：“你就是封立昕？”

因为前期安排母亲出国，所以方亦言并不知道有关封家大少爷封立昕的惨案。他以为这个凶神恶煞朝自己走过来的男人就是封立昕。

封行朗二话没说，照准了方亦言那张斯文的脸就一拳头招呼过去。

方亦言哪里会是封行朗的对手，一个趔趄便往花圃里倒去。

“封行朗，你发什么疯？别再打了……方亦言，你快走啊！”三楼的林雪落见方亦言被打得跌倒在花圃里，着实急坏了，她深深地领教过封行朗的暴戾脾气。

方亦言又有什么错？他只不过是关心自己，才从学校找来封家的。可封行朗这个恶劣的男人，竟然不分青红皂白就上前对方亦言一通狠揍！这男人还有没有人性？林雪落真的后悔自己刚刚开口跟方亦言说话，要是他早早离开封家，就不会遇到封行朗了，也不会平白无故挨打！

方亦言倒进花圃的身体还没站稳，封行朗的第二拳已经紧随其后。对于这个叫方亦言的家伙，封行朗已经手痒好几天了，不好好教育他一下，真对不起他主动送上门来。

很明显，方亦言处在下风，甚至可以说完全没有还击之力，狼狈至极。

“封行朗，你别再打了……求你别再打了！你再这样打下去，他会没命的！”

林雪落恳求着封行朗住手，可听到林雪落的劝说声，封行朗怒意更甚，一记右勾拳打过去时，方亦言的嘴巴已经见血。

见自己根本没法劝说封行朗这头失控的野兽，林雪落只能声嘶力竭地大声求救：“安婶、莫管家……快出来啊……封行朗他打人了……他快把人给打死了！”

这一刻，林雪落再次意识到，封行朗真真正正是个恐怖的人。她嫁进封家，就如同进了一个炼狱场，她能够预测到，她今后的路将更为艰难。

为了吸引别墅里莫管家和安婶的注意力，林雪落不停用房间里的椅子敲打着玻璃。

幸好，莫管家和安婶最终听到了林雪落的呼喊，从别墅里跑了出来，两人与闻讯而来的保安一起将封行朗这头怒兽给拉扯开来。

方亦言吃力地从草坪上爬起身来，眉骨和下巴处已经肿了，嘴角沾满了血渍。他眯着被打肿的眼睛，看清了打他的男人。刚刚听林雪落喊他封行朗，并不是封立昕。同姓封，应该是跟封家有关的人。

“同学，你没事儿吧？”安婶连忙迎上来搀扶住颤巍巍爬起来的方亦言，并替他找着近视眼镜，给他戴好。

方亦言吐出嘴巴里的血污，回答：“我没事儿。”

“就你这两下子，还想觊觎别人的太太？滚回去当你的书呆子吧！”封行朗冷斥一声。

封行朗怎么看眼前的这个愣头小子怎么跟“阳光开朗，明媚得像晨曦”搭不上边儿，充其量也就是个读书读傻掉的书呆子形象，那个白痴女人的眼光也真够差的。

“封先生，你们这么锁着林雪落，这，这是犯法的！你们必须现在就将她给放出来！她有公民最基本享有的人身自由！”挨打了的方亦言并没有逃跑，而是留在原地跟封行朗理论。

“我就乐意锁着她，你管得着吗？”封行朗嗤了一声，“怎么，还嫌挨打得不够？”

三楼的林雪落听到楼下两个男人的交谈，越发替方亦言着急起来：“方亦言……方亦言，你快走啊！我的事不用你管！你走啊！”

“雪落，你的事，我一定会管！你再等会儿，我会想办法救你出去的。”方亦言朝着三楼阳光房的林雪落斩钉截铁地保证道。

这落在封行朗眼里，俨然成了自己的妻子在跟别的男人打情骂俏！

她竟然在他这个丈夫面前秀深情？封行朗的手又痒了，因为他又想揍人了！

“方亦言，你走啊……你打不过他的！你要是被他打死了，谁去照顾方伯母？”

林雪落清楚方亦言性格很犟，所以只有拿出方母来劝说他知难而退。在封行朗这个暴君面前，根本就没有任何道理可讲。她这一说，还真提醒了方亦言，他不再跟封行朗讲道理，而是扶起倒地的单车跨上去。

“雪落，你再等会儿，我去喊人。”言毕，他便快速骑上单车离开。

“搬救兵吗？天色不早了，你动作快点儿！别影响了本公子睡觉！”封行朗讥讽道。

方亦言终于离开了，林雪落也算是松了一口气。

封家别墅恢复了宁静，死气沉沉的，好像刚刚的一切都没有发生过一样。

林雪落沿着玻璃墙坐下，呆呆地看着外面的景色，却没有一丝一毫的风景能进入她的眼。

“那小子什么时候来的？”进了屋，封行朗朝着安婶厉声问道。

“就刚刚，他说他是太太的学长。因为太太今天没去学校，所以他就过来看看。”安婶如实汇报，“我没让他见太太。”

“二少爷，您认识太太的学长？”安婶多嘴一问。

“不认识，也无须认识！以后他再来，就让小钱打到他不敢来为止！”封行朗冷冷回答，随后便朝楼上走去。

原本安婶还想劝说封行朗开了三楼阳光房的锁让林雪落出来的，见他上楼去了，便也没敢吭声。她看得出，封行朗心里不痛快。

封行朗并没有直接去三楼的阳光房，而是去了二楼的医疗室。

即便他不主动去，他知道封立昕也会让金医师喊他过去的。他亲自选出的心仪弟媳妇被他封行朗锁了一整天，他能不着急上火吗。

正如封行朗所料，封立昕已经让小邢把病床抬起来，正准备让金医师出去喊他。

“行朗……你，你太过分了！雪落犯什么错了，你要这么锁着她？她是你的妻子，不是囚犯！你手机关机，电话也不接，你想……你想……咯咯……”一口气断断续续说了这么多话，封立昕一个气息没能提上来，便急剧地咳嗽起来。

封行朗娴熟地坐到病床前，将封立昕的身子托到自己的怀里，温和地给他拍背，让他的气息得以流畅一些。

“知道自己不能多说话，怎么还说这么多。”封行朗将封立昕那张面目狰狞的脸紧贴在自己的胸膛上，“怎么就不知道爱惜自己！”

“你还没回答我呢，为什么要锁着雪落？她做错什么了？”好不容易得以喘过气来，封立昕又开始质问起封行朗。

“她是在替你承受痛苦！你什么时候同意跟我去美国做进一步的治疗，我就放她出来！否则，我会一直锁到你答应去治疗为止！”封行朗冷漠道。

“荒谬！”封立昕反问，“那是不是我现在立刻死了，你就能放她出来了？”

封行朗微微怔了一下，随后那张英俊的脸庞上滑过一丝阴冷的笑：“我会送她去地狱，接着给你做弟媳妇！”

“封行朗，你已经无药可救了！雪落是无辜的！你为什么要因为我而连累到她？”封立昕怒不可遏。

“既然她有胆量嫁进封家，这一切，她都必须承受！”封行朗依旧冷漠。

既然他的苦苦哀求打动不了封立昕，那么现在只有用封立昕在乎的东西来刺激他，或许才能让他重新燃起生活下去的信念。

“你那么为难她于心何忍！”

“这世间还有什么事，比得过你封立昕抛弃自己的弟弟，一心求死呢？”封行朗冷冷地笑。

封行朗喂过来的药膳，封立昕压根儿就不想喝，可是他又不敢不喝。

不仅仅是为了无辜的林雪落，更是为了安婶的那句话：这一回，二少爷和雪落太太估计真的有喜了。

如果雪落真的怀上了封行朗的孩子，又怎么受得了封行朗这样的折磨呢！

虎毒还不食子呢！封立昕不能放任弟弟封行朗做出伤害自己亲生骨肉的事。

“你把雪落放出来吧，我答应你，等过完我三十岁生日，就去美国治疗。”终于，封立昕松口，给出了具体的时间。

封行朗动作一滞，缓缓将手中的药膳放下，然后附身过来，将封立昕瘦骨嶙峋的身体拥抱在怀中：“哥，谢谢你！”

连续两声“咔嚓”声，那是防盗门双重暗锁被打开的声音。

封行朗缓步走了进来，不轻不重的脚步声提醒着女人自己的到来。应该是林雪落能听到的声音，她却没有回头。

林雪落依旧屈着膝盖坐在靠玻璃墙的地面上，静静看着外面流动着的霓虹，像个没有气息的破布娃娃。

封行朗看到了一旁的茶几上放着三份食物，都没动过筷子，换句话说，她一天没吃东西了。

封行朗眼眸沉了沉，走到林雪落身边，淡漠地说：“怎么，想绝食抗议？”

“我不吃，还能为你们封家省下口粮，多好！”林雪落依旧没有回过头来，因为身旁的这个男人她已经不想再多看一眼，心底在隐隐作痛，疼得林雪落无法呼吸。

封行朗试探了一下午餐和晚餐的温度，将还温手的晚餐餐盘从茶几上端了起来，朝玻璃墙边的林雪落走了过来：“我们封家不缺你省下的这点儿口粮。”

他蹲下来，与林雪落一同坐在玻璃墙处的地面上，夹了她爱吃的西芹百合，送到她的嘴边：“来，张嘴。”

林雪落身体猛地一震，她怎么也没想到，封行朗竟然会喂她吃东西。

可无尽的屈辱袭来，林雪落恨极了这个男人！他轻薄她、玩弄她、从不尊重她也就忍了，可他怎么可以连无辜的方亦言一起给打了呢？谁给了他这样的权利视别人的生命如草芥？

“你们封家的东西我吃不起，也不想吃，你拿开吧！”林雪落不想多说什么道理，一张脸庞格外苍白。

“你怎么会吃不起呢？封家连我这个矜贵的二少爷你都吃了，又怎么会吃不起一碗饭呢！”

封行朗悠声说道，听起来好像是在安抚林雪落，仔细琢磨，却让雪落面红耳赤。

林雪落无言以对，心已经凉成一片，再也提不起跟男人争辩的气力。

封行朗再次将西芹百合喂到林雪落唇边，林雪落干脆将头别开。

“大哈不吃西芹百合的，你又不肯吃，浪费了多可惜。”封行朗换了一种方式来劝她。

见林雪落还是不肯张口，封行朗便将筷子上的西芹百合改送进自己嘴巴里。

“封行朗，你锁我也就算了，为什么连一个外人你都不放过？方亦言有什么错，你把他打成那样？就因为他是我认识的朋友，你就那般暴打他吗？”林雪落实在是气不过，责问起来。

封行朗并不喜欢吃西芹百合，倒不是受不了百合的苦涩，而是不习惯西芹一股淡淡的药味儿。但他不知为何，只要面对这个女人，再不喜欢的东西似乎也吃得下了。将口中的西芹百合吃尽，封行朗才淡然说道：“我说我吃醋……你信吗？”

这句话，再次让林雪落哑口无言。什么叫吃醋啊？她是他大哥的妻子，他凭什么吃醋？

“借口，无论你编造什么样的理由，都粉饰不了你的暴力行为！”林雪落不肯相信。

“原来你不信啊……恰好我也不信！”封行朗淡淡一笑，笑得讳莫如深。

林雪落愤愤瞪了他一眼，男人那漫不经心的样子，实在让她上火。

“不陪我下楼吃点儿吗？”看女人别开头不看自己，封行朗又说。

林雪落没有搭理他。

“原来你明天不想去上学啊！”封行朗优雅地从地上站起来，“那就不打扰你待在这间阳光房里面壁思过了！”

一听说上学，林雪落立刻像打了鸡血似的从地上站起身来往阳光房门外奔去，那速度，估计比博尔特也慢不了几秒。看着那如兔子一般的俏皮背影，封行朗脸上闪过一抹笑意。

或许是爬起来时动作太猛，再加上一天没吃东西，林雪落猛跑了几步，等冲到门边时，已经摇摇欲坠。封行朗手疾眼快，立刻将瘫软的女人抱在怀中。林雪落象征性地挣扎了几下，可身体实在疲软，一阵眩晕袭来，她差点儿晕过去。

“就你这体质，还学人绝食？饿不死你！”封行朗打横抱起饿得摇摇欲坠的林雪落，急切地朝楼下走去。

年轻的好处就是，喝下一碗红枣莲子羹之后，林雪落很快便恢复了精神。

封行朗坐在一旁，像是在陪伴，又像是在监督。

她吃得很慢，偶尔也会朝封行朗瞪上一眼，很显然，她还在生气。

“怎么，你还在因为我打了那个书呆子，不爽我？”封行朗扬声问。

“那你不觉得你应该向我道歉，同时向方亦言道歉吗？”知道男人阴晴不定，但至少现在的封行朗还算情绪平稳，所以林雪落才会跟他讲道理。

“一个书呆子，半夜三更拿着一束玫瑰花跑来我家跟封太太叙旧，我不打他，还算男人吗？”今晚的封行朗好像挺有耐心。

玫瑰花？方亦言竟然拿了玫瑰花来？他这是要做什么，她不是已经跟他“分手”了吗？

“我不管他是不是‘阳光开朗’，是不是‘明媚得跟晨曦’一样，我只知道你是封家的太太，就得恪守本分。如果他再敢觊觎你，我还会揍他！揍到他不敢觊觎你为止！”封行朗声音冰冷。

林雪落沉默了。片刻她又抬起头来，迎上封行朗锐利的目光，正义凛然道："你让我恪守本分，那你呢？你又对我做过什么？"

"我对你所做的一切，都是天经地义的，上合情下合法！"封行朗理所当然道。

"你轻薄我这个嫂子，也能算合情合法？封行朗，这法律是你自己定的吧？"林雪落觉得跟封行朗讲法律，就像跟一头狮子在讲：你多吃点儿蔬菜，对身体好！

这女人在他面前为什么总这么桀骜？温柔一点儿不好吗？"你可以去上学，但必须跟方亦言断干净！如果被我发现你们还敢在一起卿卿我我，你知道后果。"封行朗喝上一口安婶端过来的汤，警告道。

"我会恪守我做妻子的本分！但请你封行朗也恪守好你一个做小叔子的本分！"林雪落也警告道。

事到如今，还"小叔子"？真是傻到无可救药！可为什么他会深陷在戏弄她的旋涡中不能自控呢？

"咱们各退一步，我让你去上学，你晚上必须住回封家来。"这是一句陈述句，而不是问句。

既然都霸道地决定了，干吗还用一副要跟她商量的样子？惺惺作态！但林雪落还是默认了，只要能上学，其他事还是好商量的。再说了，她也做不到长时间对封立昕的病情和身体状况不闻不问。

"封行朗，那我今天被你锁了一天，又怎么算？"林雪落不想白白受辱。

"那你想怎么算？是咬我一口？还是也锁我一回？"封行朗悠然问。

"不用，我没你这么变态，我只要求你尊重我，不要再这么对待我！"林雪落再次跟封行朗强调彼此之间的关系。

"才锁了你一个白天，就觉得自己不是人了？我从有记忆开始，也就五六岁吧，就经常被我所谓的父亲锁在那间阳光房里，连续饿上两三天是常有的事儿。"封行朗笑了笑，脸上却有着抹不去的受伤神色。

林雪落震惊了，她从未想过，封行朗这么一个狂傲的男人，竟然会有如此凄惨的童年。可他还能如此谈笑风生般将这样的凄惨经历说出来。她想象不到，一个才五六岁的孩子，被锁在一个用防盗网围困起来的阳光房里，内心会是多么恐惧和惊骇，得承受多大的心理阴影和心灵创伤。

“一定是你调皮了，所以封爸爸才会锁你的吧？”询问的声音变得柔和起来，林雪落觉得自己寄养在舅舅家，虽说不被待见，但平日里的饮食起居等，还是舒适的。怎么封行朗反而会遭受到自己亲生父亲如此虐待呢？连续饿上两三天……对于一个才五六岁的孩子来说，简直就是酷刑。

林雪落相信封行朗所言属实，他这么骄傲的人，怎么可能去伪造一个悲情的童年来博取她的同情呢？完全没那个必要。

“唯一的理由就是，我这个私生子给他丢脸了！”封行朗苦涩一笑。

“那……那你大哥也不管你吗？”林雪落想着他们兄弟关系这么好，应该不至于。

“我五六岁的时候，他也不过才七八岁。而且当时我对他相当排斥，又怎么可能接受他的帮助呢！记得有一天他偷偷摸摸端来饭菜给我吃，我竟然全部扣在了他的脸上……”封行朗脸上依旧带笑，只是这样的笑，让林雪落心疼不已。

“你可真够淘气的，你哥只是想帮助你，不识好人心。”林雪落忍不住数落了他一声。

“那块牛排很烫，直接把我哥脸上烫红了一大块！我以为我哥会下楼去告状……他却说，是他偷吃牛排时，自己不小心给烫伤的！”封行朗眼眸里有了少许红润，他连忙侧过头去，双眸紧紧闭上片刻后，才缓缓再睁开。

难怪他们兄弟俩感情这么好，林雪落敬佩他们兄弟之间的深厚感情，也羡慕他们兄弟能够如此相亲相爱。

“你哥对你是真心好。”其实林雪落很想补上一句，既然你哥都对你这么好了，为什么还要这么对待她这个“嫂子”？但怕封行朗又生气，她还是忍住了。

“所以，所有伤害过我大哥的人，我都不会让他们好过！”封行朗又想到了那场大火，脸上立刻阴霾密布。

封立昕呵护了他的童年，他却不能呵护封立昕一个岁月静好的人生。

所以，明知道封立昕每天煎熬得很辛苦，封行朗就是不想放弃他的生命。

林雪落心头微微一悸，她真不想看到眼前的男人时时刻刻沉浸在仇恨中不能自拔。似乎除了复仇，他的人生便没了其他意义。

朝医疗室的方向看了一眼，林雪落压低声音问道，“封行朗，你不是找到了蓝悠悠的下落吗？你哥那么牵挂她，怎么不让她跟你哥见见面呢？说不定你哥一见到蓝悠悠就会积极配合治疗了。”微顿，林雪落又阐述着自己的想法，“女为悦己者容，男人应该也是一样的心境。我想，如果蓝悠悠肯主动劝说你大哥去美国做进一步的植皮手术，你哥一定会去的。”

封行朗一直听着林雪落的想法，感觉她从一个女人的角度出发，观点似乎的确有那么点儿可行性。

只是大哥已经答应他过完三十岁生日就启程去美国做进一步的治疗，不然试试这个女人的办法也不错。

见封行朗一直盯着自己，林雪落咬了咬唇：“你放心吧，我不会吃蓝悠悠的醋的。只要你哥的病情能好转，能接受进一步的植皮手术，我会成人之美祝福他跟蓝悠悠有情人终成眷属的。”

这番话听得封行朗频频蹙眉，有情人终成眷属？那个蓝悠悠配吗？她可是参与残害封立昕的主谋之一，罪该万死！

“既然你对我大哥没什么感情，为什么还执意想见他？”封行朗不动声色地问。

林雪落又被这个男人强大的逻辑给呛到了：“照顾你哥难道不是我嫁来封家的责任和义务吗？既然你不放心我，又不肯我接近你哥，那我就随了你的意，在你们封家混吃混喝好了，省力更省心。”

她不想跟封行朗就这个话题讨论下去了，不然这男人又会觉得自己对他大哥有“非分之想”。

“我很赞同你现在的观点，在封家，你只要伺候好我一个人就够了！”封行朗道。

林雪落狠狠瞪了眼这个趾高气扬的男人，被气得说不出话来。

客厅的座机响起，是安婶接的电话。说了几句之后，安婶捂住话筒朝沙发上的封行朗请示道："二少爷，太太的那个学长报警了，现在带着警察在保安处呢，保安队长让通知您一下。"

封行朗嘴角勾起一抹若有若无的冷笑："让他们进来吧，就说茶水已经沏好，正等着他们来喝呢。"

安婶怔了一下，最终还是按照封行朗的意思回了保安队长的话。

一听说是学长，林雪落就想到了方亦言，他怎么还去报警了？还嫌自己被打得不够吗？她连忙站起身来，想出门劝说方亦言。

但她还没能伸手碰到门把手，封行朗身形已至，将她稳稳当当地搂在了怀里。

方亦言领着两个警察走进来的时候，刚好看到偎依在封行朗怀里的林雪落。

林雪落被封行朗这么抱着，又急又羞，奋力挣扎着，可男人的臂膀简直像铁钳似的，她怎么扭动也挣脱不开。

"乖，别当着人家警察叔叔的面儿打情骂俏，多难为情啊，一会儿回房间里你再闹！"封行朗用暧昧至极的言语哄着怀里不乖的女人，声音不高不低，足够让方亦言听到。

林雪落羞愧难当："封行朗，你放手！"

两个警察似乎没想到剧情的发展竟然是这样的，这不知道是不是小两口的一男一女正相拥在一起打情骂俏，而且毫不避讳他们的注目礼。

"封先生，真是抱歉啊，这么晚了还来打扰您休息。只是这位方先生执意说有人被软禁在您家别墅的三楼阳光房……我们也是例行公事。"为首的警察说道。

"哦，我跟这位方先生闹了点儿误会。"封行朗瞄了一眼直直盯着他怀里的女人的方亦言，薄唇上扬，绅士有礼地说，"我这人脾气不太好，刚巧遇到方先生手捧玫瑰花在我家楼下，就一时冲动打了他。我会如数赔偿方先生被打伤的医疗费的。"

让林雪落意外的是，封行朗既没有为难方亦言，也没有为难警方。

"既然误会解开了，那我们就不打扰封先生和您家人休息了。"阅人无数的警察，一眼便能看出这是夫妻之间小打小闹。至于方亦言，估计是一个觊觎人家太太的第三者吧，挨打也是应该的。更何况人家都同意赔偿医疗费了，自然也就大事化小，小事化了。

可是方亦言没有要走的意思，依旧直直盯着封行朗怀中的林雪落。

她明明嫁的是封立昕，为什么会跟这个叫封行朗的人偎依得这么近？他们又是什么关系？

“方亦言，你回去吧，我已经没事儿了。真抱歉，害你挨了打。”林雪落现在只想劝走方亦言。

“雪落，你没事儿就好，只要你好好的，我挨点儿打根本算不了什么。”方亦言的下巴和眉梢处还有瘀青。

“方亦言，实在是对不起啊……”林雪落再次道歉，但话还没说完，就感觉到封行朗环在她腰际的手正慢慢收紧，勒得她快喘不过气来了。

这是赤裸裸的警告。

林雪落不再多言，封行朗刚刚已经很给面子了，她自然也不能太过挑衅封行朗的底线。退一步海阔天空，就是这么个道理。

“雪落，你真的没事儿？”方亦言还是有些不放心。

他一直紧盯着封行朗环在林雪落腰际的手臂，无论封行朗是封家的什么人，可林雪落所嫁之人是封立昕，他怎么能如此亲昵地紧拥着林雪落呢？

“我没事儿，你快走吧。”林雪落再次催促，可落在方亦言眼里，却成了林雪落委曲求全的一种妥协。

“封行朗，你为什么抱着雪落？她所嫁之人明明是封立昕！”最终，方亦言还是问出了自己心头的疑惑。

见方亦言一副不识好歹的模样，封行朗的脸也随之阴沉下来。

“我就喜欢这么抱着她，你不服气也得忍着！”封行朗声音有些轻佻。他已经失去了在方亦言面前当绅士的耐心，在封行朗看来，方亦言完全是给脸不要脸，看来那顿打对他来说真的是轻了。

“你放开雪落！”方亦言冷不丁朝封行朗扑了过来，想扯开他环在林雪落腰际的手臂。

本以为林雪落听到封行朗刚刚的话会挣扎，会恼羞成怒，可她没有。相反，在方亦言失控地冲过来的时候，她将自己的身体往封行朗怀里贴得更近，说道：“方亦言，你做什么？我不是跟方伯母已经说清楚了吗，你是担心她的病情，才让我假扮你女朋友的。我跟封行朗是我感情上的私事，用不着你管！”

林雪落知道，如果不让方亦言死心，他将会受到更多的羞辱和暴力对待。

“雪落……你……你怎么变成这样了？你还是我之前认识的那个善良的雪落吗？”方亦言被林雪落的这番话给伤狠了心。

“我一直是这样的，只是你没看清我罢了。”林雪落冷淡地说。

“不！我不相信！一定是这个叫封行朗的男人在威逼你！一定是！”方亦言执拗起来，是九头牛都拉不回的。

林雪落不想跟方亦言继续纠缠，她已经意识到封行朗周身的危险气息：“行朗，我困了，要回房去睡觉了，你替我送客吧。”

只有她先回避了，才能让方亦言离开，他在封家多留一秒，就会多一分危险。

封行朗低下头来，在林雪落的额头上蜻蜓点水地落下一吻：“乖，一会儿我就进去陪你！”

好吧，又被这个男人趁机给占了便宜！想到自己是在利用封行朗赶走方亦言，林雪落只能哑巴吃黄连了。

“林雪落……祝你幸福。”都已经被人下逐客令了，方亦言也不再自讨没趣，带着深深的哀伤转身离开了封家客厅。两个办事的警察也随后离开。

目送着方亦言离开时那倔强的背影，封行朗微微敛眉，这小子似乎并不简单。连大队长都被他给叫出来了，看来并非什么无名小卒。

方亦言离开后，林雪落的心乱极了。

对于方亦言的挨打，她是愧疚的，毕竟他的初衷只是帮她脱离困境。只是自己竟然用他最在乎的方式深深伤害了他，这并不是林雪落想看到的。毕竟这两年多来，方亦言对她关爱有加。

“你跟方亦言要保持的不仅仅是身体上的距离，还有心理上的，懂吗？”

身后冷不丁传来男人的声音，林雪落都懒得回头搭理。

见她并不搭理自己，封行朗也没生气，而是姿态慵懒地躺在林雪落的床上。身后久久没有动静，林雪落一回头，竟然看到男人和衣躺在床上睡着了。只能说，看起来像睡着了的样子。

不得不说，他安睡的模样要比他醒着时的样子可爱多了。就不能绅士一点儿、儒雅一点儿吗？非要整天冷着张脸，动不动就对他人施加暴力？估计是他小时候被封父虐待留下的心理阴影作祟！

可是想想才五六岁的孩子，心智发育还不完全，竟然就经常被锁在一个布满防盗网的房间里，而且还一饿就是两三天……林雪落似乎又有些可怜这个男人。

心一软，林雪落便替封行朗把皮鞋给脱了下来，并给他盖上绒毯。

“一起睡吧。”男人的长臂却突然探了过来，钩住林雪落的腰身，林雪落一下子跌在了他的胸膛上。

林雪落当然不会跟封行朗再同床共枕了，她很清楚自己的身份，挣扎着想起身，可封行朗一个翻身，竟然将她的小半个身体压制在了身下。

林雪落还没来得及呵斥他，他却先不满地开了口：“别闹了，好好睡吧，累着呢！今晚不碰你！”

说得好像不碰她是对她天大的恩赐一样。

封行朗将他的腿横在了林雪落的腿上，禁锢了她的自由。她想推开他然而又是徒劳，最终，男人传来的微微鼻息声令她停止了挣扎。她看着安然入睡的男人，一时间突然觉得自己的人生似乎被上帝给按错了键。在这错位的感情中，她似乎找不到出路了。

翌日，林雪落是在封行朗的怀抱中醒来的。

她低头一看，愕然了，自己身上的睡衣不知道什么时候消失了。天哪！林雪落，你这头贪睡的蠢猪！都快被别人扒光了，竟然还睡得如此酣然！

万幸的是，男人还没醒，这一切尴尬还有挽救的余地。林雪落连忙将睡衣拉起来并整理好，然后小心翼翼地从男人怀里抽身，刚要大功告成时，男人一个翻身压住了她。林雪落条件反射地低下头，在男人的手臂上狠咬了一口，然后狼狈地逃离。

瞄了一眼女人那落荒而逃的身影，看着自己手臂上被女人咬的两排牙印，封行朗忍不住笑得开怀。

简单地洗了个澡，林雪落便出发去学校上课了。

她先回了一趟宿舍，拿了自己的手机和手包，正巧遇到准备去上课的袁朵朵。

林雪落没有搭理袁朵朵，而是侧身从她身边走过。

“雪落，还生我的气呢？对不起啊。我不该帮着封行朗一起欺骗你的，我觉得他当时并没什么恶意，所以就帮了他。你也不想看到他硬闯女生宿舍楼被警察带走吧？”袁朵朵拉住了林雪落的胳膊，左摇右晃，她显然看出林雪落在生她的气。

“因为你觉得他没有恶意，所以就帮他一起欺骗我？袁朵朵，你觉得什么样的行为才算有恶意？我被他像个囚犯一样锁在防盗网密布的房间里一整天，算不算有恶意？他封行朗把方亦言打得鼻青脸肿，算不算有恶意？”林雪落实在是气不过，自己相处了快十年的好闺密，竟然跟封行朗同流合污出卖她。

“什么？封行朗锁你了？还打了方亦言？”袁朵朵惊讶道，“他打方亦言也就算了，怎么还锁你啊？你都跟他发生关系了，他竟然这么对你，简直太没人性了！”

林雪落噎住了，她没想到袁朵朵竟然还把这件事拿出来说，她好像没承认过吧？

“袁朵朵，你少给我胡说八道！封行朗究竟给了你什么好处，让你帮着他一起欺骗我？还是你对他有意思？”林雪落气急，与其被动地让袁朵朵乱传自己跟封行朗的关系，不如将袁朵朵也拉下水。

“啊……你跟封行朗没……没发生关系啊，我还以为他对你有意思呢。”袁朵朵果然中计，神情似乎恍惚起来。

“袁朵朵，你难道真对封行朗有意思？如果你嫁给封行朗，咱们就能做妯娌了！”林雪落内心松了一口气，总算把话题转移了。不过后面的那句话，她只是顺口那么一说，没想到袁朵朵听者有心了。

“封行朗怎么可能会看上我这种有缺陷的女人呢！我们俩对调一下，我嫁给他大哥还差不多！”袁朵朵叹了一声。

林雪落猛然意识到，袁朵朵好像真的对封行朗有意思！

那个粗暴的男人怎么会这么吃香？从夏家三千金开始，再到袁朵朵，都被他蛊惑得鬼迷心窍的。

“别！我家立昕虽说被大火烧残了容貌，但他绅士儒雅，是少有的人中龙凤。至于封行朗那蛮横的家伙，你还是留给你自己吧！”林雪落说完，便觉得心中有些别扭，这究竟是不是违心之说，也许只有她自己清楚。

刹那间，袁朵朵眼里闪过希望之光，但随之又暗了下去。封行朗那么优秀，又怎么可能看上她这个跛脚呢？还是不要一厢情愿了吧！

“算了，我们上课去吧。今天早晨是薛老怪的课，我们可别迟到了。”林雪落不想和袁朵朵再讨论封家的事，适时地转换了话题。

一路上，林雪落询问着袁朵朵有关昨天的课程，并借了她的听课笔记准备中午的时候抄写一份儿。突然，她顿住步伐，追在身后的袁朵朵直接撞上了她的后背。

“干吗急刹车啊？会出人命的！”袁朵朵埋怨道。

“是方亦言，他看到我了。朵朵，你能帮我拦一下他吗？我实在不想跟他多说什么。”

方亦言脸上的伤已经好了很多，但眉骨处还有那么点儿瘀青。林雪落知道自己应该上前关心一下他的伤情，她却不想那么做。既然已经跟他还有他母亲说清楚了一切，就不必再纠缠不清了。不是她冷血无情，而是她越是关心他，越是会把他往浑水里带。

“放心吧，包在我身上！就当为那天晚上欺骗你而赎罪！”袁朵朵信誓旦旦道。

林雪落转身疾步绕行离开，方亦言果然飞奔过来，“雪落……雪落……”

“方师兄……方师兄，你别着急走啊，我找你有事儿。”袁朵朵一把拦下了方亦言。

“袁朵朵，你别闹，我找雪落有急事！”方亦言想甩开袁朵朵的手。

“你别再纠缠雪落了！她已经嫁给他人为妻了！”袁朵朵说什么也不肯松开方亦言的手臂。她当然清楚，林雪落跟他划清界限也是为他好。

“我只想亲自问她几句话。”方亦言的声音粗重起来，仿佛隐忍着什么。

“你有什么疑惑，就问我吧，我想我能够回答你。”不用问，袁朵朵都能猜出方亦言想问林雪落什么。

“可我并不想问你，我要听雪落亲口跟我说。”方亦言很执着。

“我知道你想问什么。”袁朵朵抢过话来，“你是不是想问雪落，为什么她会在这么短的时间里移情别恋地嫁给封立昕？我替她回答你吧，她不是夏家人所说的那样，因为拜金……”

“我知道雪落不是那样的女孩儿。”方亦言有些激动起来。

“那你知道雪落为什么会在这么短的时间里，就把自己给嫁出去吗？”袁朵朵反问。

方亦言喉结急促地滑动了几下，他在等袁朵朵的下文。

“因为雪落所嫁之人封立昕，是个被大火烧得面目狰狞的人！夏家三千金不愿嫁，但夏正阳为了自己的面子和他当初的承诺，还有正阳公司的前程，他们一家逼雪落嫁去了封家！”袁朵朵说得义正词严。她的本意是不想方亦言因为夏家人的片面之词而冤枉诋毁林雪落，却没想到自己的这番言语，更加刺激了方亦言。

“什么？雪落嫁的那个封立昕，是个被烧毁的残疾人？”方亦言震惊了。

“是啊……”感觉气氛有些不妙，袁朵朵立刻说道，“总之方亦言，你别再纠缠雪落就对了！封立昕有个弟弟叫封行朗，他很暴力的，你去招惹他，只会自取其辱。”

“越是这样，那我就更要将雪落从水深火热的封家给救出来！”方亦言斩钉截铁道。

他丢下这句话便离开了，并没有去追林雪落。可袁朵朵深深感觉到自己好像闯了大祸，方亦言本就一根筋，从他这些年排斥其他女生的爱慕，只对林雪落一人钟情便能看出来。

在方亦言眼里，如果林雪落幸福了，他会远远站着看她，默默祝福她。可现在林雪落并不幸福，而且还生活在水深火热之中，他又岂会坐视不管？他只会更疯狂地去挑衅封行朗！

完了！袁朵朵暗叫一声不好，自己光顾着替林雪落申冤了，却忽视了方亦言这个人的脾气。

目送着方亦言带着恨意离开，袁朵朵叹息一声，才拔腿去追林雪落。

中午学校食堂。

一个打饭菜，一个占座位，袁朵朵和林雪落配合得十分默契。

“哇……帅哥！好 man 啊！”

“猛男哎……”

“又帅气又儒雅，好一个风度翩翩的公子爷，一定是个富二代！”

循着众人的窃窃私语和喧哗声，袁朵朵看了过去，一个英俊的男人迈着优雅的步伐正朝她们这桌走了过来，挺拔的身姿张扬着他与生俱来的贵气。

是封行朗！

“雪落……雪落，是封行朗，封行朗！”袁朵朵激动之下，连连拍打着林雪落拿着筷子的手。

封行朗？他怎么会来他们学校的大食堂？

林雪落回眸，刚好迎上封行朗那温文尔雅的目光，不过那是他伪装出来的表面现象，他是个可怕的男人。

“封先生，您，您怎么来了？”在众目睽睽之下，封行朗坐在了她们这桌，袁朵朵紧张极了，她们一瞬间就成了焦点。

“来得够巧，一起吃。”封行朗似乎并不把自己当外人，径直在林雪落身边坐下，然后看着林雪落跟前的两个菜——西红柿炒鸡蛋、青菜炒蘑菇，不满地蹙眉。

“小袁，麻烦你再去打几个菜吧，我不太爱吃素。”封行朗脸上带着绅士的微笑，特别迷人。

“哦，好，我这就去。封先生您稍等。”袁朵朵欢快地拿起饭卡打菜去了。

林雪落想出言制止袁朵朵，可她早已经奔远了。她回眸瞪向坐在自己身旁的封行朗，挖苦道：“封家二少爷多矜贵啊，来吃大食堂，也不怕委屈了自己。”

“有你在，将就吃点儿。”封行朗无比自然地拿过林雪落手上的筷子，准确地说，应该是抢过筷子，夹了一口鸡蛋送至嘴中，接着蹙眉，一副难以下咽的表情，但最后还是勉强地吞咽了下去。

“这里的饭菜太难吃了，明天回封家吃午饭吧，我让小钱每天来接你。”

“不用，你觉得难吃，可我不觉得。”林雪落抗议。

“那你吃一筷子鸡蛋我看看？”封行朗将筷子还回林雪落的手中。

吃就吃，即便不可口，但也不至于像男人表现的那般难以下咽。林雪落夹起一筷子鸡蛋送进自己的嘴巴里，故意装出很美味的样子：“很好吃啊！”

“那是因为是我吃过的，所以你吃起来才会特别香。”封行朗说得理所当然，脸上的表情又带了一丝玩味。

林雪落这才意识到自己又被这个男人给耍了，脸上顿时一片烫红。

“封先生，您的筷子和碗。”袁朵朵细致入微地将碗筷放到了封行朗的手边。

“谢谢。”封行朗拿起筷子朝那盘红烧肉下筷，可夹起的肉并没有送进自己嘴里，而是送去了林雪落的碗中，“多吃点儿肉，胖些手感才会好。”

林雪落被封行朗口无遮拦的话羞得无言以对，跟他辩驳吧，无疑是在哗众取宠，因为封行朗已经成了大食堂里的焦点，尤其是女学生，对他议论纷纷。她唯一能做的，就是埋头吃饭，减少自己的存在感，吃完饭赶紧闪人。

见林雪落乖乖吃了，封行朗也没继续逗她。

估计是饿狠了，封行朗吃得有些猛，突然他顿住动作，用筷子的另一端抵着自己的胃部。

“封先生，您怎么了？”袁朵朵察觉到了封行朗似乎正压制着什么痛苦。

“哦，吃得太快了，胃有点儿疼。”封行朗淡淡应了一声。

胃疼？林雪落动作一滞，她知道封行朗的胃出过毛病，他一工作起来就忘记吃饭，加上因为封立昕的病情，封行朗不得不将GK的工作推到晚上去做，一日三餐就更加不准时了。

“封先生，您疼得很厉害吗？需不需要去医务室看看？”袁朵朵关切地问。

“没事儿，死不了。”封行朗冷然道，继续开始吃饭。

林雪落的心却狠狠一疼。

不经意间，封行朗睨了一眼一直埋头吃饭的林雪落。对于他的胃疼，她似乎并没有表现出任何紧张情绪。封行朗多多少少有些失落，但他只是给林雪落又添了一块红烧肉，没多说什么。

饭还没有吃完，封行朗就被一个电话给催走了。

目送着男人高大挺拔的背影，林雪落突然放下碗筷：“朵朵，麻烦你今天收拾一下，明天我来。我先走了。”

她并没有去追封行朗，而是抄小路快速离开了大食堂。

学校门外的停车位上，封行朗刚刚启动车子，便从后视镜里看到一个活力四射的身影正在追着他的跑车。

林雪落？这个女人追来干什么？该不会是想控诉他为什么跑来她的学校纠缠她吧？

封行朗将刚刚发动的跑车停了下来，按下了车窗。

“快，张……张嘴！”林雪落总算是追上了，趴在驾驶室的窗口气喘吁吁道。

这又是做什么？

“你让我张嘴？难道是想跟我接吻？”封行朗笑得吊儿郎当的。

林雪落真受不了这个男人，再正常不过的话，他都能想歪。不过趁男人开口时，林雪落手疾眼快地将抠下来的一片药塞进了他的嘴巴里。

“什么东西？”封行朗俊眉微蹙，本能地想将那药片吐出来，却被林雪落紧紧地用手捂住了嘴巴。

“不许吐出来！这是胃药，用来缓解你的胃疼的。”

封行朗的心突然就被林雪落给温暖了，原来这个女人气喘吁吁追上自己的车，只是为了给自己送胃药？他侧眸凝视着她，眼底滋生出更多不明的情意。

“剩下的药，你自己放在收纳盒里，要是胃又疼了就含上一片。但这药治标不治本，晚上回去，你让金医师给你开些胃药，以后按时吃……”

她话还没说完，封行朗突然倾身过来，扣住她的后脑勺往车内一带，狠狠封住了她的唇。

送个药给他，竟然也能被这个男人轻薄，林雪落又气又恼。得到自由后，她立刻如同被踩尾巴的猫一般落荒而逃。

她轻轻触摸着自己的唇，上面还留有那个恶魔男人的味道，辛辣的烟草气息，依旧在鼻间徘徊留恋。

她这是在眷恋这个吻吗？林雪落不敢去深究，一池春水又被搅乱。

第九章
恩爱戏码

放学后，封家的司机小钱打电话给林雪落，说他就在学校门口等着。

林雪落朝校门口走去，不料却被方亦言拦住了。再怎么逃，都解决不了现实的问题，林雪落只能面对。

“雪落，告诉我你过得不幸福，让我有理由帮助你！”方亦言上前一步想拉过林雪落的手，却被她给躲开了。

“方亦言，其实有些事实并不都像朵朵所说的那样。我被夏家逼迫没错，但其中也有我心甘情愿的成分在里面。”林雪落平静道。

“你说你心甘情愿地嫁一个被大火烧得面目全非的人？雪落，虽然你很善良，但你还没这么高尚！”方亦言是懂林雪落的。

就在这时，校门口传来指指点点的议论声。

“快瞧瞧这个人，都被烧成这样了，竟然还出来吓人！”

“被烧成这样子”“还出来吓人”，这些关键短语传入林雪落的耳际，她本能地联想到了一个人——她的丈夫封立昕。

难道是他来学校了？林雪落觉得不可能，封立昕身体虚弱怎么会来她的学校，可是听同学们的描述，林雪落越发觉得那个被包围在人群中的人，就是封立昕！

林雪落焦急地想去一探究竟，却被方亦言一把给扣住了手腕。

“方亦言，你干什么？快放手啊！话我都已经跟你说清楚了，与其他人都没关系！”林雪落挣扎道。

忽然，方亦言将四个多月前的一份报纸递到林雪落眼前。

“雪落，你还敢说你是心甘情愿嫁给封立昕的？就这个被大火烧得面目狰狞、全身几乎没一块好皮肤的人？”真难为方亦言找到了四个多月前封立昕在医院抢救时的一份新闻报纸。上面的封立昕连五官都无法分辨清楚，像大虾一样半蜷缩着来减少身体上的疼痛。

这得有多疼呢！看着看着，林雪落的眼泪便忍不住滚落下来。

“雪落，别再自欺欺人了！你之所以嫁给封立昕，完全是被夏家逼迫的！我知道你善良，也知道你同情和怜悯封立昕，但这些都代替不了爱情！你只担了个封立昕妻子的虚名罢了！而现在封立昕需要的只是治疗和照顾，这些都是保姆和医生的活儿！”方亦言将林雪落目前的生活状况和现实处境剖析给林雪落听，希望她能从中领悟到“保姆”和“妻子”的区别！

“雪落，让我帮帮你吧！脱离封家那个苦海，摆脱封行朗对你自私又暴力的束缚！如果封立昕真的需要照顾，封家可以请更专业的保姆去照顾他的！为什么非要禁锢你的自由呢？雪落，你不能让自己泛滥的善良之心，拖累自己一辈子！”方亦言越说越激动，这一刻，他把自己当成了林雪落的救世主。

林雪落又何尝不知道“保姆”和“妻子”的区别呢！她现在在封家的地位，或许连保姆都算不上吧，至少安婶和莫管家他们还能自由出入医疗室，可她连进去照顾自己丈夫的权利都没有。有时候林雪落也会自我反思，究竟自己嫁进封家，有没有现实存在的意义和价值？

人群里的议论声越发难听刺耳。

“你说他坐着轮椅，却开着一辆劳斯莱斯，是不是想用金钱来证明，只要有钱，无论自己被烧得有多面目狰狞，照样有女人肯往他怀里扑啊？”

“肯定是！说不定他正在做街头测试呢！专门找拜金女！”

“还有绿茶！”

这些议论钻进林雪落耳中，实在让她难受极了。

“方亦言，你放手！无论是‘保姆’也好，‘妻子’也罢，我都会守着封立昕！除非他主动提出要跟我离婚！如果你实在需要理由，那我告诉你方亦言，我林雪落彻头彻尾就是个拜金的女人！只是以前隐藏得太好，你没有发现而已。”林雪落挣脱方亦言的手，火急火燎地朝人群中挤了过去。

她奋力扒开人群冲进去时，便看到了坐在轮椅上的人，就是自己的丈夫“封立昕”。

“封立昕”头戴着鸭舌帽，脖子上本来系着一条用来挡风的围巾，此时却歪在一旁，于是整张疤痕满布的脸和脖子，就这么大大咧咧呈现在众人面前。

还有腿上的薄毯也滑到了膝盖处，露出同样疤痕纵横交错的双手。

刚刚司机小钱已经帮“封立昕”盖过一次毯子，却被他有意或无意地给扯开了，似乎故意要露出自己残缺的身体给别人看一样。

“立昕……”林雪落泣声道。她没有回避，更没有躲开，而是径直走到轮椅上的“封立昕”身边。她蹲下身来，单膝跪地，这样的姿势能让她平稳地跟“封立昕”对视。

“立昕，你身体不好，怎么还来了？”林雪落柔声问道。相比四周的人好奇又厌弃的目光，她的言行举止实在是亲切又温馨，对比很鲜明。

“老婆，我来接你放学。”“封立昕”的声音依旧苍老而低沉，甚至有些不清晰，但足以让四周的人听清楚。

随着那声“老婆”说出口，四周的人再次议论纷纷。

“你们听到了吗？那个毁容的男人叫这个女人‘老婆’呢！原来他们是夫妻啊……”

“被大火烧成这样，这个女人竟然也敢嫁？这晚上抱在一起睡，不会做噩梦的吗？”

“有什么不敢的！灯一关，不都一样吗？忍忍就过去了。”

“天，这个世界上原来真有拜金女啊！”

“说不定他们结婚在前，毁容在后呢？这女人不离不弃，也有可能是真爱。”

“真爱？呵呵，有劳斯莱斯，当然有真爱！”

众人的议论，从“封立昕”身上转移到了林雪落身上。

这些谩骂和诋毁，或多或少刺疼了林雪落的心，但她没有躲避，亦没有争辩，无论他们议论什么，都改变不了“封立昕”是她的丈夫这一事实！

林雪落小心翼翼地将“封立昕”歪在一旁的遮风围巾重新围裹上他的颈脖和脸，只露出一双眼睛。

“立昕，金医师说你吹不得风，你怎么不让小钱帮你把围巾围好呢？晚上回去皮肤会疼的。”林雪落有些心疼地说道。

“谢谢你，我的好老婆。”“封立昕”声音沙哑低沉，探过手来，用棱角不平的手去抚了抚林雪落的脸颊。

林雪落温顺地任他轻抚着自己的脸颊，随后，“封立昕”又开始用指尖去缠绕林雪落的长发。

局面有了戏剧性的变化，轮椅上被毁容的丈夫和半跪在轮椅前给男人整理着衣物的妻子，煽情地上演了一出秀恩爱的戏码。

突然，人群中有人惊诧道：“这女生我认识，是大四媒体专业的林雪落！”

于是，现场的人都知道了，大四媒体专业的林雪落嫁给了一个被大火烧毁容的男人做妻子，她成了全校茶余饭后的焦点人物。

封行朗要的就是这个效果，对整个申大宣布他对林雪落的主权所有！至于为什么要穿戴上这套人皮面具，又是何等居心，那就只有他自己清楚了。

被人认出的林雪落并没有慌张，她将滑落在“封立昕”膝盖处的薄毯捡起，覆盖在他的身上，将他缠着自己长发的手拿了下来，并体贴入微地将其送至薄毯下。

“立昕，外头风大，我们还是上车回家吧。”林雪落柔声道，并不在乎众人的指指点点。

“好，你推着我过去坐车。”“封立昕”点头。

于是，林雪落从司机小钱手中接过轮椅的推手，缓慢地推动着轮椅，在众人的围观和议论下，朝那辆招风惹眼的劳斯莱斯走去。

整个过程中，只有一个人没有加入众同学八卦的行列。

方亦言一直将手中报纸上的封立昕，和刚刚轮椅上的“封立昕”做对比。

方亦言是学生物科技的，他有些疑惑不解，为什么表层皮肤被烧毁大部分的封立昕，还能壮了一圈？这并不科学！要知道被烧毁的皮肤，延展性很差。

方亦言一直盯着轮椅上“封立昕”的一举一动，他细致地发现，“封立昕”用手指去缠绕林雪落长发的动作连贯得比正常人还娴熟。

一只疤痕满布的手，应该不具备这样的协调性的。

最关键的是，方亦言在直视“封立昕”的眼底时，有一种似曾相识的感觉。那么犀利和霸道，在看林雪落时，满满都是占有欲。

这种占有欲，方亦言只在封行朗的眼睛里看到过。难道说，轮椅上的这个人是封行朗？可封行朗和封立昕是亲兄弟，不排除俩人之前有相类似的秉性和脾气的可能。

只是“封立昕”一个被大火烧得面目全非的人，怎么可能会在区区的几个月内就恢复手上如此协调娴熟的动作呢？

方亦言再次低头审视手上的报纸。报纸上的图片应该是偷拍的，清晰度并不是很好。但方亦言还是看得出，照片上的封立昕虽说跟刚刚轮椅上的“封立昕”在体形上差不多，但刚刚轮椅上的“封立昕”远比照片上的封立昕健壮一圈儿。按理说，封立昕应该越来越瘦，才符合他病情的发展。

“方亦言，你为什么又要纠缠雪落呢？刚刚你也看到了，雪落已经有丈夫了！麻烦你别再缠着她了，这是为她好也是为你自己好。”

其实袁朵朵刚刚也在人群里，但是她没有像林雪落那样勇敢出现在“封立昕”面前。她最害怕的就是众人歧视自己的目光。她真的很佩服林雪落，居然能在大庭广众之下走到“封立昕”面前，并替他整理挡风用的围巾和薄毯。

方亦言没有回答袁朵朵，而是莫名其妙反问一句：“朵朵，你见过封立昕吗？”

“当然见过！刚刚你不是也看到了吗？不管雪落是被逼还是自愿，我由衷地奉劝你一句：悬崖勒马吧，封家你惹不起！”袁朵朵警示道。

可方亦言满不在乎袁朵朵的警示，接着问：“我是问你，在封家的时候，你有没有见过封立昕的真容？”

袁朵朵愣了：“封立昕一直待在封家的医疗室里，我怎么可能看到！”

随后她又有些不耐烦地脱口而出：“什么真容假容的，难不成刚刚见到的封立昕是假的不成！”

“封立昕一直待在封家的医疗室里？也就是说，你并没有见到过？”方亦言反复问。

“方亦言，你别再神经兮兮了！我见没见着封立昕，这很重要吗？我又不是他的什么人！再说了，我也就去过封家一回。”袁朵朵觉得方亦言简直莫名其妙。

方亦言却陷入了某种沉思……

车上，“封立昕”长臂一捞，林雪落便被他从毯子上抱起，拥入怀中。

虽说“封立昕”是个残疾人，但毕竟也是个男人，突然被他这么一抱，林雪落有些不适应地想躲开，但有种熟悉的感觉一直从自己的耳垂处蔓延至全身。

“立……立昕……我坐在你身上，你累不累？我还是坐到旁边吧。”林雪落有些不自在起来。

“不累，我喜欢这么抱着你，很舒服。”“封立昕”毫不遮掩地表达出了自己对林雪落的喜欢，一双手臂将她拥得更紧。

林雪落很紧张，她真的不太适应跟“封立昕”如此亲昵，这会让她联想起封行朗！林雪落被自己脑海里闪出的念头吓了一大跳，她怎么能在跟自己丈夫亲昵的时候，去想另外一个男人？

“立……立昕，我，我还是坐到一旁去吧。”林雪落再次请求。她背对着“封立昕”，所以看不到“封立昕”的脸，偶尔想转过头来看他时，

“封立昕”会用他的下巴禁锢她扭动的颈脖。

“我就想这么抱着你！还有，叫老公。”虽说声音苍老又浑厚，可那霸道的口吻，跟那个男人如出一辙。她这是着魔了吗？怎么什么时候都能联想到那个叫封行朗的男人？

“雪落，给我生个孩子吧。”“封立昕”忽然说道，明明是商量的口吻，却说出了一种毋庸置疑的感觉。

怀里的林雪落微微一怔，小小的身体轻颤了一下。她要怎么回答他呢？作为他的妻子，似乎不应该拒绝！可林雪落实在没想过要给他生孩子，这件事对林雪落来说，实在太遥远。她想过考研，想过出国深造，也想过找一份儿能实现自己人生价值的工作来养活自己，可就是没有生孩子这个计划。

“你不想给我生孩子？”见林雪落久久没有回答，“封立昕”有些不满。

“不，不是的。我只是没想过这么早就……就生孩子。”林雪落连忙解释，“等，等我大学毕业后，我们再商量，好不好？”

“要等到你大学毕业后？好像长了点儿。”说着一本正经的话，“封立昕”手上动作却不是很正经。

“立昕，我觉得你现在首先要做的就是配合治疗。行朗已经给你联系好麻省总医院的烧伤科，很权威的。”林雪落立刻岔开话题。

“封立昕”沉默了一会儿，再次忽略了林雪落的话，将她的身体禁锢住。

“对了雪落，你跟行朗之间……怎么样了？听说他上次锁了你，你还生他的气吗？”“封立昕”旁敲侧击地试探。

林雪落神情黯然，淡淡地摇了摇头：“我生他的气，但也理解他。我知道他担心你的安危，所以一直压抑着自己的情绪，偶尔做出一些失控的事情在所难免。”

没想到这女人竟然这么善解人意。他不由自主地吻着她的脸颊沙哑低语：“雪落……你真好。”

林雪落被如此热切的亲吻弄得有些狼狈和尴尬，阻止道：“立昕，你别这样！”

司机小钱还开着车呢，林雪落明显感觉到劳斯莱斯滑出了一个弧度。

“咯咯！”两声咳嗽警示之后，司机小钱又恢复了直线行驶。

突然，手机铃声响起，不是林雪落的，不是司机小钱的，而是——封行朗的。

“行朗的手机，怎么会在车上？”林雪落疑惑道。

封立昕用什么款式的手机，又设置了什么铃声，林雪落不知道，但她熟悉封行朗的手机和手机铃声，而且这是他私人使用的手机，大部分情况下，只用来跟封家保持联系。

不过现在手机上多了一个人来扰他，也就是现在正执着拨打过来的人——叶时年。

用不着去猜，一定是跟蓝悠悠那个恶毒女人有关，不知道叶时年又怎么被她蛊惑了。

“小钱，太太问你呢，行朗的手机怎么会在车上？”“封立昕”将这个破绽抛给了司机小钱。

小钱顿时冒出一脑门的汗，支支吾吾半天，也编不出什么理由来糊弄林雪落。

“应该是行朗今天用过这辆车吧。”真是蠢得要命，“封立昕”立刻出言救场。

“对，对，对，二少爷今天用过这车。他走得急，所以手机就不小心落在车里了。”小钱一只手握着方向盘，一只手擦着脑门上的汗。

“封立昕”赏了司机小钱一记冷眼，差点儿没被他给蠢死！

手机再次响起，封行朗当然不方便接电话，便冷声命令小钱：“关了它！”

“哦，好好好。”得了指令，司机小钱立刻将手机关机了。

这辆劳斯莱斯被封行朗用过，所以手机落在车里这个理由还算可信。可是林雪落还是觉得奇怪，好像封行朗把手机落在封立昕这里已经不是一次两次了。在她看来，封行朗是个精明到奸诈的商人，怎么可能重复犯这种丢三落四的错呢？只是她想不出这问题究竟出在哪里，也就没再开口。

“对了雪落，你跟那个方亦言究竟是什么关系？怎么听安婶说，行朗把他打了一顿？好像是因为他带来一束玫瑰花找你？”用“封立昕”的身份来盘问林雪落，才能得到他封行朗想要的答案。

林雪落微微吸气，从刚刚的疑惑中回过神来。

“我是在航模飞行表演赛上认识方亦言的，他因为我而输掉了比赛，我挺过意不去的。后来，我得知他母亲病重到住院，然后他就请求我假扮他的女朋友好让他母亲宽心。”

“然后你就弄假成真地做了他的女朋友？林雪落，这只是男人追女人的小伎俩，你长脑子了吗？”“封立昕”突然加重了语气。

林雪落一怔，再看向“封立昕”时，怎么听怎么觉得他说话的腔调像极了封行朗。虽说声音改变了很多，但那气势简直一模一样！

“别看我，继续说！”“封立昕”侧过头去，冷声说。

好吧，他们是兄弟，长得像一点儿，言行举止也像一点儿，并不奇怪。林雪落顺从地继续讲述她跟方亦言之间的事。

“没有弄假成真。至少我从来没有把他当成男朋友，只把他当成普通朋友。后来他母亲的病时好时坏，我这个女朋友的身份也一直维持了两年时间。直到他妈妈跟我提及婚礼，我才跟他妈妈坦白了一切……再后来方亦言就带着他病情复发的母亲去了美国治疗。再后来的事，想必安婶也全告诉你了。”

“真够蠢的！别人让你当他女朋友，你就乐呵呵跑去当了？难道他哄你上床，你也傻傻地配合？”“封立昕”接着数落道。

“立昕，你过分了！方大哥不是那样的人！你并不知道方大哥的家庭和身世，所以请不要胡乱揣摩他的想法，这两年来，他连吻都没吻过我！”林雪落反驳道。

的确如此，每每动了情，方亦言只会抱她一下，然后在她额头上啄一下，像个邻家大哥哥一样关心爱护她。吻和亲，在某种程度上还是有木质区别的，方亦言亲过她，却没有吻过她。

林雪落不像有过恋爱经验，封行朗是知道的，可她的这段经历仍然让他烦躁。

见“封立昕”没说话只是沉默着，林雪落心生歉意：“对不起啊立昕。我跟方亦言之间真的没什么。既然我已经嫁给你了，我就会恪守我做妻子的本分的！”

“恪守妻子的本分？你有吗？”

林雪落心头微微一颤，是啊，那她跟封行朗呢？又算什么？似乎她跟他不清不楚的关系，要比跟方亦言来得更可恶吧？自己的这句承诺，让林雪落汗颜！就好像自己狠狠打了一下自己的脸！深深的愧疚和负罪感袭来，林雪落泪眼迷蒙。

“雪落，你……心里有别的男人了，是吗？那个男人……该不会是行朗吧？”虽然看到了林雪落的眼泪，但封行朗并没有停下来，他非要从她嘴里问出他想要的答案。

林雪落惊慌失措地抬起头来，目光闪烁不定：“不，不是他！立昕，我答应你，以后我再也不会……跟别的男人纠缠不清了！”女人眼眸中的慌乱和纠结，倒是让“封立昕”舒服不少。久经情场，他对少女懵懂的情感还是能够知晓一二的。

“改什么过啊，你不用自责的！”“封立昕”得意道，“好好照顾行朗。你对他好，就是对我好。多多关心他，照顾好他的饮食起居。”

这男人一得意，说话就容易不严谨。让自己的妻子照顾自己的弟弟，听起来还算说得过去。但那句“你对他好，就是对我好”就有点越界了。

林雪落倍感意外，封立昕并没有指责她跟封行朗之间不清不楚的关系，却反而让她照顾好他弟弟？这是兄弟情深的表现呢，还是他这个丈夫够大度？对方亦言，他是一副怒不可遏的样子，可为什么轮到他弟弟这边，却又成了一副兄弟厚爱的样子了？

“让你好好照顾行朗，多多关心行朗，你究竟听没听到啊？”“封立昕”不满地在女人的耳垂上咬了一口。

“听到了！”林雪落怕痒地缩了缩脖子，将自己无辜又发烫的耳垂躲开。

“那就重复一遍我刚刚都说什么了？”这话带着绝对命令的口吻。

林雪落被“封立昕”的强势给镇到了。怎么他们封家兄弟都一个德行，就喜欢对她吆五喝六的？

“立昕，你放心养病吧，我会照顾好封行朗的。”林雪落还是顺从地应答了男人的话。她没把自己的行为归为逆来顺受，那是对他封立昕一个病人的尊重和爱护。

“嗯。行朗晚上工作得晚，你多陪陪他。端茶倒水什么的，总会做吧。”“封立昕”继续对怀里的林雪落下达命令，而每条命令，几乎都是有关他的宝贝弟弟的。

要她去给封行朗端茶倒水？这是她一个嫂子的义务吗？并不是说林雪落做不得这样的事，只是封立昕就这么放心他们两个吗？

安婶和莫管家想把她往封行朗身边送，难不成他这个当丈夫的也想把自己的妻子往外推吗？又或者是她自己想多了？封立昕只是想关心他的宝贝弟弟而已？

“立昕……”

林雪落还没来得及把后面的话说完，就被男人呵斥：“叫老公！”

林雪落一直纳闷得很，为什么他不喜欢听她叫他“立昕”啊？而且她一叫他“立昕”，他就要奓毛似的，好奇怪的反应！

“老公。”林雪落叫出口时，还是有些不自然，一点儿都不甜，反而有种公式化的被迫感。

“其实我觉得吧，如果你真的担心你弟弟的饮食起居，不如给他找个女人做妻子。以妻子的身份全天候地照顾行朗，岂不是更好？名正言顺的。”

林雪落一来是想提醒丈夫，她和封行朗身份有别，二来，给封行朗找个女人做老婆，正好也能阻止他们之间继续错下去。她打又打不过，骂又骂不得，告状又没人理会，就连上回方亦言帮自己报了警，对封行朗也毫无作用。林雪落真不知道自己应该怎么抵挡封行朗的攻势。

这个白痴女人又想替自己的老公张罗对象吗？她就这么迫不及待地想把他推到别的女人的怀抱里去？既然她想，那就如他所愿好了！

“雪落，我觉得你的这个主意倒是挺不错的。要不这样吧，你负责给行朗联系相亲的对象，寻找到中意的，就给行朗打电话，让他过去跟女方见面。”“封立昕”答应了。

这回轮到林雪落愣了，她没想到封立昕竟然会同意她的提议，还会把任务交给她。让她给封行朗那邪佞的男人张罗相亲？林雪落一想起来就背脊发寒。

“怎么，你舍不得行朗了？”见林雪落表情僵硬，“封立昕”问道。

“我……我怎么会舍不得他呢！”林雪落慌了一下，像是在强词夺理，“只是封行朗条件那么好，眼光自然高，我的交际圈儿又那么小，怎么可能找得到他喜欢的类型呢。”

原来这傻女人也知道他条件好啊！至于眼光……自己怎么眼瞎到连她这种傻女人也下得去口的？而且还越来越无法自拔。

“如果你真心舍不得行朗，那这事儿就搁着吧。”其实是他没时间跟这个女人玩这种愚蠢的相亲游戏。

“不用搁着，我还是努力替行朗寻找适合的对象吧！不过你得跟他说好，别到时候他不认账！那我得多为难啊！”林雪落急声道。

无疑，这是个绝好的机会。给封行朗物色一个女人，就能解决他老往她房间里跑的臭毛病。之前即便换了锁，对他也没有用，现在换一个大活人看着他，岂不是更好！

“封立昕”微眯着眼，狠狠瞪着怀中的女人，似乎这事儿他不答应也得答应了。

“嗯，那就依你的意思办吧。”“封立昕”不耐烦道。

在“封立昕”同意的那一瞬间，林雪落的心猛地刺疼了一下。

她真要去给封行朗张罗女人吗？要，一定要的！她应该摆脱封行朗，也一定要摆脱封行朗，只是她心里怎么会这么难受呢？

一路上，封行朗都亲昵地拥着林雪落，这种感觉很美好，如果司机小钱能把车开慢点就更好了。他时不时以轻咳提醒小钱，小钱却没能领悟到这咳嗽声的含义，反而越开越快，要不是因为堵车，估计他能直接飞回去！都蠢成这样了，真不知道莫管家看中了这傻愣子哪点！

要说小钱蠢，那是真蠢。可有些人的愚蠢，封行朗不得不怀疑那是装出来的，比如说莫管家。莫管家不但有身手，而且理财持家更是精通，照理说，他跟“愚蠢”两个字是沾不上边儿的，可他老是拆封行朗的台。

见林雪落推着“封立昕”的轮椅进来客厅，莫管家立刻迎上前。

“太太，你们回来了。二少爷，今晚安婶给做了东坡肉和铁板牛柳，都是您爱吃的。”莫管家欢喜地说道，能看到二少爷和二太太成双成对地回家，莫管家当然替他们俩感到高兴。

只是……

难道您这位饱经风霜的大管家，看不出来他正在假扮大哥封立昕逗自己的老婆吗？这又是故意在给他拆台吗？！

“行朗……他回来了？”

林雪落本能地往自己身后看去，以为莫管家是在跟门口或门外正好回来的封行朗说话，只是门口和门外，都空空荡荡的，连小钱都不在他们身后。

那莫管家又是在跟谁说话呢？难不成莫管家把轮椅上的“封立昕”看成了封行朗？

还是封行朗够机智，连忙支开林雪落：“雪落，你出去看看行朗回来了没有？他一回来，就让他上楼来找我！”

将林雪落的注意力成功转移之后，封行朗又瞪向莫管家：“莫大管家，我有些不舒服，麻烦您老送我回医疗室去吧。”

“哦，哦，好好好。”莫管家连声应道，他已经嗅到了封行朗的怒意。

“立昕，你不一起吃完晚饭再上楼吗？”林雪落问道，她有些舍不得“封立昕”再次被关进那个压抑的医疗室里。

“我现在只想见到行朗，你给我出去等着他回来，他一回，就让他进医疗室来。”“封立昕”阻止着林雪落的挽留，他要赶紧上楼从一个身份更换到另一个身份。

见封行朗真的动怒了，莫管家叹了一声，知道他不打算以“丈夫”的身份去面对林雪落了。从小到大，二少爷的性格都是这般怪，很难让人揣摩到他的内心。

“太太，您还是先出去等着二少爷吧，我送大少爷上楼。”莫管家劝道。

“哦，好。”林雪落松开了轮椅的手柄，“立昕，你要好好养病，早些去美国做进一步的治疗。”

林雪落还想说些什么，可“封立昕”已经被莫管家推着走远了。

她等在院落外的台阶上，若有所思。

停好车的小钱拿着封行朗的手机从车库走了过来，看样子是准备送进来给封行朗。

“太太，您怎么坐外面啊，在等谁呢？”小钱随口问道。

“我在等你家二少爷呢，立昕想见他。”林雪落答道。

“二少爷刚刚不是才被您推进去吗？我才停了个车，二少爷怎么又出门了？”好吧，不得不说小钱也是缺心眼儿！

林雪落怔了一下，从凌乱的思绪中回过神来，下意识地反问：“小钱，你说什么？我刚刚推进去的，是你家二少爷封行朗？”

如果不是小钱眼花，那就是自己脑子不好使，因为林雪落刚刚推进去的，明明就是封立昕啊！怎么会被小钱当成是二少爷封行朗呢？

不对！好像真不对！刚刚莫管家也喊了轮椅上的“封立昕”二少爷，还说安婶做了东坡肉和铁板牛柳，很明显封立昕是吃不得这些的，也就是说这些肉食应该是为封行朗准备的！

可轮椅上坐的明明就是封立昕啊，怎么小钱和莫管家都不经意间把封立昕叫成了封行朗呢？难道都只是口误？

被林雪落这么一反问，小钱突然意识到自己又大嘴巴了，慌忙解释道：“太太，对不起啊，是我看花眼了，刚刚您推进去的是大少爷，是……是我眼瞎了！”

“当然是你眼瞎了！”沉沉的、染着怒意的声音从院落外传来，是封行朗。

他接过小钱的话，及时将他打断。再说下去，这个女人再如何单纯无心机，也会听出端倪来的。

封行朗的速度的确够快，林雪落离开客厅后，他便健步飞奔上楼，脱下了身上的伪装，换上了自己的衣服，然后飞身从后窗口一跃而下，再经小区里绕上一圈，最后才从正门的院落外走进来，营造出他刚回到封家的局面。原本封行朗是想过上片刻再出现的，哪知小钱的智商实在是让人太着急了，他不得不出现，要不然，一切就前功尽弃了。

别说小钱不理解二少爷为何如此大费周章地欺骗太太了，就连封行朗自己也觉得纳闷儿，他怎么就对这个游戏如此乐此不疲呢？

如果说一开始他只是因为林雪落嫁进封家所怀有的不良企图，那么现在又为哪般？是猎奇心理？还是时机未成熟？一个蓝悠悠已经够他折腾的了，那个歹毒的女人要比他想象中还要难对付。至于林雪落，还是等恰当的时机再跟她摊牌吧！

封行朗的突然出现，暂时打消了林雪落的怀疑和疑惑，她匆匆看了他一眼，便挪开了目光，因为她想起自己刚刚在车里跟“封立昕”承诺过，会恪守做妻子的本分。

“行朗，你哥要见你，让你一回来就去医疗室见他。”林雪落将刚刚“封立昕”的话带到。

“嗯，好。”封行朗温情应道，随后走到林雪落面前停住，深深凝视着她。

两人距离很近，近到林雪落能够感觉到封行朗的呼吸轻轻拂在她的脸颊上。随着封行朗目光的游移，林雪落的脸颊上一点一点发烫。她不得不抬起头来，迎上男人炙热的目光，心跳顿时漏了半拍。

“你……你看我干……干什么？”林雪落说话都不利索了，“你，你哥让你上楼……见他。他跟你有话说。”

“别动。”

林雪落条件反射地僵住身体，疑惑地盯着男人的下一步动作。

“你脸上脏了一块。”封行朗伸过手来，用拇指的指腹在林雪落的脸颊上轻轻抚过，像爱人的吻一样，令人悸动。

林雪落信了，一动不动地任由男人的指腹抚过她的脸颊。

他柔情，她似水。

抚过林雪落的脸颊之后，封行朗并没有留恋，而是果决地收回手，健步走进客厅里，留下林雪落一个人在原地久久回味。

她觉得自己没救了，刚刚好不容易遏制的情感，又变本加厉地席卷了她的全身！这不知所起的情，让她怎么也抛不开了，它已经根深蒂固！林雪落觉得自己只能死去，才能彻底了断。

泪不知何时已经滚落在脸颊上，她却不知道为谁流泪。

封立昕还真有事找封行朗。

医疗室里，消毒药水的味道还没有完全散去，封行朗嗅着这些消毒药水味儿并不好受，但这几个月来，他已经习惯。

"行朗，你跟雪落的结婚证呢？给我。"封立昕刚刚注射过营养液，身体各项指标看起来还算平稳，也没有用呼吸器。

"你要那些没用的纸做什么？你应该问我，美国医院那边安排得怎么样了。"

"行朗，为什么还不肯告诉雪落你才是她的丈夫？听安婶说，雪落已经对你动情了，你为什么还这么折磨她？"

封行朗猜得没错，封立昕要他跟林雪落的结婚证，真的是想送去给那个女人。

"不急，你什么时候动身去美国，我就什么时候给你结婚证，好让你送去给那个女人当见面礼。"封行朗依稀记得，那天莫管家拿着装有结婚证的锦盒，就是想给封立昕拿来作为跟林雪落的见面礼，却没想到被他给半路截住了。

"你不给就算了，也用不着，我会直接跟雪落说的，如果她不信，可以去民政局调查。"封立昕并不受封行朗的威胁。

封行朗淡淡一笑："但如果我告诉她，我跟她领这个结婚证完全是为了讨好你让你去美国做进一步的植皮手术，你说她会不会更伤心？"封行朗微顿，再道，"对了，你让严邦给我安排的'造人计划'，我很喜欢！但你亲爱的弟媳并不喜欢，因为她在回来的路上就买了药！还有，我并不想亲口告诉她，我跟她在一起只是为了例行公事！至少现在还不想亲口对她说！"

封立昕沉默了，良久，他才乏力地叹息一声："行朗，总有一天，你会因为对雪落的伤害而懊悔不已的。”

“这是以后的事，至少现在，我没有半丝半毫懊悔。”封行朗给封立昕掖好薄毯，“哥，你应该知道，一个女人被她心爱的男人抛弃，会是多么痛不欲生。而现在，她林雪落至少还怀有幻想！”

仇恨堆积下的冷漠，着实让封立昕震惊：“行朗，难道你就不想有个孩子吗？一个有着自己骨血的活泼可爱的孩子！”

“你明知道我现在的精神状态根本就无法接受！就算强加给我，对于那孩子来说也只会是灾难！”封行朗回答得冷漠无情。

封立昕再次沉默了。他忍不住反思，难道真的是自己操之过急了？他究竟是在帮弟弟呢，还是在害他？

“咱兄弟俩说点儿轻松的话题吧。”封行朗换了个话题，“就说说，你是怎么被蓝悠悠那个狐狸精给迷得七荤八素的！我也见过她啊……没觉得她长得有多倾国倾城。”

封行朗所说的每一句话都带有目的性，这样诙谐的侃谈也是。

提及蓝悠悠，封立昕眼眸中闪过光亮，很短暂，随后又被黯然笼罩。

“人都死了，你还提她做什么。我都说了，我受伤跟她无关，你调查一个已死之人有意义吗？”封立昕嗅到了封行朗的意图。

“就随便聊聊，哥你别这么紧张。”封行朗淡淡笑了笑，“我倒是挺好奇，如果蓝悠悠那女人还活着，你是不是还会鬼迷心窍继续爱她？”

封立昕没有回答，而是侧过头，目光锁定在那张褶皱了的照片上。

答案是显而易见的。

封行朗曾试图将那张照片给夺走销毁，得来的却是封立昕在重症监护室里抢救了两天两夜。

在大哥宝贵的生命面前，封行朗最终还是保留下了那张照片，毕竟那张照片是他唯一的精神支柱了。

封行朗从医疗室出来的时候，脸上带着愠怒。

他走到楼下，看到林雪落跟安婶一起已经摆好了丰盛的晚餐。

林雪落看出封行朗心情不好，为了不给他添堵，她便在摆放好碗筷之后，打算折回厨房。

“太太，您跟二少爷一起用餐吧，厨房里我来就可以了。”然而，安婶并没给林雪落离开的机会，而是将她强行按在了餐桌前。

看着封行朗一个人孤零零地坐在偌大的餐桌前，林雪落还是顺从地坐下了，好歹他们在法律上也算是一家人。

“太太，先给二少爷盛一碗汤吧。”安婶提醒着林雪落。

“哦，好。”林雪落似才回过神来，拿过封行朗手边的碗，给他盛了一碗汤。

她之所以走神，是因为还没从刚刚院落外的指腹轻抚中回神。也许他真的只是因为她脸颊上有脏东西，所以才给她擦掉吧。分明不带一丁点儿情感色彩的，她却因为这个小小的动作而回味到现在。她咬了咬唇，收敛起自己的多愁善感，将盛好的汤送到封行朗的手边。

两人隔着两个位置远远地坐着。大部分情况下，林雪落只是埋头细数着碗里的米粒。可是哪怕只听声音，她都能感觉到封行朗夹了哪些菜，又喝了几口汤。她觉得自己真的走火入魔了。

突然，封行朗筷子上的东坡肉改变了方向，送至林雪落的碗里。他没有说什么，但那张肃然的俊脸已经很好地下达了命令：你必须给我吃掉它!

林雪落盯着碗里的东坡肉，又抬头瞄了瞄封行朗，没有将那块油兮兮的东坡肉送回盘子里，但也没有顺从地吃掉，而是夹了一片菌菇送进自己的嘴巴里。

“怎么不吃？”封行朗问道，口气还算温和。

“太……太肥了。”林雪落诚实地说。

“麻烦！”封行朗冷哼了一声。

他将林雪落碗里的那块东坡肉夹了回去，林雪落以为一切就这么结束了，可是没想到他将东坡肉肥的部分咬下，瘦的部分再次送到了她的碗里。

林雪落看着那块被男人咬去肥肉的东坡肉，鼻尖顿时酸了。从小到大，还真没有人这么待过她。

记得在夏家，那天冬天，她还只有七岁，因为跟夏以琪争吃一块瘦肉而被她用筷子狠狠打了手背。委屈的她向舅舅告状，夏以琪挨了几句批评，她以为事情就这样结束了，可没想到，等她脱去外衣急乎乎地爬上她阁楼上的小床时，等待她的，却是被子里一块超大的冰块。

融化的冰块弄湿了被子，她冻得直哆嗦，又不敢下楼去找舅妈换，便坐在椅子上，将所有的衣服穿在身上，硬生生挨冻一晚。

从那以后，林雪落再也不敢跟夏以琪抢瘦肉吃了，也很少吃肉。

将男人咬去肥肉的瘦肉送进嘴巴里，林雪落第一次觉得东坡肉是这么好吃。她吃得很慢，吃得很用心，细细地咀嚼，让肉的香气一直逗留在嘴巴里。

紧随其后，又是第二块和第三块，无一例外，都被男人咬去了肥的部分，几乎只剩下纯瘦肉。

“我够了。”林雪落抬起头来，看了男人一眼，轻轻说道。

“可我还没够。”封行朗回了一句，然后将第四块肉放到了林雪落的碗里。

林雪落情不自禁地看着男人的脸庞，他的吃相很优雅，似乎看着便能让人胃口好起来。

想起什么来，她回过神，以嫂子的身份一本正经地跟封行朗说：“你大哥应该跟你说了让你去相亲的事吧？”

“嗯。”封行朗惜字如金，刚刚还笑着的脸，转瞬变得阴沉。以他的脾性，对那种逼迫式的相亲方式持抵触态度，并不奇怪。

“明天正好是周六，你应该有时间的。”林雪落不容他回避，更不容他敷衍。

“怎么，你已经给我物色好相亲对象了？”封行朗翻脸像翻书，这会儿又变得吊儿郎当的，“那个人，该不会就是你林雪落吧！”

林雪落又羞又臊，睁大眼睛瞪着封行朗，说：“封行朗，请你尊重我一点！”

“我亲你、抱你……难道还不够尊重你？”封行朗坏笑道。

“反正你明天必须去相亲！你哥交代过我，让我全权打理。”林雪落嘴皮子实在没他好使，只能重申一遍。

“你就这么想把我推进别的女人怀里吗？”封行朗收敛起不羁的神情，声音变得肃然清冷。

“……”林雪落沉默了几秒，“对！我特别想，我想一切回归正常，也变得健康起来。”

“你的意思是说，我跟你之间，不正常？不健康？”

“难道你不认为是这样吗？过去的……”林雪落哽了一下，“就过去了。但以后，我们不能再那样了，也不应该那样！”

“不应该哪样？”封行朗接着问，一副对这个话题很感兴趣的样子。

其实封行朗真正感兴趣的，是林雪落那又羞又恼，爱不起又恨不得的两难模样。他很满意她的纠结、她的挣扎、她的无奈、她的沦陷，因为这样让他感到骄傲，封行朗理所当然地要为自己的魅力喝彩！

未等林雪落有所回应，电话又响了。

封行朗皱起眉头，不用猜，一定又是叶时年那个没用的家伙，被蓝悠悠那个女妖精折腾得没辙了，每次都来破坏气氛！

他压制着怒意将手机接通，电话那头传来了叶时年深情的“表白”：“朗哥，我想你了！”

叶时年的想，是真想！因为封行朗再不去，他真的会被蓝悠悠那个有着千年道行的女人给折腾死！

封行朗咬着牙，冷冷回应：“我也挺想你的！”

这话怎么听着让人瘆得慌呢？

其实这句话少了一个动作——揍！

补全了应该是：我也挺想揍你的！

叶时年跟了封行朗四年，从最初GK集团步入正途，到现在实力雄厚，叶时年也称得上是劳苦功高。大部分情况下，叶时年只会奉命行事，很少会有自己的主张。在睿智的封行朗面前，他就更懒得动脑筋了。

只是现在的叶时年，竟然连一个女人都对付不了，封行朗不想揍他才怪。

林雪落本能地侧耳细听，尤其是那句“我也挺想你的”，让她不由得好奇，究竟是什么样的女人，会让封行朗也挺想的？

林雪落想到了那个说着一口流利西班牙语的Nina，高挑又美艳，如果是她的话，也纯属情理之中吧。

只是为什么他在说那句“我也挺想你的”时，是一副咬牙切齿的模样呢？

她正疑惑之际，封行朗已经站起来，把玩了一下林雪落的头发，叮嘱道：“在家乖点儿，有事打我电话。”

又是这句嘱咐，总是让她要乖，简直就像逗三岁小孩子。那模样，好似她是封家娶回家来的宠物一般。

封行朗走后，林雪落突然就变得安静起来，静静盯着碗里的第四块肉，若有所思。林雪落将第四块瘦肉送进自己嘴里，可好像没有他在时那么美味了。

封行朗赶到GK集团的地下仓库时，看到叶时年正紧紧盯着床上的女人。床上的女人咿咿呀呀在呓语着什么，还有脸上那病态的潮红怎么看都不正常。

封行朗上前，一把揪起叶时年的衣领，将他从椅子上拽起身来，厉声问道：“叶时年，你做什么了？”

美女当前，而且还被铁链束缚住了脚踝，如果叶时年真的想对蓝悠悠为所欲为，是易如反掌的事。封行朗猛然意识到，自己实在是粗心大意了，怎么能把蓝悠悠跟一个年轻力壮的男人放在一个房间里呢！

“朗哥，这女妖精可是立昕哥的女人，我没那个贼心更没那个贼胆儿啊！”叶时年连忙解释。

封行朗松开叶时年的衣领，并随手将之抚平：“记住了，这个女人，你不能动！”

“知道了，朗哥。”

封行朗这才仔细打量床上的女人，整个人似乎陷入一种病态的煎熬中。他扯过被女人丢在一旁的薄毯，将她的身体遮盖住，本想上手去探下体温，可考虑到这个女人喜欢装神弄鬼，封行朗便缩回了手。他并不喜欢被这个女人黏住，之前或许并不排斥，但经历了大哥的事后，他憎恨这个女人。

“朗哥，我能不能跟您商量个事儿？”叶时年小心翼翼地询问道。

“说。”

“朗哥，您能不能不锁着她啊？您放心，我用性命担保，一定守得住她。”叶时年信誓旦旦道。

封行朗微眯着眼眸，深深凝视着叶时年那信誓旦旦的模样，有些恨铁不成钢。看来，叶时年也没能逃掉蓝悠悠这个女人的美人计！竟然开始帮她说话了！

“不锁着她，难不成锁着你吗！”封行朗冷斥一声，很明显，他拒绝了叶时年的怜香惜玉。

对于蓝悠悠这个歹毒的女人来说，对她的仁慈，就是对大哥的残忍！封行朗又怎么会纵容叶时年这样的“仁慈”？

“朗哥，她只是一个弱女人，您天天这么锁着她，比杀了她还难受的。”叶时年还是不忍。

作为封行朗的手下，叶时年当然痛恨蓝悠悠的所作所为，可每天看着她受煎熬，叶时年难免心生怜悯。

“我就是要让她生不如死！也体会体会我哥现在的煎熬和痛楚！”封行朗冷声说道。

“朗哥，您瞧瞧，她的脚踝都肿了，上了药也不见效，都快溃烂了！”叶时年指了指蓝悠悠被铁链锁着的左脚脚踝，果然肿得很厉害。

“那就让她一点一点溃烂死掉吧！她这种蛇蝎心肠的女人，这样的死法还算便宜她了！”

封行朗依旧没有心软。

“朗哥，这个人好像……好像来那个了。”想起什么，叶时年支支吾吾说道，一张刚毅的脸庞愣是被憋得通红。

叶时年本没在意，只是刚刚观察她的时候发现，有血从她浅色的睡裤中溢出，染红了大片毯子。

他一直守着这个女人，除了溃烂的脚踝处，她也没有任何外伤，那个部位突然冒出鲜血来，应该是女人的生理期到了。

“来哪个了？”封行朗不上心地问。

“就是……就是……就是来‘大姨妈’了！”

叶时年憋了老半天，才把那个叫“大姨妈”的词给憋出来。

封行朗看着叶时年，愣了一下。这种话从叶时年这个五大三粗的男人嘴巴里说出来，实在是太诡异了。

以为封行朗没听懂，叶时年立刻解释道：“就是女人的生理期，您看……”叶时年掀开蓝悠悠身上的薄毯，让封行朗查看那染了血的毯子。

封行朗敛眉：“给她买女人用品了吗？你怎么不叫醒她？”

“没买……我怎么知道那东西怎么买啊！再说了，我一个大男人怎么可能去给一个女人买那种东西呢！”叶时年直皱眉头。

“你傻啊，不会打电话让个女的去买吗？”封行朗赏了叶时年一记白眼。

对啊，自己怎么就没想到呢？叶时年一拍脑袋。

突然间，封行朗似乎觉察到了某些异样，换作平时，自己要是跟叶时年说了这么多话，这个女人早就搅和到他们中间了，今天的她却特别安静。她紧闭着双眸躺着，一直在呓语，脸颊上病态的红色也一直未褪去。

“不……不要……不要对阿朗下手……不要……求求你了……不要对阿朗下手……”蓝悠悠好像被梦魇住了，惊恐地用双手紧紧揪着身下的毯子，痛苦地哀求着某个人。

封行朗立刻凑上前询问：“告诉我，那个要对阿朗下手的人是谁？”他想趁她被噩梦纠缠之际，从她口中问出那个幕后主使的下落。蓝悠悠跟大哥无冤无仇，即便是以色相诱，图点儿金钱还是有可能的，但绝对不至于将大哥往死亡深渊中推。

“我……我不能告诉阿朗……一定不能告诉！阿朗不是他的对手……阿朗会死的。我不要阿朗死……我要阿朗好好活着！活着……”噩梦中，蓝悠悠突然失声痛哭起来，整个人好像陷入了某种巨大的痛苦之中不能自拔。

她这个样子，完全不像是装出来的，那晶莹剔透的泪珠从眼眶里滚落下来，说明此时此刻她真的很痛苦。

封行朗下意识地摊开手掌去抚蓝悠悠的额头："这么烫？"

她在发高烧，而且还很严重。

"咔嚓"一声，随着蓝悠悠脚踝上的铁链被打开，封行朗立刻抱起几乎不省人事的蓝悠悠，健步如飞地朝储藏室门外走去。

要是这个女人就被这么死掉了，那实在是太过便宜她了！

蓝悠悠抢回了一条命，差点儿就烧成脑损伤。

担心叶时年一个人看不住蓝悠悠这个妖女，封行朗便留在重症监护室里一起看着她。更重要的是，封行朗希望能在蓝悠悠无意识的呓语中得到有关那个幕后主使的信息。可用药之后的蓝悠悠变得异常安静，病房里只听到生命检测仪嘀嗒的响声。

封行朗便在一旁的陪护床上闭目休憩，却保持着时刻警醒的状态。

叶时年则从护士那里搬来一张折叠床，横在门口，以防止女人逃跑。可不一会儿，便传来他酣然的呼噜声，不是太响，却扰人休息。在叶时年节奏感极强的呼噜声中，封行朗辗转反侧。侧头看向另一张病床上的女人，她依旧睡得安静，似乎并没有被叶时年的呼噜声给吵到。

知道叶时年最近奔波劳累辛苦了，封行朗并没有喊醒他加以指责，在这样的呼噜声中，他自己竟然也睡着了。

看似娇柔的蓝悠悠，却有着顽强的生命力。在汲取到药物后，她的体力和神志恢复了。她是枕着晨曦醒来的，当苍白色的天花板映入她的眼帘时，她立刻意识到自己已经离开那个潮湿又昏暗的地下室。下一秒，她便嗅到了封行朗存在的气息。

陪护床上，封行朗的睡姿可谓霸气野性，舒展着四肢几乎把整张陪护床占满了。这个男人竟然在这里守了她一晚上？笑意在蓝悠悠苍白无血色的脸上慢慢扩展开来。这个男人实在是太有型了，那张英俊的脸庞、那性感的薄唇……无处不美好。

突然，蓝悠悠很想去亲吻一下男人的唇。

这么想着，她便这么去做了。如同一条悄然游动着的美女蛇，她从自己的病床上下来，毫无声响地走到了陪护床边，然后慢慢偎依进男人怀中。她的动作很轻，一点点地往男人怀里钻，然后男人在酣睡中接受下她的整个身体。这一刻的蓝悠悠，美得如同一只魔化了的妖，无骨般成了男人身上的附属品。纤指上移，蓝悠悠点了点男人的唇，然后深情地吻了上去，用上了自己所有的柔情……

蓝悠悠是个美丽的女人，她的美丽带着扎人的毒刺。可这一刻在封行朗身上,她却收敛起了自己所有的毒刺,呈现出来的除了柔情还是柔情。女人柔情似水的吻，对于一个正常的成年男人来说，无疑是享受的，封行朗当然也不例外。在半睡半醒之中，他感觉有女人亲在了自己的唇上，很舒服的感觉，于是，他猛地加深了这个吻。

但似乎味道不对！因为林雪落那个女人向来不会如此迎合他，大部分情况下，她除了躲避就是求饶，而不会像现在自己正吻着的女人这样，肆无忌惮！

于是，他睁开眼眸，便看到怀里正紧紧偎依着他的女人不是林雪落，而是蓝悠悠。胆子大到敢主动向他索吻的妖女！

明明是一张美艳无比的脸庞，落在封行朗眼底却丑陋无比。因为看到这张脸，他就不由自主联想到了大哥那张被大火烧得面目狰狞的脸庞。大哥所有的痛楚，都是怀里这个女人所赐的。封行朗又怎么可能对一个曾经惨烈伤害过他的亲人的女人，有任何情动呢？于是，封行朗几乎是条件反射地将蓝悠悠从陪护床上给狠狠推了下去。

蓝悠悠被男人毫无征兆地推到地上，发出沉闷的声响。

睡在门口折叠床上的叶时年闻声跃起，警惕地厉吼一句："谁？"

然后，他便看到陪护床上的封行朗，和跌在地上的蓝悠悠。两个人四目对峙着，谁都没有吭声，只是静静盯着对方。

蓝悠悠并没有因为男人将她推搡在地上而恼火，反而带着一种得逞后的傲慢笑意。封行朗则不同，他看向蓝悠悠时，满目都染着仇恨之意，恨意似乎已经渗透进他的骨髓深处了。

封行朗从床头抽过一张纸巾，使劲擦了擦嘴唇，然后厌弃地将纸丢在了地面上。蓝悠悠却笑了，一种很尖锐的笑声，就像铁质的利器击打在骨头上，让人听着毛骨悚然。

“封行朗，你刚刚明明很享受我的吻！之所以又将我的痕迹擦拭掉，大概只是因为你哥吧，你还真是个爱憎分明的男人，我发现我越来越喜欢你了！”

蓝悠悠的话，总是这般另类。她以为她的话是一针见血，封行朗却不以为然：“蓝悠悠，我厌弃你，并不单单是因为你的双手上沾满了我大哥的鲜血，也因为我一向很讨厌蛇蝎心肠的女人，你的吻，恶心到我了！”这最后一句话虽然简短，却极具杀伤力。蓝悠悠眼眸里仅存的希冀之光熄灭了。

自己为这个男人失去了多少，蓝悠悠是知道的，但她从来没想过要从封行朗身上讨要回来。她唯一希望的，就是他能好好活下去。当然，如果能跟封行朗这个男人再续前缘，也是蓝悠悠毕生期望的。可她知道，她的身上背负着他大哥的血债。她以为义父放弃了追杀封行朗的念头，便欢快地接受了去诱杀封立昕的任务。让蓝悠悠没想到的是，封立昕和封行朗竟然是兄弟。

正如封行朗所想的那样，蓝悠悠跟封立昕的确无冤无仇，她只不过是想完美地完成任务，好让义父彻底打消追杀封行朗的念头。所以，在色诱封立昕时，她格外认真。她为封行朗所做的这一切，并没有得到他的任何感激，反而因为封立昕的事，他痛恨她入骨。

蓝悠悠闭上双眼，毫无生气地坐在地上，好像这个世界上发生的一切，跟她没有了任何关系。因为她的世界早因为封行朗的谩骂和羞辱，荒凉成了沙漠。

她不奢望封行朗会感激她的所作所为，就这么看着他在岁月蹉跎中老去，又何尝不是另一种享受呢！然而这个想法在看到林雪落后，便荡然无存了。只有一个女人才能激发另一个女人强烈的占有欲。在蓝悠悠看来，任何惦记封行朗的女人，都该死！

叶时年有些尴尬，不知道应不应该打断这一躺一坐的两个人的僵局。

“那个朗哥，您早餐想吃点儿啥？”最终，叶时年选择用这么一个朴实又俗套的话题，打断封行朗和蓝悠悠的针锋相对。

“老子想吃了你！”封行朗不爽地吼道。

“朗哥，您想吃我啊？那我……先去洗洗？”一句很冷的冷笑话，并不好笑，叶时年只不过想转移封行朗的注意力，好让蓝悠悠能够脱身。

“那就滚出去洗干净点儿！记得把那条多余的舌头给割掉！”封行朗狠声道。

叶时年捂着自己的嘴巴逃了。

而蓝悠悠也自行从地面上爬了起来，像个提线木偶似的躺回病床上。

“你给我买的卫生巾？”感觉到某处的柔软，蓝悠悠突然侧过头来问道。

刚才还死气沉沉的小脸上，此时此刻却荡漾着明媚的微笑。相比较之下，蓝悠悠更愿意相信，这都是封行朗安排好的。如果真是封行朗做的，蓝悠悠觉得自己能够愉快上一整年了。

封行朗没有回答，也没有那个必要回答。

看着蓝悠悠那张笑得美丽无邪的脸，一个念头突然从封行朗的脑海里闪过。

叶时年买好早点回病房时，封行朗侧身倚在病房门外，正在等他。

“朗哥，一起进去吃早点吧。淑芳斋的蒸点，要比我这个大老爷们儿好吃多了！”叶时年调侃道。

封行朗一把揪过叶时年的衣领，将他拦在门外，阻止了他进屋去。

“时年，我觉得我不能再等下去了！我决定用蓝悠悠为诱饵，先把我哥哄去美国再说。”

封立昕每一回的缓兵之计，都像一枚定时炸弹，将封行朗困在其中，除了担心和焦躁，便再无破解之法。封立昕不愿走出医疗室，封行朗不是没想过各式各样的威逼利诱，在冒险和唯一的生命面前，封行朗最终还是选择了维稳。

“这倒是个好主意……至少立昕哥不会消极地苟活着。但蓝悠悠这个诱饵一定要利用得当，不然便会适得其反。”叶时年感悟道。

“怎么说？”封行朗追问。他心中是有计划和把握的，但他还是想听听叶时年的想法。

“主要还是看蓝悠悠肯不肯配合，如果她看到立昕哥时，是一副憎恶或恐惧的模样，那对立昕哥的病情则是有百害而无一利。如果蓝悠悠能循循善诱，开导并鼓励，立昕哥一定会答应做进一步的植皮手术。”

“要知道，爱情的力量是无穷大的。”叶时年以这句作为他最后的总结陈词。

等Nina过来换班之后，封行朗询问过医生有关蓝悠悠的病情便离开了。

一路上，封行朗一直在考虑叶时年的话。爱情的力量是无穷的？亲情点不燃大哥求生的意志，难道爱情就可以？

可是蓝悠悠那蛇蝎心肠的女人，对大哥能是爱情吗！她只是想诱他入局，杀之而后快！

他又该如何驾驭蓝悠悠这个女人？威胁她？显然并不管用。那女人天生一副对生命看淡的样子，高烧到不省人事，都没开口向叶时年求救。

无疑这是一步险棋，他要做的就是将危险系数降到最低。

大概下午四点时，封行朗接到了林雪落的电话。

见女人少有地主动打电话给自己，封行朗眼睛微眯，接通电话。林雪落不等封行朗开口，便先行问道：“行朗，你现在很忙吗？”

“嗯，有点儿。”封行朗的声音有些疲惫，却又带了点宠溺，“有事儿你说，我听着。”

“想我了？”说完，他似不够，又补充了一句。

一句“想我了”，瞬间在林雪落心间激起千层浪。

“封行朗。”林雪落唤了他一声，声音里带了一丝沙哑。

“嗯？”封行朗回应，尾声上扬，“在呢，等你想好了再说，我不会挂。”

林雪落紧握着手机，一时间竟然忘了自己要说什么。手机那头传来封行朗平静的呼吸声，他真的没有挂电话。或许是被蓝悠悠那女人折腾得够累，这一回封行朗并没有再跟林雪落斗嘴。

“封行朗，关于你大哥让你相亲的事，你考虑得怎么样了？”良久，林雪落才将喉咙里憋了很长时间的话给说了出来。

原来她打这通电话给他，竟然是为了让他去相亲的事！“你就这么迫不及待地想把我往别的女人怀里送吗？”封行朗声音很淡，没有了平日里的暴戾之气，反而有股凄凉感。

林雪落又是一滞，忍不住反问自己：她真的想把这个男人介绍给别的女人吗？应该是想的！她当然希望自己的小叔子能找个好女人白头偕老，应该这样的！

“当然了！”可林雪落回答完，内心不知为何苦涩起来。

封行朗沉默了一会儿，才道：“林雪落，你非要这么口是心非，心里才会舒服是吗？”

林雪落被男人直白的话给噎住了，这男人是妖怪吗，隔着手机他居然也能洞悉她的心思。

“既然你这么想撮合我跟别的女人，那你就安排吧。”封行朗的声音溢出了怒意，“忙，挂了。”

林雪落握着嘟嘟作响的手机，心中也有些烦闷起来。这男人不是同意了让她给他物色相亲对象吗？怎么现在又这样呢？

反正她已经答应了立昕，无论如何都要说到做到。

第十章

拆穿谎言

化了个浅妆，林雪落决定亲自去夏家一趟。

“以琴姐，你今天有空吗？”看到夏以琴后，林雪落开门见山道。

“尊贵的封太太该不会是想请我喝茶吧。”夏以琴调侃道。

“是封行朗想请你喝茶。”林雪落回答。

“封……封行朗要请我喝茶？”夏以琴惊讶了，有些不相信自己的耳朵，“你不是在消遣你以琴姐吧？”

就连准备出门的夏以琪也被林雪落的话给吸引住了，转过身来，继续听。

“怎么会呢！是这样的，立昕让我给封行朗介绍一个女朋友，我第一个想到的人就是你。”林雪落解释道。

夏以琴却笑了：“雪落，你在逗我吧，像封行朗那样的男人，用得着别人介绍女朋友？”

林雪落被问住了，也对，以封行朗的身份，女人对他来说的确是招招手的事。

见林雪落没说话，夏以琴微微黯然：“行了雪落，你能想到我，也是我的荣幸！估计是封立昕爱弟心切，才会想到给封行朗相亲。我能理解他当哥哥的一片良苦用心。你回去跟封立昕说，他弟弟真不缺女人。”

“可我还真没看到封行朗带过任何女人回封家。”林雪落微顿，拉过夏以琴的手，“以琴姐，你就算帮帮我吧，我就是想让你当我的妯娌。”

夏以琴笑了，亲昵地在林雪落的鼻尖上刮了一下，说：“你想让我当你的妯娌有什么用？是封行朗要娶老婆，又不是你林雪落要娶妯娌。”

“以琴姐，你就去赴个约好不好？我也好跟他哥交代是不是。”林雪落近乎请求着夏以琴。

“行，那我就看在雪落妹妹的分儿，去当一回炮灰好了。”夏以琴恬静一笑，装作勉为其难地答应了。

其实她等这一天已经等很久了，可她没想到，竟然是林雪落轻而易举帮了她这个大忙。

相亲的地点是夏以琴选的，一处临海的优山美地。

夏以琴并没有刻意打扮自己，就好像只是为了帮林雪落一个忙而已。这便是夏以琴的过人之处，进可攻退可守，即便相亲不成，她自己也不会太尴尬。

封行朗还没到，林雪落却发现相离两桌开外的夏以琪，而且她还带了另外几个名媛千金来。

“以琴姐，以琪怎么也来了？”林雪落疑惑地说。

“还用得着问吗，那丫头一定是来看我的笑话的。”夏以琴优雅地抿了一口咖啡，回答。

不但有夏以琪她们，而且林雪落还看到了不远处一直朝这里看的舅妈温美娟，以及一帮子平日里最喜爱八卦的阔太太。

“以琴姐，我看到舅妈了。”林雪落小声提醒。

“不用管她，封行朗不来，我们就自己吃，吃完我送你回封家。”夏以琴轻松说道。

她表面上是轻松含笑的，可她心里此时此刻紧张得要死。她知道，要是封行朗不来，她一定会成为申城的笑柄！

林雪落也突然意识到，要是封行朗不来，或是放她鸽子，那不但自己糗大了，夏以琴会跟着难堪。自己糗不糗无所谓，可说什么她也不能让夏以琴因为自己而被人看笑话。

就快晚上八点了，林雪落时不时瞄一眼手机，那个男人该不会是忘了吧？他明明答应自己会来的啊。林雪落拿起手机正准备给封行朗打个电话催一下，夏以琴却按下了林雪落拨打电话的动作。

“雪落，别催了。男人最讨厌被女人一遍又一遍地催促了！如果他有这个心，会来的。”夏以琴脸上的微笑依旧完美。

可林雪落就担心那个男人不长心啊！要是他真的不来，那众目睽睽之下，她们得多尴尬！

她实在舍不得夏以琴跟自己一起丢脸，说什么自己也要把那个男人给催过来。一个想打，一个不让打，就在两人僵持之际，林雪落的手机响了起来。

是封行朗。林雪落立即接通电话，急声询问道：“封行朗，你到哪里了？”

“什么我到哪里？你人呢？又上哪里去了？”封行朗不答反问，听起来在生气。

“我在优山美地的海景餐厅啊！你忘了今天要相亲的事了吗？”林雪落压低声音质问道，“你赶紧过来，我跟以琴姐都等着你呢。”

封行朗真不知道自己应该是哭还是笑。

自己的妻子不停催促自己去跟别的女人相亲，时间、地点、人物都给自己安排好了，真够“贤惠”的！

不想让夏以琴听着尴尬，林雪落连忙站起身来，半遮半掩地边说边朝走廊的角落走去。

“封行朗，算我求求你好不好，我舅妈她们都来了，要是你不来，以琴姐会很难堪的。求你了，来一下好不好？”要知道威逼这个男人根本行不通！他天生就是个不吃硬的家伙。所以，林雪落只能求他，但愿他能服软！

“如果我去，能有什么好处？”封行朗开始谈条件。

听得出，女人的请求声很诚恳，可越是诚恳，封行朗心里就越堵。

他真想用结婚证去砸她的头，好让她清醒点儿。

游戏发展到这一步虽然令封行朗有些不满，但接着玩下去还是挺有意思的。因为封行朗已经盘算好，如何将一个苦情戏反转成一个喜剧！

“只要你能来，你想要什么好处我都给！”林雪落想也没想，直接就答应了男人的条件。她唯一担心的就是男人不肯来。先把他给骗过来，至于其他事都可以商量。

“这可是你答应的。我半个小时后到！林雪落，你给我好好等着！”

原本封行朗答应肯来了，林雪落应该是欢呼雀跃的才对，她却感觉到一股深深的寒意。这男人的话，听着实在有些惊悚。林雪落忍不住打了个冷战，但惊悚感随即被那句“我半个小时后到”的好消息给覆盖掉了。

她重新回到餐桌前，夏以琴依旧保持着她的优雅：“雪落，封二少爷既然忙，我们就点餐吧。一会儿我送你回封家。”

有心机的女人，说话便带上目的。无疑，夏以琴是在试探封行朗到底会不会来。

“封行朗半个小时后就到了！以琴姐，你要是饿了，我给你先叫些点心吧。”林雪落微笑道。

“那好，我们就先吃些小点心吧。”夏以琴柔声道。

表面上不动声色，夏以琴内心却美成了花儿。只要封行朗能来赴宴，无论他是否真心，便足够支撑她的面子了。

大概十分钟后，侍应生端来了两种美味的糕点。林雪落和夏以琴便愉快地吃起来。以夏以琴名媛千金的身份，她又何尝不知道自己先行点餐用餐会很不礼貌，她却故意这么做了。一来，是做给那些阔太太和名媛千金看，二来，也是想试探一下林雪落在封行朗心目中的地位。

一想到在封家厨房里林雪落和封行朗那般亲密，夏以琴就恨得牙痒痒。但又有什么办法呢，谁让林雪落这个看似单纯却颇有心机的女人近水楼台先得月呢！所以，如果封行朗愿意娶，她夏以琴就愿意嫁。等嫁进封家之后，再好好整治封家的门风！她不会纵容林雪落这么不知廉耻的！

林雪落是真饿了，三两口就把一块小蛋糕给吃完了。她抬头之际，冷不丁看到夏以琴用一种看似怨恨的目光盯着她。

“以琴姐，你怎么不吃啊，你不饿吗？”林雪落看着夏以琴盘子里丝毫未动的草莓慕斯。

“我不饿，给你吃吧，瞧你这馋样儿。”夏以琴把草莓慕斯推到林雪落跟前，还体贴地用纸巾给她擦去了嘴角的碎末儿。

“哈哈，夏以琴，怎么样，封行朗没来吧？这就叫自取其辱！”见夏以琴和林雪落两人都已经点餐开吃了，夏以琪以为封行朗肯定不会来赴宴了，便按捺不住上前来奚落夏以琴，也好出口气。

后来想想，夏以琪觉得那盒子杧果酥饼是夏以琴故意使坏让她送去封家的，让她饱受奇耻大辱，夏以琪一直想找机会报复夏以琴。她们夏家三千金，向来是面不和心也不和。

林雪落本想解释，却被夏以琴阻止了：“以琪，我就来陪雪落吃个晚饭，怎么成自取其辱了？你不当雪落是妹妹也就罢了，我可把雪落当成自己的亲妹妹。”夏以琴从容说道，每句话都彰显着她极好的素养。

“呵呵，夏以琴，你少自欺欺人了！现在恐怕整个申城都知道你今晚是来跟封行朗相亲的吧？只可惜，人家封二少根本就不把你放在眼里！还真把自己当回事儿！”好不容易逮到一个一雪前耻的机会，夏以琪又怎么会放过呢！

一旁的温美娟实在坐不住了，连忙上前来阻止出言不逊的二女儿：“以琪！不许胡闹！”随后，气不过的夏母又把气撒到了林雪落身上，“雪落，不是我说你，你怎么能这么耍你以琴姐呢？”

“妈，雪落没有……”夏以琴立刻出声维护林雪落。

“夏伯母，您在说谁耍了令千金呢？”是封行朗，磁性又浑厚的声音像浓醇的酒，令人沉醉。

“封……封二少，您，您来了。误会，误会。”温美娟立刻堆起一张笑意盈盈的脸。

“夏小姐，真抱歉，我来晚了。”封行朗朝夏以琴颔首道。

“应该我说抱歉才对，我跟雪落都开吃了呢。”夏以琴温柔应道。

封……封行朗？他……他居然真的来了？夏以琪被吓到了，因为她清楚记得，封行朗所施加给她的奇耻大辱。

“封二少，你们聊。以琪，我们走吧。”夏母连忙把不知趣的二女儿连拖带拽地给拉走了。

“请自便。”封行朗微微点头。

舅妈走了，瞎闹腾的夏以琪也走了，自己这个电灯泡当然也应该走了。盘子里的草莓慕斯才吃了一口，林雪落连忙跟着站起身来：“以琴姐，你跟行朗好好聊，我……我还要回封家照顾立昕呢，就先走了。”

“不急，雪落，一起吃完晚餐再走吧，正好封二少可以载你回去。”夏以琴温柔说道，把林雪落当成了亲妹妹似的。

“不用了，我自己叫计程车。”言毕，林雪落便逃似的离开了。

夏以琴本以为封行朗过来只是想敷衍一下这场相亲，却没想他稳稳地在她面前坐了下来。

“封先生，您吃点儿什么？”夏以琴主动开口询问，“雪落说您爱吃牛排？”

“嗯，我是个高级的食肉动物。”封行朗答得风趣。

他的每一个表情、每一个动作都让夏以琴倾心不已。要是能嫁给这个男人，付出什么代价夏以琴都愿意。

“封二公子真幽默，那就来两份儿牛排吧，再来点儿……”夏以琴刚想将手中的菜单凑过去跟封行朗一同点菜，却惊讶地发现封行朗竟然在吃刚刚林雪落吃剩的那盘草莓慕斯。不爱吃甜食的封行朗，眉头微蹙，但还是将整块草莓慕斯勉强吃完了。夏以琴瞬间后悔了，早知道自己就吃那盘草莓慕斯了。

封行朗一边吃，一边编辑信息，信息是发给林雪落的：“车没锁，乖乖地在车上等着我。敢走，我的惩罚你承受不起！”

走出优山美地餐厅的林雪落，在晚风的吹拂下，却莫名失落起来。

她这回真的如愿以偿地将那个男人推到别的女人身边去了，不是应该高兴才对吗，为什么心里会如此难过呢？

她抬头看向天空，并非纯黑色，而是那种一望无际的深蓝，在星星的点缀下无比美丽。林雪落很想看穿这深蓝的天际，看看天际的尽头究竟是什么。那里会不会有一片平行的星空，可以不受束缚，自由自在地跟自己喜欢的男人好好爱一场？

迈出去的步伐好似有千斤重，似乎这双脚并不听她这个主人的使唤。

林雪落索性坐在餐厅的花圃上，一个人安静地看着头顶的天空，思绪瞬间被带离，脑子里像被人抽空了似的。

冷不丁传来的手机短信铃声让她回过神来，林雪落精神不振地从手包里掏出手机查看。

竟然是封行朗那个男人发过来的！他不是正跟夏以琴在餐厅里你侬我侬吗？怎么还有这个闲情逸致给她发短消息？

林雪落又仔细看了一遍，的确是封行朗发过来的，而且这说话的口吻，一如既往地霸道。

让她在他的车上等他？真亏他想得出来！他自己在里面吃香的喝辣的，又有美女作陪，可她呢？坐在外面吹冷风不说，还得饿着肚子等他跟别的女人风花雪月？

好吧，是自己亲手将他推到别的女人身边的！那怎么办呢？究竟是在车上等他呢？还是不等？林雪落想，如果封行朗跟夏以琴相处得融洽的话，那接下来去看电影、逛个街也是顺理成章的，她觉得自己还是不要留下来当电灯泡好了。随后，林雪落便删除了那条短信，然后朝餐厅门前的柏油马路走去。

“咦，太太您怎么一个人回来了啊？二少爷呢？他不是出去跟您一起吃晚饭的吗？”见林雪落一个人回来，安婶疑惑不解地问。

“你家二少爷在相亲呢！估计今晚回不来了吧。”林雪落内心苦涩，却装作轻松的口气。

“什么，二少爷去相亲了？跟谁啊？”安婶顿时惊愕了。

“夏家的千金夏以琴。放心吧安婶，夏以琴温婉贤淑，给你家二少爷做太太，你家二少爷不亏。”林雪落安慰着震惊的安婶。

“太太啊，您好糊涂啊。您怎么能给二少爷张罗相亲呢？二少爷心里得多难过！”安婶忍不住埋怨起了“不懂事”的林雪落。

封行朗心里会难过？她怎么就没看出来呢，刚刚在优山美地的餐厅里，那个男人见到夏家未来丈母娘时，别提有多绅士了！又怎么会心里难过？

“安婶，你多虑了。你们的二少爷心里别提多美呢。你就等着二少爷给封家多多开枝散叶吧，这也是大少爷的意思。”林雪落的心情并不好，甚至于还有些糟糕。从优山美地一路回到封家，她心底一直隐隐作痛。那是一种说不出、道不明，又无法触碰的痛！

林雪落回了房间，把自己锁在房间里。她试图一遍又一遍地告诉自己，这么做是对的！她咬着唇，让唇上的疼痛掩盖住心中的疼痛。

枕着不知何时滚落的泪水，林雪落蜷成一团，孤寂地躺在大床上，独自品尝着苦涩。

今晚的夏以琴，可以说是出尽了风头，她成了优山美地餐厅里那些名媛千金和阔太太的焦点。

因为封行朗的赴约，更因为他显赫的财阀新贵身份。像封行朗这种有能力有魅力颜值又高的男人，无疑是众人追捧的对象。

夏以琴是个擅于揣摩别人心思的女人，所以整个晚餐，她大部分话题是围绕着林雪落的。她预料得没错，封行朗这个男人果然很有耐心地在聆听，时不时还会应上一两句。给众名媛千金和富贵太太的假象就是：他们很谈得来，而且已经到了谈笑风生的地步。

她们听不到封行朗正跟夏以琴聊些什么，只知道他们相谈甚欢。

晚餐在还算愉快的气氛中进行了一个小时，看到男人已经有看腕表的动作，夏以琴立刻优雅地站起身来。

“封二少，很感谢您的晚餐。”夏以琴虽说依依不舍，但她是善解人意的，知道再拖延时间，便会引起男人的不快。与其等他起身跟她告辞，还不如自己掌握主动权，也好让那群看“笑话”的看客知道，是她夏以琴主动提出要跟封行朗告辞的。

“我的荣幸。”封行朗绅士地配合着。

他喜欢聪明的女人，尤其是在这种场合下。但生活里，他还是更中意那个叫林雪落的傻女人。

“真抱歉，我母亲和妹妹都在呢。实在不好意思，那封二少我就先失陪了。”

夏以琴看得出男人跟她共进晚餐已经是难为他了，所以，她便顺水推舟给自己台阶下。

“那夏小姐就请便吧。”

见大女儿朝自己走来，夏母一直挤眉弄眼，示意她趁热打铁，好好跟封行朗巩固一下感情，一起去看个电影，或是散个步，赏个风景什么的也好。

夏以琴却清楚地知道那是不可能的。与其被拒绝，倒不如自己主动断了这种被拒绝的可能。

封行朗礼貌地跟夏母挥手示意后，转身离开了餐厅。

他走至大厅时，大堂经理迎了上来。

“封先生，这是一位姓林的女士留给您的车钥匙。”大堂经理恭敬地将法拉利的车钥匙递至封行朗面前。

很显然，那女人没有听他的话在车上等他！

“谢谢！她什么时候离开的？”封行朗追问。

“大概一个小时前，在您跟夏小姐刚刚就餐之时。担心打扰你们用餐，这车钥匙就一直没送过去给您。抱歉。”大堂经理职业性地礼貌道。

带着一抹化不开的戾气，法拉利在夜风中如离弦之箭朝封家疾驰而去。这个女人也太胆大包天了吧，让她乖乖在车内等着，她偏偏要跟他对着干？这相亲是她定的，对象也是她选的，他还没怎么着呢，她竟然先跑了？不爽地扯松自己的领带，封行朗脚下油门踩到底，跑车发出强劲的轰鸣声。

封家客厅里，安婶正打扫卫生，见封行朗回来了，立刻迎了上去。

“太太呢？”封行朗愠怒道。

“太太说她身体不舒服，一回来就把自己锁进屋里去了，我看她回来时心情挺难过的。”安婶心疼地说。

“她也会难过？看来还没缺心眼到无可救药！”封行朗冷哼。

客房的门上着锁，拦得住安婶和莫管家，却拦不住他封行朗。

大概八岁的时候，他就能徒手攀爬封家这三层别墅了，更何况客房还是在一楼半。

客房的大床上，林雪落疲倦地睡着了，迷迷糊糊之间，她感觉到有人正在扯她身上裹着的蚕丝被，等她看清是谁时，整个人已经被他压制住了。

“封行朗，你浑蛋！”林雪落对着他就是一通气急败坏的拳打脚踢。

“我赴了你精心安排的相亲宴，你答应满足我的任何条件……现在，就是我索要福利的时候。”封行朗粗着声音陈述着他和她之间的交易。

所有反抗都变得徒劳，因为箭在弦上，他又怎么可能收得回去呢。

林雪落哭着度过了这一晚。

在逃出房间后，她恨不得将那一整瓶药都给吃了，可她不知道，她吃的只不过是被安婶调换了的维生素片。

“太太，您起了啊？怎么起这么早，我早餐还没做好呢，要不您回房再眯一会儿？”

安婶看到林雪落倒水吞咽的是被她调换的维生素，笑容更欢快了，看来封家真的快要有后了！

被安婶看到后，林雪落尴尬了一下。想着这药反正也是安婶给的，她应该早就知道自己和封行朗之间不清不楚的关系了。只是安婶脸上的笑，看起来如此怪异。林雪落越发觉得，自己深深陷入了封家人所编造并堆积起来的阴谋中。安婶知道，莫管家也知道……又或许，连封立昕也知道？如果真的是那样，林雪落觉得自己还不如死了算了！

“安婶，我不吃了，我赶着去上学。”林雪落唯一想做的，就是火速离开封家，离开这个满是陷阱的地方。

“太太，这才七点不到，您怎么走得这么急啊？”安婶急忙问，想再劝两句，林雪落已经抱着课本一头扎进晨曦中。

安婶拔腿就追，可又追不上林雪落，只好打电话给司机小钱，让他赶过来送太太去学校。

林雪落赶到宿舍时，袁朵朵还在跟周公亲密约会。她没有叫醒袁朵朵，心烦意乱地倒在自己的床上，若有所思地盯着天花板。昨晚的点点滴滴席卷而来，林雪落双手捂住了脸。

“啊，林雪落，你从哪里冒出来的？”刚刚醒来的袁朵朵发出一声惊叫，把正在出神的林雪落吓了一大跳。

“朵朵，你这一惊一乍的，会吓死人的好吗？”林雪落心虚地拍了拍自己的胸口。

刚刚还惊叫的袁朵朵突然就不吭声了，正用一种像高精度扫描仪的目光，在林雪落的脸上和脖子上来回看。

“朵朵，怎么了？我……我脸上，有字？”被袁朵朵这么诡异地盯着，林雪落更加心虚了，连忙用手抹了一下自己的脸。

袁朵朵没有回答，而是突然朝林雪落扑了过来，一把揪过她针织衫的衣领。

那种针织衫本就宽松，被袁朵朵这么用力一揪，就掉了下来，而袁朵朵也如愿以偿看到了林雪落身上的红痕。

“林雪落，这回你抵赖不掉了吧。”袁朵朵盯着惊恐万状的林雪落，“瞧瞧这些，都是铁的证据！千万别说是跟封立昕留下的，以封立昕的身体状况，是弄不出这么多印记的！”

被袁朵朵这么直白地说出来，林雪落连撒谎的借口都没有了。

她紧紧护着自己的衣服，心里已经把封行朗那个男人给骂了几十遍。也怪自己粗心大意，光想着要逃离封家，没注意到自己身上的这些痕迹。

看着林雪落惊慌失措的样子，袁朵朵便能肯定，她真的跟封行朗有过男女关系了。袁朵朵心里莫名一阵忧伤，看来自己那小小的自卑想法，还没来得及萌芽，就被残酷的现实给扼杀掉了。

“雪落，你跟封行朗这样……你们让封立昕情何以堪？”袁朵朵抛开自己的私念，反倒替封立昕难过起来。

因为上周五放学时，封立昕还来学校顶着众人的冷嘲热讽接林雪落放学。而林雪落也跟封立昕一起，夫妻双双演绎了一场伉俪情深的好戏，可这周末一过，怎么就一百八十度大反转了？

还是说，林雪落变成了那种人前一套，人后一套的恶俗之人？不会的！袁朵朵相信林雪落的为人，可眼前的事实，又让她真的疑惑不解。

连自己最好的闺密都在质疑自己的人品，林雪落的心被狠狠刺了一下。她沉默着，无言以对。

她又能怪谁？是怪自己不够检点，还是怪那个男人太过放肆？

见林雪落默认了，表情也不太好看，袁朵朵似乎也不忍心继续指责她什么了。

“我知道，你骨子里那么传统，一定是封行朗逼你的。”袁朵朵唉声叹气道。

“是吗？可我觉得我已经放纵到自己都快不认识自己了！”林雪落垂着头，苦涩地笑。

“其实吧，封立昕被大火烧成那样，都面目全非了，让你爱上他实在是太不现实了。而他弟弟又那么优秀，英俊多金……相比较之下，你爱上封行朗完全是一个女人再正常不过的选择！”袁朵朵安慰林雪落。

她爱上了那个男人吗？林雪落确定不了。

“不过雪落，你爱上归爱上，可这样的感情……太……太卑微了！”袁朵朵也很矛盾，是劝林雪落大胆去爱呢？还是劝她悬崖勒马？

其实林雪落明白得很，这样的感情，不仅仅是卑微，而且还不知廉耻。

“朵朵，你想太多了。”林雪落否认道。她不会对任何人承认自己跟封行朗的不轨行为。

袁朵朵盯着林雪落，长长地叹了一声：“行！你有维护自己感情隐私的权利！你别难过了，我也不问了。我就当什么也没看见，什么也不知道！”

“朵朵，对不起，我……”袁朵朵拿自己当好朋友，自己却不能对她说实话。

“雪落，你别这么说，我知道事情的轻重！但你也要保护好自己。如果真有什么流言蜚语，你恐怕……”袁朵朵咽回了后面的话。

“朵朵，谢谢你，我懂的。快上课了，你赶紧去洗漱吧。”林雪落整理好自己的衣领，又从袁朵朵那里找来一条丝巾包围在自己的脖子上，将那些吻痕给遮掩住。

两人刚出女生宿舍区，茂盛的梧桐树后突然闪出一个人影。

是方亦言。

袁朵朵见状，连忙上前堵在方亦言和林雪落之间："方亦言，你又想干什么？雪落都已经是他人的妻子了，你还想怎么纠缠她？"

"朵朵，我不是来纠缠雪落，我是真的有话跟雪落说。"方亦言声音疲惫地解释道。

他的眼睛里有着明显熬夜后的血丝，一向文质彬彬的他，竟然变得胡子邋遢的。

"你有什么话跟我说好了。"袁朵朵依旧挡在林雪落前面，然后又侧身对身后的林雪落说道， "雪落，你先去教室吧，我会拦着他的。"

林雪落今天实在没心情跟方亦言解释什么，默默点了点头，便转身绕行准备离开。

"林雪落，我觉得这件事要比你上课重要！"方亦言朝林雪落扬了扬手中的报纸。

那是两张报纸，林雪落都见过。第一张报纸比较陈旧，上面有封立昕几个月前在医院里急救时被人偷拍下的照片。另一张，林雪落在去夏家约夏以琴时看到过，那是在校园门口，她给封立昕整理挡风围巾时的画面。

看方亦言的样子，绝不像责问她为什么要嫁给封立昕的事，他手中的两份报纸引起了林雪落的注意。见林雪落顿住脚步，方亦言继续说道："雪落，难道你从来没觉得你丈夫封立昕很奇怪吗？如果你想解开心头的疑虑，就跟我来吧。"

言毕，方亦言没有继续留下跟袁朵朵拉扯，而是转过身径直离开了。

"朵朵，你先去阶梯教室占位置，我一会儿就赶过去。"林雪落将怀里的课本塞给了袁朵朵，拔腿便朝方亦言追了过去。

林雪落一直跟着方亦言到了校园南区的英语角。现在是快上课的时间，里面并没什么人，而且方亦言一直是这英语角的负责人之一。

"方亦言，你究竟想跟我说什么？"林雪落终于追上方亦言的步伐。

"雪落，你老实跟我说，你究竟有没有见到过真正的封立昕？"方亦言转过身来，严肃地问道。

这一句还真把林雪落给问得疑惑了，她当然见过封立昕啊，可为什么方亦言会强调“真正”两个字呢？

“我当然见过！”林雪落肯定地回答。

“就是周五下午来学校门口接你的那个？”方亦言追问。

“对！就是他！”林雪落笃定道。

方亦言嘴角闪过一丝诡异的笑意，他深深凝视着林雪落，然后一字一顿道：“只可惜，那个人并不是封立昕！”

林雪落心头一震，连说话都开始颤抖：“方亦言，你说什么？那人……那人不是封立昕？怎么可能？”随后，林雪落冷冷一笑，“我自己的丈夫我会不认识吗？方亦言，谢谢你的好意！我要去上课了，再见。”

林雪落想离开了，因为方亦言的话实在是太无聊了。

轮椅上的那个男人不是封立昕，那又会是谁？难不成还会有人假扮封立昕，来接她放学？

“雪落！”方亦言出口叫住了转身想离开的林雪落，“如果没有充足的证据，我是不可能说出如此不负责任的话的！”

林雪落的步伐再次顿住，她回过头来，诧异地问：“你说你有能证明我丈夫不是我丈夫，封立昕不是封立昕的证据？”

“对！至少我能证明，周五下午来接你放学的那个人一定不是封立昕！”方亦言斩钉截铁地说道。

林雪落不仅仅是好奇，还有一种惴惴不安的感觉。

“雪落，你过来看，这是封立昕当时被烧伤入院抢救的照片，这是周五下午他来接你回家的照片。”方亦言将两张报纸铺在英语角的石桌上。

林雪落低头看了看那两张照片，说：“这就是你说的证据？可我并没看出什么端倪来。”

“你再看这个，这是两张同一个人被大火烧残时和四个月之后的照片对比。”方亦言又从他的单肩包里拿出两张相对清晰的照片。

“可这又能说明什么？”林雪落更加疑惑不解。

“我问过烧伤科的权威医师了，而且还将封立昕前后的照片给他做过仔细鉴定。他的专业鉴定结果跟我一样，周五来接你的那个封立昕和当初被烧残的封立昕，并不是同一个人！”方亦言又拿出自己的手机，找出一段视频给林雪落看，“这是我从保卫科调出来的视频，也给烧伤科的医师看过了，他的结论跟我猜测的一样，周五来接你的那个封立昕，是个正常人！并没有被大火烧残，他是个正常健康的成年人。”

林雪落几乎听蒙了。这，这究竟是什么跟什么啊？她感觉就像是在听天方夜谭！

“我知道你接受不了，也不会轻易相信，但我说的这一切都是事实！”知道林雪落不会轻易相信自己，方亦言又从单肩包里拿出一堆图片，其中还有对皮肤烧伤前后的解剖图。

“那个烧伤科的权威医师说：人的皮肤被大火烧伤后，在几个月内，皮肤的延展性会很差。不但没有延展性，而且还会扭曲变形。而这张周五照片上的封立昕，明显要比之前照片上的封立昕壮实！还有他的动作，不可能在短短几个月内恢复得如此敏捷！”

方亦言一口气解释了很多，包括推断，也包括专业方面的分析，最后他总结了一句：“所以，周五来接你的那个男人，根本就不是被大火烧残的封立昕。”

林雪落彻底怔住了，翻看着那些被烧残的人前后对比的照片，和一些她还不能一下子分辨出来的专业皮肤烧伤剖析等的研究报告。

“雪落，我知道你还不能相信我说的话，但你好好回忆回忆，你见过的封立昕，是不是前后有异常？”方亦言提醒道。

林雪落陷入了沉思，良久才抬起头来，忐忑又彷徨地问道：“如果那个人不是封立昕，又会是谁？”

“我怀疑是封行朗！”方亦言回答。

“封……封行朗？”林雪落彻底怔住了，怎么会是封行朗呢？怎么会是他？

她脑海里像是有十万个为什么，怎么也想不通为什么会是封行朗。

“我怀疑是封行朗假扮封立昕来欺骗你！像那种人皮面具，国外早已经研制出和真人一样的了！更何况封立昕还是一个被大火烧残的人，假扮他，那就更容易了！”方亦言怕林雪落不相信，又分析给她听。其实他并不关心周五那个封立昕是不是真正的封立昕，他最担心的是：林雪落会被假扮封立昕的封行朗给轻薄！

“我怀疑是封行朗假扮封立昕来欺骗你”这句话，令林雪落醍醐灌顶。如果自己遇到的封立昕是封行朗假扮的，那自己所有的疑惑在一瞬间便能迎刃而解了。

难怪自己在跟“封立昕”相处时，每每会捕捉到封行朗的影子，无论是他身上薄荷的清冽沐浴气息，还是他的言行举止，在细细品味时，还真跟封行朗如出一辙！现在想来，也就不奇怪那天回封家，莫管家和司机小钱都不约而同叫轮椅上的“封立昕”二少爷了！

如果真是这样，那岂不是整个封家人都知道封行朗假扮他大哥封立昕，就只有她这个傻子被蒙在鼓里？

林雪落在笑，却笑得凄楚。或许从她一嫁入封家，那个新婚之夜的新郎，就是他封行朗假扮的吧！一定是！同样健硕的体魄，同样不羁的言语，还有同样肆无忌惮戏弄她的方式！

说不定整个封家人都将她当猴子在戏耍吧！她真是可悲至极啊！

“雪落……雪落……想什么呢？你是不是也发现封立昕的疑点了？”发现林雪落的异样，方亦言追问，“雪落……雪落……”

方亦言连叫了好几声，林雪落才回过神来。在这一瞬间，她做出了一个决定，在事情还没有查清楚之前，她不能草率地承认。

“方亦言，我觉得你一定是误会了。并不是所有事件都会按照规律去发展，说不定我家立昕就是个特例呢！就这些照片和什么权威专家的言论，都只不过是推断和猜测。”

“雪落，难道你还不相信吗？封行朗不是好人！他只不过是在玩弄你！雪落，求你别再傻了好不好？”方亦言急声道。

他想上前抱住林雪落，却被林雪落用那些照片横在了两人之间：“方亦言，你太激动了。我相信我丈夫！无论真的也好，假扮的也罢，这都是我们封家的私事，与外人无关！”

“雪落，我只是想帮助你！”

“方亦言，我们之间已经结束了！求你别再用这样的方式接近我。我是个有夫之妇，对你对我，影响都不好！”林雪落冷言拒绝了方亦言的帮助。

“雪落，你怎么会这么想？我真的只想帮助你！”方亦言急切地表达着自己的心意。

“我不需要你的帮助！谢谢！”林雪落歉意地向方亦言微微鞠躬后，便转身离开了。

在转身的那一刻，林雪落早已经心如乱麻。

其实方亦言说的话，她是相信的。因为她知道方亦言是个相当严谨的人，没有把握，他是不会将这些疑点跟她摊牌的。而且他所剖析的一切，跟她心中的疑惑完全吻合！

所以，她要用事实来验证心里的疑惑。

这一天的课，林雪落听得魂不守舍。

她想起了那天晚上，封家的座机深夜被人打响，起身的她竟然发现“封立昕”用毯子盖住自己的全身，尤其是他的脸，被遮掩得严严实实，还美其名曰他担心她看到会害怕！

现在想来，估计那个男人的确担心自己看到他的真实面容后会“害怕”！因为那是他封行朗的脸，一张没有伪装的脸！

其他的疑惑就更能解释了，比如封行朗的手机连续两次出现在“封立昕”身边，根本就不是什么巧合，因为那个“封立昕”，本来就是封行朗假扮的！

强烈的愤怒和被欺骗后的凄凉袭来，林雪落一阵咬牙切齿。封行朗，你实在欺人太甚！把她林雪落当什么？傀儡？木偶？还是玩具？

她萌生了一个大胆的想法：把封行朗捉个现形！

封家的晚餐桌上。

“封行朗，我要见你大哥封立昕，就今晚，非见不可！”林雪落直视着封行朗，眼神坚定。

“不然呢？”封行朗喝了一口安婶盛好的汤，悠然地反问。

“不然我就……我就绝食抗议！”

林雪落也想过其他手段，比如说跳楼，比如用刀抵着自己的脖子等。但那些都太壮烈了，太划不来！相比之下，还是绝食抗议比较靠谱。

“绝食抗议是吗？那你就饿着好了！”封行朗并没有丝毫怜香惜玉的意思，那不羁的模样，就差拍手叫好了。

林雪落什么也没有说，站起身来，径直朝楼下的客房走去，她也没指望封行朗会怜悯她。

目送着林雪落离开，安婶微微叹气，昨晚大少爷想见太太时，太太说自己身体不舒服不想见，现在太太想见大少爷时，二少爷又不让见……这如何是好啊！

“二少爷，您真舍得太太饿肚子啊？”安婶心疼地问道。

“她想自虐，就由着她自虐好了。多大的人了，还用这样幼稚的手段来威胁我？饿一饿说不定还能刺激她的智商。”封行朗冷漠道。

安婶嘴上没说什么，心中却打定主意，一会儿就去给太太送吃的。

“不许给她送东西吃。要不然，我对她的惩罚就远不止饿肚子这么简单了。”封行朗看出安婶的心思，命令道。

安婶一惊，连连点头：“我知道了。”

答应归答应，但这仍阻止不了安婶去给林雪落送食物，毕竟封家的子嗣高于一切，哪怕二少爷责怪自己，安婶也认了。趁封行朗进了医疗室，安婶连忙端着林雪落爱吃的食物走进林雪落的房间。

房间的门是虚掩着的，目的就是方便“封立昕”进出，绝食抗议只是手段，把封行朗捉个现形才是林雪落最终想达到的目的。

可进来的并不是封行朗假扮的封立昕，而是安婶。安婶一边关门，一边朝门外张望着，估计是没有征得封行朗的同意，而偷偷摸摸地来给她送吃的。

“太太，饿坏了吧，赶紧吃。”安婶麻利地将碗筷递至林雪落跟前。

说实在的，除了安婶毫无原则地袒护封行朗，纵容他的那些不规矩行为以外，对自己的关心，从来都是无微不至的，林雪落不是不感动。

“安婶，我不吃，你拿走吧！”感动归感动，既然是演戏，她就要演得够真实。所以，林雪落坚定地拒绝了安婶端进来的食物。她就是要让封行朗看到，这回她是玩真的。

“太太，您这是何苦呢！您跟二少爷赌气，也犯不着糟蹋自己的身体啊。”安婶急了。

“我这不是赌气！我这叫抗议！强烈地抗议！”林雪落振振有词。

安婶拗不过她，只能又端着食物离开。

其实封行朗刚刚离开，不过是为了留机会给安婶为林雪落送吃的去，可当他看到安婶从房间里端出的食物原封未动时，皱起了眉头。这女人动真格了？

安婶本以为封行朗会责备自己擅作主张，却没想到他从她手中接过餐盘，朝客房走去。

房间的门再次被推开，林雪落以为是装扮好的“封立昕”，可回头看到的是封行朗本尊！扫了一眼男人手中被安婶端走现在又被他给端回来的餐盘，林雪落的心微微一动，看来这个男人还没冷漠到不可救药。

“本公子亲自伺候，对你来说便是天大的恩赐。林雪落，不要再耍性子了。”封行朗的声音听起来凌厉，却没了暴戾之气，相反，带上了一丝宠爱的味道。

“封公子，谢谢你的好意。只可惜，你这天大的恩赐我还真不想接受。麻烦你端着你的恩赐从这里出去，我消受不起！”林雪落赏了封行朗一记冷眼之后，便不再看他。

面对林雪落的桀骜不驯，封行朗并没有以暴制暴。嘴角勾起一抹玩味的笑，他顺手挪过一张椅子坐在了林雪落身边。

“还来劲儿了？就为昨晚的事吗？”封行朗拉长了尾音。

一提到昨晚上的事，林雪落顿时脸发烫。恨恨地瞪了男人一眼，林雪落努力压制着怒火不去跟这个男人争辩。

“我们得讲道理不是吗？你答应过，如果我肯赴夏以琴的相亲宴，你就答应我的任何条件。怎么轮到我跟你索要福利时，你就不认账了？”封行朗一边说着自己的强盗逻辑，一边从盘子里拿起一块小薯饼，送至自己嘴边咬上一口后，又改送至林雪落的唇边，林雪落把头侧到了一边。

“昨晚你吃剩的草莓慕斯，我都替你吃光了，怎么你还嫌弃我？”

鬼使神差般，林雪落竟然张嘴了，封行朗趁机将手中吃过的小薯饼塞进了她的嘴里。天地良心，林雪落真的不是想跟这个男人打情骂俏，而是为了缓和气氛，为接下来抓他现形做铺垫。不就一块吃剩下的小薯饼吗，她忍了。

“怎么样，我吃过的东西，是不是吃起来特别香？”他总是突然就这么柔情。林雪落又怎能抵抗他的攻势呢。

“我要见封立昕！”言归正传，林雪落逼迫自己不要沉沦于男人伪造出来的深情中，“今晚我一定要见到封立昕！要是你不肯让我见他，我就……”

“就怎么样？继续绝食抗议？”

“我就去法院，跟封立昕起诉离婚！”林雪落近乎咆哮道。

面对女人的咆哮，封行朗微微皱眉，声音沉了沉：“起诉离婚？你有那么大的胆子吗？你就不怕我让夏正阳把你五花大绑了再次送进封家来？”

这并不是威逼，而是事实。林雪落相信以封行朗在申城的地位，逼迫舅舅这么做完全是有可能的。

“我活着，你封行朗是逼不了我做你们封家的人的！除非我死！”林雪落不知道哪里来的勇气，死死盯着封行朗那张俊逸冷酷的脸，突然就从眼眶中溢出了两滴晶莹剔透的泪珠，“大不了，我提前下地狱去见我爸我妈！”

封行朗沉默了，女人突然滚落的泪水让他脸上的戾气一扫而空，眼眸里只剩下柔情。

然后，他吻了她，梨花带雨的她。

这原本应该是一个抚慰心灵创伤的吻，可在封行朗接触到林雪落的唇时，便不由自主地加深了这个吻。不得不说，在封行朗的强势之下，女人真的很难反抗他，这男人就是个妖孽。

突然间，林雪落想起自己今晚的目的所在，她立刻找回仅存的一点儿理智，在男人的唇上咬了一口，顿时便有腥甜的血液蔓延进林雪落的嘴巴里。

她这么做，是有目的的。她要给男人做个记号！一个她能在接下来“抓捕”封行朗的计划中，瞬间能验证出真假的记号！

或许封行朗可以在自己的表皮上穿套那样的人造皮肤，他的嘴巴却是真实的，刚刚被她咬破的唇，不可能在短时间内得以恢复。所以要鉴定封立昕是不是封行朗假扮的，一会儿只要检查一下他的唇就一清二楚了！这个办法，无疑是方便快捷和准确的。

林雪落虽说没什么心机，但她的智商还是在的，她原本就是个品学兼优的聪慧女人。

“封行朗，求求你，让我见见你大哥吧，就见一面。我真的有话想跟他说……封行朗，求求你好不好？”林雪落晃动着封行朗的双臂，一双水汪汪的大眼睛里噙满了泪水。

无疑，这里面有表演的成分，她已经琢磨出封行朗其实还算是个怜香惜玉的男人，只要自己装得足够楚楚可怜就行。

“怎么这么喜欢咬人？”男人的声音并不带怒，封行朗用拇指的指腹轻蹭着林雪落微肿的唇，“其实……”

他在林雪落的耳际说了些什么，林雪落已经没脸去回味了。但有一句话，她还是听得真真切切的，那就是：“乖乖等着。”

他没有说明，是让她等他封行朗呢？还是等他封行朗假扮的封立昕！但是林雪落有种直觉，他要自己等的人，一定是他封行朗假扮的封立昕。

回到房间后，林雪落便一直等待着“封立昕”的到来。

突然，她听到身后传来轮椅转动的声音，林雪落紧张得深呼吸了一下，努力让自己波澜起伏的心境慢慢变得冷静，然后她转过头来，便看到了坐在轮椅上的“封立昕”。

还跟以前看到的那个一样，虽说脸上和手上有一层被“烧毁”的疤痕满布的皮肤，可他的身形依旧健壮，动作也相当有劲儿。

如果眼前这个男人真是封立昕，那他又是怎么从医疗室里独自坐着轮椅走出来的？而且还越过了艰难的楼梯？

其实现在想来，林雪落觉得这其中的破绽实在是太明显了，只是当局者迷，她根本就没想过会有人假扮封立昕。

“雪落，你想见我？”轮椅上的“封立昕”开了口，声音听起来沉沉的，很有沧桑感，跟封行朗的声音的确是有些区别的。

“嗯，我有话想跟你说。”林雪落站起身来，缓缓朝轮椅上的男人走了过去。

她走得很慢，一边走，一边在深深凝视他，从男人那张面目狰狞的脸，到他的眼睛。

都说眼睛是人心灵的窗户，林雪落想通过“封立昕”的眼打开这扇窗户，看看这疤痕满布的俊脸之下，是不是暗藏玄机。

“干吗这么盯着我？我吓到你了吗？”

男人的声音低沉却温和，没有了平日里的暴戾之气。难道这是他封行朗的另一面？

“我早已经不害怕了。”林雪落淡应一声，缓缓沿着轮椅蹲在“封立昕”身边，“只是有些想你罢了。”

“想我？”“封立昕”微微一顿，“我已经是这副面目全非的模样了，还有什么可想的？”

“立昕。”林雪落抬起头唤了男人一声。

“乖，叫老公。”男人一边纠正着林雪落的称呼，一边用疤痕满布的手轻抚和缠绕林雪落柔顺的长发，这是他的习惯性动作。

林雪落现在也想通了，为什么自己一叫这个男人“立昕”，他就会立刻让她改口叫“老公”，因为他根本就不是封立昕！她很想现在就扯开他外面的那层面容，看看这层烧毁的面容后面，到底隐藏了什么样的真实面容！

“老公，封行朗欺负我，你帮我好好批评他，好吗？”这番话，是林雪落随口说的。而她真正想做的，就是去吻“封立昕”。

男人似乎笑了，只是那张疤痕纵横的脸，实在让人看不出他究竟是什么样的笑。是得逞后肆意的笑，还是在嘲笑她的愚蠢？

是啊！这两个月来，她的确够愚蠢！在这个阴险狡诈的男人面前，狠狠地秀足了低智商。

“好！回头我一定说说他。”“封立昕”屈起手指，暧昧地在林雪落的鼻尖上刮了一下，“委屈了？”

“嗯。”林雪落点点头，一副温婉又乖巧的模样。

何止委屈啊！如果她验证了方亦言所说属实，那就不仅仅是委屈的问题了，俨然就是奇耻大辱。估计她会怒不可遏到无法冷静吧！

“来，让老公抱抱，好好安慰安慰。”

“封立昕”拉起蹲在轮椅边上的林雪落，稍稍一带，她便坐到了他的长腿上。

那样的力道，要比普通的成年男人还要健康有力！

林雪落真想一巴掌拍晕自己，林雪落，你这究竟有多傻多天真，都在你面前露了这么多破绽，你怎么一点都没发现，还傻兮兮地配合着他愚弄自己？

如果善良有错，如果宽以待人有错，那她已经错得找不着北了。

过多的自责和反思，是弥补不了自己所受到的羞辱的，眼下更重要的是寻找真相！

虽说羞于主动去亲这个男人，但为了验证，林雪落还是把心一横，双臂圈住了“封立昕”的脖子，然后狠狠吻了下去。

女人突然间主动的吻，让“封立昕”有些受宠若惊。

这女人怎么变得这么急不可耐了？虽说没有什么技巧，就是用劲在亲他，但这样的生涩动作，他却喜欢得很。

感觉到林雪落有些急切地想让他张开嘴，男人便故意使坏地不肯配合。他享受着这个过程，真的很刺激。

男人越是不肯张嘴，林雪落就越发着急，几乎把吃奶的力气都给用上了。就在她快要放弃的时候，男人放松了，她成功找到了她做的标记。

“呃……”轮椅上的男人发出一声闷哼。伤口第二次被咬破，要比第一次疼上很多。

瞬间便有腥甜的血液溢出，蔓延在彼此的口腔里。林雪落确定了，这个坐在轮椅上的“封立昕”，果然是封行朗假扮的！

尽管她已经在心里做好准备，可在这一刻，她还是被这个残忍的事实给打击到了……

她推开封行朗，唇上还染着他的血，她深深凝视着那张戴着高科技人造皮肤的脸，凄然笑道：“封行朗，为什么要假扮你哥来欺骗我？为什么？”

面对女人的质问，轮椅上的封行朗似乎在这一瞬间明白了女人刚刚为什么会铆足劲亲他！这女人什么时候变这么聪明了？竟然发现了自己假扮了大哥！

现在他再抵赖已经完全没那个必要了，眼前这个目光幽怨的女人已经认定他就是封行朗！

封行朗缓缓地从颈脖间揭开那个变声器，声音恢复了正常：“什么时候发现的？竟然还小聪明地在我的唇上咬了一口，这都跟谁学的？不学好！”

林雪落听出来了，那是封行朗的声音。

憋闷的人皮面具早让封行朗感觉到不舒服，既然无须遮掩隐瞒了，自然也就不需要它们了。

于是，封行朗从后脑部分开始，慢慢将那张人造皮面具给扯了下来。

愤怒要远远大于心头的恐惧，林雪落就这么盯着封行朗，在人造皮一点一点剥离下来后，男人那张英俊的脸庞也越发清晰。

声音是封行朗的声音，容貌亦是封行朗的容貌。这不是恐怖片，也不是科幻片，而是实实在在的真相！

残忍得让林雪落连呼吸都带上了狠狠的疼！

“封行朗，你浑蛋！”呆滞了几秒钟后，林雪落才发出一声歇斯底里的厉吼，“为什么要这么欺骗我？为什么要这么戏弄我？我做错什么了？你要这么一而再地把我当傻子一样玩弄？”

面对女人的歇斯底里，封行朗怔了一下，似乎没想到她的反应竟会如此强烈。

“雪落，你冷静点儿，等你冷静下来了，我再跟你解释。”封行朗伸过手去，想抹掉林雪落滚落在白净脸庞上的泪水，却被她奋力打开了。

“封行朗，我冷静不了！也不想听你的任何解释！”

“或许在你封行朗眼里，我林雪落从一开始就是个出卖自己身心的坏女人！我拜金！我虚伪！你可以看不起我，甚至鄙视我！但你为什么要这般欺骗我，把我当成傻子一样捉弄！封行朗，我是个活生生的人啊！我也会有自己的感情！我也会难过，我也会心痛！”林雪落又是流泪又是大吼，太过激动愤怒的她，几乎快喘不上气来。

“林雪落，你有必要这么激动吗？”林雪落的泪水的确刺疼了他的眼，也揪疼了他的心，但他说出的话，依旧冷漠。直到现在封行朗也没有意识到他这样的行为对林雪落来说有多么恶劣！何况那个女人还对他萌生了爱意。

林雪落在道德和情感中一遍又一遍地煎熬着自己的心，可她万万没有想到，这个将她一颗心搅得七零八落的男人，尽然一直在欺骗她！

“你竟然说我有必要这么激动吗？对啊……我有必要这么激动吗？”林雪落惨笑，整个人都在打战，“封行朗，在你心目中，我林雪落连小猫小狗都算不上是吗？你从来就没有看得起我过……从来没有！”林雪落歇斯底里地咆哮着，“封行朗，我恨你！”

丢下这句沉甸甸的话，林雪落跌跌撞撞地冲出了房间，泪水已经决堤，再也无法控制。

“太太，太太，怎么哭了？发生什么事了？”安婶迎了上来，想拦住横冲直撞的林雪落。

愤怒之下的林雪落已经失去理智，她推开了安婶，朝客厅门口跑去。

现在的她唯一想做的，就是离开封家，离得远远的，越远越好！今生今世，她都不想再踏进这片让她悲痛欲绝的地方！

“太太，这么晚了，您要去哪里啊？太太……外面太晚了，您别走啊！”

被林雪落撞倒在地的安婶连忙从地上爬起来，冲过去想拉住正奋力开着客厅门的林雪落。

林雪落已经听不进安婶的任何劝说，一头扎进了夜幕里。

"太太，太太……"莫管家冲了出去，借着路灯去追林雪落。

悲愤无以复加，林雪落跌跌撞撞地一路狂奔。

莫管家步伐还算矫健，要追上林雪落还是不成问题的，可在追出别墅区时，一辆疾驰的摩托车呼啸而来。

"雪落，快上车！"来人大吼一声，林雪落连忙跨上那辆摩托车，随后两人一起呼啸而去。

莫管家再如何老当益壮，也追不上摩托车，而这片高档别墅区向来很少有出租车出现，莫管家只能眼睁睁看着那辆摩托车从自己的眼皮子底下消失。

不过从那辆摩托车刚刚驶来的方向看，应该是在这里一直等候着，而且林雪落应该认识摩托车的驾驶人。

莫管家联想到了一个人——上回来封家找林雪落的学长方亦言！

至少是被熟人接走的，林雪落的安全应该不成问题。莫管家连忙转身回了小区，去通知二少爷，让他开车出去追回林雪落。

载着林雪落的摩托车一路呼啸疾驰，似乎生怕后面有人追上来似的。

林雪落匍匐在男人的后背上，低声抽泣着。她无法抑制这样的委屈和苦涩，伤心了就是伤心了，她真的好想痛哭一场。

半个小时后，疾驰的摩托车载着林雪落停在一幢离学校很近的公寓楼楼下。

取下头盔，方亦言那张关切的脸便出现在林雪落面前。林雪落当然知道是方亦言，在方亦言出声让她上摩托车时，她便听出了他的声音。

方亦言没有出声安慰林雪落，而是任由她低低抽泣着，间或递来几张纸巾，让她擦拭泪水和鼻涕。他又脱下了自己身上的防风衣，披在了林雪落的肩膀上。

"需要肩膀吗？"方亦言问。

林雪落连连摇头，两个人就这么坐在楼梯前的台阶上，一个伤心哽咽，一个静静陪伴。

呜咽了好一会儿，林雪落才止住哭泣："方亦言，谢谢你。"

“谢我什么？谢我帮你拆穿了封行朗？”方亦言反问道，接着又叹息一声，“早知道你会这么难过，就不拆穿他了！”

方亦言明白，林雪落越是难过，就说明她越放不下那个叫封行朗的男人。

“不拆穿他？难不成你也要跟他们一样成为封行朗的帮凶吗？”哭过之后的林雪落，似乎还没从对封行朗的怨恨中走出来，她急需宣泄自己的情绪，于是方亦言便成了她的出气筒。

“他们？还有哪些人？”方亦言皱眉问道。

林雪落抿了抿唇，似乎不想就这个问题多说什么。还能有谁，安婶和莫管家呗。甚至有可能封立昕本人也参与其中。那这一家子，真是太过分了！

真不知道他们一家子组团来欺骗她有什么意义！她只不过是个再平凡不过的小女人，用得着这一大家子人劳师动众地欺负她吗？

见林雪落没有回答自己，方亦言也没继续追问，而是笃定地像是承诺一般道：“雪落，无论何时，我方亦言都是你坚实的后盾。”

林雪落鼻间泛酸，苦涩爬满心头。她不知道怎么回应方亦言，因为她知道，方亦言是喜欢自己的。

“行了雪落，外面怪凉的，我们上楼吧。”方亦言站起身来，伸过手想拉起坐在台阶上的林雪落。

上楼？是去他住的地方吗？要换几个月前，林雪落或许还能欣然接受。那时候他跟她还是名义上的男女朋友关系，他对她也相当尊重，而且每一次还有袁朵朵这个大电灯泡陪着。

可如今，她已经冠上了封太太的名。

（未完待续）